## Zu diesem Buch

Südlich von Osaka leben in einem kleinen Ort »eingeklemmt zwischen Gebirge und Meer« die »schmutzigen Leute«: Wald- und Straßenarbeiter, Gerber, Korbflechter, Minenarbeiter, Tagediebe, große und kleine Schurken. Viele glauben noch an Drachen und an den Donnergott, und wenn jemand beim Schrei der Eule geboren wird, dann bedeutet das Glück. Eine, die nicht lesen und schreiben kann, sich aber alles gemerkt hat, was geschehen ist und was geschehen sein könnte, ist O-Ryu, die alte Hebamme. Sie, die alle kennt in den Gassen, hat fast jedem auf die Welt geholfen, und für all die viel zu früh Davongegangenen, die Selbstmörder und die im Streit Erstochenen, die Verhurten und Versoffenen gebetet und den Buddhas dabei zur Versöhnung ein Schälchen Reis hingestellt. Wer hier in den Gassen lebt, sagt die alte O-Ryu, hat nichts zu verlieren und hurt und säuft sich um den Verstand und sticht im Streit zu.

»In diesem Japan-Buch wird das Verschwundene sogar für unsereinen so fesselnd, als sei es augenblicks hier.« (»Süddeutsche Zeitung«)

Nakagami Kenji, geboren 1946 in Shingu in der abgelegenen Kumano-Region, ging später nach Tokio. 1976 erhielt er den »Akutagawa-Preis« für seinen ersten Roman »Misaki«. Er war häufig Gastdozent an der Columbia University in New York. Nakagami Kenji starb 1992 in Tokio.

Nakagami Kenji

# Mandala der Lüste

Roman

Aus dem Japanischen
und mit einer Nachbemerkung
von Siegfried Schaarschmidt

rororo

Rowohlt

Die Originalausgabe erschien 1982 unter dem Titel
«Sennen no yuraku»
bei Kawadeshobō-shinsha in Tokio.

Die Schreibweise der japanischen Namen wurde in ihrer ursprünglichen japanischen Gestalt belassen, also erst der Familienname, dann der persönliche Name.

Der Verlag dankt der Saison Foundation, Tokio, für die freundliche Unterstützung.

Veröffentlicht im Rowohlt Taschenbuch Verlag
GmbH, Reinbek bei Hamburg, Februar 1997

Umschlaggestaltung Barbara Thoben
Druck und Bindung Clausen & Bosse, Leck
Printed in Germany
1490-ISBN 3 499 13791 7

# 半蔵の鳥

# Hanzōs Vögelchen

Im Morgengrauen trieb von der hinteren Haustür her plötzlich die Süße des Sommerhibiskus herein, so daß die alte O-Ryū schweratmend, als müßte sie von dem Blütenduft ersticken, die Augen aufriß; sie sah in der Düsternis undeutlich und blaß das Foto ihres Mannes Reijo heraufschweben, das eingerahmt auf einem Tischchen neben dem Buddha-Altar stand, und es kam ihr vor wie ein unglaublicher Traum, daß sie mit ihm, einem so dem heiligen Buddha vergleichbaren Menschen, verheiratet gewesen sein sollte. Ohne sich von der Stelle zu rühren, legte sie mit dem Blick auf Reijos Foto die Hände aneinander. »Danke, hab Dank!« murmelte sie mit kaum hörbarer Stimme, und indem sie abermals den hereinwehenden Duft des Sommerhibiskus einsog, lächelte sie still vor sich hin und dachte an ihre jungen Jahre, in denen sie denselben Pudergeruch wie die Hibiskusblüten verbreitet hatte.

Als es zu tagen begann, zwitscherte im Dickicht hinterm Haus mit lieblicher Stimme ein Vogel, und es klang, als zöge er Edelsteine auf eine Schnur. Irgend jemand, sie wußte nicht mehr wer, hatte ihr erzählt, da singe ein kleiner goldfarbener Vogel, der seit damals jeden Sommer in ihren Kiez komme, um die Hänge hinauf aus den Hibiskusblüten den Nektar zu saugen, und die alte O-Ryū, die trotz ihrer hohen Jahre weiter am Kiezberg wohnte, hielt sich für glücklicher als alle die anderen. Der Sommerhibiskus pflegte seine Blüten erst abends mit der Dämmerung zu öffnen, und nach dieser einen Nacht erlosch bei Sonnenaufgang ihr Leben, weshalb die alte O-Ryū, sooft sie die Stimme des Honig schlürfenden goldenen Vogels vernahm, ihn gar zu gern gefragt hätte, ob er nun die wie die Träume dahinschwindende Nacht beklage oder den lichten Sonnentag bejubele. Für die alte O-Ryū hörte es sich an, als wäre es das Lied der »Himmlischen Trommel«, wie Hanzō jene Nachtigall nannte, die er aufgezogen hatte. Als würde Hanzō seine wohlgehütete »Himmlische Trommel« Jahr für Jahr in der Sommerzeit im Dickicht auf dem Berg hinterm Haus frei fliegen lassen, damit sie der zwar nicht kranken, aber viel zu alten, bettlägerigen O-Ryū etwas vorsänge: Ja, lausch nur, das ist für dich!

Reijo, ihr Mann, hatte das unter vielen und langwierigen Mühen erlernte Handwerk der Schuhmacherei eines Tages plötzlich an den Nagel gehängt und sich nach Kyōto in einen Tempel begeben, um dort, wie er sagte, durch Teilnahme an den Exerzitien Priester zu werden; da nun im Jahr zuvor bereits ihrer beider, eben dreijähriger Sohn an einer durch kochenden Teeschleim verursachten Verbrühung am Kopf gestorben war, hatte O-Ryū, damals dreiundzwanzig, die einzige Hebammenstelle im Kiez übernommen und seither den meisten der heutigen Väter und Mütter in die Welt geholfen. Hatte es auch bei jenem Hanzō getan. Und als sie jetzt so dalag, die alte O-Ryū, während es draußen heller Morgen wurde und durch die geschlossenen Regenläden von überall her die Weckrufe der Kampfhähne, der Hühnerhofgockel und das Geschrei der Kinder an ihr Ohr drangen, sah sie, nicht wissend, ob sie schlief oder wachte, Hanzō vor sich erscheinen und sprach zu ihm: »Jedenfalls habe ich dich als erste in den Armen gehalten; war es nicht so?« Hanzō zog ein verlegenes Gesicht, um gleich darauf mit entblößten weißen Zähnen sein übliches unbekümmertes Lächeln aufzusetzen (in dem die Leute freilich eher ein Angeben mit den schönen Zähnen erkennen wollten). »Nun ja, weil du's zum Leben nötig hattest«, erwiderte er mit einiger Bosheit. »Und ob ich es nötig hatte. Trotzdem, Hanzō, noch vor deiner Mutter, die dich geboren hat, hielt ich dich in diesen Armen. Deshalb, nicht wahr, läßt du mir nun, da ich so alt bin, von deiner ›Himmlischen Trommel‹ was vorsingen.«

Hanzō war ein Nakamoto, aus derselben Familie also wie Reijo, O-Ryūs Mann, nämlich der Vetter von Katsuichirō, den die Nishimuras adoptiert hatten, sowie der von Gen. Hanzōs Vater war Nakamoto Hikonosuke; dieser wiederum hatte Tatsu zum Vater und Namino zur Mutter gehabt, und sein jüngerer Bruder Kikudō war der Vater von Katsuichirō und von Gen. Tatsu und Namino hatten sich nach der Geburt ihrer beiden Söhne getrennt, und Tatsu war mit Taguchi Masae noch einmal Vater einer Tochter geworden. Hikonosuke aber hatte mit der einen Frau einzig Hanzō gezeugt; hierauf war er mit einer Witwe aus dem Städtchen durchgebrannt und nach Tanabe gegangen, wo er ihr – so die Gerüchte, die der Wind in den Kiez wehte – insgesamt drei Kinder gemacht haben soll. Hanzōs Mutter ihrerseits, sie stammte aus Arima und war wie die meisten Arima-Frauen unfähig gewesen, ihr leidenschaftliches Temperament zu zügeln, gebar nach Hikonosukes jüngerem Bruder Kikudō noch den Sohn Gen, beharrte freilich darauf, daß das Blut der Nakamoto faul und verrottet sei, und als Hanzō zehn war, hängte sie sich an einen Kerl, der für die Spinnereien Arbeiterinnen anwarb und mit dem sie dann auch davonlief. So, als ein von beiden Eltern Verlassener, wuchs Hanzō heran, und indem er nicht die Spur von Trauer darüber zeigte, wurde er – vielleicht ein Erbe der Nakamoto – zu einer der schönsten, männlichsten Erscheinungen unter den jungen Leuten im Kiez; bereits mit neunzehn Jahren hatte er es zum Tiefbauunternehmer mit drei Arbeitern gebracht.

Das Haus, in dem Hanzō wohnte, lag, über eine schmale steinerne Treppe erreichbar, unterhalb ihres eigenen Hauses, so daß die alte O-Ryū, als Hanzō ein Mädchen mitbrachte und sie darin miteinander zu leben begannen, den Eindruck hatte, da bauten sich Vögel ihr Nest.

Hanzō war jetzt zwanzig. Er trug einen baumwollenen Yukata, die Ärmel elegant aufgeschlagen, und spazierte mit dem Mädchen, offenbar um essen zu gehen, durch den Kiez in Richtung Stadt; plötzlich schien ihm etwas einzufallen, er ließ das Mädchen warten, kam mit großen Schritten die Treppe heraufgejagt und sagte, indem er sich vor der alten O-Ryū aufbaute: »Sie ist schwanger, mußt du wissen.« Wie um ihm zu bedeuten, daß das die natürlichste Sache der Welt sei, schloß die alte O-Ryū gelangweilt die Augen, woraufhin er ihr mit ernster Miene und wie beschwörend ins Ohr flüsterte: »Darf sie das denn? Sie hat ja keine Ahnung davon; wenn sie aber nun ein Kind kriegt wie Gen?« Für einen Augenblick verstand

O-Ryū nicht, was er meinte, doch dann sah sie ihm ins Gesicht, und sie begriff: Hanzō fürchtete, er könnte, da er ein Nakamoto war, Vater eines Kindes werden, das wie Gen an der linken Hand keine Finger hatte, sondern nur eine zweiteilige Klaue wie ein Vieh, und wütend schrie sie ihn an: »Red nicht solchen Unsinn! Gen ist schließlich ein Buddha. Und so oft werden keine Buddhas geboren.«

Hanzō besaß von Natur aus ein unverstelltes Gemüt, und als ihn die alte O-Ryū, die über die Leute im Kiez in allem und jedem Bescheid wußte, weiter abkanzelte und meinte, er solle gefälligst nicht so vorwitzig sein, wo er noch dazu nicht genügend Glauben habe, wirkte er wie jemand, dem man einen Stein vom Herzen genommen hat. Beschwingt hüpfte er die Treppe hinunter: »Na komm, gehen wir!« rief er dem gelangweilt wartenden Mädchen zu, und gleich darauf schlenderten die beiden davon, weiter auf den ehemaligen Lotosteich zu. Der alten O-Ryū indes erschien die Art, wie sich der Zwanzigjährige erst so ängstlich, dann so beruhigt gezeigt, auf eine gefährliche Weise unpassend für scine Jugend; besorgt fragte sie sich, warum ausgerechnet den fröhlichen Hanzō solch dunkle Schatten befallen konnten, während doch andere Männer seines Alters, was immer ihnen in dieser Zeit der vollsten Blüte auch in die Quere kam, ein durch nichts zu erschütterndes Selbstbewußtsein bewiesen.

Bald danach wurde in Hanzōs Haus im Kiez Hochzeit gefeiert. Es war ein Jahr, das abermals mancherlei Unheil gebracht hatte; da jedoch die Erwachsenen aus dem Kiez allesamt an Eltern Statt die Erzieher des verlassenen Knaben gewesen waren, hofften sie offenbar, sich durch rauschhafte Teilhabe an Hanzōs Glück für immer von den Fesseln des Mißgeschicks zu befreien, so daß zu dem, was Hanzō selber an Reiswein und Speisen bereitgestellt, noch einmal die doppelte Menge zu trinken und zu essen zusammenkam und mehr Menschen herbeiströmten, als das Haus zu fassen vermochte, bis schließlich, nachdem der Ortsvorsteher eine weitschweifige Rede gehalten hatte und das eigentliche Fest begann, die Kiezbewohner an Braut und Bräutigam vorbei wild drauflos tanzten und sangen.

Vor ungefähr zwei Monaten erst waren Hide, Sago und Toshi, drei aus der Brunnennachbarschaft am Lotosteich, der sogenannten Ostclique, die sich mit anderen aus dem Kiez zu einer Waldarbeiterkolonne zusammengetan hatten, drüben über dem Fluß in den Bergen hinter Ōsato unter eine abrutschende Ladung geraten, als sie die geschlagenen Stämme auf dem »Holzpferd«, einer Art Schlitten, zu Tal transportierten. Dabei starben Hide und Sago, und der mit knapper Not davongekommene Toshi erlitt so schwere Verletzungen, daß der Arzt der Meinung war, mit diesen zertrümmerten Fußknochen werde er gewiß nie wieder auf eigenen Beinen stehen können. Und kurz darauf hatte sich ein weiteres Unglück ereignet, als der nur wenige Schritte hinter Hides Haus wohnende Yoshisaburō, ein rechtschaffener Mann, unter Hinterlassung von fünf noch kleinen Kindern, daran starb, daß er – unklar, aus welchen Gründen – von einem Gift getrunken hatte, das er aus der Spinnerei mitgenommen hatte. Reijo, der Mann der alten O-Ryū, trug Tag, Monat und die Namen ins Sterberegister ein, schrieb auch die Todesursachen genauestens dazu, um jeden, der später nachforschen sollte, davon zu überzeugen.

Die alte O-Ryū freilich konnte nicht lesen, doch wußte sie auswendig, daß Hide am ersten Dezember geboren und am letzten Tag im Mai gestorben war. Also würde sie am letzten Maitag im nächsten und wieder am gleichen Tag im übernächsten Jahr, sobald Reijo nach Erledigung des morgendlichen Ritus beim Tee säße, ihm, dem leicht Vergeßlichen, in Erinnerung rufen, was sie sich eingeprägt hatte, nämlich, daß dies heute der Todestag Hides aus der Ostclique, der Todestag auch Sagos sei, den einst der alte Tomoji mit Kiku gezeugt. Und Reijo, mit einem Nicken des Kopfes und schwankend, als durchdringe ihn geradezu körperlich ein Gefühl aufrichtigen Bedauerns über beider Tod in der Blüte ihrer Jahre, würde sich erheben und die Stola des Priesters anlegen.

Zu einem Zeitpunkt, an dem die Hochzeit sechs Monate zurücklag, wurde Hanzōs erster Sohn geboren; von da an pflegte der auch für fremde Augen einen besonderen Glanz ausstrahlende, männlich schöne junge Vater bei Arbeitsschluß ohne jeden Umweg nach Hause zu gehen und gebannt zuzuschauen, wie seine Frau dem Baby mit dem noch gar nicht festen Nakken die Brust gab, ein Anblick, der einen innerlich dankbar die Hände dafür falten ließ, daß der Regen und der Schnee, die auf den Kiez fielen, nicht unbedingt kalt und nicht unbedingt schmerzhaft waren.

Nicht lange danach wurde Hanzō zum Militärdienst eingezogen, und übers Jahr, als er wiederkam, hatte das Söhnchen schon ganz und gar das Gesicht der Nakamoto-Sippe: vornehm wie das des Adels, von dem die von Zeit zu Zeit im Kiez auftauchenden Geschichtenerzähler und Wanderprediger berichteten; ja, Hanzōs eigene herbe Schönheit nahm dadurch nur noch zu, und wenn er, lediglich mit dem gebleichten Leibtuch und der lockeren Unterhose bekleidet, den Jungen auf seinen Schultern reiten ließ, wenn er zum Beispiel mit ihm durch den Kiez zum Badhaus schlenderte, so brauchte man keine Frau zu sein, um ihn bezaubernd zu finden.

»Na, O-Ryū, ist der Kleine nicht doch viel dunkler als ich?«

Wie um ihr zu bedeuten, auch dies habe mit dem Blut der Nakamotos zu tun, daß nämlich, obwohl er seit der Rückkehr vom Militär im Straßenbau arbeite, seine von Natur aus helle Haut unter der sengenden Sonne kaum dunkler geworden sei, streckte Hanzō den nackten Brustkorb heraus, drehte sich ganz zu der alten O-Ryū herum, bis sie die dichten schwarzen Haarbüschel in seinen Achselhöhlen zu sehen bekam, und sagte: »Eine schöne Farbe, meinen die Weiber, um sich mir dann an die Brust zu werfen.« Wobei er ein Lächeln aufblitzen ließ, das so voller Begierde war, daß sie versucht war, ihn zu fragen, wann er sich das denn angewöhnt habe. Hanzō schäkerte gar zu gern mit der alten O-Ryū, obwohl sie doch an Jahren weiter von ihm entfernt war als seine eigenen Eltern.

Als diese ihn verlassen hatten, war er zehn gewesen. Zwar

besaß er noch Verwandte, auch war ihm das Haus geblieben, viel zu groß freilich für ein Kind, um es allein zu bewohnen, doch konnte ein Zehnjähriger, der noch nicht einmal wußte, wie man den Reis kocht, nur dadurch vorankommen, daß er sich den Erwachsenen im Kiez rückhaltlos anvertraute. Mit zehn hatte er sich daher in das Haus des Hisaichi begeben; Hisaichi betrieb einen Pferdehandel, und es hieß von ihm, er sei ein entfernter Verwandter der Nakamotos, und mit zehn hatte Hanzō auch zum erstenmal eine Frau berührt. Sobald Hisaichi in Geschäften weggefahren war, hatte seine Frau den jungen Hanzō zu sich in die Schlafkammer gerufen und ihn, ein lebendes Spielzeug zur Befriedigung ihrer Lust, bald an ihrer Zunge saugen, bald an ihren Brüsten nippen lassen oder seine Hand in die Tiefen des Dickichts gelenkt. Daß dies Verrat an Hisaichi bedeutete, der ihn doch aufgenommen hatte und ihm zu essen gab, war ihm in seinem kindlichen Herzen durchaus klar gewesen; andererseits hatte er, nachdem er einige Male dazu verführt worden war, Geschmack an der Sache gefunden, und sowie er nach Verlauf eines Jahres nicht durch Zureden der Frau, sondern allein durch Augenschein an sich selbst die maskuline Würde des zum Jüngling Herangereiften entdeckt hatte, kam es sogar dahin, daß er sich wünschte, Hisaichi möchte ihm zu Gefallen bald wieder auf Pferdehandel gehen. Als sich dann seine Manneskraft zum ersten Mal entlud, hatte Hanzō das Gefühl, das eigene Blut ergösse sich in die Frau des Hisaichi.

Danach hatte er, bis er mit fünfzehn nach Ōsaka in eine Dublee-Fabrik arbeiten gegangen war, weiter im Hause des Hisaichi gelebt, und zwar im besten Einvernehmen mit der Frau wie ein Erwachsener, solange jedenfalls Hisaichi noch keinen Verdacht geschöpft hatte.

Mit achtzehn war Hanzō aus Ōsaka zurück in den Kiez gekommen und der an der Ortseinfahrt stationierten Feuerlöschbrigade beigetreten. Zu der Zeit begann er, obwohl es drüben über dem Berg in Ukishima Bordelle gab, den verheirateten Frauen und den jungen Mädchen aus dem Kiez in einer Weise nachzustellen, daß er sich selbst abscheulich fand; jedenfalls erklärte er vor seinen Kumpanen, die einzige, mit der er nichts habe, sei die Hebamme, die alte O-Ryū. Er war, wie er es sah, in sich selbst verliebt. Tatsächlich schien es seine Schönheit nur zu steigern, daß er ebenso ein Nakamoto war wie Gen mit der angeborenen Klauenhand. »Das ist in dem, was du an mir liebst, massenhaft vorhanden. Das weißt du, nicht wahr?« pflegte er die Frauen aus dem Kiez lachend zu warnen, doch sie alle sanken wie entkräftet an seine Brust und umschlangen ihn mit ihren Armen wie zum Zeichen, daß er frei sei, mit ihnen zu tun, was er wollte.

Als Hanzō die Geschichte mit dem Gespenst aufbrachte, war seine Frau schwanger mit dem zweiten Kind. Ihr gegenüber schwieg er, weil er fürchtete, das Ungeborene würde Schaden nehmen, aber seinem Freund Jūzō schilderte er den Vorfall, und da die Frau dieses Jūzō so veranlagt war, daß sie nichts für sich behalten konnte, hatte es sich bald im ganzen Kiez herumgesprochen. Hanzō nämlich war vom Straßenbau nach Hause gekommen, hatte, nachdem er mit dem Söhnchen im Badhaus gewesen war, zu Abend gegessen und war dann noch einmal ausgegangen, angeblich zu einer Versammlung des Jugendclubs im Bürgerhaus im Kiez, in Wahrheit jedoch, um auf einem schmalen Pfad, einer Abkürzung über den Berg, nach Ukishima zu einer Witwe zu laufen, die dort im alten Vergnügungsviertel wohnte.

Er hatte sich, wie er das gelegentlich tat, von seiner Frau heimlich einigen Gesichtspuder ausgeborgt und auf den Schultern und seitlich unter den Armen dünn verteilt, um so den Schweißgeruch zu beseitigen, aber auf dem dunklen Bergweg befiel ihn ein Frösteln, und obwohl es Anfang Sommer war, breitete sich von seinen Schultern her die Kälte weiter und weiter aus. Er krümmte sich zusammen, und indem er sich vorstellte, wie ihn die Witwe in Ukishima so heftig umarmen würde, daß er ins Schwitzen geriete, beschleunigte er seine Schritte, wobei ihn plötzlich im Nacken ein eisiges Gefühl überlief, als hätte ihn dort irgendwer berührt, und er beugte sich noch tiefer vornüber.

Sowie der Bergweg am Haus der alten O-Ryū vorbei war, tauchte er in ein völlig unbewohntes, düsteres Gehölz ein, durch das er bis zu einer Stelle lief, an der sich ein Ausblick auf die Gegend hinter dem Berg bot; als Hanzō sich indes einmal wie von ungefähr nach rückwärts umsah, stand dort auf dem sich im schwachen Mondlicht nur undeutlich abzeichnenden Weg ein Mann und hatte den mönchsartig geschorenen Kopf auf die Brust gesenkt. Im ersten Schreck dachte Hanzō: Einer aus dem Kiez, der vor lauter Grübeln nicht weiter wußte, hat sich erhängt. Er selbst war immer der Meinung gewesen, statt ins Sinnieren zu verfallen, sollte man, das sei das Beste, die Zeit dazu nutzen, eine Frau zu überreden und mit ihr zu schlafen; im Kiez jedoch starben viele durch eigene Hand. Und er überlegte: Wenn er jetzt einfach weiterliefe, käme er zwar aus dem Berg heraus, andererseits hätte er, sollte sich wirklich einer aus dem Kiez erhängt haben, die Mitleidspflicht, ihn wenigstens abzuschneiden; und schon dazu entschlossen, strengte er noch einmal seine Augen an, woraufhin der Mann mit dem herabhängenden kahlen Schädel langsam und wie in die Finsternis fortgesogen verschwand. Als hätte ihn ein Fuchs verhext, fragte sich Hanzō benommen, ob der Kahlkopf, der sich da eben in die Nacht hinein aufgelöst hatte, am Ende nicht jenes Gespenst gewesen sein könnte, das die Leute so oft gesehen haben wollten, der Geist eines Verschiedenen, aber von wem?

Auch die alte O-Ryū hörte von dieser Geschichte; es wird, dachte sie, der vorige Priester vom Jōsenji-Tempel gewesen sein, den Reijo gelegentlich erwähnt hatte, und sie nickte für sich: Einer wie er könnte sich dem so unbekümmerten Hanzō allerdings gezeigt haben. Der Priester soll, erzählte man sich, Hanzōs Vater Hikonosuke sowie Kikudō und andere aus dem Kiez zusammengerufen haben, damit ein Fremder, der tatsächlich ein schrecklicher Bösewicht gewesen war, vor ihnen eine Rede halte. Danach jedoch, einer geplanten Verschwörung gegen den Kaiser beschuldigt, sei der Priester ins Gefängnis geworfen und gehenkt worden. Sicher geisterte er aus Sorge darum, wie es den Kiez-Leuten ergehe, noch immer umher, stellte sich die alte O-Ryū vor und rief dem gerade an ihrem Haus vorbeigehenden Hanzō zu: »Du sagst, du bist einem Gespenst begegnet? Ah, von dem hast du nichts zu befürchten.«

Hanzō sah ihr ins Gesicht, er grinste: »Da schau dir mal das an!« Und indem er das Kreppunterhemd beiseite zerrte, zeigte er ihr zwei violett unterlaufene Flecke auf seiner Schulter, genau an der Stelle, an der der Muskel vom Genick her flacher wurde und das Schlüsselbein hervortrat. »Du hast keine Zähne mehr, du bist alt. Ich glaube kaum, daß du deinem Reijo noch solche Saugflecke machst, oder?«

Unter einem absichtlich lauten Lachen, nun mit entblößten Zähnen, beobachtete Hanzō, wie die alte O-Ryū zunächst vor Verblüffung erstarrte, um hierauf in mürrische Gereiztheit zu verfallen. »Natürlich hast du recht«, fuhr er fort, sie zu nekken, »ich hab' die Frauen schlecht behandelt; darum also sagte ich mir, es müssen die Totengeister der Männer sein, denen ich einst die Frauen ausgespannt habe. Und wirklich schien mir, so müsse es gewesen sein . . . Wenn du mir also versprichst, es vor Reijo geheimzuhalten, darfst du mir gern auch so einen Fleck machen. Auf meiner hellen Haut ist zwar sogar ein wenig Sonnenbrand gleich wieder verblaßt; aber diese Saugflekken besaßen von Anfang an eine Röte, daß selbst die Frau, von der sie stammen, darüber erschrocken war.«

Man kann Hanzō sagen, was man will, immer dreht er es um in einen Scherz, dachte die alte O-Ryū und schwieg; schließlich – während sie eine bitterböse Miene aufsetzte, obwohl ihr in der Tiefe ihres Herzens ganz und gar nicht so zumute war –, schrie sie: »Ach, pack dich!« Und sie tat das mit einer Handbewegung, als verscheuche sie einen Hund. »Na, wenn du mir doch noch einen Saugfleck machen willst, besuchst du mich mal«, erwiderte Hanzō, bevor er, offenbar seit Kindertagen daran gewöhnt, wie ein Hund davongejagt zu werden, kiezabwärts den Hang hinunterrannte.

Hanzō verstand sehr gut, was die alte O-Ryū empfinden mußte; doch beunruhigte ihn der Gedanke, die Erscheinung könnte ein Omen dafür gewesen sein, daß sich in seiner Umgebung Schreckliches vorbereite. Seine Frau erwartete das zweite Kind. Unter diesen Umständen wäre gewiß ein jeder aus der Nakamoto-Sippe, ob Katsuichirō, ob Densu oder auch Tomohiko, von demselben Verdacht wie Hanzō jetzt gepeinigt worden, nämlich daß am Ende einer aus der Blutskette der Nakamotos ihm, dem Vater, habe ankündigen wollen, an dem im Leib seiner Frau befindlichen Kind werde es zu einer Mißbildung kommen.

Als sich der Leib seiner Frau schließlich zu wölben begann, hielt es Hanzō zu Hause nicht mehr aus, und er ging zu der Witwe nach Ukishima. Kurz vor Jahresende, am zwanzigsten Dezember, wurde das Kind geboren, ein Mädchen ohne irgendwelche Gebrechen. Die alte O-Ryū ließ Hanzō rufen, der bei einem Freund übernachtete, und er kam, stand aber im ersten Dämmerlicht des Morgens da wie in einem Alptraum befangen und trat nicht ein, so daß die alte O-Ryū zu ihm meinte: »Komm her und schau es dir an! Ein Mädchen, lieblich wie ein Buddha.« Woraufhin Hanzō zurückwich, als wollte er davonlaufen, und die alte O-Ryū sich angesichts dessen erinnerte: Wirklich hatte sie auch bei Gens Geburt dem Kindsvater gegenüber genau diese Worte gebraucht. Auf einmal ahnte sie, wie entsetzlich er darunter leiden mußte, daß er das Blut der Nakamotos in sich hatte, und es rannen ihr die Tränen während sie murmelte: »Was denkt er sich nur aus ...«

Mit fünfundzwanzig endlich verlor er den letzten Rest Unreife, die ihm noch angehaftet hatte, seine Männlichkeit erstrahlte nun in einem fast fremdartigen Glanz, und er schien sich dessen bewußt zu sein, denn wenn er sich nach Arbeitsschluß frisches Zeug angezogen hatte und unter die jungen Leute aus dem Kiez mischte, zeigte er sich gern so leger wie möglich: mit hochgestelltem Jackenkragen und unnötigerweise aufgekrempelten Ärmeln, was offensichtlich jedoch die Herzen entzückte; die Reihe der Frauen jedenfalls, die ihm verliebte Augen machten, nahm kein Ende. Unklar blieb dabei, ob es Hanzō war, der mit ihnen spielte, oder ob umgekehrt die

Frauen mit Hanzō spielten, indem sie ihm keine andere Wahl ließen, was ihm zwar mit Frauen aus dem Kiez nie passierte, aber es kam vor, daß sonst eine, gerade zwei-, dreimal mit Hanzō geschlafen, seitdem jedoch nichts mehr von ihm gehört hatte, überfallartig in dem Haus im Kiez erschien; hier, vor seiner Frau mit dem Säugling auf dem Arm und nur um sie zu quälen, redete sich die Person dann ihren eigenen Kummer von der Seele, schilderte, wie sie es auf diese und jene Weise mit Hanzō im Bett getrieben habe, und verschwand wieder.

Nach solchen Auftritten, die seine Frau stets mit der größten Standhaftigkeit und ohne Tränen zu ertragen wußte, pflegte Hanzō vor ihr die Hände auf den Boden zu legen und damit Abbitte zu leisten für das, was er ihr angetan hatte. Daß er nicht ausging, sondern bei ihr blieb, schien sie indessen im Gegenteil erst recht zu erbittern, wegen jeder Kleinigkeit fuhr sie die Kinder mit harschen Worten an, und als er sie einmal in der Schlafkammer zu umarmen versuchte, um sie zu beruhigen, erklärte sie: »Mir ist unwohl. Rühr mich nicht an!« Ergriff seine noch immer ausgestreckten Arme und schrie: »Die da brauchen dir nur zu sagen: mach dies, mach das; und wahrhaftig, du braver Junge nickst und tust es, wie?« Und sie schrie das mit einer Stimme, daß das Töchterchen, das sie neben sich gebettet hatte, erschrocken losweinte, woraufhin sie selbst die Decke beiseite warf und aufsprang, die Kleine herausriß, sie am vorderen Kragen packte und auf sie einprügelte, wie es Mädchen mit ihrer Puppe tun. »Du bringst das Kind ja um!« Aber sowie Hanzō sich erhob und ihr das Töchterchen aus den Armen nahm, war ihr Zorn plötzlich verflogen, ließ sie den Kopf hängen und begann, die Lippen an Hanzōs nackte Brust gepreßt, zu schluchzen.

Eines Tages war er mit beiden Kindern im Badhaus gewesen; danach wollte er im selben baumwollenen Yukata ausgehen, weil er jedoch den Geruch feuchtheißer Männerhaut, den sein dem Bad entstiegener Körper verbreitete, so widerlich fand, verteilte er wieder ein wenig vom Gesichtspuder seiner Frau auf den Schultern und unter den Armen. Da mußte er daran denken, wie er einst, das eine aufgestellte Knie an der Brust, trinkend dagesessen, als ihn die auf seinen Körper begierige Witwe von hinten umarmt und gemeint hatte: »Hast du also noch eine andere gehabt, bevor du hierhergekommen bist?!« Indes war's nicht der Duft einer anderen gewesen, der an ihm haften geblieben wäre; seine Frau hatte nur einfach die Sorte ihres Gesichtspuders gewechselt, den er sich gegen den Schweißgeruch ausgeborgt hatte.

Vom Duft des Puders verführt, im Sex erfahren seit frühester Jugend, ein Spieler mit Frauen und Frauen ein Spielzeug, machte sich Hanzō, begierig gewissermaßen auf sich selbst, den Fünfundzwanzigjährigen, auf den Weg und marschierte gleich darauf über den Kiezberg hinüber in Richtung Ukishima. Und obwohl ihm wie seinerzeit wieder das Frösteln über den Rücken lief und er ein Gefühl hatte, als berührte irgendeine Hand sein Genick, sagte er sich, damit habe er nichts zu schaffen, und schritt weiter kräftig aus. So wie er in einer Wolke von Puderduft dahineilte, kam er sich vor wie ein Lustknabe.

Das Haus lag ein Stück die Straße hinunter, die gegenüber dem Vergnügungsviertel am Ukishima-Teich vorbeiführte; das düstere Licht an dem mit einem Holzstabgitter versehenen Eingang, die sanfte Gleitschiene unter der unverriegelten Schiebetür, alles schien auf Hanzō gewartet zu haben. Daß er sich bei ihr gar nicht mehr habe sehen lassen, liege wohl daran, meinte die Frau, daß sich eine andere gefunden habe, zu der es ihn ziehe, oder? Und als Hanzō hierzu schwieg: Sie habe von Verwandten ihres verstorbenen Mannes Reiswein aus Fushimi und einen Fisch bekommen, der gegrillt vorzüglich schmecke, sagte sie, um dann, schon stehend, wie ängstlich den Kopf einzuziehen, denn er, Hanzō, mache wirklich ein Gesicht zum Fürchten, fand sie, während sie sich mit einem glucksend unterdrückten Lachen in die Küche begab. Bis sie wiederkam und verkündete, der Reiswein sei zu heiß, der Fisch zu dunkel geraten, hatte sich Hanzō, den Kopf auf den einen Arm gebettet, auf dem Boden langgelegt. Die Frau stellte beides neben ihn und setzte sich dazu; da aber Hanzō keinerlei Lust zeigte, vom Reiswein zu trinken oder vom Fisch zu essen, ja sich überhaupt nicht rührte, mochte die Frau um einen Anknüpfungspunkt verlegen sein, jedenfalls streckte sie zögernd ihren Arm aus und legte die Hand auf seinen Schenkel, doch als Hanzō aufblickte, warf sie in plötzlichem Entschluß den Saum seines Yukata beiseite und fuhr ihm mit einem derben Griff zwischen die Beine. Brutal stieß Hanzō ihre Hand zurück und setzte sich auf; heiß und heftig, wie angestachelt von der Frau, schoß in ihm die Leidenschaft hoch, und mit einem Wechsel in der Haltung, als hätte er, der Verführer und von Frauen Verführte, nie zuvor so etwas wie ein Verlangen nach einer Frau empfunden, löste er ihr den Obi und streifte ihr den Kimono herunter, so daß sie nackt war. Die Frau besaß ein enormes sexuelles Temperament; noch im gefesselten Zustand pflegte sie unter den aufreizendsten Geräuschen und in der wollüstigsten Stellung an dem Glied zu lecken, das Hanzō ihr in den Mund schob, und als er sie einst aufgefordert hatte, sich mit einer Kerze zu trösten, die er auf dem Hausaltar entdeckt hatte, einer Wachskerze, dicker als sein Glied, tat sie das ohne Scheu und voller Hingabe; oder sie klammerte sich, sobald er ihr die Hand- und Fußfesseln abnahm, mit einer solchen Gewalt an Hanzō, daß es wie ein Aufschrei war, um sich dann rittlings auf ihn zu setzen und in ein lustvolles Stöhnen auszubrechen. Diesmal verlangte sie, er solle über ihr sein; also schloß sich unter ihm ihre Leibesmitte auf, und als hoffte sie, Hanzō mit allem Drum und Dran zu verschlingen, packte die Frau seine Hinterbacken, nicht lange jedoch, und sie versuchte, Hanzō zu entkommen. Manchmal störte ihn ihr Ungestüm, und es war ihm lieber, wenn sie – wie die meisten der anderen Frauen – vor seinen kräftigen Hüftstößen so lange weiter und weiter auswich, bis sie sich ausweglos in eine Sackgasse verirrt hatte und durch seine plötzlichen leichten Rückzieher nicht mehr aus noch ein wußte, dafür aber derart in Glut geriet, daß sie das Spiel nicht mehr ertrug, sondern mit ihren Armen Hanzōs Hals umschlang, ihre Lippen auf seine Brust preßte und unter Zuckungen, die bei jedem seiner Angriffe ihren starren Körper durchliefen, darauf wartete, daß sich Hanzōs Kraft in sie ergösse.

Worin sich diese Frau allerdings von jenen anderen unterschied: Sie liebte Hanzō inbrünstig, für ihn hätte sie einen Mord begehen können, so vernarrt war sie in ihn, und seit langem redete sie davon, er solle sich doch von Frau und Kindern trennen, den Kiez verlassen und mit ihr einen gemeinsamen Hausstand gründen. Anfangs hatte Hanzō den Vorschlag einfach überhört; als sie ihm aber immer wieder damit kam, verlor er schließlich die Geduld. Was denn Schlimmes dabei sei, daß er im Kiez lebe? Und in einem Anfall von Zorn: »Es gibt Dinge, von denen man nicht spricht!« schrie er und schlug sie, obwohl das einer Frau, die es wie sie genoß, geschlagen zu werden, nichts ausmachen konnte.

»Wenn du ein Unternehmen anfangen möchtest, ich habe genug Geld dafür; ja, komm zu mir und du kannst es mit jedem aufnehmen und brauchst dich, da bin ich sicher, vor niemandem zu schämen.«

»Du glaubst, anstatt deines Mannes, der durch dich, durch deine Geilheit krepiert ist, soll ich mich jetzt abrackern? Nein, verschon mich damit!«

»Wenn du nicht arbeiten willst – bitte, mir ist es recht!«

»Das würde dir so gefallen: daß wir's am hellen Tag treiben wie die Hunde, was?«

Er hatte den Eindruck, die Frau, die auf solche Beleidigungen hin in ein fast nachdenkliches, wie ersticktes Schluchzen ausbrach, sei nicht im geringsten um ihn, Hanzō, besorgt, und er seufzte; gerade das Verhältnis mit einem Mann, der Frau und Kinder habe und immer wieder in den Kiez zurückkehre, müsse doch für sie um so reizvoller sein, meinte er, wobei er spielerisch mit seinem Zeh nach dem schmalen roten Band langte, das sich schlangengleich zu ihren Füßen ringelte. Die Frau nahm es und fesselte ihm damit die Hände auf dem Rükken, und als Hanzō erklärte, das in die Muskeln seiner hellen Arme einschneidende rote Band schaffe gewiß einen raffinierten Kontrast, wobei er noch dazu absichtlich ihre Stimme imitierte, bekam die Frau, vielleicht aus Erregtheit, vielleicht aus Zorn, ein starres Gesicht, die Brauen hochgezogen wie bei einer grausamen Züchtigung, und schlug ihre Zähne so in Hanzōs Schulter, daß davon deutliche Spuren blieben. Einen Augenblick lang beobachtete sie fast eifersüchtig, wie Hanzō mit aufgerissenem Mund die Schmerzen ertrug; dann aber drängte sie sich an ihn, um seinen bewegungsunfähigen Leib zu umarmen und ihre Lippen an jene Stelle auf der Schulter zu legen, die sie mit dem Abdruck ihrer Zähne markiert hatte. Er war von einer solchen Schönheit, daß ihn, den Mann, jede Frau seufzend darum beneidete, ja daß jede den Fünfundzwanzigjährigen liebend gern ausgehalten hätte, wäre da nicht schon diese Witwe aus Ukishima gewesen.

Die alte O-Ryū ihrerseits hatte den Verdacht, der so geartete Hanzō könnte am Ende eben doch ein Wesen sein wie nicht von dieser Welt. Natürlich wisse sie, hatte sie einmal zu Reijo gesagt, über Hanzō genau Bescheid, schließlich habe sie ihn als Hebamme in Armen gehalten; dennoch falle es ihr schwer zu glauben, daß er real sei und ganz von hier. Genau besehen wirke er, ähnlich seinem Vetter Gen, mit zunehmendem Alter nur immer eindeutiger wie jemand aus einer anderen als der Menschenwelt. Reijo hatte die Worte der alten O-Ryū wohl vernommen, da er jedoch ein Mann war, schien er nichts zu begreifen; zudem war er bis eben hier im Haus im Kiez vor dem kleinen, schmalen Buddha-Altar ins Gebet versunken gewesen, und als ob er noch immer die Toten vor sich sähe und nur mit ihnen in seinem Herzen kommunizierte, gab er mit verhaltener, ruhiger Stimme die einigermaßen wirre Antwort: »Ja, es mag durchaus auch Leute geben, die dahinleben, indem sie sich an dergleichen erfreuen.« Wobei sein Blick den weißen Rauchfäden folgte, die vom Räucherwerk im Altar her aus den offenen Flügeltüren zitternd durchs Zimmer zogen, um sich nach und nach ins Freie zu verlieren. Draußen herrschte der frühe Sommer im Kiez, und von da, wo die alte O-Ryū saß, wie auch von der anderen Stelle, an der Reijo saß, war der Saum des Kiezbergwaldes zu sehen, der so sehr von hellem frischem Grün überwuchert war, daß einem davon die Augen wehtaten. Unterhalb des Hauses der alten O-Ryū reihten sich parallel zum Berg die anderen Häuser, erstreckte sich die Kiezstraße, die querüber auszufüllen ein einzelner Lastkarren genügte.

Nun waren zwar nicht alle jungen Leute aus dem Kiez so wie Hanzō geraten, es gab da auch Mißgestaltete mit niedrigen Stirnen und eingesunkenen Augen oder solche mit ausgesprochenen Idiotengesichtern, bei deren Anblick man, obwohl inzwischen daran gewöhnt, von Buddha und den Göttern mit vorwurfsvollen Worten hätte fordern mögen, dergleichen gefälligst besser zu machen; immerhin aber fanden sich im Kiez, jedenfalls nach dem Urteil der alten O-Ryū, und sie war ja schließlich auch eine Frau, eine ganze Menge hübscher Kerle, etwa unter den Nishikawas oder den Deguchis. Einer wie der andere hatten sie ein flottes Auftreten, manche brachten auf diese Weise sogar die Kaufmannsweiber in der Stadt um ihr Geld; doch Hanzō, jetzt mit fünfundzwanzig in seiner vollen Blüte, war ihnen an männlicher Schönheit derart überlegen, daß man sich verwundert fragte, ob der Kiez je einen wie ihn gekannt hatte. Einmal kam er – wo wollte er nur hin? – hastig den Hang herauf und schaute, als wäre ihm plötzlich etwas eingefallen, bei ihr vorbei, und obwohl sie begriff, daß er so keuchte, weil er bergauf gerannt war, machte er, wie er so dastand und sie anrief, der alten O-Ryū angst und bange. Sein üppiger Haarschopf schien nur eben vom Wind zerzaust, offenbar aber hatte Hanzō es lustvoll genossen, daß sich, dem Ansturm willig folgend, Strähne um Strähne aufgelöst hatte, und die alte O-Ryū begann zu fürchten, es wären da sowohl unten im Kiez als auch hier oben im Dickicht auf dem Berge Kräfte am Werk, die, jede menschliche Vorstellung übersteigend, auf Hanzō abzielten, um ihn entweder zu vernichten oder zu ihrer Belustigung zu mißbrauchen. Die alte O-Ryū sprach zu ihm kein Wort von ihrer Besorgnis, doch Hanzō, nach einem Blick in ihr Gesicht und wie um dem zu erwartenden mütterlichen Vorwurf, daß er bei anbrechender Nacht aus dem Haus gegangen und Frau und Kinder allein gelassen habe, auszuweichen, fragte er sie: »Hör mal, O-Ryū, hättest du nicht gern ein Vögelchen?«

Sie glaubte, Hanzō wolle sie abermals nur necken, also erwiderte sie scherzend: »Was denn für ein Vögelchen? Heißt das etwa, du wirst mir auf der Stelle den Kuckuck fangen?« Und als Hanzō hierauf mit blitzenden Zähnen lachte, verleitete sie das zu sagen: »Es kommt mich nämlich, weißt du, regelmäßig ein Kuckuck besuchen.« Zwar war sie sich in ihren Gefühlen nicht völlig sicher, ob damit der Morgen begann oder die Nacht zu Ende ging, jedenfalls strich immer dann, wenn sie aus tiefem Schlummer in ein bloßes Dahindämmern geriet, ein Kuckuck durch das Gebüsch hinterm Haus. Mit Reijo, der neben ihr lag und schlief, pflegte sie absichtlich nicht darüber zu sprechen; einmal indes hatte sie ihn, während der Ruf des Kuckucks allmählich entschwand, vor sich hinmurmeln hören: »Ja ja, so muß es sein, wo Priester und Hebamme ein Paar sind – wie wir«, und seitdem glaubte sie erst recht, diese Vogelstimme verknüpfte die Nacht mit dem Morgen, nähte den Riß zwischen dem Tod und dem Leben.

Er kenne keinen Kuckuck, erklärte Hanzō, was denn das für ein Vogel sei? Da aber auch die alte O-Ryū noch nie einen mit ihren eigenen Augen gesehen hatte, deutete sie auf gut Glück eine Größe an, wie sie ein Küken hatte: »Solch ein Vögelchen ungefähr.« Woraufhin Hanzō von neuem loslachte. »Nanu, wäre es so geschrumpft, weil ihr aufgehört habt, es zu benutzen?« meinte er, indem er einen Finger krümmte, »Da kann es allerdings zu nichts mehr taugen.«

Als er so zu ihr redete, dachte die alte O-Ryū: Und das jetzt, wo ich, obwohl er mein Mann ist, mit Reijo, dem gnadenreichen, allein in der Hoffnung auf Buddha und die Götter lebe! Doch aller Kränkung zum Trotz erwiderte sie mit einem vielsagenden Lächeln: »Hanzō, unterschätze mir die Frauen nicht! Mag das deine noch so groß sein, es bleibt ein erbärmlich Ding. Ich habe oft genug den Frauen beim Gebären zugeschaut, aber versuch du dir mal vorzustellen, wie da das ihre aussieht! Selbst das Gemächt des Teufels wäre dem nicht gewachsen.«

»Ah, deshalb war mir's, wenn ich hierher kam, doch immer, als röche es bei dir nach Blut.«

Die alte O-Ryū hatte ihn kleingekriegt, und in einem eher männlichen Tonfall stimmte sie ihm zu: »Aber gewiß doch! Schließlich habe ich mit diesen meinen Händen all die blutverschmierten Neugeborenen gebadet.«

Wie um über seine Beklommenheit hinwegzukommen, sagte Hanzō: »Es ist eine Nachtigall, eine Nachtigall!« Sagte, als täte es ihm plötzlich leid, den Vogel aus der Hand zu geben, das nächste Mal werde er die Nachtigall mitbringen, um sie ihr vorzuführen, diese »Himmlische Trommel«, die mit einer so unvergleichlichen Stimme singe. Und damit rannte er die Straße über den Kiezberg in Richtung Ukishima davon.

Nachdem Hanzō verschwunden war, blieb die alte O-Ryū auf der hölzernen Veranda ihres Hauses sitzen und blickte auf die Reihen der flachen, mit einfacher Zedernrinde gedeckten Dächer im Kiez hinab, von woher das Geschrei sich streitender Kinder zu hören war. Und während sie seufzte und sich vorstellte, da unten habe sich, bevor der Kiez entstand, ein dichtes Gehölz befunden, stiegen vor ihrem inneren Auge Szenen auf, die sie zwar selbst nicht miterlebt hatte, die ihr aber dennoch den Eindruck machten, als sähe sie sie jetzt und ganz real: wie nämlich, fallendem Laub vergleichbar, die ersten Leute bald einzeln, bald zu zweit von überall her gekommen waren und sich hier miteinander niedergelassen hatten. Noch in ihrer Jungmädchenzeit, entsann sich die alte O-Ryū, hatte sich in einem zufällig leerstehenden Haus neben dem Westlichen Brunnen ein Mann im Pilgergewand eingenistet, hatte bald darauf eine Frau genommen, und ein Sohn war ihm geboren worden, der heute seinerseits als Vater einer der jungen Männer hier seine Tage verbrachte. Den Blick unverwandt auf die Häuserzeilen drunten im Kiez gerichtet, die, von der Sonne angestrahlt und von ihrem Lichtstaub überschüttet, wie unter einem Schleier lagen, vermeinte die alte O-Ryū das leise Aufwallen zu vernehmen, mit dem das Leben und das Sterben ineinanderflossen, und das alles zusammen führte dazu, daß sich ihre Augen mit Tränen der Dankbarkeit füllten. Folgte der Tod auf das Leben oder das Leben auf den Tod? Sie tat einen tiefen Atemzug, aber gleich fiel ihr Hanzōs beklommenes Gesicht wieder ein: Würde er, malte sie sich das Unvorstellbare aus, würde dieser junge Mann, den keiner von den anderen an Männlichkeit übertraf, dieser in jeder Hinsicht vollkommene Inbegriff seines Geschlechts, würde Hanzō am Ende nicht eben doch zugrunde gehen wie ein grüner Halm, der, an einer Stelle verletzt, von daher zu verrotten, zu verwelken begann; würde er nicht, da er sie herausgefordert hatte, den mächtigen und schrecklichen, den bösen Geistern zum Opfer fallen, mit dem Resultat, daß sie ihm den Leib zerbrächen, das Gedärm ausrissen und sein vom Wind liebevoll zerzaustes Haar, seine von den Frauen geküßten Lippen, seine Arme bis zur Unkenntlichkeit zerstörten, daß sie ihn schließlich verschlangen? Gewiß, es mochten dies pure Phantasien sein, und das von der alten O-Ryū, die nach Hanzōs Worten längst vergessen hatte, wie eine Frau im konkreten Fall auf einen Mann reagiert, so wie sie selbst einst ihrem Reijo zu Willen gewesen war; andererseits mußte man kein Dämon sein, es genügte, daß man Menschen mochte, um den unbeschreiblichen Duft und den Wohlgeschmack zu ahnen, den Hanzōs Fleisch besaß. Was nun den Tengu betraf, der seit jeher auf dem Kiezberg sein Wesen trieb, so hatte, überlegte die alte O-Ryū, dieser boshafte Kobold zwar noch keinen nach Dämonenart, also allein seines appetitlichen Aussehens wegen, gefressen, und im Falle von Hanzō, der es bei soviel männlicher Schönheit nicht verdiente, übersehen zu werden, würde der Tengu wohl eher versuchen, ihn zu seinem Lustknaben zu machen. Tatsächlich allerdings war es einem Viehhändler, einem wilden Burschen namens Jitsuno, einst übel ergangen: Als er einen Ochsen über den Kiezberg trieb und ein Mann ihm den einzigen schmalen Weg verstellte, bat er diesen nicht um Durchlaß, vielmehr schrie er ihn wütend an: »Wer bist du denn, daß du dich da vor mir aufbaust?« Woraufhin er samt seinem Ochsen in das damals noch drunten im Kiez stehende Gehölz geschleudert wurde. Da fürchtete die alte O-Ryū nun doch, der nicht nur schöne, sondern ebenso wie die anderen jungen Männer auch starrsinnige Hanzō könnte unversehens auf den Tengu treffen, könnte irgendwelchen Streit mit ihm kriegen und schließlich daliegen mit aufgeschlitztem Bauch. Das junge Laub auf dem Kiezberg, vom Licht der Sonne durchglüht, als würde es eingefärbt von dem Blut, das aus Hanzōs Körper strömte, es zitterte Blatt für Blatt und schmerzte in den Augen der alten O-Ryū wie unzählige Wunden.

Eines Tages wurde ihr klar, daß sie Hanzō schon eine ganze Weile nicht mehr gesehen hatte, nämlich seit er damals über den Kiezberg davongerannt war; er habe, erfuhr sie, seine Frau und die beiden Kinder im Kiez sitzengelassen und sich bei der Witwe in Ukishima einquartiert.

Und sooft sie danach die im Kiez umlaufenden Gerüchte hörte, daß er beispielsweise mit dem Weibsstück in dem Theater gewesen sei, das sich auf grellen Plakaten in den Straßen als eine Truppe aus Ōsaka angekündigt hatte, oder daß er mit der Person einen Bummel durchs Einkaufsviertel gemacht hatte, jedesmal schien ihr, Hanzō werde von der jungen Witwe, die über eine kleine, unerhebliche Summe verfügte, mit ein paar lausigen Kupferstücken ausgehalten, und selbst wenn die junge Witwe noch soviel für Hanzō ausgegeben hätte, so teuer waren Männeranzüge und -kimonos schließlich nicht, dachte sie und begann sich zu ärgern. Plötzlich kam ihr, der alten O-Ryū, ein wunderlicher Gedanke: Vielleicht malte sie sich Hanzō deshalb in einem Zustand aus, in dem sein sonnengebräunter, leicht kirschfarbener Körper bis zur Unkenntlichkeit entstellt war, weil sie ihn liebte, und so tröstete sie sich damit, daß er besser an die junge Witwe verkauft wäre, als wenn ihm irgend etwas Schreckliches zustieße.

Nach ungefähr einem Monat kehrte Hanzō in den Kiez zurück, legte vor seiner Frau die Hände auf den Boden und bat sie um Verzeihung. Als er wieder zu arbeiten anfing – er hatte sich der Gruppe der jungen Waldarbeiter aus dem Kiez angeschlossen –, sah ihn die alte O-Ryū in seinem verwegen geschürzten Arbeitskittel, und auch diesmal hatte sie den Eindruck, er gehöre nicht in diese Welt, ja, sie war besorgt, er würde unter Gesellen wie Jinnosuke und Tatsukichi keine leichten Tage haben. Hanzō pflegte früh aus dem Haus zu gehen, an der Kiezecke traf er sich mit den anderen, und nachdem sie den Wind darauf geprüft hatten, ob er ihnen schönes Wetter brächte oder nicht, begaben sie sich in das Büro des Waldbesitzers, von wo aus sie, wenn es sich um einen nahegelegenen Berg handelte, zu Fuß losmarschierten, oder sie stellten sich, wenn es tiefer im Gebirge war, eine provisorische Hütte hin und blieben dort über Nacht, um das wuchernde Buschwerk wegzuschlagen und das Gras unter den Zedern zu schneiden, lauter Arbeiten, die Hanzō ein Gefühl der Frische vermittelten. Übrigens stand er sich mit Jinnosuke und Tatsukichi gut seit Kindertagen. Er hatte früher als die beiden etwas mit Frauen gehabt, er kannte die Tricks, wie man es ihnen so machte, daß es ihnen Freude bereitete; und dennoch kam es gelegentlich vor, daß er, dem die Frauen begehrliche Blicke zuwarfen, dessen Hüften sie berührten, für den sie immer in erreichbarer Nähe waren, wenn er nur die Hand nach ihnen ausstreckte, daß Hanzō seinerseits es für das Normale und etwas durchaus Vergnügliches hielt, wenn Jinnosuke und Tatsukichi berichteten, wie sie – im Gegenteil – die Frauen um ein einziges Mal bitten und betteln mußten, und er hatte das Gefühl, ihm selber fehle da etwas. Er pflegte sich von seiner Frau heimlich Gesichtspuder auszuborgen, nicht etwa weil er dachte, die Frauen könnten sagen, du riechst nach Schweiß, sondern weil er, solange er sich auf den Schultern und unter den Armen nicht puderte, den Geruch des eigenen Schweißes, den mit dem Schweiß von seinem Körper aufsteigenden Geruch nicht zu ertragen vermeinte.

Als Hanzō in der provisorischen Hütte erwachte, in der sie übernachtet hatten, bemerkte er, daß sein Schweiß von Natur aus genau wie der von Jinnosuke und Tatsukichi mit ihren ungepflegten Körpern roch, und zum erstenmal war er überzeugt, daß in ihm das Blut der Nakamotos floß. Wie er es von Jinnosuke und Tatsukichi gelernt hatte, schlug er weiter unten am Berg sein Wasser ab, wobei er, um sich gegen Blicke vom Gipfel her zu schützen, den Rücken nach vorn krümmte; dann machte er sich an die Arbeit. Das erste, in das er seine Axt hieb, war ein Sakaki-Busch, ein heiliger Baum, der nach Möglichkeit nicht morgens gefällt werden sollte. Jinnosuke mit Tatsukichi erblaßten vor Schreck; sie liefen die etwa hundert Meter zur Hütte zurück, holten eine Flasche Reiswein und gossen sie wie zur Reinigung über dem Sakaki-Busch aus. An diesem Tag geschah Hanzō, dem Schuldigen, nicht das geringste, aber Tatsukichi rutschte beim Ausästen mit dem Beil ab, wobei ihm die Schneide von oben her in die dicksohligen Tuchstiefel fuhr; rechts war die Wunde so tief, daß der Fußknochen aus dem zerfetzten Stiefel hervorschaute. Nachdem sie ihm, damit er nicht verblutete, das Fußgelenk doppelt und dreifach mit Handtüchern abgebunden und eine Holzschiene angelegt hatten, weil sie fürchteten, der Knochen könne gebrochen sein, stiegen sie, indem sie ihn abwechselnd auf den Rücken nahmen, den Berg hinab.

Weder der schwerverletzte Tatsukichi noch Jinnosuke sprachen ein Wort. Hanzō aber dachte: Tatsukichi hat die Buße für mein Vergehen auf sich genommen; und da er wußte, daß der Waldbesitzer, der einem, wenn man nicht ganz hart bliebe, selbst den Tagelohn noch herunterhandelte, wohl kaum bereit wäre, etwa den Arzt zu bezahlen, wollte er Tatsukichi wenigstens diese Ausgaben ersetzen, und so machte er sich, als es Abend wurde, auf den Weg zu der Witwe in Ukishima. Die Frau, leidenschaftlich wie sie war, konnte ohne Mann nicht leben, daher hatte sie sich, nachdem Hanzō in den Kiez zurückgekehrt war, einen anderen jungen Mann in ungefähr dem gleichen Alter ins Haus geholt. Sowie sie jedoch Hanzōs Gesicht erblickte, und offenbar empfand sie tatsächlich keinen Haß, lieh sie ihm auf der Stelle – »Nichts leichter als das« – die dreifache Summe dessen, was er von ihr zur Bezahlung der

Arztkosten erbat, um ihn hierauf, in welcher Absicht auch immer, zum gemeinsamen Trinkgelage mit jenem anderen Mann einzuladen, der aus dem hinteren Zimmer, bis wohin er Hanzō reden hörte, wütend und in einem häßlich abkanzelnden Tonfall schrie, die Frau solle gefälligst wieder zu ihm kommen und ihm einschenken. Nun hatte Hanzō zwar in dem einen hier verbrachten Monat genug mit ihr erlebt, um die Leidenschaft der Witwe für selbstsüchtig zu halten, ja, im Grunde war er ihrer überdrüssig, aber die aus der Tiefe des Hauses kommende Stimme jenes Mannes weckte in ihm die kribbelnde Lust auf eine Schurkerei; wenn er zudem, obwohl er nur um Geld gebeten hatte, zum Bleiben aufgefordert wurde, konnte er schließlich nicht einfach davonlaufen, versuchte er sich innerlich herauszureden und stieg die Eingangsstufe hinauf. Der Mann, offenbar war er schon seit dem Morgen mit der Witwe zusammen, hatte außer einer Leibbinde aus weißem Tuch lediglich die Unterhosen an; als er hinter der Frau Hanzō eintreten sah und dieser in seiner schönen Selbstsicherheit ein in jeder Hinsicht offenes, sanftes Lächeln zur Schau trug, reizte ihn das erst recht, die Witwe herunterzumachen: »Bringst du einen mit hierher, und was ist? Die ganze Zeit wird nichts als geredet.« Hanzō ließ sich ihm gegenüber nieder. »Ich meine, irgendwo hätten wir uns schon mal gesehen«, sagte er wie zur Begrüßung, und der andere, er schenkte sich ein und trank, erwiderte mit einer abwehrenden Handbewegung: »Nein, bestimmt nicht.«

Hanzō begriff, worauf die Witwe hinauswollte, viel zu deutlich begriff er es. Den jetzigen Mann mochte sie nicht freigeben, gleichzeitig aber hätte sie sich gern mit ihm, mit Hanzō, versöhnt, hätte ihn, der sich das Geld geborgt, angeblich um damit für einen Waldarbeiterkameraden die Arztrechnung zu bezahlen, liebend gern wiedergehabt. Wie auch immer, ob Hanzō ginge oder ob der andere mit einer Geste der Entrüstung seine Kleider packte und davonzöge, einer von beiden jedenfalls würde bleiben, und von dem – sie solle bloß nicht denken, mit den Männern könne sie's machen – würde sie zusammengeschlagen und mit Stricken gefesselt werden, bis es ihr, während er zusehen würde, wie sie sich krümmte vor lauter Scham, ganz von selbst käme, so daß sie aufstöhnen würde, gequält, als wäre sie in ihrem Innersten geschmolzen, um sich dann an ihn zu werfen, er möge ihr doch endlich verzeihen. Plötzlich befiel Hanzō das Verlangen, genau das mit ihr zu tun, hier und jetzt. Warum, das wußte er nicht. Die Witwe füllte ihnen die Schälchen mit dem Reiswein, den sie aufgetragen hatte; der andere Mann saß stumm da, aus den Poren seines Körpers begann deutlich erkennbar die zunächst nur glitzernde und die Atmosphäre verpestende, gegen Hanzō gerichtete Feindseligkeit endgültig hervorzubrechen, und während die wie von einem darin versunkenen Licht dumpf schimmernden Augen des Mannes ihn anstarrten, wußte Hanzō, daß um ihn selbst, um seinen Kopf und seine Schultern ein immer dichterer Halo erstrahlte.

In diesem Augenblick sagte die Frau, zu Hanzō gewandt: »Neulich, ich hatte sie geschenkt bekommen, hab' ich dir doch eine wunderschön singende Nachtigall gegeben, nicht wahr?« Nun, sagte sie, sei dieser Mann da, der ihr die Nachtigall gebracht hatte. »Aha«, meinte Hanzō, indem er dem Mann zunickte, und der, als erführe er das eben jetzt erst, fragte zurück: »Demnach wäre die Nachtigall also bei Ihnen?« Den Namen für die Nachtigall hatte sich wirklich die Witwe ausgedacht, aber es sei der Mann gewesen, der sie als noch jungen Vogel aus dem Nest im Bambusdickicht geholt habe, um sie, damit sie sich keine wolkige Stimme angewöhne, in einer Kiste zu dem Eigentümer einer bei Wettbewerben mit Gold ausgezeichneten Nachtigall zu bringen; so habe das Vögelchen auf dieselbe Weise, in der die Geisha das Shamisen-Spiel und die dazugehörigen Lieder bei der Meisterin einübt, deren lang dahinperlenden Gesang nachzuahmen gelernt. Und wieder blickte Hanzō dem Mann ins Gesicht.

Wie als Antwort setzte dieser ein dünnes Lächeln auf, aus dem eine Art Betroffenheit darüber abzulesen war, daß die von der Witwe mit vorgetäuschter Freundlichkeit gegebene

Schilderung der Aufzucht der »Himmlischen Trommel«, wie der Name der Nachtigall lautete, zugleich auch die volle Offenlegung seiner eigenen niederen Herkunft bedeutete, und wirklich weckte sein Lächeln in Hanzō den Wunsch, nun nicht an der Witwe, sondern an ihm ein Exempel zu statuieren. »Ich verstehe«, sagte Hanzō, »wie eifrig hast du die Nachtigall abgerichtet, bis sie endlich so hübsch sang, nicht wahr?« Hast dir, dachte er bei sich, solche Mühe mit dem Vögelchen gegeben, nur um es der Witwe zu präsentieren, die aber hat es prompt mir zum Geschenk gemacht; und während die Witwe noch mehr Reiswein holte, rief er den Mann zu sich und schlug ihm flüsternd vor: Was er davon hielte, wenn sie beide die Frau abrichten würden wie er einst die »Himmlische Trommel«? Das vom Reiswein gerötete Gesicht des Mannes wurde, entweder wegen des Vorschlags oder weil Hanzōs Lippen dabei sein Ohr berührten, noch röter als zuvor; aus irgendeinem Grunde kratzte er sich die von der Lampe beschienene, glänzende Stirn und meinte, das könne lustig sein. Kaum war die Witwe zurück, da riß Hanzō ihr wie verabredet die Kleider vom Leib, und ohne darauf zu hören, daß sie gern das Licht gelöscht hätte, fesselte er sie, und zwar nicht nach seiner üblichen Methode, sondern wie die Witwe sonst ihn zu fesseln pflegte, nämlich die Hände auf dem Rücken; ein zweites Seil schlang er so straff und in die Brüste einschneidend um ihren Oberkörper, daß sich die Brustwarzen nach außen spreizten. Dann hieß er den Mann, der inzwischen seine Unterhosen ausgezogen hatte, sich auf sie zu stürzen. Bei jedem Hüftstoß schaukelten die Hoden des Mannes wie überflüssig unter seinen Hinterbacken hin und her; Hanzō hatte sich von dem an die Wand gerückten Eßtisch die Reisweinflasche genommen, und indem er sie im Stehen an die Lippen setzte und trank, glitt – ach, was für freudlose Stöße waren das! – ein sarkastisches Lachen über sein Gesicht. Gleich darauf, einer plötzlichen Eingebung folgend, ließ er sie die Plätze wechseln, so daß jetzt die Frau obenauf zu liegen kam; er löste ihr die Handfesseln, und während sie den anderen unter sich hielt, schnellten ihre

Arme um Hanzōs Hüfte, zog sie an sich und vergrub ihren Mund darin. Der Rest Reiswein aus der Flasche ergoß sich wie warmer Urin über ihre Brüste, triefte durch die Schlucht zwischen ihnen hinab, und der Mann unter ihnen leckte ihn auf. Der Speichel, der der Frau von den Lippen rann, sammelte sich in Hanzōs Schamhaaren, und bei einem zufälligen Blick hinunter bemerkte er, daß dieser Mann unter seinen Schenkeln hervor mit entsetzten Augen zusah, wie die Witwe mit entnervendem Geräusch und steif ausgestreckter Zunge an ihm sog. Hanzō grinste, wobei er seine weißen Zähne blitzen ließ.

Die Frau hatte den anderen so gefesselt, wie sie es sonst mit ihm tat, doch das mißfiel Hanzō; er stopfte ihm ein Handtuch als Knebel in den Mund, korrigierte die Fesselung des um so entsetzter Dreinblickenden, und als hätte ihn die Bemerkung der Witwe, jetzt werde es amüsant, erst recht erregt, hieß er ihn, die Beine zu krümmen, und drang wie mit einer Klinge gegen sein behaartes Gesäß an. Es war, als versuche jemand, mit dem Finger ein Loch in hartes Gestein zu bohren, Hanzō aber spuckte in die Hand und strich sich den Speichel, einen Hauch von Frau sozusagen, zur leichteren Passage auf seine Penisspitze, woraufhin er in den Anus des Mannes fuhr. Der Mann versuchte zwar auszuweichen, da er indes seine gekrümmten Beine aufgestellt hatte wie eine Frau, konnte Hanzō, eben wie bei einer Frau, so tief er wollte, hinein und heraus. Dabei wurden seine Hüftstöße schneller und schneller, und die Witwe legte sich neben ihn, nahm sein Gesicht in beide Hände und begann ihn mit saugender Zunge zu küssen. Eine Weile malträtierte er so den Mann, dann wechselte er mitten im Galopp die Pferde, sprang auf die Frau hinüber, woraufhin diese eine Folge spitzer Schreie ausstieß, so daß es sich in der Tat anhörte wie der Gesang jener »Himmlischen Trommel«. Und während Hanzō in das ihn sanft umhüllende Innere der Witwe hinein seine Vitalität entlud, lag der andere, noch immer gefesselt, einer auf den Rücken gedrehten Kartoffelraupe vergleichbar da und sah zu, wie die beiden ineinandersanken.

Als alles vorbei war, überkam Hanzō der Reisweinrausch, wovon er auf der Stelle einschlief. Beim Erwachen bemerkte er dicht neben seinem Bauch das Gesicht des Mannes und über seine Brust ausgestreckt die Arme der Witwe; ihm war zumute wie nach einem bösen Traum, rasch erhob er sich, zog sich, noch begann es nicht zu tagen, im Dunkeln an und tappte an den beiden vorbei auf den Ausgang zu. Da kam der Mann, er war in seine Unterhosen geschlüpft, hinter ihm her und fragte: »Heißt das, Sie gehen schon?« – »Ja«, wiederholte Hanzō wie ein Papagei, »das heißt, ich gehe schon.« Um dann, als spräche er zu einer Frau, hinzuzusetzen: »Das war richtig gut.« Und dabei glitt ein Lächeln über sein Gesicht. Doch auf einmal spürte er abermals jenen mit Schweiß vermischten süßlichen Geruch an sich, der nach der Arbeit in den Bergwäldern von seinem Körper aufzusteigen pflegte.

»Eigentlich bin ich hergekommen, um etwas Geld zu pumpen; einer meiner Kumpel hat sich verletzt.«

Der Mann reagierte auf diese Erklärung mit einer ein wenig ratlosen Miene. Er werde, wenn Hanzō einen Augenblick auf ihn warten wolle, mit ihm gehen. Nein, nein, wehrte Hanzō ab, er gehe in die andere Richtung, am Ukishima-Vergnügungsviertel vorbei, den Berg hinauf, hinüber in den Kiez. »Demnach kämst du aus Nagayama?« fragte der Mann mit dem Ausdruck tiefsten Erstaunens und indem er den anderen Namen für die Siedlung benutzte; stamme er also, wiederholte der Mann voller Bewunderung, aus demselben Nagayama, in dem dies Gemisch aus Abdeckern und Schuhflikkern und Korbflechtern hause? »Na, dafür siehst du geradezu blendend aus«, konstatierte er, als stünde er plötzlich weit über ihm. »Danke auch schön«, entgegnete Hanzō und weil er es sich nicht verkneifen konnte, das letzte Wort zu behalten: Er werde ihn bei Gelegenheit gern wieder verwöhnen. Doch da bereute er es bereits, daß er es überhaupt mit dem Mann getrieben hatte. Wenn eine Frau sich an ihm oder er sich an einer Frau verlustierte, so fand er nichts dabei; sich hingegen, nur weil er gut aussah, von irgendeinem Dahergelaufenen als Strichjunge behandeln zu lassen – nein, das nie! schwor er sich und spuckte aus. In seinem Inneren verletzt wie einer, der sich aus lauter Gutmütigkeit für einen lieben Kameraden aus dem Kiez verkauft hat, lief er, wieder und wieder ausspuckend, den Kiezbergweg hinauf.

Um dieselbe Zeit auch geschah es, daß Hanzō sich auf seiner rechten Wange eine Narbe holte, die tief ins Fleisch ging und von der er jedem aus dem Kiez bereitwillig erzählte, sie rühre daher, daß er in den Bergen, das Haumesser in der Hand, gestürzt sei; die alte O-Ryū jedoch hatte den Verdacht, er habe sie sich, wütend über sein gutes Aussehen, selber beigebracht. Nur hatte diese Narbe keineswegs den gewünschten Erfolg, denn es mochte sich zwar, wie gewisse Leute glaubten, eines Tages tatsächlich zugetragen haben, daß bei seinen wechselnden Weibergeschichten eine auf ihn versessene Frau, weil sie ihn nicht für immer behalten konnte, zum Messer griff, um sein Gesicht zu zerstören; doch verlieh dies seinem heiter frischen Lächeln erst recht den Reiz des Ungewöhnlichen und konnte jedenfalls an seiner untadelig schönen Männlichkeit nicht das geringste verändern. Wohin er auch kam, nie fehlte es an Frauen, die sich auf den ersten Blick in Hanzō verliebten, und Hanzō machte, sich gründlich pudernd, die Runde, und gründlich befriedigte er ihre Wünsche.

Als ihn die alte O-Ryū einmal verspottete und sagte: »Nein, Hanzō, was bist du doch für ein Tausendsasa!«, spielte er den Harmlosen: »Ach, weißt du, ich komme hin, um nachzuschauen, ob sie gar sind, die Bohnen, da haben sie sie schon zerkocht und ausgepellt.« Und indem er die Hand zwischen seine Schenkel legte: »Statt rot oder weiß, wie bei den meisten, ist meine Morchel freilich längst schwarzgebraten.« In diesem Augenblick bemerkte er, daß die alte O-Ryū sich ihrerseits die Hand vor den Mund hielt und lachte, was wiederum ihn reizte, noch eins draufzugeben: »Ja, hätte ich sie nur meiner Angetrauten überlassen, wäre die gewiß geschickt genug gewesen, sie zu grillen, ohne daß sie dabei verkohlen mußte.«

Wenn ein anderer so reden würde, wäre das, dachte die alte

O-Ryū, schrecklich vulgär, aber bei Hanzō schienen selbst die Wörter in den angenehmsten erotischen Zauber gehüllt. Und neuerdings hatte sie das Gefühl, daß der wie ein Tier mit einer zweigeteilten Klaue geborene Gen und dieser von männlicher Schönheit strahlende Hanzō Wesen waren, die zwar in der hiesigen Welt lebten, ihr aber nicht zugehörten. Ach, wünschte sie sich, wenn Hanzō doch nie unter die Dämonen fiele! Wirklich fiel er weder unter die Dämonen noch unter die Kobolde. Mit fünfundzwanzig, als hätte einer auf dem Gipfelpunkt den Vorhang beiseite gerissen, stach ihm der aufgebrachte Ehemann einer Frau, mit der er ein Verhältnis hatte, das Messer in den Rücken; er rannte, während das Blut wie Flammen aus ihm sprühte, und kam noch bis an den Eingang zum Kiez. Er war fast völlig ausgeblutet, sein Körper deshalb auf nahezu die Hälfte zusammengeschrumpft und so häßlich anzuschauen, daß man hätte zweifeln können, ob dies der strahlend schöne Hanzō gewesen war, der jetzt unter Hinterlassung zweier kleiner Kinder den letzten Atemzug tat. Geschehen am Tage Doppelneun, dem Neunten im neunten Monat.

Es war Blut der Nakamotos, das hier vergossen wurde.

# 六道の辻

# Die Sechs-Wege-Kreuzung

Keiner von ihnen, glaubten die Kiezbewohner, wäre imstande, es an Erinnerungsvermögen mit der alten O-Ryū aufzunehmen, dabei hatte sie selbst sich nie eingebildet, sie besäße ein besonders gutes Gedächtnis. Tatsächlich erinnerte sie sich der Todestage Verstorbener deshalb ebenso deutlich wie der Geburtsdaten der Kinder, weil dann Reijo, ihr Mann, die Familien im Kiez aufzusuchen hatte, um ihnen im Namen des Jōsenji-Tempels, dessen Priester nicht mehr am Leben war, aus den Sutren zu rezitieren; einfacher wären zwar entsprechende Notizen gewesen – diese da haben am Monatszweiten einen Glückstag, jene am Soundsovielten in dem und dem Monat einen Trauertag –, doch die alte O-Ryū konnte weder lesen noch schreiben, und so war ihr, ob sie nun ein gutes oder ein schlechtes Gedächtnis besaß, gar nichts anderes übriggeblieben, als sich die Dinge einzuprägen. Manchmal waren ihr ganz von selbst die Geburts- und die Todestage in eben der Reihenfolge über die Lippen gekommen, in der sie sie in ihrem Kopf eingespeichert hatte, war ihr inmitten einer eiligen Arbeit plötzlich zumute gewesen, als brodelten, Schaumblasen vergleichbar, die Existenzen der Toten und der Lebenden vor ihr auf; dann hatte sie sich, die Hände ruhend, auf die Veranda gesetzt und seufzend zugesehen, wie von der noch regennassen Straße her die Lichtstrahlen herüberspiegelten, wie die zwischen den Büschen und Bäumen ausgespannten, längst verwaisten Spinnweben zerfetzt im Winde schaukelten. Zwar hatte sie, dachte sie jetzt, zu jener Zeit bereits in einem Alter gestanden, in dem ihr die anderen mit Nachsicht begegneten, und doch war sie noch jung gewesen, hatte überlegt, ob der Wind, der hier blies, auch drüben wehte, ob die Stimmen der winzigen Neugeborenen auf ihren Armen bis dahinüber reichten; denn natürlich wußte sie: Die Toten waren nahe, nahe genug, daß sie sie hätte rufen, hätte fragen können, ob auch dort die Sonne scheine, ob einzelne Gegenstände auch dort, lichtübergossen und von entsprechenden Schatten konturiert, dem Auge deutlich sichtbar entgegentreten, ja gern hätte sie sich vergewissert, daß sie selber atmete und daß jenseits ihres lebendigen Atems die Toten stünden und zu ihr herüberblickten. Hätte gar fragen mögen, was das wohl für Töne seien; hatte sie doch, anders als jetzt, damals noch keine Ahnung davon gehabt, daß jede Existenz in dieser Welt ihren eigenen unverwechselbaren Klang besaß.

Man erzählte sich, die alte O-Ryū wisse Bescheid über alles, was sich je im Kiez ereignet habe. Und so mancher von den einstigen Kiezbewohnern war irgendwann die steile steinerne Treppe zu ihrem Haus keuchend hinaufgehastet, um ihr wie einer Wahrsagerin die Sorgen mit dem eigenen Gewerbe darzulegen und sie mehr oder weniger direkt zu fragen, wie da wohl Abhilfe zu schaffen sei. Üblicherweise lautete ihre Antwort hierauf: »Woher soll ich alte Frau das wissen?« Aber einer von ihnen, ein jetzt einflußreicher Mann, war offensichtlich nur gekommen, weil er sich bei ihr einmal all seinen Kummer von der Seele reden wollte, und machte keine Anstalten, auf sie zu hören, sondern sprach voller Wehmut davon, wie anders es in seiner Kindheit mit dem und jenem im Kiez gewesen sei, und dabei standen ihm die Tränen in den Augen. Worum es ihm eigentlich zu tun war, die alte O-Ryū begriff es nicht. Damals, dachte sie, war damals und heute ist heut.

Nun ja, wer es zu jener Zeit trotz guten Willens zu keiner wirklichen Arbeit geschafft hatte, dem pflegte nicht viel mehr zu bleiben, als entweder, wenn er ein Kerl war, aus den Bergen den »Holzpferd«-Schlitten zu Tal zu reiten, oder er besaß genügend handwerkliches Geschick und reparierte Holz- und Strohsandalen, Aufträge, die er sich dadurch besorgte, daß er mit seinem Karren durch das Tor oben auf dem Kiezberg hinüber in die Schloßvorstadt zog, in die einstige Samurai-Siedlung, die sich nach der Restauration von 1868 zu einem Freudenviertel entwickelt hatte; manche versuchten es auch, indem sie Tierhäute gerbten, wofür sie das hinter dem Lotosteich im Kiez austretende Quellwasser benutzten. Damals also, als für die Masse der übrigen Glücksspiel, Einbruch und Taschendiebstahl zum täglichen Tee und Reis gehörten, war der jetzt Einflußreiche, kaum daß er als Junge einigermaßen zu Verstand gekommen war, aber auch der Ehrbarkeit wegen, von seinen Eltern in die Schloßvorstadt mitgenommen worden, wo der Vater einen Laden für getrockneten Fisch und dergleichen eröffnete. Seither jedenfalls hatte er in einer anderen Gegend gelebt, und auf seine Bemerkung, der Kiez heute habe sich gegenüber dem, den er in seinen Kindertagen gekannt, in einem Maße verändert, daß es ihm ein seltsam trostloses Gefühl verursache, erwiderte die alte O-Ryū: Es wundere sie, warum er, in seinem Alter, sich überhaupt so heftig zurücksehne nach dem Vergangenen. Immerhin hatte sie daraus soviel begriffen, daß er vom Kiez eigentlich gar nichts wußte, auch nicht wußte, daß ganz früher, als sie selbst ein kleines Mädchen gewesen war, auf dem hinteren Kiezberg eine Grenze verlief, durch die die Schloßvorstadt von allem übrigen abgeschieden war, indem man nämlich dort, wo auf der Höhe ein winziges Shintō-Schreinchen, im Volksmund das »Sanktuarium«, stand, einen Palisadenzaun mit einem Tor darin errichtet hatte; und sie schilderte ihm, wie in normalen Zeiten das Tor bei Einbruch der Dunkelheit geschlossen wurde, um das Hin und Her zwischen dem Kiez und der Stadt zu unterbinden, während es an Neujahr die langen Festtage über ganz zublieb, weil da niemand die Schloßvorstadt betreten durfte, und wer es dennoch tat, den jagten die mit Prügeln bewehrten Stadtbewohner wieder hinaus.

Unterhalb dieses Berges, der, hingekrümmt wie eine Schlange oder wie ein Drache, bis heute das Stadtgebiet zerteilte, lag, so hatte die alte O-Ryū in Erfahrung gebracht, seit Jahrhunderten der Kiez, ein abgegrenztes Stück Land, gleichsam eine Art Nachbarprovinz zu der engen Schloßvorstadt. Auch die im Kiez gesprochene Sprache war anders als die ringsum übliche, und da die Vorfahren der Kiezbewohner der Überlieferung zufolge aus Provinzen wie Aki oder Izumo gekommen sein sollen, hatten sich wohl ihre Dialektformen von damals, so stellte sich die alte O-Ryū vor, ebenfalls bis heute erhalten, und dabei sah sie vor ihrem inneren Auge die Gestalten der fernen Ahnen, wie sie einst zu Schiff und zu Fuß herbeizogen.

Wenn der Kiez am Bauch des schlangen- oder drachengleichen Berges lag, so bildete die über den Fluß aufragende Schloßruine den Kopf. Zu Zeiten des Krieges zwischen dem Minamoto- und dem Taira-Clan war hier die Residenz der Prinzessin Tankaku gewesen, Gemahlin des Statthalters von Kumano, die sich an der Spitze ihrer Marine- und Tempeltruppen zunächst den Tairas, dann aber bei sich bietender Gelegenheit den Minamotos angeschlossen hatte, um gemeinsam mit ihrem in Tanabe ansässigen Sohn Jinzō die ersteren in der Schlacht von Yashima vernichtend zu schlagen. Die alte O-Ryū indessen, sooft sie mit ansah, wie der Spieler Hide oder auch Yoshiki, der solange als Viehhändler in die Fremde ging, bis er die eigene Frau schließlich an ein Bordell verkaufte, bei der Aufzucht ihrer Kampfhähne in das Schlachtgeschrei »Vorwärts für die Minamotos!« ausbrachen, womit sie ihr, der alten O-Ryū, wie Imitatoren jenes Jinzō erschienen, da dieser damals zwei rot und weiß markierte Hähne um eines Orakels willen vor den Göttern hatte kämpfen lassen, jedesmal war sie voller Mitleid für die Besiegten gewesen und überzeugt, daß es sich bei der Prinzessin Tankaku um nicht mehr als um ein schlaues, die Schwächen anderer ausnutzendes Weib gehandelt habe.

Wie Hanzō, der mit fünfundzwanzig starb, blutsmäßig ein Nakamoto war, so stammte auch Naoichirō aus der Nakamoto-Sippe, unterschied sich jedoch sonst in jeder Hinsicht von ihm. Er war schon äußerlich ein Dutzendgesicht.

Selbst wenn sie, die alte O-Ryū, nicht die einzige Hebamme im Kiez gewesen wäre – beim bloßen Gedanken an das Blut der Nakamotos wurde ihr weh ums Herz. Ja, bevor sie bettlägerig geworden war, zumindest aber solange sie sich auf ihre flinken Füße hatte verlassen können, war sie ohne besonderen Anlaß bald in dieses, bald in jenes Haus im Kiez zu Besuch gekommen, und sooft sie dabei einen jungen Burschen oder ein Mädchen mit derart schönen, regelmäßigen Gesichtszügen erblickte, daß sie sich fragen mußte, ob das nun von der Verderbtheit des Blutes herrühre oder nicht eben doch davon, daß, wie einige starrsinnig behaupteten, von alters her adliges Blut in ihnen fließe, hatte die alte O-Ryū sich innerlich zu überreden versucht: Natürlich, so mußte es gewesen sein. Und hatte in ihrem Herzen vor Buddha und den Göttern die Hände aneinandergelegt.

Katsuichirō, der durch Adoption von den Nakamotos zu den Nishimuras übergewechselt war, starb ebenfalls in den besten Jahren, und da sein erster Sohn Ikuo Selbstmord beging und der zweite früh das Zeitliche segnete, blieben von Katsuichirōs Kindern nur die Mädchen am Leben. Jung starben außerdem die zwei Söhne, die die Taguchi Masae dem Großvater der beiden Vettern Hanzō und Katsuichirō, nämlich dem alten Tatsu, geboren hatte. Weshalb war nicht klar, aber soviel die alte O-Ryū begriff, schienen sämtliche blutsmäßig mit Tatsu verbundenen männlichen Nakamoto-Nachfahren in noch jungen Jahren zu Tode zu kommen; jedenfalls besaßen sie zwar körperlich keinerlei auffällige Schwächen, machten vielmehr mit ihrer gleichmäßig blassen Hautfarbe einen Eindruck, als hätte man Palastpuppen vom Puppenfest in die Kittel von Waldarbeitern oder Köchen gesteckt, was übrigens, da es sehr männlich wirkte, gut zueinanderpaßte, und dennoch: An einem fehlte es ihnen, nämlich an der rechten Energie, in dieser Welt um jeden Preis zu bestehen. Die Tochter Tatsus hatte nach dem Krieg einen Sohn, er war geboren, als es mit der Wirtschaft wieder aufwärtsging, in dem Jahr, in dem in Tōkyō die Olympischen Spiele stattfanden; der Junge brachte die Mittelschule hinter sich, trat als Lehrling in einen Sushi-Laden in Ōsaka ein, doch kaum hatte er ausgelernt, da auf einmal – er war bis dahin schon nachtblind gewesen, hatte an sogenannten »Vogelaugen« gelitten – begannen seine Augen auch bei Tage zu versagen, und weil sie sich trotz aller Operationen und Medikamente nicht besserten, stürzte er sich auf das Studium der Massage, um sich auf andere Weise seinen Lebensunterhalt zu verdienen. Worüber die alte O-Ryū, die davon hörte, einsame Tränen vergoß.

Zu reden ist hier von Taguchi Miyoshi, einem Sohn Tatsus, also von einem Onkel von Hanzō, einem freilich, der gut zehn Jahre jünger war als er. Bei Kriegsende eben fünfzehn, mischte sich dieser Miyoshi bereits unter die Erwachsenen und stieg in die Schwarzmarktgeschäfte ein, während er als Anführer einer Art Halbstarkenbande, Jungen aus dem Kiez und anderswoher um sich scharte; sein Hauptquartier befand sich in einer der engen Baracken draußen in der »Neuen Welt«.

Miyoshi war zu jener Zeit häufig mit einem Mann zusammen, einem Fremden, wie es hieß, der stark vorstehende Wangenknochen hatte und eine Sportmütze trug; einmal aber, Miyoshi war die steinerne Treppe zum Haus der alten O-Ryū hinaufgejagt und hatte nach einem Blick hinein und der erstaunten Feststellung, daß es ihr an all und jedem fehle, versprochen, nächstens würde er ihr Konserven aus Beständen der Besatzungsarmee besorgen, da plötzlich, er war schon im Begriffe, die Treppe wieder hinabzueilen, spuckte er durch eine Lücke zwischen zwei Zähnen geräuschvoll aus, wies mit dem Kinn auf den unten an der Straße wartenden Mann mit der Sportmütze und meinte: »Dieser Kerl spielt zwar den braven Schwarzmarkthändler, dabei hat er kürzlich erst eine Masse Geld geklaut. Der schreckt auch vor einem Mord nicht zurück.« Später dann erfuhr die alte O-Ryū, daß der Mann an einer Ecke im Geschäftsviertel ein Restaurant eröffnet hatte und bald darauf einen Pachinko-Spielsalon, daß er darüber hinaus seine Hand nach den Supermärkten ausstreckte: In der ringsum von Meer und Bergen und Fluß eingefaßten Stadt besaß er vier solcher Geschäfte und weitere in all den kleineren Städten die Küste entlang.

Ob es sich wirklich so verhielt, wie Miyoshi behauptet hatte, das wußte sie nicht. Im Kiez wie in der ganzen Stadt waren eine Menge Gerüchte im Umlauf, die sich um die im Augenblick erfolgreichsten Läden, um die in vorderster Linie aktiven Unternehmer rankten; ja, bisweilen, wenn man es am allerwenigsten erwartete, loderten wie bei dem unverantwortlichen Übergreifen auf trockenes Gras die Flammen der Gerüchte hell auf, so daß die alte O-Ryū und Reijo, ihr Mann, da sie als Hebamme und er als Priester in anderen Familien bis ins Innere, bis in die tiefsten Geheimnisse blickten, gegen ihren Willen in den Gerüchtestrudel mitgerissen wurden. Dabei hatte es die alte O-Ryū noch nie leiden mögen, von Dingen zu reden oder zu hören, deren sie sich mit eigenen Augen nicht vergewissern konnte. Nicht die Träume ohne Hand und Fuß, das als Gerücht erscheinende Schimärische dieser Welt liebte sie, sondern die deutlich sichtbare, sich in dunklen Schattierungen manifestierende Realität.

Miyoshi verfügte mit seinen fünfzehn Jahren über mehr Geld als ein Erwachsener, was nicht nur daher kam, daß er auf dem Schwarzmarkt handelte. Wie er selbst unabsichtlich eingestand, pflegte er eine Handvoll minderjähriger Herumtreiber drüben über dem Fluß in Ida oder Atawa auf Diebestour auszuschicken, um sich allerdings, wenn sie dabei erwischt wurden, auf der Stelle von ihnen zu distanzieren; später brachten dann er und seine Leute das Diebesgut mit dem Zug nach Katsuura und verkauften es dort.

Als seit dem Ende des Krieges ungefähr ein Jahr vergangen war, kehrten die zum Fronteinsatz tief im Süden Rekrutierten einer nach dem anderen zurück; die Männer bauten sich mit eigener Hand Hütten in halber Höhe am Kiezberg, bald fanden sich Frauen ein, angeblich aus den Freudenhäusern davongelaufen, die schon am hellen Tage mit ihnen tranken, nichts auf dem Leib als ihre grellbunten Unterkimonos, für die sie, wären sie damit einkaufen gegangen, kein Kilo Reis erhalten hätten; und bis die Kiezbewohner die Brauen darüber runzelten, daß das wütende Geschrei der offensichtlich spielbesessenen Männer unablässig vom Berg herabschwoll, war der von Miyoshi und seiner jugendlichen Bande betriebene Schwarzhandel, war auch das von ihnen bisher in Katsuura oder in Taiji abgewickelte Geschäft mit dem drüben über dem Fluß zusammengebrachten Diebesgut längst in die Hände dieser Heimkehrer übergegangen. Miyoshi seinerseits war mittlerweile in der abseits vom Kiez entstandenen, von den Leuten als »Neue Welt« bezeichneten Siedlung, in der sich eine kleine Kneipe an die andere reihte, zum Stammgast geworden. Dort kam er auf das Pervitin, das damals wie selbstverständlich alle schluckten oder sich injizierten, dort trieb er sich schon am hellen Tage in neuen Schuhen und weißem Anzug (wo er das Zeug wohl herhatte?) vor den Tanzdielen oder im Billardsalon herum, nicht also im Stile der kleinen Dorfstrolche, die er angeführt hatte, dennoch aber immer danach Ausschau haltend, ob es nicht irgend etwas zu erbeuten gäbe.

Der Billardsalon befand sich in einem Eckhaus in der Neuen Welt, und zwar seitdem es im Gefolge eines Erdbebens kurz nach dem Krieg sowie durch wiederholte, die Situation ausnutzende Brandstiftungen zu Feuersbrünsten gekommen war, die wie bei der Restauration von 1868 die Schloßvorstadt und diesmal auch das gesamte Freudenviertel von Ukishima auf der anderen Seite des Kiezberges einschließlich der Häuserzeilen mit den Bordellen zerstört hatten. Vor diesem Haus nun, das, vermutlich in Nachahmung der Besatzungsarmee, bis hinauf an die hohe Traufe mit englisch beschrifteten Reklametafeln behängt war, pflegten von den auf alles Neue versessenen jungen Burschen in der Regel wenigstens zwei oder drei auf Posten zu stehen. Kam dann zum Beispiel Reijo vorbei, mußte der sich in Miyoshis Augen offenbar recht fremd ausnehmen, jedenfalls redete dieser ihn jedesmal an: »Na, wo willst du denn hin?« Zuerst hatte Reijo dem für seine siebzehn, achtzehn Jahre noch recht kindlichen Miyoshi hierauf stets ernsthaft erwidert, etwa daß er nahe am Hohlweg ein Totengedächtnis zu feiern oder daß er einer Familie in Ukishima die Asche eines Kriegstoten zu überbringen habe; doch nachdem er die gleichen unsinnigen Fragen »Wohin gehst du?« und »Wozu denn die Sutren rezitieren?« wieder und wieder gefragt worden war, ging er bei der nächsten Begegnung ohne Antwort, ja in einer Haltung vorbei, als gedenke er keinerlei Frage mehr anzuhören, so daß Miyoshi herausplatzte und rief: »He, und wo hast du heute eine Totenfeier?«

»Totenfeiern, was glaubst du, gibt es nicht alle Tage!« Reijo war stehengeblieben, wie um ihm dafür, daß er mit Pervitin handelte und sich so ein liederliches Leben leistete, die Leviten zu lesen; er betrachtete Miyoshi, der ebenso klein war wie er selbst (vielleicht ein Spätentwickler, er würde gewiß noch wachsen), aber als er schließlich zu seiner Predigt ansetzte: »Sieh mal, Miyoshi . . . «, da meinte einer von den anderen jungen Leuten, die neben Miyoshi standen: »Trotzdem, Reijo, seid Ihr fein raus. An den süßen Hefeklößen, die Ihr auf den Totenfeiern bekommt, habt Ihr zu essen den ganzen Tag.« Und sie lachten, indem sie über den alten Priester spöttisch die Nasen rümpften.

Miyoshi schwieg, er begriff, daß Reijo dabei war, die Zornesworte, die er ihm hatte an den Kopf werfen wollen, hinunterzuschlucken, Sandō und Yoshiki jedoch, Miyoshis Kumpane, spotteten weiter: »Nur, Onkelchen, wenn Ihr immer nur Trauerfeierhefeklöße freßt, wird Euer Wanst nur immer dicker werden, bis Ihr Euch nicht mehr rühren könnt.« Reijo lief im Gesicht rot an, noch zögerte er auszusprechen, was sich in ihm staute, und als er es nicht mehr ertrug, schleuderte er ihnen ein lautes »O ihr Ungläubigen!« entgegen und kehrte um. Miyoshi sah ihm nach, wie er mit flatternder Stola den Weg zurückeilte in Richtung Kiez; das war ein böses Ding, dachte er, dabei psalmodierte er für sich im stillen die auf das Nembutsu-Gebet gemünzte, von den jungen Burschen und den Männern im Kiez bei jeder Erwähnung Reijos heruntergesungene Parodie *Ah, der Tausendfüßer – hurre-hurre kommt er – macht er euch die Hölle heiß,* und wirklich, Reijos kleine Gestalt, meinte Miyoshi mit lautlosem Gelächter festzustellen, lief genau im Rhythmus dieser Litanei die Straße dahin. Als Reijo an der Ecke hinter den mit Zedernrinde gedeckten Kiezhäusern verschwand, fiel Miyoshi indessen ein, daß sie alle, die jungen Leute aus dem Kiez, hinter jener Ecke einst mit Hilfe der alten O-Ryū in die Welt geboren worden waren und daß sie alle irgendwann hinter jener Ecke, eingezwängt in einen Sarg, auf dem Stampflehmboden lägen und Reijo läse die Sutra über ihnen, woraufhin ihm die *Tausendfüßer*-Parodie seltsamerweise erst recht wie von einer umwerfenden Komik erschien.

Miyoshi wandte sich zu Sandō um, der mit dem Rücken an der Mauer lehnte: Vielleicht wäre es besser, über den Bahnhof drüben an den Strand, zu den Sägewerken zu gehen und bei Tanaka auf dem Hahnenkampfplatz vorbeizuschauen. In seinem Kopf hatte sich die Vorstellung festgesetzt, er würde dort auf Kuwabara treffen, den Mann mit den vorstehenden Wangenknochen, mit dem er bis vor einiger Zeit viel zusammengewesen war, oder auch auf Naoichirō, und er könnte sich von ihnen seinen Anteil an der Beute holen.

Miyoshi hatte die Sache nicht eingebrockt. Anfangs war es auch tatsächlich nicht mehr gewesen, als daß der Mann, der sich Kuwabara nannte, sich darum kümmerte, daß Miyoshi auf dem Schwarzmarkt keine Probleme hätte, etwa indem er Männer, die aus fremden Gegenden hereinströmten und verlangten, der junge Bursche, »dieser Grünschnabel«, solle den Platz räumen, von örtlichen Schlägertrupps davonjagen ließ, und es hatte genügt, wenn Miyoshi dafür den von Kuwabara favorisierten Prostituierten und anderen Frauen Geschenke machte. Nach einiger Zeit jedoch, vermutlich hatte Kuwabara begriffen, daß Miyoshi flink und schlau war und daß er den Mund halten konnte, versprach er ihm, er werde ihn an einen phantastischen Ort mitnehmen, und so stiegen sie in der Neuen Welt ins Obergeschoß des »Issuntei« hinauf. Auf den ersten Blick war das Issuntei eine Kneipe ohne jede Besonderheit, aber Kuwabara, er setzte sich auf einen runden Hocker, schien sich hier wie zu Hause zu fühlen; er nahm seine Sportmütze ab, und sowie, wohl weil er Stimmen gehört, der Besitzer von hinten hervorkam, fragte er diesen: »Ist Ranko da?« Um dann, als der Wirt nickte, fortzufahren: »Ich möchte, daß sie dem Jungchen da hilft, seinen Pinsel einzuweihen.« Miyoshi hielt das für eine Beleidigung, er protestierte: Er habe es längst mit jeder Menge Frauen gehabt. »Na, nun komm schon«, erwiderte Kuwabara besänftigend und füllte ihm den Reisweinbecher. »Siehst du die Wand dort, mein Jungchen?«

Miyoshi drehte sich um, die hölzernen Paneele waren, er dachte der schlechten Konstruktion wegen, mit Papier überklebt. »Was ist damit?« fragte er. Daraufhin gab Kuwabara dem Wirt mit dem Kopf ein Zeichen, stand auf und schlug kurz, aber kräftig gegen die Wand. Es war, wie sich zeigte, eine Tür, die in die Küche und zum Lieferanteneingang führte.

»Du kannst sie jederzeit benutzen. Noch war niemand hier, hinter dem die Polizei hergewesen wäre; weil sie aber eigens für solche Fälle eingebaut wurde, ist sie wie ein bisher ungehobener Schatz. Wenn du hinauswillst und schaffst es bis zum Hinterausgang, hast du dort das Bambusdickicht vor dir, das sich hinzieht bis auf den Berg; ist es dir dagegen um ein Versteck im Obergeschoß zu tun, nimmst du die Treppe gleich neben der Küche.«

Miyoshi wußte nicht mehr, wieviel Reiswein er anschließend getrunken hatte, jedenfalls hatte ihn eine junge Frau namens Ranko, kaum älter als er selbst und mit noch kindlichen Gesichtszügen, ins Bad geschleppt: das werde ihn wieder nüchtern machen, und als er endlich zu sich kam, begriff er, daß er, ihren nackten Körper von der Seite her umarmend, eingeschlafen sein mußte. Langsam schob er seine auf dem Bauch der Frau liegende Hand weiter hinauf, preßte sie, indem er sie spreizte, auf ihre Brüste, deren willige zarte Haut an den Ballen seiner Fingerspitzen, wo diese sie berührten, anzuhaften schien; sowie er die Frau aber an ihren Brustwarzen packte, verzog sie ihr Gesicht, als ob sie eben erwacht wäre, und sagte: »Au, du tust mir weh!« Miyoshi lockerte seinen Griff, woraufhin ihm die Frau ihrerseits mit der Hand zwischen die Schenkel fuhr, damit sie sein Gerät (gleich hab' ich's) zu fassen bekäme, und während Miyoshi ihr mit den Fingern über die Brustwarzen strich, flüsterte sie ihm ins Ohr: »Gestern bist du mittendrin eingeschlafen.« Wirklich war sie bei weitem besser als irgendeine jener Frauen, mit denen er bisher Erfahrungen gemacht hatte. Wo er meinte, es genüge, nur recht kräftig und wild zuzustoßen, schrie sie ihm ihre Lustgefühle entgegen, beschwor sie ihn, ja, er sei ein ganzer Mann, ein ausgefuchster; bald schloß sie ihn ein mit aller Kraft, bald ließ sie ihn frei gewähren, und Miyoshi war erst halb auf dem Wege aufwärts, als sie mit einem letzten Stöhnen und bebend den Gipfel erreichte, um dann jedoch, da Miyoshi fortfuhr sich zu bewegen, abermals in Lustschreie auszubrechen.

Von der Frau geführt, nahm er ein Bad. Sowie er sich wieder angekleidet hatte, kehrte er in den Raum im Obergeschoß zurück. Kuwabara, er war allein, saß vor einer Zweiliterflasche Reiswein und trank. Miyoshi hatte den Eindruck, er wäre die ganze Zeit über von Kuwabara beobachtet worden; er fühlte sich hundeelend, erklärte, er habe bei einem Freund im Kiez etwas zu erledigen, und war schon im Begriff loszugehen, als Kuwabara unvermittelt meinte: Er hätte mit ihm gern mal eine Geschichte beredet. Da wohne doch, sagte er, in einem Haus im hinteren Oroshi-Tal ein reicher Mann, ehemaliger Distriktchef, früher natürlich mit vielen Dienern und Dienerinnen, doch jetzt, nach all den Veränderungen in der Welt, allein mit seiner Frau; er, Kuwabara, wisse genau, wo das Geld, wo die Wertgegenstände zu finden seien; ob Miyoshi, bat er rundheraus, ihm nicht helfen wolle, an sie heranzukommen?

Miyoshi hatte genügend Erfahrung im Diebstahl, um sich das nicht zweimal sagen zu lassen. Nur, überlegte er, woher kannte er eigentlich das Haus dieser reichen Leute, und als er Kuwabara fragte, ob er denn jemals in Oroshi gewohnt habe, lautete die Antwort: Geboren nahe bei Owase, sei er, seit er denken könne, in Korea und in der Mandschurei von Ort zu Ort unterwegs gewesen und erst nach dem Krieg zurückgekehrt.

Wenn die Zeit da sei, nach Oroshi zu gehen, werde er es ihm sagen; bis dahin möge er innerlich darauf vorbereitet sein, jeden Augenblick aufzubrechen, verlangte Kuwabara, und damit trennten sie sich für diesmal.

Danach verstrich ungefähr ein Monat, dann rief ihn Kuwabara zu sich; er war jetzt mit Naoichirō zusammen. Miyoshi blieb mißtrauisch; Ziel des Unternehmens war nicht, wie Kuwabara zunächst erklärt hatte, das Oroshi-Tal, sondern ein Haus in Udono, einem Dorf am gegenüberliegenden Ufer, wohin man von der Stadt aus lediglich über den großen Fluß zu setzen brauchte. Naoichirōs Miene zeigte nicht die geringste Veränderung, es war das Gesicht, wie man es im Kiez kannte; sowie sie jedoch das Haus erreicht hatten und Kuwabara mit dem Finger darauf wies, das sei es, kletterte er mühelos und ohne jedes Geräusch, als lebte er seit Jahren hauptberuflich vom Einbruch, über die Gartenmauer, schob den Riegel an der Hinterpforte auf und öffnete ihnen so den Weg ins Haus, wo sie auf Kuwabaras Weisung hin die Rollbilder abhängten, vom Schmuckregal die goldenen Pokale mitnahmen und sich ans Öffnen des Tresors machten, der neben dem schlafenden Ehepaar stand. »Den laßt erst mal, wie er ist«, befahl Kuwabara: »Durchsuchen wir lieber die Schränke!« Wirklich mußte Miyoshi verschiedene Dokumente herausholen, die dort zusammengefaltet zwischen den Kleidern lagen. Welchen Wert konnten diese Papiere schon haben! Aber Kuwabara, indem er ein Streichholz nach dem anderen anriß, betrachtete eingehend jedes Blatt, um sie hierauf sämtlich vom Kragen her unter sein Hemd zu schieben. Als letztes befahl er den beiden, den Tresor, wenn sie ihn nicht an Ort und Stelle öffnen könnten, auf ihren Schultern hinauszutragen.

Naoichirō und Miyoshi schleppten also den kleinen, dafür um so schwereren Tresor aus dem Haus; da sie es aber unmöglich schaffen würden, mit ihm die Gartenmauer zu erklimmen, versuchten sie, ihn mit einem Hauruck darüber hinweg auf die Straße zu werfen. Doch krachend schlug der Tresor gegen die Mauer, und kaum hatten sie ihn wieder aufgenommen, ihn diesmal mit gestreckten Armen hochgestemmt und über die Mauerkrone gestoßen, um dann selbst hinterher zu klettern, als von drinnen das schrille Geschrei der von dem Lärm aufgeschreckten Hausbewohner zu hören war und eine Männerstimme schrie: »Halt! Stehenbleiben!« Sie sprangen auf der Außenseite von der Mauer und zogen sich auf das Boot zurück, das Kuwabara am Udono-Nebenarm des Flusses bereitgehalten hatte; überzeugt, daß keiner von den Verfolgern so gerissen wäre, sie hier zu suchen, legten sich die drei ins Boot, deckten sich mit Strohmatten zu und warteten auf den Morgen. Während Miyoshi zusah, wie der Mond auf dem Wasser schwamm, genoß er das Gefühl, ein Dieb zu sein: Dies war doch das vergnüglichste Gewerbe von allen. Haben wir erst den Tresor auf, werde ich, dachte er, das so vergnüglich erworbene Geld dazu verwenden, es nach Herzenslust mit den Frauen zu treiben. »Sag mal, Bruder«, wandte er sich an Naoichirō, »findest du nicht, daß so eine Prostituierte was Feines ist?« Daraufhin Kuwabara zu Naoichirō: »Mit der eigenen Frau daheim kann sie aber nicht mithalten, wie?« – »Natürlich nicht«, stimmte ihm Naoichirō zu. Nun gut, wenn der unauffällige und sanfte Naoichirō (bei dem man dennoch nie wissen konnte, was er wirklich dachte) lieber die Ehefrau mit einem angenehmen Leben und allerlei Leckereien verwöhnen würde, als sich eine kostspielige Prostituierte zu halten, war das immerhin verständlich; daß indes Kuwabara so redete, der für die vielen Prostituierten und anderen Frauen sein Geld ausgab, ließ in Miyoshi den Verdacht aufkommen, man hätte ihn absichtlich in die Irre geführt.

Kurz nach dem Einbruch in Udono, an dem Miyoshi beteiligt gewesen war, machte die Nachricht die Runde, daß in das von Kuwabara erwähnte, im hinteren Oroshi-Tal gelegene Haus eines reichen Mannes, des einstigen Distriktchefs, Diebe eingedrungen seien; sie hätten, hieß es, sämtliche Wertgegenstände geraubt und, als die Bewohner dies bemerkt und Lärm geschlagen, ihre Messer gezückt und den Hausherrn, einen erfahrenen Fechter, erstochen. Auch Miyoshi hörte davon. Das müssen, dachte er, Kuwabara und Naoichirō unmittelbar im Anschluß an den Einbruch in Udono getan haben. Und es schien, er hatte recht: Keiner von beiden zeigte sich mehr in der Stadt.

Diejenigen, die nur den sanften Naoichirō kannten, hätten es für ausgeschlossen gehalten: Er mochte ein Dieb sein, aber gewiß beging er kein solches Verbrechen wie einen Mord. Nun, Miyoshi war mit ihm auf Diebestouren gewesen, er wußte es besser; Naoichirō war furchtlos und von einer kühnen Dreistigkeit wie niemand sonst im Kiez.

Mit anderen Worten: Daß Kuwabara und Naoichirō davongelaufen waren, dafür hatte er volles Verständnis, aber wo hatten sie den Tresor geöffnet und wie sah es mit seinem Anteil aus? Das war es, was Miyoshi beunruhigte. Aus diesem Grunde sah er sich auf den Hahnenkampfplätzen um, bei Takeda am Rande des Kiezberges oder bei Tanaka unten am Strand, nirgends jedoch war auch nur der leiseste Hinweis darauf zu erhalten, wohin sich die beiden geflüchtet hatten. Und wenn ihn dabei Sandō und Kichiji begleiteten, so deshalb, weil er sich als der jetzt älteste in der Clique um das nötige Kleingeld für Tanz und Billard kümmerte. An seinen Anteil der Beute, mit dem er gerechnet hatte, kam er nicht heran, und die Welt im allgemeinen kehrte allmählich in dieselben ruhigen Bahnen zurück wie vor dem Krieg; notfalls würde ihm, der er doch so gar keine Ahnung hatte vom Umgang mit Axt und Sichel, nichts anderes übrigbleiben, als in die Berge als Waldarbeiter zu gehen, oder er müßte sich auf einem Holzplatz als Träger verdingen.

Die alte O-Ryū konnte sich nur zu gut vorstellen, für wie beschwerlich Miyoshi das Leben halten mußte: Völlig gleichgültig, ob Fremde ihn beobachteten oder nicht, die jungen Leute vor dem Billardsalon aber bewußt provozierend, krempelte er den Ärmel seines weißen Anzugs hoch, um sich schon bei hellem Tage einen Pervitin-Schuß zu setzen. Sie sah ihn, als er, um seine Regent-Style-Frisur zu ordnen, den Kamm aus der Brusttasche zog und mit dem Blick hinauf in eines der Fenster des Billardsalons, in dem sein Kopf sich spiegelte, die seitlichen Strähnen straff nach hinten strich, während er mit der anderen Hand die aufgepuffte Tolle hielt. Obwohl die fünf jungen Burschen neben ihm die gleichen modisch weißen Anzüge trugen, sah doch allein Miyoshi darin wirklich gut aus, schien er allein dieses schimmernde Leuchten zu verbreiten:

verursacht zweifellos durch das Blut der Nakamotos, das hier unter einer so weißen Haut zirkulierte, daß man sich hätte einbilden können, sie müsse, in Häppchen geschnitten, eine Delikatesse abgeben, besaß sie doch in der Tat etwas von jenen Zuckerküchlein, die in der Wärme mürbe wurden und zerfielen. Oft genug schon hatte die alte O-Ryū den Wunsch verspürt, ihn warnend ins Gebet zu nehmen, ihm klarzumachen, daß er es nicht für immer treiben dürfe wie in Kindertagen, wo kein Unterschied war zwischen mein und dein, daß er nicht für immer behaupten dürfe, ein Dieb zu sein sei eine vergnügliche Sache; die Zeiten schließlich hätten sich geändert. Aber noch jedesmal war sie wieder davon abgekommen, denn das den Nakamotos gemeinsame Blut (und das galt auch für Reijo, ihren Mann, der ebenso davon betroffen war) war so beschaffen, daß es sich für nichts weniger eignete als dafür, sich in Geduld und Ausdauer zu üben; da half alles Reden nichts. Vielleicht war es, wie im Kiez der eine oder andere meinte, das Blut derer, die in der Schlacht von Yashima von den Minamotos, und zwar mit Unterstützung der im Schloß unmittelbar beim Kiez residierenden Prinzessin Tankaku, besiegt worden waren. Jedenfalls hatten die Nakamotos noch jetzt im Kiez unverändert dieselbe Trübung des Blutes, die jenen einst Unterlegenen davon geblieben war, daß sie ihre Tage und Nächte mit Gesang und Tanz und Musizieren verbracht hatten. Fremd war ihnen die Vorstellung, sich die Schale Reis durch Schweiß und Arbeit zu verdienen, sie verzichteten darauf, rechte Durchsetzungskraft zu entwickeln, so als hätte es in dieser Welt die anderen nicht gegeben, die sich um jeden Brocken rissen; weshalb die Nakamotos denn auch all dessen, was sie anfingen, auf halbem Wege schon wieder überdrüssig wurden und, hatten sie einmal gar nichts mehr zu beißen, sich lieber amüsierten, tranken oder untertauchten in den Puderduft einer Frau. Natürlich wußte die alte O-Ryū, daß dies noch nicht hinreichend erklärte, warum die Nakamotos ausnahmslos früh starben oder doch von schwacher Gesundheit waren. Was dies betraf, so hätte sie zum Verständnis derer vom Stamm der Nakamotos wohl besser von Karma gesprochen: verursacht, mag es vor sieben, mag es vor zehn Generationen gewesen sein, von einem unter ihnen, der sich dadurch schuldig gemacht hatte, daß er einem tragenden Tier den Bauch aufschlitzte, oder einem anderen, der einen um Wasser Bittenden unbarmherzig von seiner Tür verjagte, nicht ahnend, daß es eine Inkarnation des Shakyamuni gewesen war. Aber selbst diese Geschichten wären nicht imstande, einen jungen Mann jetzt, in der Gegenwart, davor zu bewahren, daß auch er an diesem trüben und gerade deshalb so lauteren Blut in seinem Inneren allmählich zugrunde ginge.

In Wahrheit gab es für die alte O-Ryū in puncto Moral keine der von Eltern im allgemeinen aufgerichteten engen Grenzen wie: Du sollst nicht stehlen, sollst keinem Menschen das Leben rauben, du sollst überhaupt weder töten noch verletzen. Tu, was du willst, dachte sie, wenn du nur da bist; hatte sie doch in ihrem langen Leben mit Reijo die Einsicht gewonnen, daß der Weg, Buddha zu dienen, darin bestehe, mit allem so einverstanden zu sein, wie es ist. Wenn also Miyoshi, weil er nichts aß, immer magerer wurde, sich aber dennoch die Injektionsnadel in den Körper jagte, wenn er das aus der Vene schießende, in der Spritze mit der Droge sich mischende Blut zurück in die Vene preßte, dann sagte sie nicht: Du sollst den von deinen Eltern erhaltenen Leib nicht mit Nadeln zerstechen! Geschweige denn: Deine Venen sind nicht dazu da, etwas anderes aufzunehmen als Blut.

Wie einst bei Hanzō war die alte O-Ryū auch im Falle Miyoshi davon überzeugt, daß zwischen dem jungen Mann und ihr, die sie in dieser Welt so alt geworden war, ein erheblicher Unterschied bestand. Nach seinen eigenen Worten brauchte er sich nur die Nadel zu setzen, und schon meinte er, sich im Paradies wiederzufinden; also wäre er nicht von dieser, sondern von einer anderen Welt gewesen und lebte hier lediglich in einem kurzen Jetzt, unter den Hiesigen, an denen er sich besudelte. Trotzdem fragte sich die alte O-Ryū: Wovon existiert er eigentlich? Es tat ihr weh mitanzusehen, daß er, so wie sein weißer Anzug, schmuddelig wurde, weiter abmagerte und herunterkam, und als er einmal auf der Straße unterhalb des Abhangs vorüberging, rief sie ihn von oben her an.

»Na, was ist?« fragte er, als er nach offensichtlich lästig empfundenem Aufstieg vor ihrem Haus stand. Er möge sich doch zu ihr auf die Veranda setzen; darauf er: Sie gedenke ihn wohl in der Hochsommersonne schwarz zu grillen, oder? Aber schließlich wußte er: sie war die Hebamme, die ihm in die Welt geholfen hatte, woraus sich eine gefühlsmäßige Nähe ergab; also nahm er auf der Veranda Platz, und während sie ihm gekühlten Tee brachte, den er – ah, das tut gut! – begierig hinunterstürzte, fand sie, daß sich über sein Profil in letzter Zeit bedeutend männlicher wirkende Schatten gebreitet hatten. »Wie alt bist du jetzt?« Er sei, erwiderte er, gerade neunzehn geworden.

»Ah, dann ist das schon neun Jahre her!« murmelte die alte O-Ryū.

»Wovon redest du?« fragte er, nickte jedoch gleich darauf, weil er verstanden hatte, obwohl nichts ausgesprochen worden war. »Es wird einfach zuviel gestorben«, gab er sich gewollt undeutlich selbst die Antwort. Die Pomade, die er benutzte, taugte offenbar nichts, denn immer wieder fiel ihm das Haar in die Stirn und fingerte er aus der Tasche seines weißen, flanellartigen Hemds den Kamm hervor, um sich zu frisieren, wobei er, als ob er etwas Beängstigendes erblickte, der alten O-Ryū ins Gesicht sah. »Neulich, weißt du, hab' ich mit ein paar Freunden seit langem mal wieder einen Einbruch gemacht; da sind wir von dem Hund ganz schön gejagt worden«, lachte er mit blitzenden Zähnen.

»Du hast dir Pervitin gespritzt, nicht wahr?«

»Nein, bestimmt nicht. Ich spritz' es mir nicht mehr, ich verkauf' es jetzt den anderen.« Miyoshi knöpfte den Hemdärmel auf und zeigte ihr seinen Arm. Da bemerkte die alte O-Ryū am Ärmelansatz die Tätowierung. »Und was soll das?« fragte sie, ohne viel zu überlegen. Wie ertappt verzog er das Gesicht und murmelte: »Die hab' ich schon gut zwei Jahre.«

Ob sie sie sehen wolle? Er zog das Hemd aus. Es war ein Bild, das den ganzen Rücken bedeckte: ein Drache, der dabei ist, aus einem Gewirr von Päonienblüten in den Himmel aufzusteigen. Mehr noch als die Vortrefflichkeit dieser Tätowierung bewunderte die alte O-Ryū die Geduld, mit der Miyoshi die Schmerzen von den Einstichen in die Haut ertragen haben mußte; in ihrem Herzen betete sie darum, der Drache möge als Talisman sein Leben beschützen. »Seit ich die Tätowierung habe, hat sich bei mir nicht allzuviel Aufregendes getan«, hörte sie ihn berichten, und plötzlich hatte sie das Gefühl, dadurch, daß ihm der Rücken tätowiert worden war, wäre in Miyoshi, wäre zusammen mit ihm Hanzō in diese Welt zurückgekehrt. »Laß sehen, ja?« Wie um den Zustand der Tätowierung zu prüfen, tastete die alte O-Ryū die Gegend um die Päonien mit den Fingern ab; auf der straffen, von keinerlei Fettpolster verunstalteten Haut hatten die blauen Blüten, so schien ihr, etwas überaus Betörendes. An männlicher Schönheit zwar war er Hanzō um einiges unterlegen, doch hielt es die alte O-Ryū für möglich, daß Miyoshi, der sich, weil sonst nichts losgewesen war, mit neunzehn hatte tätowieren lassen, durch zusätzliche Politur ein ebenso unwiderstehlicher Aufreißer werden könnte, wie es Hanzō einst war. Nur besaß er nicht denselben Fleiß in Liebesdingen; auch wenn ihm die Frauen nachliefen, fand er es offenbar interessanter, sich mit Dieben, Spielern, Pferdehändlern und Schlägern zusammenzutun, mit denen er bei Unternehmungen anderswo seinen Spaß haben konnte. Das lag, hatte die alte O-Ryū gemeint, an der unterschiedlichen Erziehung der beiden. Hanzō, von seinen Eltern alleingelassen, ein Kind noch, war von klein auf in einem fremden Haus aufgewachsen, wo er zwar die Freuden der Liebe kennenlernte, aber keinen Umgang mit Gleichaltrigen hatte, während Miyoshi ganz normal im Kiez bei Vater und Mutter großgeworden war.

Jetzt, mit neunzehn, begriff Miyoshi genau, worüber sich die alte O-Ryū Sorgen machte; andererseits legte er dem Umstand, daß er selbst blutsmäßig zu den Nakamotos gehörte, keine so große Bedeutung bei. Gewiß, es waren, wie er von überall zu hören bekam, viele von ihnen in jungen Jahren gestorben, aber da würde, sah er ein, auch ein Dazwischentreten ohne jede Wirkung bleiben. Außerdem hatte sich in Miyoshis Innerem eine undeutliche Antipathie gegen den Nakamoto-Clan festgesetzt. Aber was heißt schon Antipathie? Es handelte sich eher um eine undifferenzierte Abneigung, die ihn, jung wie er war, befallen hatte, als man ihm erklärte, sein Vater sei ein Nakamoto, und er selbst sich schließlich nach dem Mädchennamen seiner Mutter Taguchi nannte; nein, heftiger als dieses Problem beschäftigte ihn die Tatsache, daß die Welt ringsum immer rascher in eine träge Ruhe verfiel, daß er zum Beispiel auf den Tanzdielen oder im Billardsalon, wenn er dort vorbeischaute, kaum noch auf bekannte Gesichter traf und sich draußen außer Yasuda, dem kleinen Ganoven, oder Sandō und Kichiji aus dem Kiez tagsüber keiner von den Herumtreibern mehr blicken ließ. Ein anderer, mit Namen Tetsu – er hatte Miyoshi jedesmal mitgenommen und freigehalten, wenn er im Bordell ein am Bahnhof aufgelesenes Mädchen als Prostituierte verkaufte oder eine mit seiner Hilfe aus dem Freudenhaus in Owase Geflüchtete weiterverschacherte – war, getrieben von wer weiß welchem Wind, als Tiefbauarbeiter in das Barackenlager in den Bergen verschwunden.

Was immer ich anfange, dachte Miyoshi, es macht keinen Spaß, und als gerade zu dem Zeitpunkt der Ganove Yasuda erklärte, er habe in Temma, eine Station vor Katsuura, zu tun, schloß er sich ihm an, um sich die Langeweile zu vertreiben. Während er nun, bis Yasuda seine Geschäfte erledigt hatte, am Strand von Temma herumlungerte, kam dort eine junge Frau auf ihn zu und sprach ihn an. Sie sei aus Ōsaka angereist, in der Absicht, in Katsuura in einem Thermalhotel zu arbeiten, aber in dem Hotel, auf das sie gerechnet hatte, habe man sie einer vorübergehenden Schließung wegen abgewiesen; nach alledem fehle es ihr, sagte sie, zwar nicht an dem Mut, bei anderen Hotels nachzufragen, ob nicht die Stelle eines Zimmermädchens oder auch nur einer Aushilfe frei sei, jedoch habe sie ein merkwürdig ungutes Gefühl gehabt, und so sei sie, um mit sich wieder ganz ins reine zu kommen, den Strand entlangspaziert. Als die Frau ihn schließlich bat, er möchte doch mit ihr zu den Hotels gehen, sagte Miyoshi sofort zu, und obwohl er wußte, daß Yasuda zu seinen Geschäften nicht länger als eine Stunde brauchen würde, lief er mit der Frau nach Katsuura. Sie sprachen bei zwei der strandnahen Thermalhotels vor, in beiden lehnte man ab: die Konjunktur sei schlecht, es fehle an Gästen; schließlich begann es zu dunkeln, und um zu zweit in einem Hotel zu übernachten, hatte Miyoshi nicht genügend Geld bei sich, so daß er wohl oder übel mit der Frau nach Temma zurücklaufen mußte. Dort hieß er die Frau, am Strand zu warten; er selbst fragte sich zu Yasudas Geschäftspartner durch und erfuhr: Nachdem er, Miyoshi, sich verspätet hatte, habe Yasuda die Absicht, in Katsuura Geishas zu mieten und ordentlich was loszulassen, aufgegeben und zu trinken angefangen. Tatsächlich fand er ihn, das Gesicht rotglühend, wie er inmitten einer Clique von Anfängern saß, der Ganove unter lauter Ganövchen.

Miyoshi berichtete ihm leise vom Stand der Dinge, woraufhin Yasuda vor den Augen der Temma-Ganövchen zehn funkelnagelneue Scheine aus seiner Geldbörse klaubte und sie ihm in die Tasche stopfte. »Was ist los?« fragte einer der Anfänger. »Er sagt, er hat«, plauderte Yasuda die Geschichte aus, »unten am Strand eine Frau geangelt, bei der möchte er ins Pförtchen fahren.« »Na, na«, fand das Ganövchen, es war erheblich älter als der neunzehnjährige Miyoshi, »hübschen Burschen wie euch werden die Frauen doch wohl massenweise an die Rute gehen!«

Miyoshi nahm den Reisweinbecher, den Yasuda ihm hinhielt, trank ihn auf einen Zug leer, und als er sich gleich darauf erhob, verkündete er, um der mit der Sauferei ihren Gast aus Shingū feiernden Clique nur ja nicht die Laune zu verderben: »Dann will ich mich also mal ins Pförtchen werfen!« Yasuda aber schrie ihn an, wie man einen Hund verjagt: »Jetzt hau schon ab!« und gab ihm mit der flachen Hand eins auf den Hintern, ein Signal, auf das hin Miyoshi davonstürmte. Er war sich nicht recht sicher, was für ein Gesicht die am Strand wartende Frau eigentlich hatte, wie es jedoch im Augenblick höchster Lust aussehen würde, meinte er sich deutlich vorstellen zu können; die Blutgefäße in seinem Körper begannen anzuschwellen bis zur Unerträglichkeit, so rannte er durch die nachtdunklen Straßen und so erreichte er die Stelle, an der die Frau auf ihn wartete, und obwohl er nun Geld genug für einige Hotelnächte bei sich hatte, schloß er sie dort am Strand in seine Arme.

Sie blieben am Temma-Strand, bis der Morgen graute, und nahmen den ersten, vor allem mit Fischhändlern besetzten Zug. Als sie in Shingū ankamen – nach dem Vorbild von Tetsu und Yasuda nämlich gedachte Miyoshi die Frau zunächst bei einem Freund unterzubringen, um sich noch einmal an ihr zu vergnügen und sie danach an irgendein Bordell zu verkaufen –, schlichen sie sich zu Sandōs Zimmer, das den Vorteil hatte, daß man es, ohne von den Hausbewohnern bemerkt zu werden, durch einen Seiteneingang betreten und verlassen konnte; Sandō aber war nicht da. Hierauf, etwas anderes fiel ihm nicht ein, versuchte Miyoshi, an dem im Kiez an der Straßengabelung gelegenen Jugendheim die Hintertür aufzubekommen, doch da flüsterte die Frau: »Irgend jemand beobachtet uns!« So daß er, mit der Zunge schnalzend, aber entschlossen, die Frau dennoch ungestört und nach Herzenslust zu umarmen, schließlich mit ihr zum Issuntei in der Neuen Welt lief, wo er die rückseitig zur Flucht vor Verfolgung angebrachte Holztür öffnete und hinaufstieg ins Obergeschoß. Vorsichtig, um den noch schlafenden Besitzer beziehungsweise die Mädchen und die Gäste nicht zu wecken, forschte er nach einem freien Zimmer, bis der dennoch erwachte Besitzer auftauchte und ihn auf das zuhinterst gelegene verwies, das einzige übrigens, das eine Holztür besaß. Sie betraten das Zimmer, durch das Fenster fiel die volle Morgensonne herein; Miyoshi ließ es, wie es war, und mit prahlerischem Gehabe zog er sich vor der Frau nackt aus. Angesichts des tätowierten

Drachen, der – den in gleißendes Licht getauchten Rücken Miyoshis bis hinab zum Gesäß bedeckend – aus den üppigen Päonienblüten himmelwärts flog, schien dieser Frau allerdings sämtliche Kraft aus den Gliedern zu entweichen; willenlos nahm sie es hin, daß ihr Miyoshi, auf einen Ellbogen gestützt, das Kleid abstreifte, um sie dann dazu zu bewegen, mit beiden Händen seinen erregten Penis zu ergreifen und in den Mund zu führen, worauf sie bei jedem Hüftstoß Miyoshis ein Gurgeln von sich gab, als ob sie am Ersticken wäre, ja sogar Tränen stiegen ihr auf, so traktierte sie ihn mit der Zunge. Miyoshi indessen, wenn er die Augen schloß, hatte das Gefühl, die Zunge der Frau umspiele ihn wie eine Schlange, hatte die Vorstellung, im Schein der Sonne sprieße ein goldener Flaum auf ihren Brustwarzen, nein, er ertrug es nicht mehr, er hob den Kopf der Frau, daß sie loskam von ihm, er versuchte, seine Lippen auf die ihren zu pressen, und sie schluckte schmatzend den Speichel hinunter. Jetzt fiel das goldene Licht auf die behaarte Scham der Frau, und indem er seinen wie versteinerten Penis daraufhielt, selbst verwundert, daß die sonst von einem einzelnen Finger kaum zu öffnende sich ihm so leicht bequemte, begann er, ihre mehr und mehr wie in lodernde Gold verwandelten Schamhaare um seine Finger zu rollen und an ihren pfirsichfarbenen Brustwarzen zu saugen, sie unter der Zunge kreisen zu lassen, um hierauf in einer Geste, die ihm niemand beigebracht haben konnte, den rechten Arm auszustrecken, mit ihm die Hüften der Frau zu umfangen und anzuheben und dann, mitten zwischen die gespreizten Schenkel zielend, langsam wie beim Einführen einer Sonde, aber immer in dem Bewußtsein, daß es, sollte sie auch vor Schmerzen stöhnen, danach kein Zurück mehr gäbe, in sie hinabzusinken bis auf eine Tiefe, in der er noch bei den wildesten Bewegungen nicht in Gefahr geriete herauszuschlüpfen, und so schaukelte er mit seinen Hüften auf und ab, legte beide Hände auf die Hüften und das Gesäß der Frau und preßte sie an sich.

Wie von Miyoshis Zärtlichkeit plötzlich erregt, suchte die

Frau seine Lippen, doch er, das Gesicht auf ihren Brüsten, leckte im Schaukeltakt seiner Hüften bald heftiger, bald schwächer an ihren Brustwarzen, und als sie begriff, daß es ihr nicht gelingen würde, sog sie sich statt dessen an seiner Schulter fest, schlug sie dort ihre Zahnspuren in seine Haut.

Miyoshi legte es darauf an, das Vergnügen möglichst lange auszukosten. Die anfangs so enge Vagina blätterte für ihn, und das brauchte seine Zeit, eine um die andere ihrer winzigen Falten auf: Als würde ein unordentlich geknickter Bogen Chiyogami-Papier ausgebreitet, hatte es doch den Anschein, dieser Vagina würde der in sie gefahrene, wie versteinerte Penis noch keineswegs genügen, so schoß das Blut in sie, so schwoll sie auf, verlangte, begierig geworden, daß er zustieße, verlangte eigensinnig, daß er noch härter, gewalttätiger wäre, und sowie der harte Kerl ganz in ihr war, bog sich die Frau zurück, durchlitt die Lust, als ob sie Schmerzen erduldete, um schließlich – Miyoshi hatte seine Hüften in ein immer heftigeres Schaukeln versetzt – entkräftet hinüberzugleiten.

Die Frau hatte jetzt dieselbe pfirsichfarbene Haut wie ein fieberkrankes Kind.

Sie betrachtete das Gesicht Miyoshis, der dabei war einzuschlafen, sie versuchte seine Lider, seine Lippen zu berühren, da er sich aber herumwälzte und ihr den Rücken zukehrte, sie wiederum aber die Tätowierung nicht sehen wollte, schmiegte sie sich mit ihren Brüsten an seinen Rücken und preßte ihr Gesicht auf seinen Nacken: »Wenn du ein Gangster sein solltest, mir macht das nichts aus«, murmelte sie wie halb von Sinnen.

Miyoshi wachte auf, da war es Mittag vorbei; er zog sich an, und nachdem er mit der Frau losgelaufen war, überlegte er verzweifelt: Wohin mit ihr? Sie in seinem Haus im Kiez unterzubringen hätte zuviel Umstände gemacht. Ah, fiel ihm ein: Er brauchte sich ja nur Yasuda anzuvertrauen; der würde sie, wie schon so manche andere Frau, an ein Bordell verkaufen. Also sprach er mit dem Besitzer des Issuntei und bat ihn, sie fürs erste als Zimmermädchen anzustellen. Der Wirt warnte ihn: »Du bist dir klar darüber, daß sie gelegentlich mit einem Gast wird schlafen müssen, nicht wahr?« Dabei dachte er im stillen: Recht hat er; besser, als wenn sie an ein Bordell verkauft würde, ist das allemal, und er nickte.

Um die Zeit, als am Bahnhof drei Pachinko-Spielhallen aufgemacht hatten und eine weitere im Hauptgeschäftsviertel, traf Miyoshi auf Tanakas Hahnenkampfplatz Naoichirō. Zunächst, und obwohl sich ihre Blicke bereits gekreuzt hatten, setzte Naoichirō ein Gesicht auf, als kenne er Miyoshi nicht; so werde der ihn erst gar nicht bemerken, schien er sich zu sagen, während er dem alten Tanaka, der mit den Rufen »Keine Wetten mehr! Keine Wetten mehr!« herumlief, das Geld überreichte und die einzelnen Namen und Einsätze in das Wettregister eintrug. Sowie jedoch Miyoshi durch das Gedränge an ihn heranzukommen versuchte, »He, Bruder!« rief er ihm zu, ertönte der Gong, wurden die beiden Kampfhähne in den von Strohmatten eingefaßten Ring gesetzt, und unter anfeuerndem Geschrei von überall her wie »Na los, auf ihn!« hatte sich im Nu eine spannende Szene entwickelt; nur Naoichirō entfernte sich in gebückter Haltung und leise von dem Strohmattenring und schlug die Richtung auf die Tische zu ein, an denen die Frauen Maiskolben und Reisklöße rösteten und verkauften.

»Bruder!« rief Miyoshi, und als er Naoichirō, der scheinbar resignierend stehengeblieben war und ihm ohne eine Spur von Lächeln entgegensah, endlich einholte: »Wo habt ihr bloß gesteckt?«

Statt einer Antwort und wie um seine Blicke abzulenken, zog Naoichirō einen Geldschein aus der Tasche, kaufte einen Reiskloß und nahm das Wechselgeld in Empfang. »Das ganze Jahr über hab' ich nach euch gesucht«, fuhr Miyoshi fort, aber Naoichirō, indem er den frischgerösteten, heißen Reiskloß wie einen Cracker zermalmte, sah ihn noch immer nur an. Seiner Art zu kauen nach beurteilt, mußte das, fand Miyoshi, ein köstliches Gebäck sein, und er ließ sich eine Tüte mit vier Stück geben, verzichtete jedoch, wie die meisten Besucher, auf das Wechselgeld. »Na schön«, murmelte Naoichirō, wobei unklar blieb, woran er dachte, und marschierte los, Miyoshi folgte ihm. Die Reisklöße, von denen Naoichirō einen auf so bewundernswerte Art verzehrt hatte, waren wässerig, weich und entsetzlich heiß; Miyoshi kam sich vor wie ein Kind, als er, daran herumkauend, neben Naoichirō und mehr wie im Selbstgespräch berichtete: »Ich hab' mich danach zwar weiter auf den Tanzdielen herumgetrieben oder bin Billard spielen gewesen, aber von den Bekannten war keiner mehr da; macht ja Spaß, der Jitterbug, aber wenn du niemanden hast, den du kennst, niemanden, der mit dir von einem Lokal ins andere zieht...« Von Tanakas Hahnenkampfplatz her kamen sie an den Hirotsuno-Hügel, wo Naoichirō schließlich innehielt. »Ich war die ganze Zeit über in den Bauarbeiterbaracken«, begann er von sich aus zu erzählen. Die Baracken lagen im Totsugawa-Tal hinterm Tamaki-Berg, ein Stück noch auf Yoshino zu; dort oben habe er in diesem Jahr ordentlich Geld gespart und mit heruntergebracht.

»Und den Tresor, habt ihr ihn aufgemacht?«

»Tresor?« Naoichirō tat, als hätte er keine Ahnung, und erst nachdem Miyoshi deutlicher geworden war: »Ich meine den Tresor von damals, du weißt schon«, schien er sich zu erinnern, nickte und sagte, ja, ja, jetzt falle es ihm wieder ein, sie hätten da wohl wirklich beim Einbruch in das reiche Haus in Udono, weil sie das Schloß nicht aufbekommen hatten, den ganzen schweren Geldschrank mit weggeschleppt. »Vielleicht, vielleicht auch nicht«, versuchte er sich abermals herauszumogeln. Er habe die Geschichte mit dem Tresor völlig vergessen gehabt, doch bestehe kaum ein Zweifel daran: Kuwabara müsse das Ding damals an sich genommen und allein geöffnet haben; was drin gewesen war, davon habe selbst er nie etwas gehört, geschweige denn, daß er seinen Anteil bekommen hätte.

Es hat, dachte Miyoshi, keinen Sinn, ihn weiter zu befragen; Naoichirō würde dabei bleiben, sich dumm zu stellen, auf alle Fälle mit der Wahrheit aber nicht herausrücken. Wenn er seinen Anteil vom Einbruch damals haben wollte, mußte er, war er überzeugt, Kuwabara ausfindig machen, und so verstummte er. Wie er da im sonnenbeschienenen, hohen Gras auf dem Hügel stand, war ihm freilich bewußt, daß er damals nicht der Beute wegen mitgegangen war, sondern weil ihm der Einbruch als solcher Vergnügen gemacht hatte, und er versuchte den wiederaufgetauchten Naoichirō zu verlocken: Ob er nicht Lust hätte, noch einmal zusammen mit ihm ein Ding zu drehen? Zum ersten Mal brach Naoichirō in ein lautes Lachen aus: »Ach Miyoshi, das ist nicht mehr so einfach, weißt du?« Womit er dessen Vorschlag eine Abfuhr erteilte.

Nachdem er auf Naoichirō gestoßen war, hielt es Miyoshi für sicher, daß auch Kuwabara zurückkehren würde; also bat er die Besitzerinnen gewisser Eßlokale und Stehkneipen, die Kuwabara zu frequentieren pflegte, sie möchten ihn benachrichtigen, sobald Kuwabara bei ihnen erschiene, und er hoffte, damit hätte er ein genügend dichtes Netz ausgeworfen. Doch so sehr er auch wartete, Kuwabara ließ sich nirgends blicken, weshalb er, ungeduldig geworden, mit Yasuda darüber sprach, der neuerdings durch seine Beteiligung an einer bis in die Thermalbadeorte aktiven Clique an Einfluß gewonnen hatte. Es sei, schickte er voraus, eine vertrauliche Geschichte von früher her; damals hätten sie zusammen mit einem gewissen Kuwabara eine Reihe von Einbrüchen organisiert, sie seien in fremde Häuser eingedrungen, um Wertgegenstände und allerlei Dokumente, einmal auch einen Geldschrank mitgehen zu lassen, aber nun fürchtete er, daß Kuwabara, der seitdem spurlos verschwundene Erzgauner, die gesamte Beute für sich behalten habe. Nun ja, meinte Yasuda darauf, Kerle wie dieser brächten es durchaus fertig, ein oder auch zwei Jahre zu warten, bis sie sich wieder sehen ließen; deshalb solle er besser Naoichirō ordentlich in die Mangel nehmen und ausquetschen, da werde er gewiß erfahren, wo Kuwabara stecke.

Darauf freilich verzichtete Miyoshi, denn selbst wenn er Naoichirō noch so sehr unter Druck setzte, die jungen Leute aus dem Kiez, das wußte er, hielten eisern den Mund; am nächsten Morgen jedoch, er war bei der Frau, die jetzt im Issuntei arbeitete, über Nacht geblieben, trat, als er noch in der Schlafkammer lag, Yasuda an Miyoshis Kopfende und berichtete, Naoichirō habe ihm ohne jedes Zutun verraten, wo sich Kuwabara aufhalte. Er sei schon vor langem wieder nach Shingū zurückgekehrt. Von Anfang an habe es Kuwabara bei den von ihm geplanten Einbrüchen nicht auf Wertgegenstände abgesehen gehabt, sondern auf Waldanteilsscheine, die man allerdings, so habe er erklärt, erst nach einer ganzen Reihe von Jahren zu Geld machen könne; mithin sei auch Naoichirō nicht zu seinem Anteil gekommen, ja sie beide seien von Kuwabara hereingelegt worden, wiederholte Yasuda, was er, wie er sagte, von Naoichirō gehört habe, und er riet Miyoshi, das Ganze zu vergessen.

Und was war dann, fragte sich Miyoshi, mit dem Haus im oberen Oroshi-Tal? Doch wollte er jetzt nicht davon anfangen, weder war er dabeigewesen, noch besaß er irgendwelche Beweise, nein, lieber sah er zu, wie sich Yasuda mit einem Blick auf die Bettdecke, unter die sich die Frau bis über den Kopf verkrochen hatte, grinsend davonmachte.

Als Yasuda gegangen war, sagte die Frau: Nun bin ich schon einmal wach, dabei ergriff sie Miyoshis Hand und zog sie auf ihre Brüste, stieß dann aber, weil es ihr zu lange dauerte, bis seine Hand reagierte, die Decke beiseite, preßte ihre Lippen auf Miyoshis Oberkörper und ließ sie langsam an ihm abwärtsgleiten; das in ihren Händen zunächst kraftlos schlappe Glied sog ihre Wärme in sich auf, es begann steif zu werden, und indem er sich klar darüber wurde, wie gelangweilt es da im Dämmerlicht emporragte, fand Miyoshi, der Neunzehnjährige: So erfreulich ist sie nicht, diese Welt, daß du in ihr lebst. Die Geräusche von den Lippen, von der Zunge der Frau bewirkten zwar, daß er, eben als ihm vom Bauch her alle Kraft zu entschwinden drohte, mit knapper Not wieder zu sich kam; indes wäre er aber, wie er spürte, gerade nur fähig, die Vorgaben der Frau zu erwidern. Das Gefühl, das er bei den Einbrüchen gehabt hatte: als schwebte er in der Luft, oder der Pervitin-Schuß am hellen Tage – alles hatte augenblicklich seine richtige Ordnung gehabt, so daß der Eindruck entstand, dies eine wie dies andere existiere deutlich und bestimmt –, es waren, schien ihm, bloß Trugbilder gewesen.

Nicht lange, nachdem er begriffen hatte, daß er von Kuwabara rücksichtslos hintergangen worden war, machte Miyoshi der alten O-Ryū einen Besuch; an einem kalten Herbsttag in der Frühe, sie hatte gerade mit Reijo die Morgenandacht beendet und war in Gedanken noch ganz bei ihrer als Kind gestorbenen kleinen Tochter, kam Miyoshi aufgeregt den Hangweg heraufgerannt. »He, O-Ryū!« schrie er, und weil ihm offenbar die beiden niedergeschlagen vorkamen, setzte er hinzu: »Was ist los? Ihr zieht ja am Morgen schon traurige Gesichter!«

Reijo, der sich tagein tagaus von den jungen Leuten aus dem Kiez gehänselt und verspottet sah, pflegte in solchen Fällen, es merkte wohl nur kein Fremder, vor Zorn die Gesichtsfarbe zu wechseln. »Darf man denn nicht mal mehr morgens sein Nembutsu beten?« murmelte er, und die alte O-Ryū dachte: Wenn ich nicht dazwischentrete, bringt er es noch fertig und sagt, er solle sich davonscheren. Also erwiderte sie in derselben neckenden Art: »Und welcher Wind hat dich heute gezaust?«

Miyoshi hockte sich auf die Veranda; als hätte er ihren Spott nicht bemerkt, eröffnete er ihr: »Ich hab' überlegt, ich werde in die Bauarbeiterbaracken gehen, wo Sandō und Kichiji und die anderen schon sind. Ich werde Sandōs Leute fragen, wo ich den Boß erreiche; da könnte ich, denk' ich, noch heute losgehen.« Und indem er zur alten O-Ryū hin ein Auge zukniff: »Ich hab' nämlich genug von der Einbrecherei, von den Pervitin-Spritzen und davon, anderen das Zeug anzudrehen. Ja, ich denk', ich werde eine Frau mitnehmen und ein anständiges Leben anfangen.«

»Denkst du dir. Na, das ist auch alles, was ihr könnt«, meinte Reijo, sein Zorn schien sich noch immer nicht gelegt zu haben.

Miyoshi verzog den Mund, als wollte er sagen, so eine Behauptung sei zu ärgerlich, erklärte dann aber, und in seinen Reijo zugewandten Augen blitzten in der Tiefe Funken auf: »Das bloß zu denken, ist das nicht schon eine großartige Sache?« Doch die Funken aus der Tiefe seiner Augen verstreuten sich allmählich und erloschen, und wie auf einmal erschöpft fuhr er fort: »Vielleicht hätte ich wie Reijo Priester werden sollen, um den ganzen Tag Buddha-Gebete zu rezitieren.« Er lachte, offenbar weil er irgendeine Szene vor sich sah. »Weißt du, O-Ryū, wenn ich tatsächlich einer wäre und ich beträte anderer Leute Häuser, würde ich dort kein Nembutsu rezitieren, sondern würde mit den Lippen nur undeutliches Zeug herunterleiern und mir währenddessen einen genauen Plan machen, wie ich mich, sobald es Nacht geworden, einschleichen und alles ausrauben könnte.«

»Reijo hat auch eine Menge Pläne gemacht«, sagte die alte O-Ryū.

»Wirklich?« Aus Augen, in denen es wieder wie von Funken blitzte, sah Miyoshi sie an; da begriff er, daß sie lachte, und als ärgerte er sich darüber, spuckte er geräuschvoll in das dichte Gestrüpp an der steinernen Treppe vorm Haus. »Was versteht *er* davon?« Sie schwieg, denn wenn sie Miyoshi jetzt noch weiter neckte, würde sie es mit Reijo zu tun bekommen. Andererseits juckte es sie, Miyoshi zu erwidern: Na, so schwierig ist das nun auch wieder nicht, in ein Haus einzudringen und zu stehlen, nur hat es Reijo nicht nötig, und also läßt er es bleiben; sie hätte ihm gern zu verstehen gegeben, daß es jedenfalls einerlei sei, wovon einer lebe in dieser Welt, diesem flüchtigen Traum, solange er, für wie frei er selbst sich auch halte, auf dem Handteller des Buddha Shakyamuni sitzt. Währenddessen fiel ihr Blick auf das Gestrüpp, in das Miyoshi zuvor so geräuschvoll ausgespuckt hatte: Wie eine Spinnwebe, wie watteweiße Insektenpuppen hing der Speichel an einem Blatt, das im Wind schaukelte. Das war ganz Realität, und dennoch nur der Traum eines Augenblicks.

Der alten O-Ryū hätte es nicht das geringste ausgemacht,

wenn der Kiez hier am Rand des Berges, wenn der Ort, an dem sie geboren wurde, an dem sie mit Reijo lebte, an dem sie atmete, nicht mehr gewesen wäre als der Traum einer einzigen Nacht, der Traum vom Sommerhibiskus, dessen Blüten sich am Abend öffnen und am Morgen vergehen. Vielleicht weil er spürte, daß er dieser alten O-Ryū seine Gefühle nicht so recht mitzuteilen vermochte, stand Miyoshi auf, verließ die Veranda, und ohne noch ein Wort zu sagen, rannte er den Hangweg hinab und verschwand unten an der Ecke zum Kiez.

Danach schien sich Miyoshi tatsächlich in das Barackenlager in den Bergen davongemacht zu haben, zumindest ließ er sich weder im Kiez noch vor dem Billardsalon mehr blicken. In diesem Jahr wurden kiezauf, kiezab mehr Kinder als sonst geboren, so daß die alte O-Ryū, nun doch eine Greisin, fürchtete, sie werde mit ihren schwachen Kräften bei schwierigen Geburten ihre Probleme haben, weshalb sie die weiter unten am Hang wohnende Sato, Frau des Mitsuzō, um Hilfe bat, und zusammen verschafften sie fünf Babys einen glücklichen Eintritt ins Leben.

Nicht daß die Neugeborenen wirklich wie die Insekten gewesen wären, aber da kamen sie, so hatte die alte O-Ryū den Eindruck, wie die in der Pfütze wimmelnden Mückenlarven eines ums andere und ohne viel Umstände herausgekrochen in den Kiez, diesen vom süßen Duft des weißen Sommerhibiskus erfüllten Traum einer Nacht, und von Fall zu Fall, wie das früher üblich war, wenn die Eltern nicht imstande waren, für Essen zu sorgen, wurde das Kleine, kaum daß es den ersten Schimmer des Tages gesehen hatte, zurückgeschickt in die Düsternis; weswegen der alten O-Ryū die mit Händen und Füßen zappelnden, schreienden Babys mehr als sonst als so etwas wie edle kleine Buddha-Inkarnationen erschienen, und in Dankbarkeit für das insektengleich wimmelnde Leben hätte sie beten mögen.

Sie wußte, das menschliche Dasein ist vergänglich, aus dem flüchtigen Traum gibt es ein Erwachen, das hatte auch Reijo sie gelehrt, und ihr Gefühl der Furcht und Achtung gegenüber den Toten war unverändert, dennoch kam es ihr manchmal vor, als lebte sie selbst seit zehntausend, ja seit zehntausend mal zehntausend Jahren, und sie malte sich aus, wie diejenigen, die im Kiez atmeten und lebten, weiterlebend sich vermehrten, daß die Dämme brachen und ihre Scharen sich über die Erde hin ergossen, um sich in Korea und in China, in Amerika und in Brasilien weiterzuvermehren. Offenbart hatte ihr das alles Tōichirō, der mit seinen beiden Kindern aufgrund einer Vermittlung in das brasilianische São Paulo ausgewandert war: ein Ort, von dem sie sich vorstellte, daß dort, wohin man auch ginge, nirgends ein Berg zu sehen wäre, und sich dennoch, in einem ebensolch flüchtigen Traum, das Leben fort und fort verbreitete; dabei bildete sie sich ein, es müßte da irgendein Großer sein, der sie retten würde, und sie fühlte sich erleichtert.

Alles war eingegangen in das Innere ihrer Augen, und so sah sie, wann immer sie wollte, die Gesichter derer vor sich, die sich einst, darin mit Tōichirō in São Paulo vergleichbar, von wer weiß woher hier am Rande des Berges angesiedelt hatten; sie sah in ihren Augen die wie Wellen wogende Menge von Menschen, die sich bald vermehrte, bald verringerte und sich ausweitete bis hin nach San Diego, nach São Paulo und Buenos Aires. Davon freilich, daß sie, die alte O-Ryū, nach wie vor dabeistand, wenn das wie Mückenlarven wimmelnde Leben die Menschenleiber auftrieb, bis sie platzten, wenn es heraufkam in diese Welt, in diesen flüchtigen Traum, war sie andererseits geblendet von der Göttlichkeit der so geborenen Existenzen, war sie davon wie blind geworden, hörten ihre Ohren nicht mehr, klebte ihr die Stimme klumpig in der Kehle fest, weshalb sie sich um so heftiger wünschte, in Buddhas Nähe zu gelangen und ihn um Gnade anzuflehen.

Wenn es, wie es hieß, in der Gnade Buddhas beschlossen war, daß diejenigen, die sterben sollten, starben und die Fortzeugenden sich vermehrten, so mußte auch dies, nämlich daß in der Nakamoto-Sippe die Männer so häufig schon in jungen Jahren starben und damit das Blut des Clans in Gefahr stand, in einer nur dem trägen Auge sichtbaren Geschwindigkeit ausgerottet zu werden, letztlich eine Gnade sein, die aus der Kraft eines Höheren, eines diese Welt umfassenden Wesens kam; und doch, bei dem Gedanken, hier würde ein kleiner Buddha geboren mit einem Blut, das irgendeiner Schuld wegen bestimmt sei, zugrunde zu gehen, konnte die alte O-Ryū nicht anders als darüber traurig zu sein, daß sie kein Mittel dagegen besaß. Die Adelssöhne zum Beispiel, die in der Schlacht bei Yashima im Tanggestrüpp des Meeres ertranken, sie wußten, wo sich der gehaßte Feind verbarg, und vermutlich hatten sie noch als Totengeister die Chance, sich mordend an ihm zu rächen; die von der Nakamoto-Sippe aber kannten das Versteck ihres Gegners nicht, sie konnten an niemandem Rache üben, ja es blieb ihnen nur die eine Erklärung: Die Trübung des Blutes, das in ihren Adern floß, müsse die Ursache sein.

Die alte O-Ryū überlegte. Richtig, das war beim Neujahrsfest nach dem Jahr, in dem sie im Kiez einem Kind nach dem anderen in diese Welt verholfen hatte. Die jungen Burschen aus dem Kiez, hauptsächlich die vom Jugendclub, sie trugen Feuerwehrkittel, die sie – was hatten sie sich da nur ausgedacht! – für den Fall einer Feuersbrunst aus der gemeinsamen Kasse gekauft hatten, hatten sich in den Kopf gesetzt, es den Holz- und Tuchhändlern aus der Schloßvorstadt gleichzutun, die an diesem Tage, um ein gutes Geschäftsjahr herbeizuwünschen, mit Strohmatten umhüllte Reisweinfässer vor ihre Läden stellten und die Passanten einluden: »Trinkt, Leute, trinkt!«, während die vom Bürgerkomitee des Viertels an den Straßenecken auf kleinen Holzkohleherden Reisklöße rösteten und jedem erklärten, er solle nur essen, soviel er wolle. Also postierten sich die jungen Burschen mit je einem Reisweinfaß an den drei Straßen der kiezauswärts führenden Gabelung und riefen denen, die aus anderen Ortschaften zum ersten Schreinsbesuch oder auf Gratulation zu Bekannten kamen, zu: »Kommt, nehmt einen Schluck!« Die alte O-Ryū hielt diese Aktion der Burschen vom Jugendclub für reichlich verrückt: dergleichen zu unternehmen, ohne sich auch nur das geringste dabei zu überlegen, und sie war drauf und dran, die jungen Leute zu fragen, ob sie denn nicht wüßten, daß früher das Verbindungstor oben am »Sanktuarium« zu Neujahr regelmäßig zugesperrt worden war; ob sie nicht von ihren Eltern gehört hätten, was einem jungen Kerl aus dem Kiez, der drüben aus den Holzhändlerfässern einst einen Becher Reiswein getrunken hatte, danach zugestoßen sei?

Keiner half ihm, alles nur Feinde ringsum, und obwohl das Gleichheitsdekret damals längst in Kraft war, auch sonst keinerlei Veranlassung bestand, jemanden dafür halbtot zu schlagen, daß er sich aus einem der Fässer mit Reiswein bediente, wurde besagter Kerl aus dem Kiez, der sich am Neujahrstag in die Schloßvorstadt geschlichen hatte, von den mit Stöcken bewaffneten jungen Leuten des Holzhändlers geprügelt und getreten: Von einem wie ihm werde man sich nicht die Aussichten auf ein gutes Geschäftsjahr verderben lassen. Er rief den herandrängenden Neujahrsgratulanten zu, ihm doch beizustehen; aber sie, die am Schrein gewesen waren und von den Göttern den Jahressegen erfleht hatten, sie lachten sogar noch darüber, daß einer aus dem Nagayama-Kiez Hiebe bezog, und nicht ein einziger von ihnen sprang ihm bei. Natürlich sprach sich das bis in den Kiez herum; wenn sie ihm nicht zu Hilfe eilten, würde er noch umgebracht, waren die jungen Burschen wie die Männer überzeugt und stürmten los, aber schließlich konnten sie den Blutüberströmten nur noch aufheben und auf ihren Schultern davontragen, denn inmitten der vom Neujahrsgefühl der Frische und Reinheit erfüllten Tempelgänger und Gratulanten war an irgendwelche Racheakte nicht zu denken. Hiernach verhielt sich das Opfer eine Zeitlang ruhig, dann bekam der junge Kerl, das Gesicht hatte er sich eingeprägt, einen jener Schläger zu fassen, und zusammen mit zwei anderen verdrosch er ihn auf dem Kiezberg so nach Strich und Faden, daß der sich dabei ein Bein brach und der Knochen aus dem Fleisch ragte; in diesem Zustand legten sie ihn vor dem Laden des Holzhändlers ab. Die Burschen vom jetzigen Jugendclub indes, vielleicht weil sie Demütigungen, die einem die brennende Scham in die Augen trieb, nicht kannten, riefen mit einem Schmachten in der Stimme: »Na, wie wär's, willst du nicht was trinken?«

Verglichen mit diesen Burschen vom Jugendclub, die so gar nichts von Ehrgefühl, von Betroffenheit hatten, wirkte, wie die alte O-Ryū als Frau es empfand, der zwar ebenso unzuverlässige Miyoshi bei weitem anziehender: Er, der an einem Abend das auf der Baustelle in den Bergen verdiente Geld verspielte bis auf einen Rest, wofür er der Frau, die er im Issuntei einfach hatte sitzenlassen, einen modisch gemusterten Yukata kaufte; ihm war doch am liebsten, wenn er alles auf einmal abbrennen konnte.

Das eine Jahr in den Bauarbeiterbaracken in den Bergen schien für Miyoshi nicht mehr als ein winziger Augenblick gewesen zu sein: Wie immer hatte er das Hemd offenstehen, und da ihm sichtlich heiß war, wischte er sich mit einem Tuch die jetzt freilich sonnverbrannte, unvergleichlich männlicher wirkende Brust. Den Fluß entlang auf den Ort zu habe er das Gefühl gehabt, das hier sei doch wenigstens eine Stadt, aber nach drei Tagen habe ihn wieder die Langeweile gepackt, habe es ihn gejuckt, irgendwas Tolles anzustellen; vielleicht, meinte er lachend, sollte er es mit einem Einbruch versuchen, nicht wahr? Dabei wandte er den Blick auf eine armselige, nur in den Nadeln noch lebendige Kiefer am Rande des Hangwegs: »Wenn die Augen in der Nacht absolut nichts sehen, hat man dann das, was die Leute ›die Vogelaugen‹ nennen?« fragte er, als wäre er zufällig darauf gekommen. Die alte O-Ryū nickte, und er: »Demnach habe ich also die Vogelaugen, schaff' ich auch keinen Einbruch mehr.«

»Was kann einer schon können, der wie du immer nur vom Einbrechen, Einbrechen redet?«

»Oh, ich bin in allerlei geschickt.« Miyoshi drehte sich zu der alten O-Ryū um.

»Geschickt oder nicht, wie soll ich das wissen? Wo wir noch nie miteinander zu tun hatten.«

Miyoshi quittierte ihre Formulierung mit einem bitteren

Lächeln; wenn er, meinte er, mit ihr rede, fange er an zu vergessen, mit einem Menschen welchen Alters er spreche. »Ich bin so jung wie du«, erwiderte die alte O-Ryū. »Aber nein, das mußt du nicht sagen!« gab er ihr in einem altklugen Tonfall zurück, »Reijo ist zwar klein von Gestalt, doch was er zwischen den Beinen hängen hat, sei, erzählen sich die Leute, groß wie bei einem Pferd; deshalb, so behaupten sie, habe er einen derart schwankenden Gang, mal nach rechts, mal nach links.« Und die alte O-Ryū, noch deutlicher: »Hanzō pflegte zu mir zu sagen: wenn du Lust hast, jederzeit, brauchst mich nur zu rufen«, fuhr sie fort, Miyoshi zu necken, worauf dieser jedoch erklärte: »Ich habe einen Verwandten, der, nachtblind, selbst bei Tage nichts mehr sehen kann; auch wenn ich also Priester würde, um die Einbruchsmöglichkeiten auszubaldowern – haben meine Augen erst ganz versagt, kann ich nicht mal mehr einen Plan zeichnen.«

»Das kommt davon, daß du dir Pervitin gespritzt hast«, bemerkte die alte O-Ryū.

»Ja, vielleicht.«

Zu denken, daß Miyoshi, obwohl er noch längst nicht in der Mitte des Lebens war, erblinden sollte, wie entsetzlich! Die alte O-Ryū näherte ihr Gesicht dem seinen und blickte ihm in die Augen; in diesen schöngeschnittenen mandelförmigen Augen meinte sie ihr eigenes Berghexengesicht gespiegelt zu sehen, und ihr stiegen die Tränen auf.

Bald hiernach kam das Bon-Fest. Da war am Fünfzehnten um Mitternacht draußen eine Stimme zu hören, rappelte am Vorplatz der hintere Regenladen, und dann vernahm die alte O-Ryū ein Geflüster, leis wie ein Atmen nur. Sollte das einer sein, der sich, mit dem Maul zwar gelenkig, angestrengt auf den Beinen hielt, in der Hoffnung auf ein vergnügliches Stelldichein mit ihr, oder wäre es ein Dieb, ein Einbrecher? Sie erhob sich und trat hinab auf den Lehmboden des Vorplatzes, wo sie in ihre Geta-Sandalen fuhr. »Wer ist da?« fragte sie. »Ich bin's, Miyoshi«, war die Antwort. Es wird doch nichts passiert sein, dachte sie, als sie seine Stimme vernahm, und öffnete die Tür. Draußen war vom silberfarbenen Mondschein alles wie bei Tage in helles Licht getaucht, auch Miyoshi, der mit nacktem Oberkörper dastand. Sie wollte ihn anreden, aber er kam ihr zuvor. »O-Ryū, ich habe einen Menschen getötet«, sagte er mit belegter Stimme. Er bat sie, ihm zu helfen, und sie erwiderte, er solle erst einmal hereinkommen. »Da ist noch jemand«, meinte er, womit er zum Tor hin ein Winkzeichen gab: »Na komm!« Eine dicke Frau, der man auch jetzt in der Nacht ansah, daß sie gut zehn Jahre älter war als er, erschien an Miyoshis Seite und verbeugte sich, nachdem er ihr von hinten eins auf den Kopf gegeben hatte. Die alte O-Ryū spürte ein Erstaunen, eine unsinnige Erbitterung in sich aufsteigen. »Also, dann tretet ein!« forderte sie die beiden auf und kehrte in den Vorplatz zurück. Dabei hörte sie, wie hinter ihr Miyoshi der Frau ins Ohr flüsterte: »Mach dir keine Sorgen!« Die alte O-Ryū drehte sich um; plötzlich war ihr klargeworden, daß Miyoshis nackter Oberkörper deshalb wie schwarzgefleckt erschien, weil er über und über mit klebrigem Blut besudelt war; sie sah sein vom Mondlicht beschienenes Profil, und von ihren Brüsten her überlief sie eine Gänsehaut, durchfuhr sie doch blitzartig der Gedanke: Ihre den Neugeborenen entgegengebrachte Achtung und Furcht, als wären sie Buddha-Inkarnationen, könnten darauf beruhen, daß sie sich irgendwann in Inkarnationen einer schrankenlosen Grausamkeit verwandelten, eine Vorstellung, bei der sie Haß und zugleich Neid gegenüber dieser Frau empfand, die gut zehn Jahre älter wirkte als Miyoshi.

Von den Geräuschen wachgeworden, kam Reijo unter dem Moskitonetz hervorgekrochen, aber die alte O-Ryū schob ihn mit Gewalt zurück: »Du hast nichts gesehen, verstehst du?« Und an die beiden gewandt, die wie benommen im Vorplatz stehengeblieben waren: »Über eure Gründe reden wir besser später, nicht wahr? Jetzt nehmt die Kelle da und schöpft euch Wasser aus der Tonne in den Kübel; dann wäschst du dich und ziehst die blutverschmierte Hose aus. Und du faß mit an!« befahl sie der Frau, holte aus dem Wandschrank einen noch neuen Yukata von Reijo, zerriß einen ihrer alten Unterkimonos und legte alles vor die Feuerstelle. Schweigend füllte die Frau den Kübel mit Wasser, Miyoshi zog die Hosen aus und rollte sie zusammen, um sich damit das Blut abzuwischen, und die alte O-Ryū, während sie Holzspäne auf die Feuerstelle gab und die Flammen entfachte, betrachtete Miyoshi, der seinerseits unter allerlei Verdrehungen seinen Rücken zu betrachten versuchte, als wollte er wie ein von draußen, vom Spielen verdreckt zurückgekehrtes und dafür gescholtenes Kind erklären: Da klebt auch noch was.

Als das Feuer brannte, erkannte die alte O-Ryū: Von dem beim Zustechen aufspritzenden Blut hatte Miyoshi eine solche Menge abbekommen, daß man den Eindruck haben konnte, es sei aus seiner eigenen, entlang der Tätowierungslinien geborstenen Haut hervorgequollen. Sie befahl der Frau, die ihrer Schätzung nach die Ehefrau eines Städters war, sie solle es mit der trägen Schöpferei genug sein lassen und rasch das Blut abwaschen. Wie endlich zu sich kommend, stellte die Frau den Kübel vor Miyoshis Füße und tauchte ein Stück von dem Unterkimono in das Wasser. Das Wasser plätscherte. Dann begann sie mit dem ausgewrungenen Kimonofetzen auf Miyoshis Brust herumzuwischen; das werde er selbst machen, meinte Miyoshi und rieb sich die Brust ab, doch als er bemerkte, daß auch seine Unterhosen vom Blut durchnäßt waren, zog er diese ebenfalls aus und betrachtete sie, woraufhin die alte O-Ryū Hose und Unterhose nahm, sie auf die Feuerstelle packte und eine Menge von den leichtbrennenden Spänen darüber häufte.

Die Frau hatte sich einen anderen Fetzen von dem Unterkimono geholt; damit säuberte sie Miyoshis Rücken, ja seine ganze Kehrseite bis hinab zu den Beinen auf eine Weise, als pflege sie ein wertvolles Sammlerstück, so daß die alte O-Ryū, die sie dabei beobachtete, für einen Augenblick tatsächlich das Gefühl hatte, sie schaue ihnen, Miyoshi und der so viel älteren Frau, bei einer Schlafzimmerszene zu.

An jenem Tag, an dem Miyoshi, aus dem Barackenlager zurück, bei der alten O-Ryū gewesen war, hatten es die beiden zum erstenmal miteinander gehabt. Natürlich, typisch Nakamoto-Blut, nickte die alte O-Ryū, als er ihr die Geschichte erzählte: Wenn einen von ihnen die Lust überfällt, entfaltet er, da mag er ein noch so fauler Kerl sein, sämtliche in ihm angelegten Energien. Und genau das war der Fall gewesen. Wie er nämlich so durchs Tankaku-Viertel schlenderte, pfiff er einer Frau hinterher, die um die Ecke bog; weil aber die Frau nicht stehenblieb, heftete er sich an ihre Fersen, beschwatzte sie, indem er ihr mit dreister Aufdringlichkeit erklärte, er habe geglaubt, eine Filmschauspielerin vor sich her gehen zu sehen, was die Frau, offensichtlich um ihn abzuhängen, damit beantwortete, daß sie wieder um eine Ecke und abermals um eine Ecke bog und Miyoshi immer ihr nach. Bemüht, nur ja keinen Bekannten zu begegnen, vor allem auch zu vermeiden, daß Miyoshi erführe, wo sie wohnte, begann die Frau durch immer engere Gassen zu hasten, schießlich bis hinaus nach Ikeda, wo früher der Hafen für die über die Flußmündung ein- und auslaufenden Schiffe gewesen war. Weil sie erschöpft war und nicht weiter wußte, setzte sie sich dort neben Miyoshi, ließ sich, sie hatte keine andere Wahl, von ihm küssen und dazu bewegen, sein steinhartes Glied in die Hand zu nehmen. Für eine Frau wie sie war Miyoshi ein sehr ungewöhnlicher Liebhaber; zwar hatte sie einen Ehemann und führte ein Leben ohne irgendwelche Unbequemlichkeiten, doch fehlte ihr zur vollen Blüte der Weiblichkeit noch ein letztes Auflodern, und so erschien ihr dies hier als ein Spiel mit dem Feuer gerade zur rechten Zeit. Kurzum, sie erlag Miyoshis Drängen und übernachtete mit ihm in einer Absteige auf der Rückseite des Bahnhofs, wohin sie bislang nie gekommen war. Die Männer aus der Nakamoto-Sippe hatten, davon war die alte O-Ryū stets überzeugt gewesen, eine höchst appetitliche Art sich zu geben, ebenso sicher jedoch besaßen sie ein partiell lähmendes Gift; Miyoshi jedenfalls vergrub sein Gesicht zwischen den Brüsten der Frau, streichelte, wie um sie zu locken, sämtliche Winkel ihres Körpers, spielte mit ihrer Vagina, sog mit seinen Lippen daran, und weil er die Frau nicht wegdrücken und beschweren wollte mit dem Gewicht seines Körpers, stützte er sich ein wenig hoch, ließ seine Hüften bald in Kreisen, bald von rechts nach links und von links nach rechts über ihren Körper hingleiten, wovon ihr das Blut in alle Glieder schoß; als er sie auf diese Weise dahin gebracht hatte, daß ihr danach nichts als der Weg aufwärts zum Gipfel blieb, fuhr er so tief in sie hinein, daß ihre Scheidenwände auseinandergingen. Die Frau geriet in Wallung, und während er ihren Schweiß schlürfte, während er mit saugender Zunge die Vaginafalten öffnete, bemerkte sie, daß er auf dem Rücken tätowiert war, spürte sie, daß da ein Mann bei ihr, ihren Armen erreichbar war, wie sie ihn bis dahin nie für sich erhofft hatte, ein Mann, so glutheiß, daß er sie zu versengen drohte, indem er sie in die süßeste Trunkenheit hineinpeinigte. »Willst du«, fragte Miyoshi sie mit einem dunklen Blick, »daß ich mit dem Großen komme?« Und sie antwortete: »Ja, komm.« Es verlangte sie nach allem, was er war und tat. Im angekleideten Zustand hatte Miyoshi etwas von dem noch nicht völlig zum Mann herangereiften schönen Jüngling, in dem sich Sanftes und Heftiges mischten, sobald er jedoch nackt war, führte er die in erotischen Dingen doch keineswegs unerfahrene Frau mit einer Dreistigkeit, daß sie sich fragte, wo er solch geile Wildheit verborgen gehabt hatte. Einmal nahm sie ihn in Abwesenheit ihres Mannes am hellen Tage mit nach Hause, wo sie ihm ein Bad richtete; da hieß er sie in ihren Kleidern, wie sie war, mit ihm in den Baderaum zu kommen. Als er aus dem Bottich stieg, verlangte er, und wieder hatte er dabei jenen düsteren Blick: Sie solle sich auf den Boden setzen und die Augen zu-, den Mund aber aufmachen. Hierauf ergriff er sein Gemächt, das weich war wie eine reife Feige, und rieb es ihr um die Lider, um die Nase, bis ihm plötzlich der heiße Urin abging. Die Frau wollte vor Schreck die Augen öffnen, indessen überschwemmte der ununterbrochen strömende heiße Urin goldgelb schimmernd ihr ganzes Gesicht, und weil Miyoshi sie beim Haar gepackt hatte, damit sie nicht davonliefe, begann sie, so als bräche auch aus ihr das wollüstige Tier hervor, den heißen Strom wie einen goldenen Regen in sich hineinzutrinken. Sie sog sich an ihm fest. Miyoshi aber hob sie auf und tauchte sie mitsamt ihrer Kleider in den Bottich, zog sie im Wasser aus, und mit einer wie höflich entschuldigenden Geste spülte er ihr das Haar, das Gesicht, wusch sie sodann mit Seife von Kopf bis Fuß, trug sie ins eheliche Schlafzimmer und legte sie dort auf das Bettzeug, um sie, wie als ihr Diener, kräftig zu massieren.

Es dauerte nicht lange, und die Frau überwarf sich mit ihrem Mann.

Bis dahin hatte sich die Frau immer wieder Miyoshis Einbruchgeschichten angehört, und schließlich waren sie übereingekommen, daß es am besten wäre, wenn er in ihr eigenes Haus einbräche. »Ich hatte ein Messer dabei, und als wir aneinandergerieten, habe ich ihren Mann erstochen«, beendete Miyoshi seinen Bericht. Die alte O-Ryū allerdings hatte in einem Punkt ihre Zweifel; ob nicht vielleicht doch die Frau zugestochen habe, fragte sie. »Nein, nein«, beharrte Miyoshi, als wäre es keine Sache von großem Belang, einen Menschen ermordet zu haben: »Ich war es.« Nachtblind mit seinen Vogelaugen war er in der Küche gegen einen Tisch gestoßen, was der Ehemann offensichtlich gehört hatte, denn er erschien und fing mit Miyoshi eine Schlägerei an, wobei dieser ihn erstach.

Für die eine Nacht überließ die alte O-Ryū den beiden ihr eigenes Bettzeug, während sie sich zu Reijo unter die Decke legte; doch nachdem sie gewartet hatte, bis die beiden, einander umarmend, ruhig atmend eingeschlafen waren, fand sie selbst keinen Schlaf, und so überlegte sie, welches wohl, falls Miyoshi die Flucht nicht gelingen und er gefaßt werden sollte, als Verbrechen schwerer wiegen würde: ob er wirklich einen Einbruch begangen und den Ehemann zufällig erstochen hatte oder ob er vielleicht von der Frau zu einem lediglich vorgetäuschten Einbruch überredet worden war, damit er ihren Mann dabei ermorde. Aber ob so oder so: Wenn herauskäme, daß er einen Menschen umgebracht hatte, es stand dieselbe Todesstrafe darauf.

Er werde jetzt verschwinden, aber sobald sich die Dinge beruhigt hätten, mit ihr wieder Verbindung aufnehmen, überzeugte, als es Morgen geworden war, Miyoshi die Frau, die daraufhin nach Hause zurückkehrte. Danach saß Miyoshi da, sah zu, wie die alte O-Ryū schweigend die Asche von den nachts verbrannten Kleidern aus der Feuerstelle kratzte und sie an die Wurzeln einer dünnstämmigen Kiefer schüttete. »Selbst wenn er gemordet hat, der Mensch – es ändert sich nichts«, sagte er.

Was er nur am Morgen schon für Unsinn redet, dachte sie, ohne darauf zu reagieren; sie lauschte dem Gesang des goldfarbenen Vogels hinterm Haus, dieser edelsteinklaren Stimme, und unterdessen wusch sie, wie immer nach dem Aufstehen, zunächst die für den Buddha-Altar bestimmte kleine Menge Reis in einem winzigen Kessel, tat Wasser dazu und blies darunter das Feuer an, wusch dann, die Portion für Miyoshi eingeschlossen, ausreichend Reis für drei Personen in einem großen Kessel und setzte den auf einer zweiten Feuerstelle an. Den Kübel hatte sie noch in der Nacht gesäubert, doch schien er ihr für das Anrichten von Speisen und dergleichen nicht mehr brauchbar, sie würde ihn, nahm sie sich vor, für den Hausputz oder beim Gießen im Garten benutzen und stellte ihn hinaus unter den Kasten für die Regenläden. Bei alledem redete die alte O-Ryū kein Wort, auch Reijo schwieg.

Daß die beiden dann ebenso stumm ihren Brei aus Tee und Reis aßen, bedrückte Miyoshi derart, daß er es nicht ertrug; ohne die Eßstäbchen auch nur angerührt zu haben, sprang er auf, stand er da in Reijos Yukata, der ihm nur eben bis an die Knie reichte und erklärte: »Ich geh' zu einem Freund.« Sie bedrängten ihn: Er solle doch erst was essen, doch er hörte nicht auf sie, sondern schlüpfte in seine Strohsandalen und ging gemächlich den Hangweg hinunter. Plötzlich, als wäre ihm etwas eingefallen, fing er zu laufen an, bog er wie im Fluge unten um die Ecke in den Kiez.

Und Miyoshi lief so weiter bis zum Issuntei in der Neuen Welt, schlüpfte dort durch die von dichtem Gras umwucherte

Hintertür hinein, um sich die Sachen anzuziehen, die er in dem Zimmer jener jungen Frau deponiert hatte, mit der er damals in Temma bekanntgeworden war; dann weckte er die noch Schlafende, die entsetzlich nach Reiswein roch, ließ sich von ihr Geld geben, und kurz darauf saß er bereits im Bus unterwegs zu dem Barackenlager in den Bergen an der Dammbaustelle.

Tatsächlich kam es, wie die alte O-Ryū gesagt hatte: Sobald es Nacht wurde, auch im etwas düsteren Lampenlicht, vermochte Miyoshi nicht mehr zu erkennen, was wo war. Jetzt im Barackenlager mußte er sogar, wenn sie an Regentagen auf dem ausgerollten Bettzeug um Geld spielten, die Karte ins Licht von draußen halten, um festzustellen, ob es sich um ein »Mönchlein« oder um eine »Wildgans« handelte. Die groben Kerle, wie sie sich auf einer solchen Baustelle einzufinden pflegten, schrien ihn an: »Was ist denn bloß los mit dir?!« Doch er wollte nicht, daß sie bemerkten, wie es ihm dunkel vor den Augen war und er kaum noch etwas sah, ja manchmal legte er ab, ohne zu wissen, was für Karten er eigentlich in Händen hatte.

Die Arbeit bestand vor allem darin, abgesprengte Gesteinsbrocken im Strohkorb oder mit der Schubkarre abzutransportieren oder auch die Zufahrtswege zu ebnen, damit die Maschinen herangebracht werden konnten. Miyoshi schuftete mehr als sonst einer, irgendwann jedoch bemerkte er, daß sich an der Stelle, an der sie die Steine holten, ein mächtiger, schier unüberblickbarer Steilhang erhob, und ein Schauder überlief ihn: von Dingen umgeben zu sein, die so außerhalb des menschlichen Begriffsvermögens lagen. Dabei, dachte er, würde schließlich nicht mehr damit geschehen, als daß einige Arbeiter, in der Wand hängend, die überstehenden Felsen abschlagen und Beton darübergießen, um die riesige Fläche zu glätten. Und er ließ seine Arbeit ruhen und starrte auf die sonnenbeschienene, steinige Haut des Steilhangs. Von oben her schrie ihn der Bauführer an, aber wenn er jetzt, stellte er sich vor, zu ihm hinaufstiege, würde er dafür auf normalen Wegen gut eine Stunde brauchen; er sah, wie die Sonne auf die Felsen traf, wie sie auf den ausgetrockneten, aus Lehm und Steinen gemischten Boden und auf die Baugerüste traf, die schon zum Betonbewurf bereitstanden, und er hatte das Gefühl, aus seinen Augen perlten unzählige von der Sonne versengte, flammengleiche Schaumblasen hervor.

Kurz darauf kehrte Miyoshi, begleitet von Katsuichirōs Sohn Ikuo, in den Kiez zurück. Daß sich die beiden ungefähr gleichaltrigen jungen Männer aus der Nakamoto-Sippe zufällig im Bauarbeiterlager oben am Tamaki-Berg begegnet waren, erschien ihr, erinnerte sich die alte O-Ryū später, wie eines der in dieser Welt so seltenen Wunder. Tatsächlich berichtete ihr Ikuo, daß er, als er Miyoshi getroffen, darüber erschrocken gewesen sei, wie dieser nach Art der Erblindenden die Karten immer erst in die Sonne gehalten und angestarrt habe, um sie dann entweder abzulegen oder auszuspielen; so sehr hatte er sich verändert. Von den Frauen aus dem wandernden Bordell, das bis hinauf ins Lager gekommen war, hatte die alte O-Ryū gehört, Miyoshi und Ikuo hätten einen Eindruck gemacht wie zwei Brüder. Andererseits wußte sie: Als er plötzlich da oben in den Bergen von dem zwar getrennt aufgewachsenen, doch ebenso zu den Nakamotos gehörigen Ikuo mit einem liebevollen »He, älterer Bruder!« angesprochen worden war, mußte das auf Miyoshi gewirkt haben, als hätte ihm eine höhere Macht diesen Ikuo ausgerechnet jetzt zugeführt, da er, ohne es vor jemandem zuzugeben, so fürchterlich an den Augen litt; und es mußte ihn bis zum Ersticken gepeinigt haben, auf solche Weise belehrt zu werden, daß auch er, Miyoshi, nun einmal vom Blut der Nakamotos sei. Der Mörder, sofern ihn die Sache nicht übermäßig quält, kann davonlaufen, wenn er will; vergessen, wie sehr er es sich auch wünscht, wird er nie. Bald nach Miyoshis Rückkehr in den Kiez übrigens eröffnete Naoichirō, offenbar war er von irgendwoher an Geld gekommen, mit viel Pomp einen Pachinko-Spielsalon in bester Lage im Geschäftsviertel, Kuwabara hatte an der Stelle des früheren Schwarzmarkts vorm Bahnhof ein mehrstöckiges Bürohaus hingestellt.

Im Beisein Ikuos, der ihm aus Freundschaft überallhin folgte, hatte sich Miyoshi auf dem Steinplatz unterhalb des bewußten Steilhangs bei der Arbeit mit dem Hammer auf den Daumen geschlagen. Stöhnend preßte er seine Hand zusammen, woraufhin Ikuo herbeigelaufen kam; das Blut troff, wie er bemerkte, aus Miyoshis Daumen, und einen Augenblick lang hatte Ikuo den Verdacht, Miyoshi könnte es wie jene gemacht haben, die sich, der Arbeit überdrüssig und scharf auf Geld fürs Vergnügen, absichtlich auf die Finger klopften, sie so zermalmten, daß sie sich nicht mehr abknikken ließen; doch dann sah er unterwegs zum Barackenlager, wie Miyoshi wieder und wieder mit den Füßen gegen Steinbrocken stieß. Da wußte er: Von der auf ihn niederbrennenden Sonne geblendet, vermochte Miyoshi die Dinge selbst dann, wenn sie scharf konturiert erschienen, nur mehr verschwommen wahrzunehmen. Im Lager zurück, tat Ikuo ihm sofort Jod auf die Wunde und verband sie, zudem übernahm er es, ihn im nächsten Bus nach Shingū ins Krankenhaus zu begleiten. Er half ihm, sich umzuziehen, ließ sich den bis zu diesem Tage angelaufenen Arbeitslohn für Miyoshi und für sich selbst auszahlen, dann liefen sie die Gebirgsstraße abwärts bis zu der Stelle, an der der Bus hielt, und die ganze Strecke über weinte Miyoshi. Er war zwanzig Jahre alt. Auch die alte O-Ryū weinte, als sie diese Geschichte von Ikuo hörte, und sie weinte jetzt wieder, da sie längst altersschwach und bettlägerig war; hatte sie doch, obwohl sie sich an den Zeitpunkt nicht mehr erinnerte, das Gefühl, die Geschichte eben im Augenblick von Ikuo gehört zu haben, und sie sprach ihn an: »Was helfen da schon Tränen! Sag ihm, Schicksal sei Schicksal, das ist genug.«

Zwanzig war er damals? Das hieße: ein Viertel dessen, was die alte O-Ryū an Jahren hatte. Nein, dachte sie, wenn ich die Erfahrungen aus einem so langen Leben einrechne, war das kaum ein Hundertstel davon, ein Alter jedenfalls, in dem er es noch nötig hatte, daß man auf ihn aufpaßte; und dabei kamen ihr abermals die Tränen, und sie tat einen tiefen Seufzer.

An dem Tag, an dem er in Begleitung von Ikuo zurückkehrte, begab sich Miyoshi ins Krankenhaus, und nachdem man ihn dort behandelt hatte, tauchte er wieder im Kiez auf. Zufällig waren Sandō und Kichiji da, und so besuchte er sie, und sie sprachen von einer Prostituierten, die er im Bauarbeiterlager kennengelernt hatte; indessen schien ihm das keinen rechten Spaß zu machen, so daß er bald darauf in Richtung Issuntei verschwand.

»Wo bist du bloß gewesen?« fragte der Besitzer des Issuntei und sah Miyoshi ins Gesicht; offenbar kam ihm dieser plötzlich abgemagerte Zwanzigjährige seltsam vor, so daß es ihm lieber gewesen wäre, wenn Miyoshi nicht schon am hellen Tage zu trinken begonnen hätte, als aber Miyoshi Reiswein verlangte, rückte er trotzdem welchen heraus. »Da ist wohl irgendwo wieder eine Frau hinter dir hergewesen, wie?« fragte er. Miyoshi, den Mund voll Reiswein, setzte ein Grinsen auf. »Vielleicht«, gestand er ein, »habe ich mir zuviel von dem Zeug gespritzt, oder einer meiner Vorfahren hat einst Böses getan, jedenfalls sind meine Augen inzwischen wie verschleiert und ich kann die Dinge nicht mehr klar erkennen.«

»Das Zeug? Du meinst: Pervitin?«

»Mein Blut, scheint es, ist davon total verrottet«, meinte Miyoshi lachend. Darauf der Wirt: »Es gibt noch immer welche, die sich heimlich Pervitin spritzen. Neulich erst hat einer hier geschrien ›Ich fliege, ich kann fliegen!‹ und ist aus dem ersten Stock gesprungen«, berichtete er, um dann jedoch, wie er vorausschickte, das Thema zu wechseln und mit leiser Stimme zu fragen: Ob es denn wahr sei, daß Yasuda Kuwabara sozusagen in der Hand habe? Ob er, Miyoshi, davon wisse, daß Kuwabara früher an eine Menge Anrechtsscheine und Schuldverschreibungen gekommen sei? Nein, antwortete Miyoshi, davon habe er keine Ahnung, erinnerte sich aber plötzlich, wie er, als er noch Kuwabaras Laufbursche gewesen, den alten Reijo wegen der Trauerfeierhefeklöße verspottet hatte; jetzt war es freilich zu spät, doch damals wäre er wahrhaftig besser ein Mönch geworden.

Interesse daran, was Naoichirō und Kuwabara jetzt trieben, besaß er nicht; und daß er bei dem Ehemann jener Frau, mit der er es vor seinem Verschwinden in das Bauarbeiterlager gehabt hatte, einen Einbruch vorgetäuscht hatte, um dabei rittlings auf den schlafend Daliegenden zu springen und ihn zu erstechen, war für Miyoshi ein Vorgang, der sich mit der gleichen Selbstverständlichkeit entwickelt hatte wie die Szene im Bad, wo er die Frau dazu gebracht hatte, seinen Urin zu trinken. Im Kopf der Frau mochte sich das anders ausgenommen haben, in seinem eigenen jedoch, so glaubte Miyoshi im nachhinein, war das Beherrschende die Vorstellung gewesen, er könnte der Frau, wenn er sie unter dem Blutstrom aus dem Leib ihres Mannes auf den Boden würfe, Schreie der Lust entlocken. Wahrhaftig, Miyoshi selbst hielt sich für einen Mann, der mehr als sonst einer aus dem Kiez seine Strafe verdiente, der sich nicht zu wundern brauchte, wenn ihm ein Auge oder auch beide genommen würden, und als ob sich der Nebel der Schwermut plötzlich verzogen hätte, fragte er: »Und warum, Onkelchen, legt ihr Kuwabara nicht ein bißchen aufs Kreuz?« Der Wirt vom Issuntei tat, als verstünde er nicht, er gab sich ratlos, dann aber, wie allmählich begreifend, winkte er ab und brummte: »Yasuda hat es ja schon versucht. Es ist nicht zu schaffen.« Eine Bemerkung, offenbar dazu gedacht, Miyoshis zunehmend erregtere Gefühle zu besänftigen. »Na, was geht's mich an!?« reagierte er ärgerlich, und nachdem er, als wäre er dabei gewesen, noch vor sich hin gemurmelt hatte: »Gemordet haben sie, diese Schurken, nur um Geld und Wertsachen an sich zu bringen«, geriet er ins Grübeln: Es lebt nun mal jeder sein kleines, schäbiges Leben, dachte er, und wenn er es nicht schafft, die Glut in seinem Körper anzufachen, daß er lodert wie eine Fackel, so ist es besser, er legt den Hals in die Schlinge und hängt sich auf. An dieser Stelle preßte er ächzend die Luft durch die Zähne.

Die alte O-Ryū begriff Miyoshis Gefühle nur allzu gut.

Wenn es in der Gnade Buddhas stand, daß sich die Existenzen, die, indem sie in dieser Welt lebendig waren, fort und fort entwickelten wie die sich wimmelnd vermehrenden Mückenlarven, dann mußte auch die nach einem Leben wie dem der Hülle der Zikade, die nach dem nur kurzen Schrei ihrer Stimme verlöschende Existenz aufgehoben sein in der Gnade. Daher also war, wie jene unter welchen Umständen auch immer geborenen Kinder, die nach einem kurzen Schrei dahinstarben, auch Miyoshi, der sich trotz des begangenen Mordes nicht für schuldig hielt, allein deshalb unbefleckt geblieben, weil ihm das Bewußtsein für den Vorfall fehlte; selbst wenn er, was sich gewiß kein anderer ausgedacht hätte, die Absicht gehabt haben sollte, die Frau im Blut des Erstochenen zu entkleiden und sich mit ihr zu paaren – an Miyoshi haftete keine Schuld.

Wie er wohl, überlegte die alte O-Ryū, die Zeit bis zum Morgen, bis die Sonne heraufkam, im Bambusdickicht hinterm Issuntei hingebracht hatte? Als sich von den ersten Strahlen der Erdboden zu erwärmen begann, als sich am Sommerhibiskus die Blüten schlossen, trat er aus dem Bambusdickicht, bog seitwärts um die Ecke, und dort, an den großen Kirschbaum knüpfte er den Strick und erhängte sich. Es war der zehnte August. Die alte O-Ryū seufzte schwer, in ihrer Vorstellung bewegte der auf Miyoshis Rücken tätowierte Drache jetzt die Beine, kroch aufwärts, und wie um sich loszulösen, hob er den Kopf aus dem Rücken des Toten. Er dehnte sich, wurde so lang und dick, daß man hätte zweifeln können, ob es wirklich der Drache war, der auf dem Rücken Platz gehabt hatte. Schon hatte er sich zweimal um den am Ast schaukelnden Leichnam gewunden, sah er mit lauerndem Blick herüber, als hörte er jemanden kommen; doch gleich darauf setzte er, gemächlich mit viel Zeit und indem er dabei seinen feisten und wie mit schwarz angelaufenen Silberplättchen geschuppten Schlangenbauch sehen ließ, die Ablösung fort, und als er schließlich in ganzer Figur erschien, war Miyoshi unter dem ihn in zehn oder mehr Windungen von Kopf bis Fuß umschlingenden Drachenleib völlig verschwunden. Dann und wann und mit ausgestreckter Zunge, um die durch seinen Ausbruch auf dem Rücken verursachten Schmerzen leckend zu lindern, fuhr der Drache mit seinem Kopf zwischen die Windungen des eigenen Lcibes, wovon sich der Leib schwebend in die Luft erhob, bis er in ein nicht mehr unterbrochenes flirrendes Wirbeln geriet, und sowie hierauf der Wind zu brausen begann, reckte der Drache, zum Flug entschlossen, sein Gesicht, wandte er sein Gesicht dem Äther zu, stieg er, Windung um Windung lösend wie ein aufgeschossenes Tau, durch die Lüfte empor, tanzte er augenblicklich in den Himmel, flog er, das Unten und Oben zerreißend, pfeilgerade davon; Blitze zuckten hernieder, und als der Drache über den Wolken im Kreise jagte und schrie, hallte sein Gebrüll von den Wolken wider und wurde zum Donner.

Von dem Tag an, an dem Miyoshi gestorben war, regnete es lange Zeit ohne Unterlaß.

Die alte O-Ryū empfand diesen Regen als einen süßen Tau, als Zeichen dafür, daß einem aus dem Blut der Nakamotos, der nicht von dieser Welt gewesen und durch seinen frühen Tod heimgekehrt war in den Himmel, die in dieser Welt begangenen Sünden als abgegolten verziehen wurden, und wieder und wieder legte sie, Miyoshi zugewandt, dankbar betend die Hände aneinander.

# 天狗の松

# Die Tengu-Kiefer

Als sie die fahlen Nebeltröpfchen bemerkte, die in der kurzen Spanne zwischen Nacht und Morgengrauen durch die feinen Ritzen in den vor langer Zeit, noch zu Reijos Lebtagen, mit frischen Brettern für über zweihundert Yen reparierten hinteren Regenläden hereintrieben, wußte die alte O-Ryū: wieder hatte die Jahreszeit gewechselt, der Sommerhibiskus, der einen so atembeklemmenden, schmerzlich süßen Duft verbreitete, war am Ende, es kam die Zeit, in der sich hinterm Haus die Süßkleebüsche mit Blüten besteckten, und halb im Schlummer befangen, dachte sie, daß sie jetzt, wenn sie nur bei Kräften wäre, einen Süßkleezweig schneiden würde, um damit Reijos Buddha-Altar zu schmücken.

Unters Gestrüpp auf dem Kiezberg gemischt, hatte der Hibiskus, als zur hohen Zeit der Jugend passend, den Sommer gefeiert; jetzt hingegen, da einen morgens und abends ein Frösteln überlief, entsprach der wilde Süßklee, der mit der Unschuld des zum erstenmal auf der Haut liegenden, kleingemustert ungefütterten Kimonos seine Blüten öffnete, dieser Zeit jenseits des Gipfels, einer Zeit, die das Herbe zu schätzen wußte, sehr viel besser. Nun drohte aber die Bambusvase auf dem Altar, sie war zu klein dafür, von einem ganzen Süßkleezweig umzukippen, weshalb sich die alte O-Ryū regelmäßig und mit den Worten »Du entschuldigst schon, nicht wahr?« die Freiheit nahm, ein ebenfalls noch mit einigen Blüten besetztes Stück von der Spitze abzuknipsen, bevor sie den Zweig in die mit frischem Wasser gefüllte Vase stellte.

Wenn der Süßklee blühte, ließen die Higurashi-Zikaden vom Kiezberg her in mehr oder weniger langen Strophen ihr hinhallendes »Kanakana«-Geschrill erklingen: War's, daß sie ihren baldigen Tod beklagten, oder schrien sie die Lust an ihrem so gearteten irdischen Leben heraus? fragte sich die alte O-Ryū, und dabei hatte sie das Gefühl, das Bettzeug, in dem sie unverändert lag, finge an, sich zu erheben. Tatsächlich aß sie so wenig an einem Tag, daß die Frauen aus dem Kiez, die sich um die Bettlägerige kümmerten, geradezu verzweifelt waren; sie meinten zu ihr: »Du ißt ja noch nicht mal soviel, wie da oben für den Toten steht«, und wiesen mit dem Finger auf das kleine Näpfchen Reis, das jeden Morgen auf dem Buddha-Altar dargebracht wurde. »Seid froh«, erwiderte sie lachend, »daß ich kein Getreidefasten geschworen habe.« Die Frauen aus dem Kiez, zumal diejenigen unter ihnen, die zwar ebenso alt wirkten wie sie, in Wahrheit aber zwanzig Jahre jünger waren, hatten, nach dem Ausdruck ihrer Gesichter zu schließen, keine Ahnung mehr vom Getreidefasten, während der alten O-Ryū innerlich allerdings zumute war, als triebe sie durch die Lüfte dahin.

Wenn er, hatte einmal einer gesagt, den Higurashi-Zikaden lausche, habe er den Eindruck, ihr Geschrill male mit tuscheschwerem Pinsel in einem Zug ein Bild von schroff aufragenden Bergen; er hatte gemeint: »Ich brauche das nur zu hören, und schon ist mir, als geriete ich in ein wunderbares Schweben.« Das war Fumihiko gewesen, einer von derselben Sippe wie Hanzō und Miyoshi. Von Anfang an ein in mancher Hinsicht recht ungewöhnliches Kind, war er bei seiner Geburt, abgesehen von dem schwarzen Schopf, am ganzen Körper derart behaart gewesen, daß sich das kaum als Geburtsflaum erklären ließ, und die alte O-Ryū, ohne auch nur ein Wort herauszubringen, doch befürchtend, Kane, die Mutter, könnte einen Wechselbalg ausgetragen haben, hatte das Kleine in ihren Händen wieder und wieder angestarrt, bis der Kindsvater Yoshi, der in dem gedielten Raum hinter der Schiebetür heißes Wasser bereitet hatte, auf den ersten Schrei hin fragte: »Na, was ist es?« Für einen Augenblick war die alte O-Ryū verwirrt, dann jedoch begriff sie: er wollte ja nur wissen, ob das Neugeborene ein Junge oder ein Mädchen war, und sie antwortete: »Ein Junge, es ist ein Junge!« Als sie es aber badete, benahm sich das Kind lebhafter als alle, die sie je in diese Welt geholt hatte; es brüllte und zappelte, daß es, wenn sie nicht, das Köpfchen stützend, ihren Arm geschickt unter den rundlichen Babyrücken gestreckt hätte, unweigerlich in das heiße Wasser gefallen wäre.

Die Körperbehaarung verlor sich innerhalb des ersten Monats, danach zeigten sich mitten auf dem Bauch mehrere braune Flecke, und auch die verschwanden schließlich ganz, bis der Junge sechs war. Symptome irgendwelcher Anomalien ließen sich an ihm jetzt nicht mehr bemerken, und wenn sich die alte O-Ryū an jenes Jahr als ein ungewöhnliches erinnerte, so deshalb, weil sich damals im Kiez – kreisförmig ausbreitend – eine Katastrophe nach der anderen ereignete und die Leute ängstlich orakelten, wen wohl der Funkenflug als nächsten träfe. Eines Tages sah die alte O-Ryū, wie Fumihiko den Weg vom Kiezberg heruntergerannt kam. »Ja, wo kommst du denn her?« fragte sie ihn, und er, atemlos und mit bleichem Gesicht: »Ich habe die Krähen-Tengus gesehen, einen ganzen Schwarm.«

»Oh, wirklich?« versuchte sie den keuchend Stehengebliebenen auszuforschen, diesen so lieblichen Knaben, daß er, hellhäutig, wie es bei seiner Geburt nie zu erwarten gewesen wäre, auf jedem Volksfest ungeniert als Page hätte auftreten können, Erbe des Nakamoto-Blutes durch seinen Vater Yoshi. »Und sie haben natürlich Gesichter wie die Krähen gehabt und Flügel auf ihren Rücken, nicht wahr?« neckte sie ihn. Doch er – mit ernstem Gesicht – nickte und erzählte: Auf dem höchsten Punkt des vom Tankaku-Schloß her ansteigenden Kiezberges, zu Füßen einer riesigen Kiefer, deren dicken Stamm zu umspannen es zwei erwachsene Männer brauchte, hätten Krähenkobolde, ein ganzer Schwarm, im Kreise dagesessen, wären aber, als sie bemerkten, daß er, Fumihiko, aus dem Dickicht heraus zu ihnen hinüberspähte, mit ausgebreiteten Flügeln aufgeflogen. Hierauf, weil sie sahen, daß er allein war, hätten sie untereinander geredet: »Wollen wir ihn fressen?« – »Oder wollen wir ihn mit uns nehmen?« Da hätten jedoch unten am Berg die Hunde gebellt, und die Kobolde wären höher und höher in den Himmel gestiegen und flügelschlagend wie die Krähen davongeflogen.

Er ist, dachte die alte O-Ryū, gerade in dem Alter, in dem die Kinder nun einmal in jeder Krähe einen Tengu sehen möchten, und so nickte sie zustimmend, wie um ihn für die hübsch ausgedachte Geschichte zu loben; ja, als er erzählte, die Krähen-Tengus hätten erklärt: »Wir könnten bei euch alles kurz und klein schlagen; das einzige, was wir fürchten, sind die Hunde und die Adler«, da lachte sie sogar laut heraus, denn das schien nun freilich aus den Comic-Heften zu stammen, die er sich in der Leihbuchhandlung zu holen pflegte.

Fumihiko quittierte ihr Gelächter mit einer mißtrauischen Miene, und sowie er bemerkte, daß sich unten auf der Straße einige Jungen seines Alters zeigten, hüpfte er eiligst die steinerne Treppe hinunter und schrie: »Die Krähen-Tengus, die Krähen-Tengus!«

Hiernach geschah allerlei Merkwürdiges. Die alte O-Ryū glaubte natürlich nicht an die Krähenkobolde, die Fumihiko gesehen haben wollte, doch war sie überzeugt, es müsse Wesen geben, Wesen, nicht von dieser Welt, denen es Freude machte, die Leute zu erschrecken, denen es ein Vergnügen bereitete, sie zu peinigen, die es, kurzum, darauf abgesehen hatten, den Menschen durch ihre Streiche weh zu tun, sie aus dem Gleichgewicht zu bringen. Ein kleiner Junge aus dem Kiez zum Beispiel, der sich gegen das Verbot der Schule und die Ermahnungen seiner Eltern schon seit langem, als das Wasser noch eisig kalt gewesen war, draußen im Fluß im Schwimmen geübt hatte, ertrank unmittelbar unterhalb des Schreinswaldes. Das war am elften Juli, der Fluß war nach einem heftigen Regen trüb und führte Hochwasser, da wurde der Junge, die Unterwasserbrille am Hals, mit zusammengekrümmtem Körper drunten auf dem Grund entdeckt, und von den Leuten aus dem Kiez, die herbeigeeilt waren, um nach ihm zu suchen, hielt es jeder noch für ein Glück im Unglück, daß der kleine Tote von der gewaltigen Strömung des angeschwollenen Flusses nicht fortgeschwemmt und über die Flußmündung ins Meer getragen worden war, sondern daß er noch am gleichen Tag in das Haus seiner Eltern zurückkehrte. Aber wie um selbst das unter den Kiezbewohnern aufgekommene Gefühl der Erleichterung darüber, daß man die Wasserleiche gefunden hatte, zu erschüttern, blieb bereits tags darauf ein junger

Mann verschwunden, der – er wohnte neben dem Jugendheim an der Straßengabelung – mitten in der Nacht zum Krebsefangen an den Fluß gegangen war, obwohl die richtige Jahreszeit dafür noch nicht begonnen hatte; drei Tage und drei Nächte hintereinander tauchten die Burschen vom Jugendclub im Krebsfluß vom Oberlauf bis hinunter zur Mündung, sie spannten Taue von Ufer zu Ufer, hängten zwei Lastkähne daran und suchten mit langen Bambusstangen den Flußboden ab, doch nirgends fand sich auch nur die Spur von ihm. Unterdessen erschien einer, der gerüchteweise gehört hatte, die Frau eines Restaurantbesitzers in der Stadt sei unauffindbar; seinen Worten nach, von denen alle wünschten, sie träfen zu, konnten sie den Verschwundenen deshalb nicht finden, weil er gar nicht auf Krebsefang gegangen, sondern mit jener Restaurantbesitzersfrau durchgebrannt sei. »Ja, ja, mit den Weibern ist er schon immer rasch bei der Hand gewesen«, beruhigten sie sich und brachen die Suche ab; dann allerdings, am fünfzehnten Tag, nachdem er der Krebse wegen das Haus verlassen hatte, wurde sein schwammig aufgedunsener Leichnam in Ida, zwei Bahnstationen weiter, an den Meeresstrand gespült. Zwei Tage nach der Totenfeier – die alte O-Ryū hatte noch von unten vom Platz her das Geschrei der Kinder bei der Radiogymnastik gehört, danach war, was ihr seltsam erschien, der Lautsprecher stumm geblieben – kam eine Frau, die in einem der Häuser unten an der Straße wohnte, die steinerne Treppe heraufgeeilt und berichtete: Am Morgen habe im vierten Haus hinter dem Platz der ehedem im Lokomotivschuppen der Staatsbahn, zuletzt aber, ruiniert durch seine Spielleidenschaft, nur noch als Hilfsarbeiter beschäftigt gewesene Dreiundvierzigjährige, den sie »die Eisenbahn« zu nennen pflegten, von dem von der Stadt an sämtliche Haushaltungen verteilten, schon vom Geruch her Brechreiz erregenden Rattengift getrunken. Da ihm grünlicher Schaum vorm Mund gestanden und er sich vor Qualen wild die Brust gekratzt hätte, seien vier Männer daran gegangen, ihn zusammenzupressen, damit er das Gift wieder von sich gäbe; doch obwohl von Statur nicht wesentlich größer als die anderen, habe er derart um sich geschlagen, daß sie noch ein paar Leute mehr zur Mithilfe hätten suchen müssen. Weil nun um diese Zeit aber nur die Kinder und die Alten wach gewesen waren, habe es eine Weile gedauert, bis sie ihn schließlich zu siebt gepackt hatten und einer ihm zum Erbrechen die Finger in den Hals gestoßen hatte. »Aber da war es schon zu spät.« Und die Heimsuchungen hielten an. Einer, der den Kiez verabscheute und seit langem für sich allein in der Stadt ein gemietetes Zimmer neben der Schule bewohnte, um zu büffeln, damit er es auf eine erstklassige Universität schaffe, nahm, er war siebzehn, den Strick und erhängte sich. Im Haus daneben hatte ein junges Paar ein Kind, das, es fing eben zu laufen an, mit dem kleinen Po in kochend heißen Reisbrei fiel, wobei es sich entsetzlich verbrühte; ein Haus weiter gab es einen bald wieder gelöschten Zimmerbrand, und dann, nach alledem, doch das war in einer Gegend, auf die das Orakel von den sich kreisförmig ausbreitenden Katastrophen so gar nicht zutraf, kam es draußen, ganz am Ende des Kiezberges, in einer Reihenhaussiedlung, die auf einem bei der Bodenreform verteilten, inzwischen jedoch von den Bauern verpachteten Gelände stand, zu einer Feuersbrunst: nun wirklich mit einem Funkenflug von Dach zu Dach, so daß sämtliche Häuser eingeäschert wurden.

Allerlei Gerüchte gingen um, die Kiezbewohner jedenfalls meinten, diese unheilvollen Vorkommnisse Schlag auf Schlag seien gewiß nicht durch Menschenhand verursacht, eher schienen böse Geister den Kiez verhext zu haben, weshalb der Vorschlag laut wurde, man solle doch eine Reinigungszeremonie abhalten; daß die Krähen-Tengus, die Fumihiko gesehen hatte, dahinterstecken könnten, darauf, vielleicht weil sie alle zu direkt betroffen waren, verfiel keiner. Nicht lange danach indes und ohne daß klar war, wer damit angefangen hatte, hieß es, statt das Übel durch Anrufung der Götter zu vertreiben, sei das einzige hier Angemessene eine Gedächtnisfeier für die Toten sowie für die dadurch in Not Geratenen, und man beschloß, diese Feier Ende September im Jōsenji-Tempel zu veranstalten. Was freilich die alte O-Ryū damals unter keinen Umständen billigen konnte. Nicht, daß sie mit dem neuen, nach Ende des Krieges aus Nagoya gekommenen Priester im Jōsenji-Tempel unzufrieden gewesen wäre, doch im Kiez, wo es nun einmal keinen Tempel gab, war es schließlich Reijo, der regelmäßig die monatlichen und jährlichen Gedenkzeremonien abgehalten hatte. Wenn die Feier zum Beispiel im Jugendheim im Kiez begangen worden wäre, hätte man, mit einer gewissen formellen Nachgiebigkeit, den Priester zwar dazu einladen, trotzdem aber auch Reijo die Sutren lesen lassen können; jetzt im Jōsenji-Tempel hingegen würde der Priester Reijo als einen gewöhnlichen Laienbruder behandeln, würde ihn jedenfalls gewiß nicht darum bitten, am Ritual mitzuwirken. Den bewußten Tag dann – Reijo hatte als einfaches Gemeindemitglied zum Tempel gehen wollen, wovon ihn die alte O-Ryū zurückzuhalten vermochte – verbrachten die beiden zu Hause über den Sutren.

Hinter Reijo sitzend, der die Sutren vortrug, und indem sie zusah, wie er dabei hin- und herschwankte, sang sie die ihr wohlbekannten Texte im Einklang mit Reijos erfrischend klarer Stimme leise mit; obwohl von den zu Tode Gekommenen und von den Leidenden keiner ihrem eigenen Schoß entsprungen war, hatte die alte O-Ryū doch das Gefühl, als durchlitte sie Qualen, wie sie sie in einem noch so langen Leben nach und nach nie erfahren würde, ja, es war ihr, als träten jetzt und hier Gestalten zu ihr, sähen ihre Tränen und sprächen zu ihr: Ach, es ist schwer! Die Sutren waren noch nicht ganz zu Ende gesungen, da begannen die Räucherstäbchen zu verglühen, und ohne Reijo in seinem Vortrag zu stören, rutschte die alte O-Ryū auf den Knien an ihm vorbei nach vorn, um frische zu entzünden, als sie plötzlich auf dem papierbespannten Schiebefenster die Schatten bemerkte. Zwar begriff sie: Es waren, verursacht von den auf dem Buddha-Altar brennenden Kerzen, auch vom Licht der unter der Zimmerdecke hängenden elektrischen Lampe, Reijos und ihr eigener Schatten, doch wirkten sie wie Krähenkobolde mit weitgeöffneten Fittichen, bereit, je nach ihrer beider Verhalten im nächsten Augenblick schon flügelschlagend aufzufliegen. Die alte O-Ryū lauschte angespannt, ob da außer Reijos Gesang irgendwelche ungewöhnlichen Geräusche wären, aber sie entdeckte nichts als vom Kiezberg her das vielfältige Insektengezirp sowie die langgewohnten kehligen Vogelstimmen, und es überlief sie eine Gänsehaut.

Damals, sie erinnerte sich: Sie war in einem Alter gewesen, daß sie, obwohl noch jung, von den Leuten bereits als bejahrte Person behandelt wurde, damals also hatte sich, dem Auge sichtbar, neben ihr der Höllenschlund aufgetan, und sie hatte sich geängstigt, sich vorgestellt, was Fürchterliches sie da erwarte, weshalb sie, damit Buddha sie errette, nur immer wieder laut und aus ganzem Herzen die Sechs Zeichen hergesagt hatte: Namu Amida-butsu – oh, der Du das Licht des Paradieses bist, halte Du mich unverbrüchlich fest! Doch der Abgründe, die sie frösteln machten, gab es viele in ihrer Nähe, ja, gerade weil diese Abgründe existierten, war sie, was sie nie bedacht hatte, erst imstande, den unbeschreiblich schönen Gesang des kleinen goldfarbenen Vogels zu vernehmen, der frühmorgens am Berg hinterm Haus aus den Blüten des Sommerhibiskus den Nektar sog, oder das Geschrill der den Tag ihres traumgleich vergänglichen Daseins bejubelnden Higurashi-Zikaden. Die alte O-Ryū seufzte; wäre es, dachte sie bei sich, damals nur einfach so gewesen, daß die bloße Lautlosigkeit im Kiez ringsum, daß die im übrigen harmlose, sich von Mal zu Mal wiederholende Kieznacht allein mir das deutliche Gefühl eines draußen gähnenden Abgrunds vermittelt hätte, ich würde wohl ohne jede Furcht das Schiebefenster aufgestoßen und wie mit einer Frage an den stummen Abgrund geschrien haben: »Ist da wer?« Und zwar gleichgültig, ob mir darauf der Abgrund, nein, irgendein imaginärer Tengu mit Flügeln und Krähengesicht und Bergasketengestalt ein »Hoho!« zur Antwort gegeben hätte oder nicht.

Zwei Tage nach der Gedächtnisfeier im Jōsenji-Tempel gerieten die Leute im Kiez plötzlich in große Aufregung: Fumihiko war verschwunden; obwohl es bereits dunkelte, sei er, hieß es, zum Essen nicht zurückgekehrt, und so liefen zunächst die Frauen durch den Kiez, über den Berg und drüben in der Stadt von einer Ecke in die andere und riefen: Fumihiko, Fumihiko! Man hatte eine Serie von Katastrophen hinter sich, und ungeachtet dessen, daß es die Jahreszeit war, in der die Kinder aus dem Kiez keinen Spaß mehr daran hatten, am Wasser zu spielen, gingen die Kiezbewohner diesmal doch allesamt zum Fluß hinunter, zwar einander versichernd, daß man dergleichen für völlig unmöglich halte, sich dabei aber, wahrscheinlich war es eben trotzdem so gekommen, den kleinen Körper vorstellten, wie er, nachdem sich Magen und Lunge randvoll mit Wasser gefüllt, aschfarben geworden und auf den Grund des Flusses hinabgesunken sei. Die Männer wie die Frauen weinten, offenbar waren ihnen die Tränen eine längst selbstverständliche Gewohnheit; sie entzündeten ein rotflackerndes Wachtfeuer und begannen, im Schein unzähliger Fackeln das Flußbett abzusuchen. Kane und ihr Mann Yoshi hatten keine Kinder außer Fumihiko; deshalb vermutlich war die Trauer um so größer, und die Männer aus dem Kiez, zitternd von der herbstlich kalten Flut, aber ohne sich hinlänglich Zeit zum Aufwärmen an dem Feuer zu gönnen, tauchten immer wieder in den Fluß, als wären sie auf einmal unfähig, den Zeitpunkt zu erkennen, in dem sie besser Schluß gemacht hätten. Ein Spaßvogel meinte, indem er einen prächtigen, gut einen Fuß langen Karpfen, den er mit bloßen Händen gefangen hatte, neben das Feuer warf: »An dem hab' ich mir, als ich hinuntertauchte, geradezu den Kopf eingerannt, das könnt ihr mir glauben.« Von den andern, die dastanden, vor Kälte zusammengekrümmt, denen es schon Unbehagen bereitete, daß der Kessel über den Flammen leise summte, um wieviel mehr also der Karpfen mit seinem gequälten Schnappen nach Luft, seinem Zucken in Todesängsten, erwiderte keiner ein einziges Wort. Nach einer Weile wurden die Zukkungen des Fisches schwächer, und als käme ihr eben jetzt erst die Idee, fragte eine der Frauen: »Wollen wir ihn nicht doch wieder in den Fluß bringen?« Die alte O-Ryū nickte ihr zu: »Aber ja!« erklärte sie wie im tiefen Herzen erleichtert. Da nahm die Frau den Karpfen mit beiden Händen auf, und indem sie ihn wie ein kleines Kind umfing, eilte sie über den nachtdunklen Uferstreifen davon, um ihn, solange er sich noch regte, im Wasser auszusetzen.

Eine Woche später, man glaubte fest, Fumihiko werde demnächst als aufgedunsener Leichnam am Meeresstrand angespült, stand der verschwunden gewesene Junge mit schlaftrunkenen Augen unter der großen Kiefer am Ende des Kiezberges, und als sie Hide'ichi, den Viehhirten, mit Fumihiko auf dem Rücken den Bergweg herabkommen sah, war die alte O-Ryū überzeugt, daß alles, was Fumihiko, wie er zuvor erzählt hatte, da oben erlebt haben wollte, genau der Wahrheit entsprach. Obwohl man sich also sicher gewesen war, daß Fumihiko im Fluß ertrunken und die Leiche hinaus ins Meer geschwemmt worden sei, hatte man ihn auf dem mehrfach abgesuchten Berg gefunden. Das allerdings erschien nun höchst wunderbar, und als ob sich damit das über dem Kiez lastende Unheil mit einem Male verzogen hätte, machten sich die jungen Burschen ein Vergnügen daraus, allerlei Geschichten zu erfinden, etwa daß man Fumihiko entführt habe: Tengus seien mit ihm vom Obamine-Paß zum Tamaki-Berg, vom Katsuragi-Berg zum Kōya-Gipfel umhergeflogen; pflegte doch auch Fumihiko selbst auf entsprechende Fragen regelmäßig zu antworten: »Ich war an einem Ort, der hieß Izumi; dort gab es viele Krähenkobolde.« Jedenfalls verfielen sie, die sie angesichts der Unerklärlichkeit jener Serie böser Katastrophen bis eben noch ratlos und voll trauriger Gedanken gewesen waren, in die ausgelassenste Heiterkeit, so als kämen Neujahr und Schreinsfest auf einen Tag. Am wildesten trieb es eine Gruppe jugendlicher Glücksspieler, die schon bei hellichtem Tage zur Flasche griffen. Sie nahmen sich vor, jene Tengus, die Fumihiko entführt hatten, lebend einzufangen und sie auf den Rummelplätzen zur Schau zu stellen; also zogen sie zusammen spätnachts auf den Berg, entzündeten dort, während sie von dem mitgebrachten Reiswein tranken, ein großes Feuer, und dann tanzten sie, um den Tengu hervorzulocken, unter so lautem Singen und Händeklatschen, daß es bis zu dem ein gutes Stück entfernten Haus der alten O-Ryū zu hören war. Doch obwohl sie eine zweite, eine dritte Nacht auf diese Weise unter der Kiefer verbrachten, es wollte sich offenbar kein Tengu zeigen, und als sie zuletzt im Morgengrauen, angetan mit ihrem Waldarbeiterzeug und, für den Fall einer Prügelei, in jeder Hand einen Knüppel schwingend, mit noch halb betrunkenen, mürrischen Gesichtern den Bergweg abwärts auf das Haus der alten O-Ryū zu marschierten und diese die Bande sah, machten die Kerle auf sie einen so komischen Eindruck, daß, dachte sie, gewiß weder ein Krähen- noch ein normaler Tengu die Freundlichkeit aufbrächte, sich auf den Umgang mit den Radaubrüdern überhaupt einzulassen. »He, Hisashi!« rief sie einen von ihnen an, es war jener Spaßvogel, der letzthin bei der Suche nach dem vermeintlich im Fluß ertrunkenen Fumihiko einen Karpfen gefangen hatte, und da Hisashi den Kopf hob, fuhr sie fort: »Letzte Nacht erwachte ich davon, daß hinter meinem Haus etwas Großmächtiges mit einem Rauschen in der Luft umherflog. Wer kann denn das sein? dachte ich und machte die Augen auf; gleich darauf, genau überm Dach, hörte ich eine Stimme reden.«

»Und was sagte sie?«

»›Wollen wir‹, sagte sie, ›nicht doch mit ihnen tanzen? Die Kerle sind so besoffen, daß sie gar nicht merken, wenn ihre Bande plötzlich ein, zwei Köpfe mehr zählt.‹«

Im ersten Augenblick schien Hisashi die Worte der alten O-Ryū für bare Münze zu nehmen. Eilends und wie verblüfft musterte er die vor ihm marschierenden Gestalten, sobald er jedoch festgestellt hatte, daß sich kein Tengu darunter befand, war ihm plötzlich alles Interesse daran verleidet. »Ja, meinst du wirklich, es gäbe welche?« Er spuckte aus. »So ein Tengu wäre jedenfalls garantiert zuerst zu mir gekommen und hätte mich zu überreden versucht: He, Bruder, wie wär's mit einem

Spielchen?« Wobei Hisashi den Mund weit aufriß und gähnte. Nun ja, auch er, das bemerkte die alte O-Ryū sehr wohl, war einer aus der Nakamoto-Sippe, und da sie sich vorstellte, das Blut pflanze sich wie in einer Welle von dem einen zum anderen fort und in dieser Woge Blut seien Grausamkeit und Sanftmut gleichermaßen existent, so hätte sie ihm gern gesagt, daß er, als ein Mann mit Nakamoto-Blut in den Adern, selbst dann, wenn es sich bei den Tengus nur um Träume des ebenfalls zu den Nakamotos gehörigen jungen Fumihiko handeln sollte, diesen Träumen natürlich begegnen könne. Hisashi indessen, ohne auch nur zu ahnen, daß sich die alte O-Ryū hierüber Gedanken machte, eilte, seinen Knüppel schwingend, die steinerne Treppe hinab. Und während sie ihm nachsah, den Blick auf seinen Rücken gerichtet, hatte sie das Gefühl, wie einst auf Hanzō und Miyoshi hafte auch auf ihm, auf seiner gesamten Erscheinung undeutlich der Schatten dessen, der nichts gemein hatte mit dieser Welt, ja, ihr war, als hätte sein Körper, der doch beim Vergleich mit dem anderer junger Leute durchaus nicht schlecht abschnitt, aus irgendeiner, welcher schicksalhaften Verstrickung auch immer bereits begonnen, sich rascher als jede noch so flüchtige Illusion aufzulösen. Um das zu begreifen, war Hisashi freilich zu sehr Spaßvogel, zudem ein wilder Kerl, und die alte O-Ryū ihrerseits hielt es einfach für besser, wenn allein sie als die Hebamme, die die Neugeborenen noch vor den Eltern auf die Arme nahm, die Bedeutung des gerade durch seine Reinheit verdorbenen Blutes der Nakamotos kannte.

Da es ihr Beruf war, unter Eintritt in die Geheimnisse anderer den ersten Augenblicken eines neuen Lebens beizuwohnen, gab es mancherlei, das sie in ihrer Brust verschloß und von dem sie sich schwor, nie werde sie, nie dürfe sie vor Fremden ein Wort darüber verlauten lassen. Sie hatte, wie Reijo mit den Sterbenden, mit denen zu tun, die erst geboren wurden; hatte sich in langen Hebammenjahren allmählich daran gewöhnt, daß das, was da aus dem Mutterleib kam, zwar ein mit Leben begabtes Geschöpf, noch aber kein Mensch war. Sie mußte ihm zunächst das Blut abwischen, mußte die Nabelschnur durchtrennen, bevor die Eltern beziehungsweise die Vertreter der Eltern, ob sie nun mit der Bildung der Gliedmaßen zufrieden waren oder nicht, das Kleine als Sproß der Gemeinschaft anerkannten, und jetzt endlich wurde es zum Menschenkind. Weit mehr jedoch quälte die alte O-Ryū die Tatsache, daß diejenigen unter den Neugeborenen, die sich nach einem Augenblick im Licht zurückgestoßen sahen in die Finsternis, nicht wenigstens für diese kurze Zeit als lebende Geschöpfe den Rang eines Menschenkindes erwerben konnten; ja, sie hatte das Gefühl, von den winzigen, angsterfüllten Wesen deshalb wie ins Kreuzverhör genommen zu werden. Da ist es wirklich besser, wenn, wer davon nicht weiß, auch nie darüber erfährt, murmelte sie vor sich hin.

Trotz Hisashis Bemerkung versammelte sich die Bande auch am nächsten und übernächsten Tag um die Zeit der Abenddämmerung auf dem Berg unter der Kiefer, denn selbst wenn die Burschen gewußt hätten, was die alte O-Ryū im Innern bewegte, beharrten sie darauf, die Tengus zu fangen. In ihrem Arbeitszeug, bewaffnet mit prächtigen Eichenstöcken, die sie sich inzwischen zurechtgeschnitten hatten, kamen Hisashi, Tome, Kikuzō, Kihei und Kazuichirō die steinerne Treppe herauf, um am Haus der alten O-Ryū vorbei den Weg zum Berg hinaufzumarschieren, und sobald sie die Kinder sahen, die weiter unten am Wegrand spielten, riefen sie ihnen zu: »Macht, daß ihr nach Hause kommt! Sonst holen euch, wenn es dunkel wird, die Tengus!« Und unter einem Geschrei, als schmerze sie das auf Aufruhr versessene Blut, das in ihren Körpern floß, rannten sie bergaufwärts davon, schwangen dabei ihre Stöcke und schlugen mit ihnen auf das wuchernde Buschwerk ringsum ein. Das hallte bis in den Kiez herunter, ein Lärm wie von der rot und golden verfärbten Sonne tief im Westen.

Die Kiezbewohner zeigten sich beunruhigt von dem plötzlichen besessenen Verhalten der jungen Burschen. Daß diese, weil sie etwas fangen wollten, von dem niemand wußte, ob es überhaupt existierte, nächtelange Trinkgelage feierten, wie um zu verbergen, welch übermäßige Kraft sie besäßen. Wenn sie, die Burschen, hieß es, meinen sollten, sie seien grundsätzlich fertig mit dem Kiez, könnten sie ja abhauen auf eine auswärtige Baustelle oder auf ein Schiff und sich dort austoben. Sie selbst jedoch erklärten, ihr seltsam klingendes Gebrüll habe mit dem Kendō-Training zu tun und ihr Gejohle mit der Einübung in die Techniken des Handgemenges; schließlich imitierten sie alle je gehörten Vogelstimmen auf eine Weise, daß gelegentlich der eine oder andere im Kiez in ein lautes Lachen ausbrach, wohingegen die meisten darüber die Brauen runzelten, keiner freilich sich bereit fand, den übermütig Lärmenden ins Gesicht zu sagen: Euer nächtliches Treiben stört uns, macht Schluß damit! Immer und überall haben, so dachten sie, die jungen Burschen die Nacht geliebt, sind sie durch die Dunkelheit gelaufen, hat sie mit der Abenddämmerung eine plötzliche Wildheit gepackt, daß sich das tierhaft wollüstige Blut in ihnen genug erregte, um sie hinaus und von einem Vergnügen zum anderen zu jagen. Zudem war die alte O-Ryū und waren alle übrigen Leute aus dem Kiez der Meinung, daß ihnen, wenn jetzt nicht irgendwer wenigstens mit rauher, rücksichtsloser Stimme Lärm schlüge, weiter Katastrophe um Katastrophe bevorstünde.

Und die unter jener Kiefer auf dem Berg versammelten jungen Burschen empfanden genau das gleiche.

Nur, als sie sich anschickten, da oben auf dem Berg zum dritten Mal bis zum Morgen durchzuwachen – inzwischen hatten sie den gegen die nächtliche Kälte zurechtgelegten Zweiliter-Reisweinflaschen bereits tüchtig zugesprochen –, glaubte keiner mehr im Ernst, daß die Tengus zu ihnen unter die Kiefer kämen, ja, sie waren es leid, noch länger miteinander Ringkämpfe aufzuführen oder zum Spaß wie die Vögel zu schreien; statt dessen, es war ein Vorschlag Hisashis, beschlossen sie, es sollten immer zwei von ihnen auf der anderen Seite des Kiezberges hinabsteigen, um als Tengus oder Gespenster durch die Straßen von Ukishima und Inosawa zu ziehen und die Städter zu erschrecken. Seit Kindertagen waren sie zusammen aufgewachsen, sie hatten sich, groß geworden, gemeinsam zur Arbeit in den Wäldern oder auf den Schiffen verdingt, und auch wenn es um ein Bubenstück ging, verstanden sie sich auf Anhieb. Zunächst also rannten Tome und Kikuzō, der eine wie eine Krähe krächzend, der andere mit dem spitzen Ruf der Weihe, zurück in den Kiez und schafften an Kleidungsstücken heran, was sie für den Schabernack gebrauchen konnten. Dann zogen zuerst Kikuzō und Kazuichirō irgendwelche Kimonos über ihr sonstiges Zeug, banden sich statt der Obi-Schärpen grobgedrehte Strohseile um die Hüften, und als Kikuzō sich mit beiden Händen einen Schilfgrashut aufsetzte, von dem er sagte, er habe sich im Schuppen bei Tomes Haus befunden, und in einer Pose wie die einst in Nachi oder im Sempukuji-Tempel eingesperrten Leprakranken loswetterte und schrie: »Oi, oi!«, da meinte Kazuichirō: »Du siehst wirklich eher wie ein Bettler aus, jedenfalls nicht wie ein Tengu.«

Nachdem die beiden hinabgestiegen waren, blieb den anderen, Hisashi, Tome und Kihei, nichts zu tun; sie saßen eingetaucht in den Geruch der nachtkühlen Erde und des hohen Grases ringsum und als ertrügen sie es nicht, von dem wilden Spiel ausgeschlossen zu sein, gossen sie den Reiswein in sich hinein. »Ich schätze«, bemerkte Hisashi, »die zwei werden vor allem den Witwen und jungen Mädchen in Ukishima die Gespenster oder Tengus machen.« Und Tome nickte: »He, ganz sicher sogar.« Um, wie enttäuscht darüber, daß kein schrilles Geschrei der Gespensterangst, keine beim Anblick von Tengus erschreckt aufheulenden Stimmen von unten heraufdrangen, murmelnd hinzuzusetzen: »Zu fünft war es ja recht lustig hier, aber so zu dritt kriegt man das Frösteln.«

Während sie also weiter vor sich hin tranken, kehrten unter imitiertem Vogelgekrächze und -gefiepe und mit hochgerafften Kimonos Kikuzō und Kazuichirō zurück und berichteten, in Ukishima wie in Inosawa hätten die Leute die Lichter gelöscht gehabt und geschlafen. Nur ein einziges Haus, das der Witwe, sei noch erleuchtet gewesen, doch als sie sich auf die

Rückseite hätten schleichen wollen, habe sie ein Mann, der herausgekommen war, entdeckt und sei ihnen hinterhergerannt. Die beiden waren drauf und dran, aus den Kimonos zu schlüpfen, falls zwei andere sich bereit fänden, sie in dem närrischen Treiben da unten abzulösen; indessen hatte dazu keiner den Mut, und so schlossen sie sich, verkleidet wie sie waren, der Sauferei an. Bald darauf fingen sie alle fünf an, davon zu reden, daß es keinen Sinn habe, sich auf einem Berg, auf dem nun einmal kein solcher Kobold erscheine, die Nächte um die Ohren zu schlagen, und wirklich, vom nächsten Tag an unterblieben diese Zusammenkünfte, und wenn die Kinder sie fragten: »Geht ihr denn heute keine Tengu fangen?«, so antworteten sie: »Wir hatten ja auf dem Berg einen geschnappt, nur bat der uns derart inständig, für diesmal durch die Finger zu sehen, daß wir ihn wieder laufen ließen.« Die Leute im Kiez, auch die alte O-Ryū, bemerkten mit Erleichterung, zugleich freilich mit einem gewissen Gefühl der Wehmut, wie die jungen Männer zu ihrer Arbeit in den Wäldern zurückkehrten, bevor es zu Zwischenfällen gekommen war.

Seitdem waren viele Jahre vergangen, waren die serienweisen Katastrophen und Unglücke ferne Vergangenheit geworden, hatten selbst die Radaubrüder, die sich einst auf dem Kiezberg versammelt hatten, die Geschichte vergessen, und Fumihiko war zu einem Jüngling herangewachsen, dessen schroffes Gesicht in nichts mehr an das liebliche Kind erinnerte, das damals nicht nur die Tengus gern zu ihrem Hätschelknaben gemacht hätten; er war jetzt alt genug, um der alten O-Ryū, wenn sie ihn foppte, entgegenzuhalten: »Wie lange willst du eigentlich noch die Aufdringliche spielen? Ich mag das nicht.«

Hisashi und Fumihiko hatten beide das Blut der Nakamotos. Für die alte O-Ryū war das offensichtlich. Es war das Blut der Nakamotos, die einer nach dem anderen zugrunde gingen: als wäre ihnen, weil sie einst ihre Tage unter den lieblichen Klängen von Flöten und Handtrommeln hingebracht hatten, jener Stab des Lebens, mit allein dem der Mensch die korrupte irdische Welt zu überstehen vermochte, allmählich morsch geworden; Fumihiko indes war anders als Gen und Katsuichirō, anders auch als Hanzō, und zwar auf eine so eigentümliche Weise, daß von diesem Blut, das gleichermaßen in ihm kreiste, nichts zu bemerken war; ja, nach Verlassen der Mittelschule war er nicht – wie sonst die jungen Leute – in die Stadt gegangen, sondern hatte sich den zehn bis fünfzehn Jahre älteren Burschen aus dem Kiez angeschlossen und war mit ihnen in das Bauarbeiterlager in den Bergen gezogen. Es war wohl diesem harten Einsatz in den Wachstumsjahren zu verdanken, daß Fumihiko, nicht eben groß von Gestalt, einen Oberkörper hatte, goldbraun und wie von Schwertstahl.

Einmal, die alte O-Ryū war dabei, der beim südlichen Brunnen alleinlebenden alten Tamie als festtägliches Gegengeschenk eine Schale mit gesäuerten Sushi zu bringen, hielt dieser Fumihiko sie unterwegs auf. »He, Alte!« rief er.

Fumihiko trug über seinem Unterzeug einen hüftlangen Hanten-Kittel, wie ihn die am Shinto-Schrein Beschäftigten an Festtagen überzuziehen pflegten: geschmückt mit Emblemen, die die Heilige Krähe darstellten. »Was ist denn passiert?« fragte die alte O-Ryū, und darauf Fumihiko, offensichtlich in der Annahme, sie habe ihn nach dem Kittel gefragt: »Oh, den habe ich von Leuten bekommen, die in den Marktbuden vorm Schrein arbeiten.« Flüsternd und indem er den Kragen des Kittels umklappte, setzte er hinzu: »Genau solche Krähen, denk dir, habe ich gesehen.«

»Krähen mit drei Beinen?« fragte die alte O-Ryū zurück.

»Allerdings«, sagte er und starrte sie aus seinen langwimprigen und bläulich schimmernden, schön geformten Augen an, die wie ein Überbleibsel jenes behaarten Kindes wirkten, das Fumihiko damals unmittelbar nach seiner Geburt gewesen war. »Ich wollt' es dir schon so manches Mal erzählen: Von klein auf habe ich immer wieder diese dreibeinigen Krähen gesehen. Neulich auch, auf dem Weg zum Barackenlager am Kashihara-Damm, und zwar eine ganze Menge davon.

Als könnten seine bläulichen Augen plötzlich zu blitzen beginnen, wandte die alte O-Ryū den Blick zur Seite, bemerkte, wie die an die Hauseingänge neben dem Brunnen gelehnten Bäume, zum Festtag geschlagene Eichenkastanien, mit einem leisen, trockenen Klirren wie von Glöckchen im Wind hin- und herschwankten, und seufzend meinte sie: »Daß es solche Vögel geben sollte – na, ich weiß nicht.« Wie von der Sanftheit in ihrer Stimme verführt, ließ Fumihiko ein Lächeln aufscheinen. »Hör mal, O-Ryū, schärf doch den Kindern ein, daß sie kein Zitronenwasser trinken und kein Tempura essen, wenn sie aufs Fest gehen. Die Kerle aus meiner Clique haben sich nämlich extra leere Flaschen besorgt, die sie, ohne sie auszuwaschen, mit einer selbstgemachten Limonade aus gelbem Sojamehl und Süßstoff füllen, und das Öl, in dem sie das Tempura ausbacken, ist alt«, sagte er, bevor er, den Eindruck hinterlassend, daß er natürlich ganz etwas anderes habe sagen wollen, am Brunnen vorbei rechts in die Straße einbog.

Fumihiko begriff, daß ihn die alte O-Ryū für einen jungen Mann hielt, der nichts als wunderliches Zeug daherredete; doch ebenso, wie er ihr einst als Kind wahrheitsgetreu berichtet hatte, er sei jenen Krähen-Tengus begegnet, war es auch keine Lüge, wenn er erzählte, er habe dreibeinige Krähen gesehen, die der auf den Schreinsamuletten aufgemalten Heiligen Krähe aufs Haar glichen. Als damals in seiner Kinderzeit nach der Serie von Unglücksfällen die Burschen versucht hatten, einen der von ihm beobachteten Tengus zu fangen, aber damit gescheitert waren, hatte sich Fumihiko von seinen Eltern sagen lassen müssen, die Sache mit den Tengus, den Krähenkoboldenhabe er aus einem Film, zu dem sie ihn einmal mitgenommen hatten, und den Namen des Ortes Izumi, wohin er sich versetzt geglaubt hatte, aus Erzählungen seiner aus jener Gegend stammenden Großmutter mütterlicherseits; als er jedoch weiterhin hartnäckig dabeigeblieben war, er sei den Tengus leibhaftig begegnet, sei auch wirklich nach Izumi geflogen, da hatten sie ihm, diesem verstockten Buben, eine Tracht Prügel verabreicht.

Mit fünfzehn war er in die Arbeiterbaracken oben am Futatsuno-Damm gegangen; nach einem Jahr jedoch, die anderen jungen Burschen erklärten, sie wollten mit dem zusammengesparten Geld in den Kiez zurück, trennte er sich von ihnen, um die Orte aufzusuchen, an denen er damals gewesen sein mußte. Allein machte er sich von Futatsuno aus zunächst auf den Weg zum Tamaki-Berg und beschloß, im dortigen Shintō-Schrein über Nacht zu bleiben. Aber wie er auch die Gegend ringsum musterte, überzeugt davon, daß dies jener Tamaki-Berg sei, zu dem er einst in einem einzigen Augenblick mit den Krähen-Tengus vom Kiezberg hinübergeflogen war: Die riesige Krone eines Kampferbaums verstellte so sehr den Himmel und zudem breitete sich über ihr das nächtliche Dunkel aus, daß er, ungeachtet dessen, daß es eine Mondnacht zu sein schien, nichts erkennen konnte. Auf den blanken Dielen des Schreins liegend, während er dem Geschrill der Zikaden und dem knirschenden Geschrei von Vögeln lauschte, wie er es noch nie gehört hatte, rief er die Erinnerungen an einst herauf; sobald er indes ein wenig eingeschlummert war, erklangen von irgendwoher leise schluchzende Stimmen. Er meinte, da müsse jemand sein, sprang auf und blickte um sich; doch außer daß es von dem weither, über so manchen Berg näher wehenden Wind in dem mächtigen Kampferbaum wie die Meeresbrandung rauschte, war nichts. Wieder schlief er ein und erwachte abermals von schluchzenden Stimmen und suchte, doch niemand war zu entdecken. Obwohl sich das bis zum Morgen mehrere Male wiederholte, verzichtete er auf eine weitere Nacht auf dem Berg, sondern stieg ins Tal hinab, wo er einen vorüberfahrenden Lkw anhielt, von dem er sich bis zur nächsten Bushaltestelle mitnehmen ließ, und nachdem er Yoshino erreicht hatte, fuhr er mit der Bahn nach Tennōji und von dort aus weiter nach Izumi. Dann streifte er kreuz und quer durch Izumi, wurde aber, wenn er bei seinen Spaziergängen den in Tennōji erworbenen Rucksack geschultert hatte, regelmäßig von den Polizisten ausgehorcht, offenbar weil sie ihn mit seinem noch immer ein wenig kindlichen Gesicht und seiner hellen Haut für einen hielten, der von zu Hause ausgerissen war. Auf dieser ersten Wanderung fand er keine eindeutige Bestätigung dafür, daß er damals als Kind von den Krähen-Tengus dorthin entführt worden wäre; auf dem Rückweg direkt von Izumi zum Futatsuno-Damm indes wollte ihm scheinen, er könnte sehr wohl auf dem Tamaki-Berg wie auch in Izumi gewesen sein, denn vom Kiez aus gesehen mochten die Plätze, an die er sich erinnerte, zwar in weiter Ferne liegen, tatsächlich jedoch befanden sie sich, hatte man einmal die Bergkette überquert, in bequem erreichbarer Nähe.

Die alte O-Ryū wußte, warum Fumihiko seit dem Mittelschulabschluß von einer Baustelle zur anderen wechselte. Unbestritten war, daß er zu denen gehörte, in deren Adern das bei aller Lauterkeit trübe Blut der Nakamotos floß, aber doch nicht das allein, jedenfalls nicht, wenn man seinen Vater Yoshi und seine Mutter Kane mit in Betracht zog. Tatsächlich hatte sich das Blut sämtlicher jemals in den Kiez Zugewanderter wie Nebenflüsse mit Fumihikos Blutstrom vereinigt, und schließlich waren die Kiezbewohner nicht nur von Arima, Hongū oder dem Tal der Tausend Gifte in Asso aus durch die Kii-Halbinsel gezogen, vielmehr stammten sie ebenso aus Izumi, vom Tamaki-Berg oder aus Tennōji; ja, wenn das Blut der Nakamotos seinen Ursprung im Blut eines am Übermaß gefühlvoller Musik wie an erotischen Ausschweifungen zugrunde gegangenen Adels hatte, so besaß Fumihiko, der von niemandem sonst bemerkte Krähenkobolde erblickte, die angeborene Neugier, die in die Nestwärme des Kiez eingebrachten lokalen Merkmale aller möglichen japanischen Gegenden herauszufinden und jeden einzelnen Landstrich zu begreifen, und das in einer Weise, als handele es sich um die Erkenntnis seiner selbst.

Er war nicht wie die anderen vom Nakamoto-Blut, die, weil sie mit allmählich vermorschender Lebensachse im Kiez vor sich hin existierten, zu keinem entschlossenen Handeln, zu keinem Durchhalten mehr fähig waren: menschliche Wracks, schon am hellen Tage vom Reiswein berauscht, oder sie spritzten sich Pervitin oder »Suppe«, um wenigstens für einen Augenblick Glanz und Helle zu empfinden. Fumihiko, nicht dazu bestimmt, auf dem höchsten Gipfel, in seiner ganzen Schönheit, zugrunde zu gehen, pflegte nach etwa zehn Tagen im Kiez und wie um anzudeuten, daß ihm von seinem Naturell her andere Orte weit besser behagten, die sauer verdienten Ersparnisse seinen Eltern zu übergeben: oben in den Barackenlagern brauche er kein Geld; dann bestieg er vor dem Bahnhof den Bus und fuhr zu irgendeiner der Baustellen. Am glücklichsten fühlte er sich, wenn es den Fluß entlang schaukelnd bergaufwärts ging. Zuweilen traf er auf den Baustellen andere junge Burschen aus dem Kiez; doch während er dort auflebte wie ein wieder ins Wasser gesetzter Fisch, wirkten sie derart mutlos und ohne jede Energie, daß es nicht mitanzusehen war. Die alte O-Ryū, offengestanden, brauchte deswegen nicht erst Fumihiko auszuhorchen; sie, sozusagen die Zweitmutter all der jungen Leute, die sie mit eigenen Händen ins Leben geholt hatte, um dann freilich die unbequeme Pflicht ihrer Erziehung den wahren Eltern zu überlassen, begriff sehr wohl, daß diese Burschen aus dem Kiez ein nur mangelhaftes Standvermögen besaßen. Beim Neuen Jahr zum Beispiel fingen sie schon zwei Monate vorher an, nervös zu werden, und wenn es auf das Schreinsfest zuging, betrieben sie in den letzten vier Wochen und unter dem Vorwand, sie müßten die Göttersänften vorbereiten und für die Schreinsschiffe üben, ihre normale Arbeit nur noch nebenher. Die Kiezburschen kümmerten sich um die Neujahrsriten; mehr als die Jugendlichen aus den anderen Stadtvierteln waren sie verliebt in die Schiffe, die, mit den Göttersänften beladen, beim Schreinsfest im Oktober von schnellen Ruderbooten um die Wette den Fluß hinaufgezogen werden mußten. Aber vor allem hingen sie, das wußte die alte O-Ryū, am Fackelfest im Februar: Da galt für die Männer, sich in der Woche davor an die Reinigungsvorschriften zu halten, keine Frau zu berühren, die ihre Monatsregel hatte, und weil das Weiße nun einmal Sinnbild der Reinheit sei, aßen sie weißen Reis und weißes Tōfu, dazu tranken sie klaren Reiswein, hüllten sich in weiße Gewänder, über die sie sich in mehreren, aber immer ungeradzahligen Windungen mit Strohseilen umgürteten, und mit Fackeln in der Hand stiegen sie den Berg hinauf. Die alte O-Ryū freilich beobachtete jedesmal, wenn das Fest näher rückte, das aufgeregte Treiben der jungen Leute voller Beklommenheit. Hatte doch einmal einer von ihnen, der beim Fackelfest mit auf den Berg steigen sollte, das Strohseil nicht etwa zweimal (schlimm genug!), sondern viermal um seinen Bauch geschlungen, weshalb ihm die anderen Burschen wütend und mit geröteten Gesichtern befahlen: »Das darfst du nicht, mach's nochmal!«, weil das Wort für »vier« mit »Tod« und »vierbeinigen Tieren«, also am stärksten von Unreinheit belasteten Begriffen, in Verbindung gebracht wurde und sie in den von diesen Worten konstituierten Mechanismen hilflos gefangen waren; das ergab in der Tat ein Bild, um darüber betrübt oder zornig, ja verzweifelt zu sein. Bemühten sich doch jene, die zu anderen Zeiten womöglich gefürstete Göttersöhne oder vom göttlichen Wort erfüllte Herrscher des Landes gewesen wären, sich laut dagegen zu verwahren, durch die bloße »Vier«, durch den bloßen Anklang an »Vierbeiner« (und »Kiezpack«) beschmutzt zu werden.

Die alte O-Ryū hatte bis dahin tausend Jahre mit dem Kiez gelebt, und sie war entschlossen, es weitere tausend Jahre zu tun. Immerhin zeigten sich die mit dem trüben, dabei lauteren Blut der Nakamotos versehenen jungen Leute bereit, an Stelle solcher feigherziger Kiezburschen die Leiden auf sich zu nehmen; so genügte es, sich an Hisashis Gesicht, an Fumihiko und seine feste, ja stählerne Muskulatur zu erinnern, damit sich der Zorn der alten O-Ryū besänftigte.

Als nun dieser Fumihiko bei der Heimkehr in den Kiez das Haus der alten O-Ryū aufsuchte – sie hatte bereits vom rückwärtigen Berg einige Zweige geholt, wilden Süßklee voller einfacher, aber zarter Blüten, und damit wie immer den Buddha-Altar geschmückt –, war diese gerade dabei, aus dem Gedächtnis herzusagen, wessen Todestag heute zu bedenken sei oder bei wem er sich morgen zum siebenten Male jähre, worauf ihr der stille Reijo mit einem Nicken antwortete, und indem sie über dies und jenes redeten, genossen die zwei den Herbstmorgen, bevor Reijo losging, den Leuten die Sutren zu lesen. Beiden war ihnen mit zunehmendem Alter der heftige Duft des blühenden Sommerhibiskus allmählich zuviel geworden; solange sie indes den Gesang der Vögel genossen, die aus den Blüten den Nektar sogen, konnten sie dagegen nichts unternehmen. Bei der monatlichen Totenmesse für ein ertrunkenes Kind habe einmal, berichtete Reijo, auf dem Buddha-Altar eine Bambusvase mit einer riesigen, kindskopfgroßen und knallroten Hahnenkammblüte gestanden. »So was geht mir auf die Nerven.« Er sei drauf und dran gewesen zu fragen, ob sie nicht vielleicht doch etwas weniger aufdringlichere, zartere Blumen hätten, um sie dem toten Kind hinzustellen; aber als er sich umdrehte, habe die hinter ihm sitzende, die Sutra leise mitsingende Mutter, wohl in Erinnerung an das ertrunkene Kind, die Augen voller Tränen gehabt. Da sei ihm die Brust eng geworden: Mitfühlend, daß es sie danach verlangte, das Kind wäre so rot und lebendig wie die Hahnenkammblüte, habe er, sagte Reijo, kein Wort herausgebracht. Andere Blüten, mit denen er nicht zurechtkam, waren die der Kamelie und des Oleanders. Gelegentlich, wenn er beim Anzünden von Räucherstäbchen oder Kerzen mit der Hand unabsichtlich eine Kamelie berührte, hätten sich die noch nicht einmal voll geöffneten Blütenköpfe aus den Kelchböden gelöst, um sanft zu Boden zu fallen, hingegen halte er die Oleanderblüte für völlig unempfindlich, erzählte Reijo weiter, und die alte O-Ryū fand es bewundernswert, wie seine Geschichte, ausgehend von einer einzelnen Blüte, noch die Unbarmherzigkeit dieser Welt miteinbezog.

Da steckte Fumihiko den Kopf herein: »He, Alte!« Woraufhin sich Reijo erhob, als wollte er sagen: Nein, besten Dank; wenn ich mich mit irgendeinem dieser Kiezburschen einlasse, stehe ich schließlich doch wieder nur als der verachtete und gehänselte, der unrasierte Laienbruder da. Die alte O-Ryū, damit er es nicht vergäße, wiederholte noch einmal, wo er ihrer

Erinnerung nach welche Totenfeier zu halten habe, und brachte ihn, nachdem er hastig in seine Strohsandalen gefahren war, bis ans Tor. Dann fragte sie Fumihiko, der sich auf die Veranda gesetzt hatte: »Na, hast du diesmal in den Bergen welche von deinen sprachbegabten Krähen entdeckt?«

Fumihiko schüttelte den Kopf. Er bringe eine Frau mit, die er da oben kennengelernt; aber was nun anfangen mit ihr? Kein Problem, erklärte die alte O-Ryū, sie jedenfalls stehe auf seiner Seite; wenn er, ein Mensch aus Fleisch und Blut, sich in eine Frau verliebe, wenn er, weil er sie liebe, mit ihr einen Hausstand gründen wolle, sei das doch ganz natürlich. Aber er: »So einfach ist das alles nicht.« Ja, um was für eine Frau es sich denn handele, fragte die alte O-Ryū: um eine schon in den Jahren wie sie, die O-Ryū, oder wie Ono no Komachi, eine Nadel mit verkrüppeltem Öhr? Daraufhin erwiderte Fumihiko, nach einiger Verwunderung über die so gar nicht zu ihren Jahren passende, obszöne Bemerkung: Alt sei jene Frau noch keineswegs, vielmehr sehr hübsch und mit einer so ebenmäßigen und hellen, wie ausgeblichen wirkenden Haut, daß er sich wundere, ein solches Wesen in den Bergen überhaupt angetroffen zu haben, und Ono no Komachi vergleichbar sei sie nun wahrhaftig nicht. Allein schon daraus, wie er das sagte, begriff die alte O-Ryū: Das Blut der Nakamotos, das in Fumihiko floß, war schließlich dabei, die Dämme zu unterspülen, hervorzubrechen wie eine unheilbare Krankheit, und das schmerzte sie, daß es ihr die Kehle zuschnürte; hatte doch bislang die Rede davon, daß die mit dem Nakamoto-Blut zugrunde gingen, als ein im Kiez verbreitetes, unbeweisbares Gerücht, als bloße Mutmaßung gelten können. Aber gerade deshalb und nun noch um so mehr ließ die Vorstellung, ausgerechnet Fumihiko, der einen solch stählernen Körper besaß, werde sich ruinieren, der alten O-Ryū die Tränen in die Augen steigen, und mit gepreßter Stimme fragte sie: »Wo hast du sie denn getroffen?«

»Im Barackenlager natürlich.«

Jetzt warte sie unten an der Straße. Dann möge er sie heraufholen. Und Fumihiko, bei aller körperlichen Kraft noch eher der Jüngling im zarten Alter und wie um auszudrücken, daß sich das Problem, das ihm bis eben Kopfschmerzen gemacht, mit einem Male erledigt habe, erwiderte in kindlichem Tonfall: »Aber klar, mach' ich!« Womit er die steinerne Treppe hinuntersprang. Irgendwie, sie wußte nicht, warum, hatte die alte O-Ryū das Gefühl, es hätte mit seiner ernsthaften Art zu tun, in der er auf den Bauplätzen oben in den Bergen gearbeitet hatte, wenn sich etwas, das bisher in Fumihiko geschlummert hatte, nun um so heftiger zu regen begann. Ja, sich vorzustellen, wie sie selbst diesem plötzlich erwachsenen, gleichsam in weite Ferne entrückten Fumihiko, wie sie dieser als schön beschriebenen Frau erscheinen mußte, verursachte der alten O-Ryū solche Verlegenheit, daß sie sogar einen Blick in den Standspiegel warf. Und als Fumihiko mit jener Frau nicht zur Veranda kam, sondern an den Haupteingang, wo sie auf dem Stampflehmboden stehenblieben, wurde ihr klar, daß sie schon lange vor seiner Geburt immer die alte, nie die junge O-Ryū gewesen war; eine komische Art von Verlust, von Versagen, dachte sie, und indem sie, ohne auf die Knie zu gehen, nur leichthin nickte, meinte sie: »Es sieht zwar wild aus, aber bitte, treten Sie ein!« Worauf sich die junge Frau tief verbeugte.

Wie um zu überzeugen, daß es, wenn Fumihiko denn eine liebte, keine andere hätte sein können, machte sie mit ihren klassischen, dazu ein wenig rundlichen Gesichtszügen, vor allem dem wie der Fuji-Berg aufsteigenden Haaransatz über der Stirn einen Eindruck, als wäre sie einem alten Rollbild entstiegen. Inzwischen erklärte Fumihiko, kennengelernt habe er sie in dem provisorischen Bordell, das sich, zum Vergnügen der Arbeiter aus dem Barackenlager, nahe der Dammbaustelle im hinteren Yoshino-Gebirge niedergelassen habe; in Wahrheit jedoch habe sie zu einer Gruppe von etwa zehn Schreinsnovizinnen gehört, die sich in Vorbereitung auf den Dienst am Shintō-Schrein und um dafür den Schutz der Götter zu erlangen in den Bergen weit entfernt von jeder Ansiedlung ihrer

Ausbildung widmeten. Die begann damit, daß sie frühmorgens eiskalte Wasserfälle auf sich niederrauschen ließen, daraufhin tanzten sie, unter dem Vortritt einer älteren Schreinsdienerin und indem sie ihre klingelnden Glöckchen hin und her schwangen, ein um das andere Mal und wieder und wieder, bis die in Berg und Tal, in Baum und Wasser verborgenen Gottheiten ihren Augen deutlich sichtbar und sie selbst eins mit ihnen geworden waren; und wenn das alles nichts half, stießen sie sich Nadeln in die Fußzehen und in den Handrükken, und während sie vor Schmerzen stöhnten und ihnen das Blut heruntertroff, verlangten sie nach der Vereinigung mit den Göttern. Da die Ausbildung ein Jahr, auch anderthalb Jahre dauerte, pflegten sie sich wie die Novizinnen, die vor ihnen in die Berge gegangen waren, das für den Erwerb von Lebensmitteln und allerlei Kleinigkeiten nötige Geld dadurch zu beschaffen, daß sie neben der Dammbaustelle im Yoshino eine Hütte errichteten, sich dort den Männern hingaben und dafür Almosen in Empfang nahmen. Und Fumihiko fühlte sich von diesen Novizinnen heftig angezogen.

Nun war es nicht etwa so, daß sich die angehenden Priesterinnen den Arbeitern aus dem Lager ganz verkauft hätten. Sobald das Geld, das sie brauchten, zusammengekommen war, brachen sie ihre Hütte wieder ab, um danach, in ihre Schreinsgewänder gekleidet, ins tiefere Yoshino-Gebirge davonzuwandern: ein Anblick, so feierlich, daß sich Fumihiko nicht zurückzuhalten vermochte; zufällig wurde zum selben Zeitpunkt in den Baracken der Lohn ausgezahlt, und indem er, wie einige andere Arbeiter aus dem Lager auch, überlegte, daß er sich ja, wenn das Geld zu Ende gehen sollte, nach irgendeiner nahe gelegenen Baustelle umsehen und dorthin überwechseln könne, machte er sich auf die Suche nach den Frauen. Er hörte sich nach Wasserfällen und Felsen um, an denen sie zu üben pflegten; da komme, erfuhr er, im Augenblick nur eine Stelle mit so steil aufragenden Wänden in Frage, als hätte eine gewaltige Kraft das Gestein soeben von oben bis unten gespalten. Also folgte er einem zwischen solchen Steilwänden daherschießenden Wildbach stromaufwärts und traf auf eine Kuhle, in die ein Wasserfall herniederprasselte.

Fumihiko sah, wie die Novizinnen, diese einstigen Prostituierten, gehetzt von der hysterisch schrillen Stimme der älteren Schreinsdienerin, die klingelnden Glöckchen hin und her schwingend, unter lautem Gesang liedartiger Texte ihre Tänze vollführten. Aus seinem Versteck hinter den Felsen konnte er erkennen, daß sie an Händen und Füßen bluteten; bald meinte er beim Anblick der Exerzitien, die Frauen kämen aus dem Himmel zwischen die Berge hereingetanzt, mit heftig flatternden Händen, in denen sie die Glöckchen hielten, mit einem vor Qualen pfeifenden Atem und im Begriffe hinzusinken: Und unter ihnen forschte er nach derjenigen, die sich im Bordell mit ihm abgegeben hatte.

Na, dachte die alte O-Ryū, das ist so recht eine Geschichte, wie sie zu Fumihiko paßt; dabei war sie überzeugt, nicht nur er, der er schon Tengus und dreibeinige Krähen gesehen haben wollte, sondern auch andere würden, wo inmitten der grünen Bergwälder die roten Rockhosen der Novizinnen leuchteten, dazu die dunklere Farbe des aus den Nadeleinstichen tropfenden Blutes und die hellen Ströme des Wasserfalls, gern bereit sein zu glauben, daß hier Himmlische Jungfrauen zur Erde herniedergetanzt waren.

Als Fumihiko auf die Frau zuging, die unter den Strahlen des Wasserfalls stand, stieß diese einen schrillen Schrei aus und war verschwunden. Er wandte sich um; da liefen auch die anderen, Glöckchen schwingenden Frauen Hals über Kopf davon und verbargen sich in der Hütte. Daß er zu den Männern gehörte, denen sie im Barackenlager begegnet waren, hatten sie, schien es, vergessen. Wie einer, der unter eine Schar von Engeln geraten ist, näherte er sich der einzigen Novizin, die, nachdem sie die Flucht in die Hütte nicht mehr geschafft hatte, pitschnaß im Wildbach hockte und ihn ein Vieh, eine Bestie nannte, und hob die widerstrebend um sich Schlagende auf seine Arme.

Die alte O-Ryū war und blieb auch der Meinung, bei dem,

was ihr Fumihiko da von seiner Begegnung mit jener Frau berichtete, habe es sich um eine der unter den jungen Burschen mit Nakamoto-Blut üblichen teils wollüstigen, teils bitterzarten Erzählungen gehandelt, und tatsächlich, die Art, in der Fumihiko dabei seine bläulich schimmernden, schön geformten Augen unverwandt auf das Gesicht der alten O-Ryū gerichtet hatte und die Frau an seiner Seite ihm mit leisem Lächeln zuhörte, den Kopf um eine Spur geneigt, vermittelte den Eindruck, als trügen ihr die beiden eine erfundene Geschichte vor: er Kavalier, sie vornehme Dame wie vor tausend Jahren, und auch die alte O-Ryū ihrerseits lauschte ihnen so seit tausend Jahren. Hätte sich jetzt ein plötzlicher Windstoß erhoben und wäre, die an den Spitzen mit winzigen Blüten besetzten, üppig wuchernden Süßkleezweige bewegend, über das Gestrüpp der namenlosen Gräser herüber in die Geschichte, die Fumihiko erzählte, hereingeweht, so würden sich am Ende die Geschichte und die beiden jungen Leute und die alte O-Ryū, würden sie sich alle in ausgeblichene Gebeine und das Haus in eine von Schilfgras und Beifuß bewachsene Ruine verwandelt haben.

Während sie aber Fumihikos Erzählung lauschte, überkam die alte O-Ryū das Gefühl, sie selbst, wie die da oben in den Bergen bei ihren geistlichen Übungen von ihm hochgerissene, an Haar und Kleidern triefnasse junge Frau, wüßte, von den kupferfarbenen, stählernen Armen umschlungen, nicht ein noch aus vor Angst.

Die Arme hatten sie mit solcher Kraft festgehalten, daß die junge Frau, unfähig, sich auch nur zu rühren, und aus Furcht vor dem in ihre Exerzitien eingedrungenen Mann, schon entschlossen war, sich die Zunge abzubeißen und so zu sterben, und bereits die Zähne hob, um die Zunge dazwischen zu schieben, als sich das Gesicht des Mannes ganz nahe über sie beugte. Da nun dieses Gesicht Anstalten machte, ihre nackten, aus dem Gewand hervorschauenden Brüste zu berühren und die Frau keine anderen Waffen besaß, sich zu wehren, zischte sie und begann zuzubeißen. Sie war wie eine Schlange. Fumihiko, ohne sie loszulassen, sah ihr ins Antlitz, und als er nach einer Weile bemerkte, daß ihr Zorn sich allmählich abgekühlt hatte und unter ihren geschlossenen Augen hervor die Tränen rannen, legte er sie an einer vom Wasserfall nicht mehr erreichten, sonnenwarmen Stelle aufs steinige Ufer und betrachtete sie, wie sie unter bloßem Stöhnen weiterweinte.

Die anderen Novizinnen – irgend etwas (aber warum?) schienen sie vor Fumihiko verbergen zu wollen – kümmerten sich um die weinend Daliegende nicht weiter, sondern rafften aus der Hütte nur eben soviel zusammen, wie sie leicht tragen konnten, und mit einem mehr gemurmelten Lied auf den Lippen, dessen Text Fumihiko verdächtig nach geheimnisvollen Verwünschungen klang, liefen sie den Wildbach entlang weiter ins Gebirge hinein. »Ich habe«, rief Fumihiko ihnen nach, »eine Menge Geld mitgebracht!« Doch keine von ihnen drehte sich um.

Diese künftigen Priesterinnen waren ihm ein Rätsel. Wenn sie Geld brauchten, schlugen sie in der Nähe einer Baustelle ihre Hütte auf, um die Männer zu angeln, und fanden sie, es sei Zeit für die geistlichen Übungen, verschwanden sie in die Berge; da sie indes ihre Übungsplätze so auszuwählen pflegten, daß sie, falls ihnen das Geld irgendwann wieder ausginge und sie müßten abermals nach Ansammlungen von Männern suchen, bequem die nächste Baustelle erreichten, konnten sie doch unmöglich einen Mann verabscheuen, der ihnen mit dem Geld hinterhergelaufen kam, und schon gar nicht hätten sie vor ihm auszureißen brauchen. Hiernach blieb Fumihiko für zwei Nächte zusammen mit jener Frau in der von den Novizinnen aufgegebenen Hütte. Am dritten Tag meinte die Frau auf einmal, in den Bergen sei es morgens und abends entsetzlich kalt, zudem werde das bißchen Reis, das sie mitgenommen habe, nicht lange vorhalten; sie selbst erkläre sich im übrigen auch bereit, mit ihm zu gehen und alles zu tun, was er verlange. Und weiter, als sich Fumihiko daraufhin nicht rührte: Sie flehe ihn an, denn wenn sie die Hütte nicht räumten, würden die anderen, weil sie dann während der Übungen kein Unterkommen hätten, gewiß sterben. So verließ Fumihiko in Begleitung jener Frau die vom Geschlechtsdunst zweier Tage erfüllte Hütte.

Im Fluß, in dem die Frau unter dem Wasserfall gestanden hatte, reinigten sie ihre Körper. »Na, fühlst du dich jetzt sauber?« fragte die Frau, er nickte, und indem er ihrem Vorschlag folgte, begannen sie in Richtung Ikehara loszugehen, wo sie auf den Bus treffen wollten. Plötzlich hatte er das Gefühl, als wäre er in ferner Vergangenheit schon einmal mit einer solchen Frau durch die Berge gewandert. Er sah, daß ihre bloßen Füße, die in Strohsandalen steckten, mit zahlreichen Wunden bedeckt waren. »Tut das nicht weh?«

»Ach, daran bin ich gewöhnt, das merk' ich gar nicht«, erwiderte sie, indem sie Fumihiko ansah, um gleich darauf mit niedergeschlagenen Augen hinzuzusetzen: »Dafür macht es mir woanders freilich was aus«, und das in einem Tonfall, als erregten diese Schmerzen einen Tumult wollüstiger Gefühle in ihrem Inneren. Dabei faßte sie nach seiner Hand, bemerkte aber offenbar, daß er nicht wußte, wie er reagieren sollte, und meinte leise, es genüge ja schon, wenn er sie beim Gehen so an der Hand halten wolle. Zwar waren sie bereits auf einen Waldweg gelangt, und sie liefen nun in der hellen Sonne dahin, doch die Herbstluft lag kalt auf der Haut, nur in der Hand der Frau war ein Rest von Wärme, und während er ihre Stimme sagen hörte, wie herrlich, wie in Brokat verwandelt von dem rotverfärbten Ahornlaub und den dazwischen blühenden Riesenglockenblumen die Berge wirkten, schluckte Fumihiko, als nähme er jene Wärme kauend unter seine Zähne, den noch nach der Frau schmeckenden Speichel in seinem Mund hinunter und legte einen Finger an seine Nase, um ihren Duft zu atmen. Für die nächste Nacht ließen sie sich in dem kleinen Teehaus neben der Ikehara-Dammbaustelle ein Zimmer geben, und am Morgen darauf, jeder junge Mann aus dem Kiez hätte sich das in den Kopf gesetzt, wollte Fumihiko mit der Frau in das Städtchen Yoshino reisen und solange mit ihr zusammenleben, bis das Geld verbraucht wäre; die Zeit der Kirschblüte mochte noch weit sein, doch könnten sie sich ja von dort aus in Hirakata die Chrysanthemenpuppenschau oder in Fujiidera das Feuerwerk ansehen und jedenfalls gut essen und trinken. Die Frau indes wünschte, daß sie in den Kiez führen, aus dem Fumihiko kam, und so bestiegen sie den Bus nach Kumano. Der Bus fuhr auf einer holprigen Straße dicht über dem Fluß. Die Frau saß auf einem Fensterplatz, und als Fumihiko einmal an ihr vorbei in die Schlucht hinabspähte und sah, daß da mehrere Krähen wie tanzend hinunter an das lichtgleißende Flußufer flogen, hatte er den Eindruck, sie glichen jenen Novizinnen, erinnerte er sich der Zeit, da er, lang war's her, den Krähen-Tengus begegnet und von ihnen entführt worden war; und plötzlich hatte er das Gefühl, die Frau wäre am Ende ein verkappter Tengu, es packte ihn ein Unbehagen, gern hätte er gewußt, woher sie denn stammte, und er fragte sie: »Wenn ihr mit den Exerzitien in den Bergen fertig seid, wohin wirst du dann gehen?«

Die Frau senkte schweigend den Kopf; erst nachdem sie, wie um sich der Kühle der Scheibe zu vergewissern, ihre Stirn gegen das Busfenster gepreßt hatte, blickte sie auf und antwortete ihm: Nach ein oder zwei Jahren strengster Übungen und gereinigt von allem werde sich die Schar der Priesterinnen auf die verschiedenen Gegenden des Landes verteilen, aber er möge sie dies nie wieder fragen, erinnere es sie doch an den Schmerz, den es ihr verursachte, daß sie sich mitten in den Übungen aus den Bergen davongestohlen habe.

Für Fumihiko lagen Yoshino und Tennōji hinter den Bergen. In den Augen der Frau, die zwar bald, nachdem sie in den Kiez gekommen war, gewisse eigentümliche Redewendungen hinzugelernt hatte, in der Aussprache jedoch weiter bei ihrem Kyōto-Ōsaka-Tonfall blieb, lag auf die gleiche Weise dieses Kumano »hinter den Bergen«, und sie beide, die sie, ohne zu heiraten, im Kiez zusammenlebten, bildeten das, was man den Hausstand zweier von den Göttern Entrückter nennt. Deutlich für jedermanns Auge war Fumihiko der Frau über alle Maßen zugetan. Normalerweise wäre er nach einer Woche wieder auf die Baustelle gefahren, doch es vergingen zehn, es vergingen fünfzehn Tage, seit er in den Kiez zurückgekehrt war, und er machte noch nicht einmal Anstalten, sich an Wald- oder Erdarbeiten oder beim Verladen auf dem Holzplatz zu beteiligen, wozu sich die jungen Burschen und die Männer selbst dann, wenn sie keine Lust zum Arbeiten hatten, wohl oder übel bereit zu finden pflegten, um Frau und Kinder durchzufüttern; auch gab es nicht die geringsten Anzeichen dafür, daß er etwa, was allerdings in letzter Zeit erheblich abgenommen hatte, in das Diebesgewerbe eingestiegen wäre. Dafür hielt er selbst tagsüber die Regenläden fest verschlossen, lag auf dem ständig ausgerollten Bettzeug und trieb es mit der Frau. Bald erzählten sich die Leute, sie hätten bei hellem Tage die Lustschreie der Frau gehört, und natürlich verursachte es im Kiez enormes Aufsehen, wenn an einem einzelnen Haus die hölzernen Läden zugeschoben blieben. Das um so mehr, als die im Durchschnitt übertrieben auf Reinlichkeit bedachten Frauen aus dem Kiez sich eine Art Gewohnheit daraus machten, morgens, sobald sie ihre Männer zur Arbeit geschickt hatten und die Sonne am Himmel stand, die Läden mit einem geradezu provozierenden Schwung aufzustoßen – Seht her, da ist nichts, was wir verbergen müßten! – und mit dem Putzen zu beginnen. Einmal beobachtete Fumihikos Mutter Kane, wie sich die Kinder, weil sie von drinnen das lustvolle Stöhnen hörten, an den Ritzen der geschlossenen Läden die Nasen plattdrückten, und sie kam und hielt ihrem Sohn eine Predigt: Das dürfe so nicht weitergehen.

Was immer sie ihm gesagt haben mochte, vom nächsten Tag an stand Fumihiko frühmorgens auf, fuhr mit den anderen Männern zum Holzplatz draußen an der Flußmündung und half die von den Händlern ersteigerten Stämme auf Lastwagen zu verladen. Es war das erste Mal, daß er Holz trug, doch von den Dammbaustellen her, wo er Steine geschleppt oder die Schubkarre gefahren hatte, war er an körperlich anstrengende Arbeit gewöhnt, und verwundert, dabei mit einer seltsamen Art von Mitgefühl, spotteten die anderen: »Ja, bei soviel Kraft bringen ein, zwei Stöße noch keine Erleichterung!« Er bemerkte, daß seine nackte Brust über und über mit Schweißperlen bedeckt war, und während er tief einatmete, alle Kraft in den Bauch verlegte und den nächsten Stamm aufhob, dachte Fumihiko: je tüchtiger ich arbeite, desto mehr Geld springt dabei heraus; wirklich fand er es nicht übel, sich auszumalen, er wäre der brave Ehemann, der mit seiner Frau ein ordentliches Familienleben führt und Kinder großzieht. Die Holzauktionen waren normalerweise bis Mittag beendet, danach erhielt er vom Platzverwalter seinen Tagelohn ausbezahlt, dazu eine Prämie, die sich nach der Zahl der von ihm getragenen Stämme richtete, und gegen drei Uhr, wenn sich die Sonne im Westen zu neigen begann, kehrte er in den Kiez zurück. Da war die Frau bereits bei seinen Eltern und kümmerte sich mit Eifer darum, daß ihm das Bad gerichtet wurde; und obwohl ihr neuer Hausstand selbst nach Tagen gerechnet noch nicht lange existierte, hatte er doch den Eindruck, sie wären schon zehn oder mehr Jahre zusammen.

Die Arbeit auf dem Holzplatz indessen verlor er, als es zu einer Geschäftsflaute kam, und Neujahr ging vorbei, ja es war schließlich unmittelbar nach dem tollen Treiben während des Fackelfestes im Februar, daß er zu dem Trupp der jungen Burschen stieß, die als Waldarbeiter in den Bergen arbeiteten. Im Anschluß an das Fackelfest hatten sich diejenigen, die auf den Berg gestiegen waren, im Jugendheim getroffen und fröhlich weitergetrunken; da gerieten sich – einer Kleinigkeit wegen – der zweite Sohn der Tanakas und Hisashi, der Senior unter den jungen Burschen, in die Haare. Die Umstehenden begriffen, daß es für Hisashi nicht gut aussah; andererseits gehörten der junge Tanaka und Hisashi zum selben Waldarbeitertrupp, wenn also die beiden ihren Groll in die Berge mitnähmen und es passierte etwas, hätten sie es wahrscheinlich alle zusammen auszubaden; weshalb Tome und Kikuzō, die ebenfalls von der einstigen Bande übrig waren, den zweiten Sohn der Tanakas hinauswarfen und dafür den arbeitslosen Fumihiko in den Trupp aufnahmen.

Als ihn am ersten Tag die Frau gut zwei Stunden früher wachrüttelte als sonst, wenn er zum Holzplatz gefahren war, breitete Fumihiko die Arme aus, wie um sie an sich zu ziehen; schien er doch zu glauben, es wäre noch tief in der Nacht und die Frau, weil er eingeschlafen war, verlange die Fortsetzung des Liebesspiels. Sie erklärte aber, es sei Zeit zum Losgehen: »Zumal in den Bergwäldern heute schönes Wetter ist.« Sie kenne das von den Exerzitien: die Wolken kommen hervor, und über den Bergen reißt der Himmel auf, sagte sie; dabei lag hier über dem Kiez das morgendliche Dunkel und darin die Vorahnung eines heiteren Tages. Also schob sie, während sie sich vor Kälte zusammenkrümmte, die Eingangstür wieder zu und sagte in einem singenden Tonfall: »Nein, es regnet und regnet in den Bergen.« Warf sich dann über Fumihiko, der eben im Begriff war aufzustehen, sog sich an seinen Lippen fest, kroch zu ihm in die Decken und bettete ihren durchfrorenen Leib auf den seinen. »Ich konnte mir, du weißt es, Nadeln setzen, daß mir das Blut heruntertroff, ich spürte keinen Schmerz, ich ertrug es«, sagte sie, während sie Fumihiko ihre einst genadelten Fingerspitzen küssen ließ und den von Nadelstichen narbigen Handrücken an seine Lippen preßte; wenn es regnet, setzte sie hinzu, verliere sie das Gefühl für die Entfernungen, doch um so deutlicher begreife sie jetzt die Kälte und die Pein, worunter die angehenden Priesterinnen bei ihren Exerzitien in den Bergen litten.

Bald darauf klopfte einer vom Waldarbeitertrupp draußen an die Tür. »He, willst du eigentlich für immer liegenbleiben? Komm, beeil dich!« rief er. »Die haben ja keine Ahnung«, flüsterte die Frau, »an einem Tag wie heute in die Bergwälder zu gehen, wo es Blitzschlag geben wird und Steinlawinen, das tut nicht gut«, sagte sie. Und abermals nach einer Weile war da Hisashis Stimme, der man es anmerkte, daß er gegen die Kälte und in der Hoffnung, bis zum Arbeitsbeginn in den Bergen werde er wieder bei sich sein, einen Becher gekippt und einen zweiten, einen dritten hinterhergetrunken hatte: »Na wie, Fumihiko, bist du noch nicht fertig mit dem Bumsen?«

Nun mußte er wohl oder übel das Waldarbeiterzeug überziehen und sich zum Kiez-Eingang begeben, wohin ihnen der Verwalter des Waldbesitzers mit dem Lkw entgegenkommen sollte; doch erschien der Wagen erst dreißig Minuten nach der verabredeten Zeit, und während es hier aufzuklaren begann, habe sich, hieß es, hinten in den Bergen der Regen in Schnee verwandelt, so daß an Arbeit vorerst gar nicht zu denken sei.

»Könnten wir nicht wenigstens das wegräumen, was unterm Schnee zusammenbricht?« fragte Hisashi mit ernster Miene. »Nur, Schnee ist mit Regen nicht zu vergleichen«, warf Fumihiko ein. Darauf Hisashi, schreiend: »Du halt's Maul!« Wie um zu zeigen, daß er einer von der alten Bande war. »Soll das heißen, Herr Verwalter, daß es wieder mal bis Sommer keine Arbeit mehr gibt?« Der Verwalter nickte schweigend.

»Mit jedem Jahr werden wir länger freigesetzt; des guten Lohns wegen geben wir uns ja alle Mühe, nicht woandershin zu gehen, aber so ist das doch hoffnungslos.«

»Früher, und das ist das Problem, war dann eben noch die Flößerei den Fluß hinunter«, sagte der Verwalter. »Wie auch immer, bei diesem Schnee haben wir keine Arbeit für euch. Früher waren nach dem Schlagen die ›Holzpferde‹ zu ziehen, mußten die Hänge hinunter die Rutschen gebaut und unten die Flöße zusammengebunden werden; heutzutage sind von Berg zu Berg die Seile gespannt, an ihnen werden die Stämme ins Tal geschickt und gleich auf den Sattelschlepper verladen. So ist das nun mal.«

Hisashi spuckte aus, wütend zog er die Schultern hoch und begann in Richtung Kiez loszustapfen, blieb dann jedoch stehen und meinte: »Kikuzō, Tome, was zu trinken, Reiswein brauchen wir!« Mit einem Handzeichen, wie Jüngeren gegenüber, winkte er Fumihiko zu sich heran. »Wenn du kommst«, sagte er leise, indem er Fumihiko die Hand auf die Schulter legte, »wird er gewiß keine Ausflüchte machen; du klopfst also so lange beim Reisweinhändler, bis du ihn wach hast, und läßt dir ein Achtzehn-Liter-Fäßchen geben. Die jungen Leute, erklärst du ihm, brauchten es für eine private Feier, er soll es anschreiben, wir würden es ihm von den Beiträgen und Geschenken bezahlen, die wir für die Schiffe beim Schreinsfest zusammenkriegen.« Tatsächlich kehrte Fumihiko vom Reisweinhändler, der gerade aufgestanden war, mit einem Faß auf der Schulter zurück, und als er es im Saal des Jugendheims abgestellt hatte und das Trinkgelage seinen Anfang nahm, kamen andere Kiezbewohner, erschrocken darüber, daß etwas passiert sein könnte, herbeigelaufen und warfen einen Blick hinein. Mitten unter einer Gruppe jüngerer Burschen sahen sie Hisashi, Kikuzō und Tome, die Reste der einstigen Bande, dasitzen, woraus sie offensichtlich zu dem Schluß gelangten, jeder Versuch, die Dinge aufzuhalten, werde vergebens sein; ja, so sehr es sie juckte, sich mit Worten einzumischen: wer weiß, in welche Gefahren sie sich begäben, wenn sie nicht abwarteten, bis das Fäßchen geleert und alle wieder nüchtern wären, und also schwiegen sie. Die alte O-Ryū wußte sehr wohl, daß sie von ihrem Temperament her das Zeug dazu hatte, sich wie Hisashi und seine Radaubrüder ein Achtzehn-Liter-Faß vorzunehmen und einen Riesenkrach zu schlagen, wenn etwas dazwischenkommen sollte; auch war sie ihrerseits der Meinung, beim Verlust der Arbeit helfe kein bekümmertes Insichgehen, ein fröhliches Gelage trage viel eher dazu bei, das Geschick zu einer Wende zu bewegen. Reijo hingegen, mit seinem ganz anderen Temperament und von rigoroser Strenge in allen Dingen, reagierte auf den Vorschlag der alten O-Ryū, er möge das doch nicht weiter tragisch nehmen, im Tonfall schärfster Kritik: »Aber Ryū, ich habe dort meinen Tempel!« Da er keinen eigenen hatte, war ihm der Buddha-Altar an der Wand des großen Saals im Jugendheim der seit alters gehütete Tempel, und er wußte: Solange die Klapptüren und die Papierschiebetür davor geschlossen waren, würde er selbst dann, wenn es im Saal einigermaßen lebhaft zuginge, unbeschädigt bleiben; doch vielleicht hatte die Bande ja vor, ihn absichtlich zu zerstören, hatte vor, ihren Mutwillen daran auszulassen.

»Sollte er«, meinte die alte O-Ryū, »zu Bruch gehen, werden wir hinterher erfahren, ob böse Absicht im Spiele war.«

Reijo lief im Gesicht rot an. »Ryū!« schrie er wütend. Und sie, indem sie fand, daß sie sich seit langem nicht so gestritten hatten, wies ihn mit betont mürrischer Miene zurecht: »Ich bin nicht Ryū, mein Name ist O-Ryū!« Reijo bekam Tränen in die Augen. Als wollte er ihr, der alten O-Ryū, eigens eine Predigt halten, begann er: »Ach, nichts ist unbeständiger in dieser Welt! Sie beharrt darauf, nicht Ryū, sondern O-Ryū zu heißen, doch das Wohlbefinden Buddhas scheint ihr keines Bedenkens wert. Ihr Blick wird davon angezogen, wie die Lebenden einherschreiten mit stolzgeschwellter Brust; die Toten unter ihren Füßen aber werden naß vom Regen, und sie bemerkt es nicht.« Schon allein davon, daß sie Reijos seltsam melodiösen Predigerton vernahm, rollten der alten O-Ryū die Tränen über die Wangen. Sie alle, diese Burschen, die da im Saal des Jugendheims feierten und – wie schrecklich! – wild durcheinander schrien, waren ihre Kinder, sie hatte ihnen mit ihren eignen Händen in die Welt geholfen; mochten sie also tun, was sie wollten, mich soll's, dachte die alte O-Ryū, nicht kümmern. Dennoch und obwohl sie so dachte: Als jetzt Reijos Sermon an ihre Ohren drang, begann sie sich selbst für die Schlimmste unter den Bösewichten zu halten.

Alles zu billigen, als gesegnet zu akzeptieren, was und wie auch immer es sei, dies war die Weisheit, die die alte O-Ryū durchdrang, seit sie das Hebammenamt versah. Sie wußte aber auch, daß die irdische Welt damit noch keineswegs problemlos glatt verlief, weder gedieh noch sich vermehrte; nur daß es gar keine Notwendigkeit für einen glatten Verlauf, keine Notwendigkeit und keinen Grund für eine weitere Prosperität und Zunahme gab. In Reijos Worten war das die Unbeständigkeit.

Am dritten Tag ging jene Fete der Kiezbande schließlich zu Ende, Essensreste lagen herum, dazu eine Menge großer Reisweinflaschen (das Achtzehn-Liter-Faß hatten offensichtlich nicht ausgereicht), und die Frauen und Mütter der daran beteiligt Gewesenen, indem sie aus den Blicken der übrigen Kiezbewohner erkannten, daß sie andernfalls mit Beschwerden zu rechnen hätten, machten sich ans Aufräumen, wobei ihnen auffiel: die Frau, die jetzt mit Fumihiko zusammenlebte, war nicht erschienen; nun gut, sie mochte, gestanden sie ihr zu, nach den wenigen Tagen im Kiez noch nichts wissen von der ungeschriebenen Regel, derzufolge sich die Bewohner auch unaufgefordert zu versammeln pflegten, und so ging eine der Ehefrauen zu ihr, sie zu holen. Sie wolle nur eben, sagte sie, Fumihiko, der vor lauter Betrunkenheit nicht mal mehr den Kopf hochkriege, zu trinken geben, sie koche ihm einen Wurzelsud. »Aber jedenfalls vielen Dank«, erwiderte sie mit einem liebenswürdigen Lächeln, »ich komme dann gleich nach.« Entzückt beobachtete Fumihiko, wie taktvoll sie die Person aus dem Kiez zu behandeln wußte; geh schnell und hilf ihnen, meinte er; und als sie ihm auswich, sie brauche nur noch einen kleinen Augenblick, und er sie plötzlich bestürmte: »Wie war das, gab's eigentlich in den Bergen dreibeinige Krähen?«, da antwortete sie, ohne sich nach ihm umzudrehen und wie auf irgendeine belanglose Frage: »O ja, die gab es.« Dann goß sie den bräunlichen Wurzelsud in eine Teeschale, stellte diese neben sein Kopfkissen, und mit der Versicherung, sie werde bald zurücksein, lief sie aus dem Haus.

Er trank das heiße Zeug, der Brechreiz ließ nach, sein Körper wurde so leicht, daß es nicht zu glauben war; zugleich hatte er die Vorstellung, wie das Himmlische Wesen im Märchen könnte die Frau ihn im Kiez liegenlassen, um in die Berge zurückzukehren. Also eilte er zum Jugendheim. Ihm dröhnte der Kopf; das ist, dachte er, weil ich sie liebe, und als er, dort angekommen, auf die über ihre Männer lästernden Ehefrauen der Bandenmitglieder traf, beruhigte es ihn zwar, daß auch sie unter ihnen war, doch erklärte er ihr, es habe sich plötzlich etwas sehr Wichtiges ergeben, und nahm sie mit vor das Gebäude. Draußen, auf ihre Frage, was denn los sei, geriet er erst recht in Erregung. Sie möge ihm, wenn sie in die Berge zurückkehren wolle, flehte er sie an, wenigstens ein Wort davon sagen, worauf sie ihn mit einem derart mißtrauischen Gesichtsausdruck anschaute, daß er fortfuhr: »Es gibt in den Bergen natürlich keine dreibeinigen Krähen, nicht wahr?« Als er noch klein gewesen war, hatte Fumihiko Krähen-Tengus gesehen und war von ihnen entführt worden, er hatte – ein ungewöhnliches Kind – auch dreibeinige Heilige Krähen gesehen. Nachdem er jedoch begriffen hatte, daß man das, wenn er davon erzählte, für Lügen oder Aufschneidereien, jedenfalls für unglaublich halten mußte, dachte Fumihiko selbst allmählich auch, es werde sich wohl um Phantasien gehandelt haben, die ihm sein Temperament vorgegaukelt hatte. Wenn ihm die Frau vorhin also widerspruchslos, ja ohne überhaupt richtig hinzuhören, erwidert hatte: »O ja, die gab es«, könne das, sagte er ihr auf den Kopf zu, nur bedeuten, daß sie nie die ernstliche Absicht gehabt hatte, einen gemeinsamen Hausstand mit ihm zu führen; oder aber sie müsse tatsächlich eine Himmlische sein, die es, nachdem ein Mann sie bei ihren Übungen in den Bergen entdeckt und mit seiner tierischen Natur verwirrt hatte, für die bessere Lösung gehalten habe, ihm nicht, wie zu erwarten, von Mal zu Mal zur Beute zu werden, sondern sich ihm ganz hinzugeben, um schließlich hier im Kiez mit ihm zusammenzuleben. Die Frau hörte sich Fumihikos Rede bis zum Ende an. »Und dennoch, es gab sie«, meinte sie. »Aber es hat keinen Sinn zu lügen, ich wollte eine Priesterin werden, die den Göttern dient, indessen taugte ich nichts in den Exerzitien, tat zwar alles, was mich die älteren Schreinsdienerinnen geheißen hatten, doch wenn die Füchse bellten, so fürchtete ich mich und ich fürchtete mich, wenn die Vögel sangen. An den Männern im Barakkenlager – man hatte uns eingeredet, Männer litten bis zu ihrem Tode wie die Tiere – wollte ich eine gute Tat tun, wollte sie erretten und gewöhnte mich daran, daß ich von ihnen Geld zugesteckt bekam; trotzdem fürchtete ich mich vor ihnen, fürchtete mich auch vor dir, erst im Lager, dann oben am Wasserfall. Freilich, seit ich mit dir zusammen bin, geht es mir so, daß ich, so wie ich aufgehört habe, eine Schreinsdienerin zu sein, ohne dich nicht mehr leben kann und deshalb hierher nach Kumano kam.«

Sie sagte das in einem ganz anderen Tonfall als sonst, langgedehnt und wie von etwas besessen. Ihr blasses, ebenmäßig geformtes Gesicht wirkte, verglichen mit dem Eindruck, den er zu Hause davon hatte, hier im nächtlichen Mondlicht kalt wie das einer Fremden, einer Dame von vornehmer Herkunft, und ihre Stimme, mit der sie ihm, das Gesicht an seine Brust gelehnt, unter herzzerreißendem Schluchzen ausführlich ihre Gefühle schilderte, ließ seine Sorge, sie könnte wie eine Himmlische aus seinen Armen auf- und davonfliegen, durchaus nicht unbegründet erscheinen. Er dachte nicht mehr daran, sie darüber auszuhorchen, was denn wohl ihre so leicht dahingesagte Behauptung, sie habe die dreibeinigen Heiligen Krähen oft genug in den Bergen gesehen, zu bedeuten gehabt habe, und kehrte mit ihr nach Hause zurück.

Das Haus, eher eine altertümliche, mit Zedernrinde gedeckte Hütte im oberen Kiez, hatte sein Vater gekauft, als der Vorbesitzer nach Buenos Aires auswanderte, und da seither nichts umgebaut, lediglich die Zedernrinde durch moderne Dachziegel ersetzt worden war, blies an den schlecht schließenden Holzläden und Papierschiebetüren der Wind durch die Ritzen herein. Es war selbst dann, wenn draußen die Sonne schien, entsetzlich kalt, und die Frau ließ sich sogleich auf dem Platz vor dem Kochherd nieder, wo Fumihiko über dem Stampflehmboden des Eingangs ein Stück gedielt hatte, und zündete das Feuer an. Fumihiko saß solange auf der erhöhten Fußbodenkante der inneren Räume. Dann rief sie ihn: »Komm her, vor dem Feuer wirst du warm werden.« Er setzte sich mit untergeschlagenen Beinen auf den gedielten Platz und hielt beide Hände über die lodernden Flammen. »Mit dem Feuer«, sagte sie, »ist es etwas Seltsames, nicht wahr?« Früher, als Kind, habe sie einmal einen Brand miterlebt. Und zwar bei einem Tuchgroßhändler, wo zuerst aus dem Speicherhaus, einem Bau ohne jede Feuerstelle, die Flammen schlugen, um schließlich Speicher und Küche des Haupthauses in Schutt und

Asche zu legen; ganz genau erinnere sie sich daran, daß man danach unter den Trümmern die Leichen einer Frau und eines Kindes, beide in Pilgergewändern, gefunden hatte, die sich wer weiß wie da hineinverirrt und entweder absichtlich gezündelt oder aber, weil sie sich der Kälte zu erwehren versuchten, ein Feuerchen angemacht haben mochten. An diese Geschichte und wie es seit jener Zeit mit dem Tuchhändler bergab gegangen sei, bis er zuletzt bei Nacht und Nebel geflohen sei, müsse sie jedesmal denken, wenn sie das Feuer anzünde. Und murmelnd: seltsam, nicht wahr?

Sie wisse nicht, sagte die Frau, ob sie sich bei den Exerzitien in den Bergen verletzt oder ob sie sich das schon früher in ihrer Kindheit geholt habe: jedesmal wenn es kalt werde, schmerze sie das Gelenk am großen Zeh; dabei zeigte sie ihm ihren Fuß, und Fumihiko, voller Mitleid, nahm ihn in seine beiden Hände, sie aber, nachdem sie mit einem glucksenden Lachen den Fuß wieder zurückgezogen hatte, bat ihn, er möge ihr die Kleider abstreifen. Sowie sie nackt war, ließ sie ihn im Schein des Herdfeuers ihre Brüste berühren; selbst in die rosa Brustwarzen habe man ihr, beschrieb sie ihm, die Nadeln gestoßen, einige auch, ohne daß davon eine Narbe geblieben wäre, vom Bauch abwärts bis in die Gegend der Scham. Wie um die von der Frau nacherlittene, traumhafte Pein zu besänftigen, zog er sie an sich, Wange an Wange. Doch sie, während sie die Arme um seinen Nacken schlang und ihren heißen Atem gegen sein Ohr hauchte, flüsterte: weil sie, was sie mit Sicherheit von normalen Frauen unterscheide, eine Schreinsdienerin sei, wünsche sie, daß er es ihr mit seinen Händen mache; hierauf bog sie sich zur Seite, holte aus der Schublade des Spiegelschränkchens einen Beutel aus brokatähnlichem Stoff und reichte ihn Fumihiko. Als der ihn öffnete, fand er darin ein Säckchen nach Art der beim Handsäckchenspiel benutzten, das war scharlachrot, und aus dem Säckchen standen, auf der einen Seite nur, zahlreiche Nadelspitzen hervor. Damit sich die Nadeln nicht lockerten, waren sie im Inneren des Handsäckchens zwar lediglich mit Büscheln von Flockseide umhüllt und mit Fäden zusammengeschnürt, dennoch hatte das Ganze ordentlich Gewicht. Das wird, dachte Fumihiko, daran liegen, daß dieses Ding in den Bergen, nein, früher schon, die Haut der Frau verletzt und die hervorquellenden Ströme aufgesogen hat: jedenfalls bekam er plötzlich insgeheim Angst vor ihr; als andererseits die sich hingebungsvoll an ihn klammernde, sich in seine Lippen wühlende Frau wie in einem Anfall von Besessenheit verlangte: »Stich doch zu, ich bitte dich!«, da reagierte er damit, daß er mit den Fingern ihre Scham auseinanderzog und fragte: »Hier etwa auch?« Sie nickte.

Fumihiko hatte den Eindruck, das, wozu die Frau ihn zu verführen suchte, wäre ein dumpf düsterer Zauber, der, wenn irgendwo, nur unter Schreinsdienerinnen Anhang gewinnen konnte, verderbte Abart eines Hasardspiels, zu dem sich, angenommen, er spräche davon und daß er es mit Vergnügen triebe, keiner von den Kiezburschen zum Mitmachen bereit fände; aber dann hörte er ihre drängende, ihre stöhnende Stimme sagen: »Stich doch zu, ich bitte dich!«, und er dachte: Sie ist die Frau, die ich mitten in ihren Exerzitien für das eigentlich angestrebte Amt einer Schreinsdienerin aus den Bergen weggeholt habe, also ist, was auch immer geschieht, nichts an ihr verwunderlich. Und als er dort, wo sich die Haut ihres Halses, makellos weiß und wie die eines Reiskloßes sanft am Finger haftend, zur rechten Brust hin aufzuwölben begann, an einer Stelle, an der schon die Berührung seiner Lippen sie zu Wonnerufen zu erregen pflegte, das nur mühsam handhabbare Nadelsäckchen ansetzte, schrie die Frau laut auf. Die Nadeln hatten die weiße Haut durchbrochen; wie tief sie eingedrungen waren, wußte er nicht, doch bildeten sich im Nu an die zehn rot schimmernde Blutperlen, und während er unter dem Stöhnen der Frau unverwandt darauf hinsah, zerflossen die schimmernden Perlen, und wie zu Bändern geworden, rannen sie über den hellen, ihm anvertrauten Frauenkörper. Es brauche nur zu regnen, da hole sie, hatte sie mehr als einmal gesagt, das in den Bergen Erlittene von neuem ein. Aber weil jetzt bei allem Stöhnen der Schmerz sogleich wieder zu schwinden schien, verlangte es sie nach mehr, wollte sie, daß Fumihiko sie von oben bis unten zerstäche, bevor seine Begierde erlosch. Sie fuhr ihm zwischen die Schenkel: da war es, das Zentrum seiner Begierde, und indem sie, wie mit ihm fühlend, danach griff, glitt ein Lächeln über ihr Gesicht. Fumihiko seinerseits war durch das von der Hand der Frau ertappte, sich erregt versteifende Glied in eine ratlose Verlegenheit versetzt; geschah doch, was er ihr tat, aus keiner Begierde, sondern weil er sie verehrte wie ein Himmelswesen, er legte beklommenen Herzens die Lippen an das aus ihrem Leib quellende Blut und trank davon, wie der dürstende, tödlich Erkrankte das Blut eines Tieres schlürft, um sich ins Leben zurückzuretten. Und die Frau stöhnte ein ums andere Mal, welch ein Schmerz das sei. Mit der Zeit gab es an ihrem Körper immer weniger Stellen, die nicht mit Blut bedeckt gewesen wären, bis sich die weiße Haut schließlich in eine scharlachrote verwandelt hatte. Schier überwältigt von solch gleißender Schönheit, zog Fumihiko die Frau in seine Arme; im nächsten Augenblick aber, sie erschien ihm jetzt, ungeachtet ihrer fortdauernden Wonneschreie, wie der lichtumglänzte, schöne Amida Nyorai, warf er sich vor ihr auf den Boden, riß sich, gleichsam um Nachsicht flehend, die Kleider vom Leib und stieß dann seinen tobenden Wildling in ihr Geschlecht, bestrebt, bis in das Innerste der Lüste vorzudringen.

In dieser Nacht war die alte O-Ryū auf Reijos Geheiß zu später Stunde noch einmal aufgestanden, um die von dem kalten Wind mit lästigen Geräuschen hin- und herschlagende Tür am rückwärtigen Schuppen zuzumachen; dabei habe sie, erzählte sie den Leuten, ganz zufällig gesehen, wie oben Fumihikos Haus taghell erleuchtet gewesen sei, was sie denn doch seltsam gefunden habe, und auch als Fumihiko sie besuchen kam, sagte sie ihm das. Fumihiko hatte sich, ohne etwas zu essen oder zu trinken, zwei Tage lang in seinem Haus eingeschlossen gehabt. Brust und Arme, wie von Schwertstahl, goldbraun und kompakt, waren, genau betrachtet, in guter

Ordnung, sein Gesicht wirkte zwar eingefallen, aber seine Erscheinung insgesamt besaß jene jugendliche Spannkraft, die bei einem, der die Mitte eines fünfzigjährigen Menschenlebens noch nicht überschritten und alles vor sich hatte, zu erwarten war.

Nachdem die Frau, mehr und mehr erhitzt, in den Zustand der Ekstase geraten und ihr Körper dabei wie zu einem Feuerball geworden war, hatte sie, als wäre zuletzt ihr Innerstes von der Glut geschmolzen, zu atmen aufgehört, woraufhin Fumihiko, in der Überzeugung, daß er sie getötet habe, zwei Tage und zwei Nächte ununterbrochen neben ihr ausgeharrt hatte. Im Morgengrauen nach der zweiten Nacht hatte er sie auf die Schulter genommen und auf den Berg getragen, um dort unter der Kiefer, an der er einst die Krähen-Tengus beobachtet hatte und nach seiner Entführung benommen und mit schlaftrunkenen Augen wiedergefunden worden war, ein Loch auszuheben und die Frau mit der scharlachroten Haut darin zu begraben.

Die alte O-Ryū sagte ihm, sie habe etwas am Himmel fliegen gesehen. Sie sagte: Im Grunde habe er gar keine wirkliche Frau begraben. Was Fumihiko mit seinen Augen wahrgenommen habe, sei eine aus Wunden überall an ihrem Körper blutende und daher wie in Brokat gehüllte, einer hell gleißenden Himmlischen oder Amida Nyorai zum Verwechseln ähnliche Frau gewesen. Tatsächlich könne sich das so nie ereignet haben, und sollte er jemanden davon erzählen, würde man ihn gewiß als Verrückten behandeln; nein, Geschichten solcher Art fänden sich wohl nirgends außer in den Sutren und Predigten, den Auslegungen der Lehre des Buddha Shakyamuni, an die Reijo und sie, die alte O-Ryū, glaubten. Die Frau hätte zwar zu atmen aufgehört, wäre aber, solange das von ihr ausgehende Leuchten angedauert, ins Leben zurückgekehrt, hätte Fumihiko in aller Höflichkeit Dank gesagt und sich hierauf, ohne auch nur die Tür zu öffnen, davongestohlen und in die Lüfte geschwungen. Wäre höher und höher den Berg hinaufgeflogen, um sich oben auf der Kiefer niederzulassen. Da hatte die alte O-Ryū sie gesehen: die Frau, wie sie sich augenblicks in einen Lichtball verwandelte und in Richtung auf das Kamm um Kamm übereinander gestaffelte Kumano-Gebirge von dannen flog. Fumihiko hörte sich die Darstellung der alten O-Ryū an, er stöhnte vor Qualen, als wäre sie ihm hinter die Wahrheit gekommen. Er hatte ihr erklärt, er habe die Frau getötet, er habe sie begraben, und die alte O-Ryū hatte gesehen, wie er darüber Tränen vergoß; sie wußte also, daß er im Grunde seines Herzens glaubte, die Frau sei eine Himmlische, oder womöglich Amida Nyorai gewesen, und so meinte sie: »Wenn du zur Polizei gehst, werden sie sagen, du lügst. Wenn sie zum Beispiel die Stelle an der Kiefer aufgraben und finden die Frau, werden sie behaupten, du hättest sie aus Haß umgebracht und die Leiche, weil sie dir lästig war, beiseite geschafft«, und sie gab ihm den klugen Rat, er möge sich, nachdem er hier keine Arbeit mehr habe, wie früher auf einer der Baustellen in den Bergen verdingen.

Noch am selben Tag bestieg Fumihiko am Bahnhof den Bus und fuhr zu dem kleinen Teehaus nahe dem Ikehara-Damm, in dem er damals mit der Frau geschlafen hatte. »Na«, fragte der Wirt, er kannte sich darin aus, »hast du dein Geld durchgebracht und willst noch ein Jahr herunterreißen?« Sein Angebot, der Dunkelheit und Kälte wegen über Nacht zu bleiben, lehnte Fumihiko schroff ab; er marschierte los, lief an der Dammbaustelle vorbei, und als er das Barackenlager erreichte, begann es allmählich hell zu werden. Das alte Ehepaar, das den Reis kochte, war bereits auf; so bat er die beiden, ihn einzulassen, und setzte sich zu ihnen vor das Feuer. Obwohl er durchgefroren war bis auf die Knochen, überkam ihn das Gefühl einer seltsamen Frische, so daß er unvermittelt herausplatzte: »Was ist, könnt ihr hier noch einen Arbeiter gebrauchen?« Darauf der alte Mann: »Das wird, wenn er mal fertig ist, der größte Damm in dieser Gegend.« Ein, zwei Leute mehr einzustellen sei gewiß kein Problem. »Wo kommst du denn her?« Und als Fumihiko (wie im übrigen jeder auf den Baustellen) versicherte: »Aus Kyūshū«, da erklärte der Alte:

»Ich bin nämlich auch aus Kyūshū.« Wobei seinem Tonfall anzumerken war, daß er eine gegenseitige Ausforschung der Vergangenheit lieber abgebogen hätte, ja, jetzt endlich schien er zu begreifen, wie sehr Fumihiko fror, denn er holte eine Zweiliterflasche aus dem Küchenregal, füllte eine Teeschale mit Reisweis und reichte sie ihm hin: »Es wird Zeit, die Arbeiter zu wecken, hier, trink wenigstens einen Schluck!« Vielleicht, weil er seit Verlassen der Mittelschule an das Leben in den Arbeiterbaracken gewöhnt war, hatten anderer Leute Freundlichkeiten Fumihiko nie bedrückt, noch pflegte er dafür besonders dankbar zu sein, und so kippte er den dargereichten Reiswein wortlos hinunter. In dem Augenblick sagte hinter ihm eine Stimme, die er zu kennen glaubte: »Na, denk' ich, wer säuft denn hier schon am frühen Morgen? Da bist du es!« Er drehte sich um und sah: Es war Hisashi, der dort stand.

»Ihr kennt euch?« fragte der Alte. »Und ob!« nickte Hisashi mit solch übertriebenem Ausdruck, als wären seit der letzten Begegnung zehn Jahre vergangen, »neulich erst haben wir unten in der Stadt schwer miteinander gefeiert; immerhin sind wir Vettern ersten oder zweiten Grades, jedenfalls so was ähnliches.« Der alte Mann setzte ein bitteres Lächeln auf und zeigte mit dem Finger auf Fumihiko und dann auf sich selbst: »Daß du es nur weißt, wir stammen beide aus Kyūshū.« Hisashi, der noch nie auf einer auswärtigen Baustelle gearbeitet hatte, meinte murmelnd, der habe wohl noch nicht ausgeschlafen, so ein dummes Zeug zu quasseln. Und zu Fumihiko: Er solle sein Gepäck nehmen und mit ihm kommen. Draußen gingen sie bis zur zweiten Baracke, in die sie eintraten. »Ist ja schrecklich!« lachte Fumihiko, als er entdeckte, daß es sich bei denen, die da drinnen lagen und schliefen, eindeutig um die anderen Radaubrüder aus dem Kiez, nämlich Kikuzō und Tome, handelte; auch Kazuichirō, den er lange nicht gesehen hatte, war dabei. Von den vorhandenen fünf Schlafstellen waren also bereits vier von jungen Männern aus dem Kiez belegt; wenn jetzt Fumihiko noch dazukam, würde diese Kammer in den Bauarbeiterbaracken so etwas wie ein unvermittelt ins

Gebirge transponiertes Stück Kiez vorstellen. Und Fumihiko wußte Bescheid, er kannte das Getobe, das die Kerle veranstalteten, wenn sie einen Monat vor dem Schreinsfest oder einige Tage vor dem Fackelaufzug im Jugendheim im Kiez zusammenkamen: Erst war von den Frauen die Rede, dann zogen sie gegenseitig über ihre Gemächte her, und nachdem sie im Ringkampf und beim Steineheben ihre Kräfte gemessen hatten, ging es um das mächtigste Gemächt und ob es im Zustand der Erektion einen mit Wasser gefüllten Kessel zu halten vermöchte. Nein, dachte er, langweilig wird es nicht werden, aber er fürchtete, daß es ihm auf die Nerven fallen könnte, und während er zusah, wie Hisashi die Schlafenden weckte: »Auf, auf, an die Arbeit!«, beschloß er, auf eine andere Dammbaustelle zu wechseln, sobald ihm die Geschichte lästig werden sollte.

Da er die Nacht hindurch marschiert war, hatte er eigentlich einen Tag Pause einlegen und erst am nächsten auf die Baustelle gehen wollen, doch die Vorstellung, nach Aufbruch der anderen allein in der Baracke zu bleiben oder mit dem alten Mann in der Reisküche über dies und jenes zu schwatzen, ermüdete ihn erst recht; außerdem quälte ihn die Erinnerung an die Frau, und so eifrige Arbeiter waren die Kiezbrüder ja nun auch wieder nicht, so daß er, wenn er sich ihnen anschlösse, den Tag gewiß mühelos herumbrächte. Wann immer es Probleme gäbe, würde er, darauf verließ er sich, Hisashi als den älteren herbeirufen.

Normalerweise wurde ihnen der an anderer Stelle zurechtgemischte Frischbeton über einen Schlauch auf ihren Bauabschnitt herübergepumpt, aber der Einfüllstutzen hatte sich plötzlich verstopft, und bis die Teile gereinigt waren, was Zeit brauchte, hieß es, den Beton in Schubkarren und über einen Weg heranzutransportieren, der gerade eben breit genug für eine solche Karre war. Das galt auf allen Baustellen: je größer technische Ausrüstung und Vorhaben waren, desto mehr an monotoner Tätigkeit fiel an, und Hisashi und Kikuzō meinten, während sie auf dem Rückweg zum Betonmischer ihre leeren Schubkarren gemächlich vor sich hinstießen: »Demgegenüber ist die Arbeit im Wald geradezu aufregend.« Irgendwann wurde Mittag gemacht, danach waren die anderen plötzlich verschwunden, und als sich Fumihiko eben darüber wundern wollte, erklang über dem Hang ein kurzer Pfiff. Er sah sich um. »Hier sind wir, Fumihiko!« Das war Hisashis Stimme, gleichzeitig fiel von oben ein Stein herab, woraufhin Fumihiko den Hang hinaufblickte und dort einen einzelnen Arm bemerkte, der ihm zuwinkte. Fumihiko kippte seine Schubkarre beiseite und suchte den Hang nach einer Stelle ab, an der er hinaufklettern könnte; da stieß der nach ihm kommende junge Mann mit seiner Schubkarre gegen die von Fumihikos: »He, willst du nicht weitermachen?« Fumihiko schrie: »Was geht's dich an?!« Und darauf der andere: »Bild dir bloß nicht ein, du könntest hier faul rumhängen, kaum daß du da bist. Nicht mit uns!« Einen Augenblick lang dachte Fumihiko: vielleicht ist er ein Aufpasser; bei genauerem Hinsehen jedoch war es nur ein junger Hilfsarbeiter. »Halt's Maul!« brüllte er ihn an, zerrte ihn hinter den Betonmischer und verprügelte ihn dort. Der junge Mann schien an Schlägereien gewöhnt; als er stürzte, benutzte er die Gelegenheit, um sich eine Latte zu schnappen, mit der er nun seinerseits zum Angriff überging, Fumihiko aber entriß ihm die Latte, und nachdem er ihn mit einem Tritt zu Boden gestreckt hatte, setzte er sich rittlings auf den möglicherweise verletzten, jedenfalls ohne Gegenwehr daliegenden jungen Mann und drosch weiter auf ihn ein. Um die beiden hatte sich ein Kreis von Neugierigen gebildet; endlich sprang einer von ihnen dazwischen: »Du wirst ihn noch totschlagen«, meinte er und trennte die Streithähne. In derselben Sekunde, in der Fumihiko den jungen Mann losließ und aufblickte, sah er oben über dem Hang mit ausgebreiteten Flügeln einen schwarzgekleideten, krähengesichtigen Tengu-Kobold heranschweben. Doch sagte er davon niemandem ein Wort.

Da Anfang April die Bäume ausgeästet werden mußten, wollten sie, erklärten Hisashi und die übrigen Kiezburschen, noch bis zur nächsten Monatslöhnung bleiben, um danach in den Kiez zurückzukehren, wo die Frauen und die Kinder auf sie warteten; aber dann hörten sie, daß zwar nicht in der Nähe der Dammbaustelle, dafür einen Berg weiter bei den Erzgruben ein in mehreren Hütten untergebrachtes Bordell entstanden sei, und sowie sie ihren Lohn in der Hand hatten, verabredeten sie, auf einem dreitägigen Umweg zunächst einmal die Prostituierten zu besuchen. Fumihiko wäre am liebsten mit ihnen gegangen, hoffte er doch, dort die Gruppe der Novizinnen wiederzutreffen; andererseits war er entschlossen, sich im Kiez nie mehr blicken zu lassen, und so konnte er unmöglich mit ihnen, den Kiezheimkehrern, gemeinsam aufbrechen. Er werde im Lager bleiben und erst nachkommen, wenn er noch mehr Geld zusammengespart habe, erklärte er ihnen und begleitete sie bis hinunter zu der Stelle, an der der Bus hielt. Auf dem Weg zurück ins Barackenlager waren die mit Buschwerk bewachsenen Berge vom Grün der aus den Knospen drängenden Blätter sowie vom Weiß der aufgegangenen Blüten überflogen, ein Anblick, bei dem sich Fumihiko erinnerte, daß der Leib der Frau einen Eindruck gemacht hatte, als wär er mit lauter Kirschblütenblättern bedeckt gewesen. Hätte sie ihn nicht darum angefleht, er hätte sie von sich aus, sagte er sich in seinem Herzen, nie so grausam mit Nadeln zerstochen; in seiner Erinnerung war ihre Schönheit von solcher Art, daß sie ihm nun wie verwandelt erschien, bald in die Blüte der Kirschen, bald in das brokatene Herbstlaubgewebe.

Etwa fünf Tage waren vergangen, seit die Männer von der Kiezbande den Berg verlassen hatten, Fumihiko kam gerade mit geschulterter Spitzhacke von der Baustelle den Hang herunter, da tauchte plötzlich, die Hände in die Taschen seiner Knickerbockerhosen vergraben, Hisashi wieder auf, obwohl man hätte annehmen sollen, daß er sich längst daheim im Kiez befände, nachdem er mit der Bande einen Berg weiter bei den Prostituierten in ihren Bordellhütten gewesen war; offensichtlich verlegen, spuckte er mitsamt einem Schwall Speichel den Grashalm aus, auf dem er kaute. »Ich wollte nach Hause, hab's aber nicht geschafft«, sagte er, während er sich, ohne Rücksicht auf die ihre Schulterkörbe vorbeischleppenden Arbeiter, mitten auf dem Weg hinhockte, »hab' alles ausgegeben.«

»Was denn, sie haben es dir restlos abgeknöpft?« fragte Fumihiko dazwischen.

»Na, und ob!« erwiderte Hisashi mißgelaunt. »Tome und Kikuzō waren da geschickter; ich bin schließlich zu lange geblieben.« Eine prächtige Hure habe er in den Hütten einen Berg weiter getroffen: stramm im Fleisch und mit einer makellosen Haut, die einem am Finger hafte, die sich aber, berichtete er, blutrot verfärbe, sobald diese Frau vor Lust erregt zu stöhnen anfange, und als hätte der bloße Gedanke daran seinen Körper in ein ungeduldiges Beben versetzt, rückte er offen damit heraus: »Kannst du mir nicht was pumpen?«

»Du willst wieder zu ihr, nicht wahr?«

Hisashi spuckte geräuschvoll aus, und diesmal war der Speichel weiß wie ein Wattebausch. »Das möchte ich schon, du verstehst; nur, wenn ich jetzt zu den Huren gehe, komme ich nie mehr nach Hause«, argumentierte er wie ein Kind. Fumihiko solle ihm einen Monatslohn borgen, dann werde er in den Kiez zurückkehren und seine Frau um Verzeihung bitten; oder er müsse sich eben, darauf gefaßt, mit gebrochenen Beinen zu enden, in irgendeinem jener Krakenlöcher verdingen und dort zwei, drei Monatslöhne auf Vorschuß nehmen, um sich damit bei Nacht aus dem streng bewachten Camp davonzuschleichen, immer auf die Gefahr hin, entdeckt zu werden und bei der darauf fälligen Massenkeilerei tatsächlich die Beine kaputtgeschlagen zu bekommen.

So wie es Hisashi dargestellt hatte und da er hier niemanden sonst kannte, blieb Fumihiko am Ende nichts anderes übrig, als ihm einiges Geld zu leihen. »Ich hab' was in der Baracke in meinem Gepäck«, meinte er eher widerstrebend, dann legte er die Spitzhacke ab, und zwar so, daß er sich, falls der Aufseher dahinterkommen sollte, damit herausreden konnte, er fühle sich nicht wohl und werde für den restlichen halben Tag pausieren; hiernach kehrte er mit Hisashi zum Lager zurück. Da die beiden Alten aus der Reisküche draußen beim Holzhacken waren, gelangte er in die Baracke, ohne daß er erst mit ihnen hätte reden müssen, und Hisashi hinter ihm her. Fumihiko hatte sein Gespartes noch in den Lohntüten in einem Furoshiki-Tuch im Wandschrank zwischen den Socken versteckt, und es war ihm unangenehm, daß Hisashi das zu sehen bekäme, aber der hatte schließlich versprochen, er werde, wenn er ihm etwas leihe, geradewegs nach Hause in den Kiez fahren, und so schob er die Schranktür auf, öffnete das Bündel, holte einen Pack Scheine heraus und gab sie ihm: »Du zahlst es mir zurück, nicht wahr?« Hisashi machte sich daran, Schein für Schein durchzuzählen; plötzlich, als wäre ihm das in diesem Augenblick eingefallen, hob er das Gesicht. »Zu wie vielen haust ihr hier eigentlich?« fragte er. Sie seien zu fünft, antwortete Fumihiko. Seit wann denn die vier anderen im Lager wären, wollte er wissen. Und als ihm Fumihiko erklärte, das seien keine Neulinge, die mit ihm die Kammer teilten, sie hätten schon lange auf der Baustelle gearbeitet und seien nur, nachdem Hisashi mit den Kiezbrüdern die Bude geräumt hatte, aus Block 1 hierher verlegt worden, sagte Hisashi: »Ja, wenn es so ist«, und während er sich nachdenklich die Lippen leckte: »Ich brauch' das nicht, nimm's wieder an dich.« Damit gab er Fumihiko den Pack Geldscheine zurück.

»Wieso das?«

»Wieso? Kannst du dir das nicht denken?«

Mit einem überlegenen Lachen zog Hisashi die neben dem aufgeschichteten Bettzeug im Wandschrank liegenden sonstigen Bündel und Kleidersäcke heraus, auch die Holzkisten und Packen aus dem unteren Schrankteil, und nachdem er die Taschen einer am Fenstersturz hängenden Jacke abgesucht hatte, durchwühlte er die Kleidersäcke. »Was tust du denn da?« fragte Fumihiko entsetzt. »Du begreifst wohl gar nichts, wie?« Hisashi schien sich über ihn lustig zu machen. »Scheußlich, dieses dreckige Männerzeug; wenn das Frauensachen wären – na, das wäre ein Duft!« Und dann, während er ein

Bündel Geldscheine hervorzog und Fumihiko zublinzelte: »Ah, da haben wir ja was!«

Fumihiko hätte ihn gern aufgehalten, tat es aber nicht. Hisashi zog durch die fünf Kammern in Block 2, er marschierte zum Block 3, kein Mensch war da, und Fumihiko, indem er sich hinter ihm hielt, kam so zum erstenmal in diesen anderen Block, den er bis dahin nie betreten hatte; er sah zu, wie Hisashi, immer wieder vor sich hin murmelnd: »Ist das dreckig!« oder »Diese Idioten!«, in den Sachen der Arbeiter herumstöberte, und war dabei versucht, ihm klarzumachen, daß diejenigen, die ihr Geld bar daliegen hatten, aller Wahrscheinlichkeit nach im Begriff waren, auf eine andere Baustelle zu wechseln, oder sie hatten einfach vergessen, es auszugeben, denn im Normalfall gab man sein Geld den Alten in der Reisküche in Verwahrung, oder man deponierte es bei dem für das Büro verantwortlichen Baustellenaufseher, damit der es in den Tresor verschloß. Doch tatsächlich nichts sagte er ihm von alledem.

Indes brachte Hisashi dreimal soviel Geld zusammen, wie er selbst verdient hatte, und nachdem er es in Händen hielt, war bei ihm von einer Rückkehr in den Kiez nicht mehr die Rede. »Fumihiko, das ist eine Frau, eine Frau, sag' ich dir!« Er möge nur mitkommen in die Hütten drüben einen Berg weiter.

Fumihiko wußte: daß Hisashi zurückgekehrt und die Gelder geklaut hatte, würde ihm keiner glauben, sie würden ihn, Fumihiko, verdächtigen, sie ausgeplündert zu haben; wozu wäre er denn mittags von der Baustelle weg ins Lager gegangen? Wenn er aber hier ohnehin irgendwann Schluß machen wollte, konnte er ebensogut jetzt mit Hisashi zu den Bordellen drüben, einen Berg weiter verschwinden, dachte er, und lief dem wie der Wind davoneilenden Hisashi hinterher.

Während er rannte, fragte er sich, ob er nicht der größere Übeltäter sei. Hätte er doch zu Hisashi bloß zu sagen brauchen: besser, du nimmst von mir das geborgte Geld und fährst nach Hause in den Kiez; indes hatte er, statt ihn aufzuhalten, geschwiegen, hatte es zugelassen, daß er die Gelder klaute. Die alte O-Ryū übrigens meinte Verständnis zu haben für die Zweifel, die Fumihiko damals empfand. Nein, auch in Hisashis Gefühle konnte sie sich versetzen. Aus ihrer Sicht waren die beiden, die dort über den Berg zu den Prostituierten stürmten, wie zwei Tengus: wann immer sie zusammentrafen, steigerten sie sich gegenseitig in allerlei Dummheiten hinein; andererseits, dachte die alte O-Ryū, wirkte so das Blut derer nach, die sich einst in Gesang und Tanz und Musizieren hatten treiben lassen und daran zugrunde gegangen waren. Und trotzdem, mochte Hisashi auch noch so ein Bösewicht sein, gegen das, was da von der Macht ihres Sturmschritts angezogen wie ein augenblickliches Trugbild vor den beiden auftauchte, kam er nicht an. »Laß uns hier eine Rast einlegen«, sagte er, setzte sich an den von der Sonne beschienenen Straßenrand und holte das Geld heraus, das er sich in die Taschen gestopft hatte; er zählte es, dann trat er, grinsend, daß es eine solche Menge war, an eine Quelle an der Bergwand hin, um von dem klaren Wasser zu trinken. Da bemerkte er, wie aus dem gleißend klaren Himmel, in dem sich die Kälte mit der Heiterkeit des Frühlings mischte, irgend etwas herabgeflattert kam, und er wandte sich um. Im selben Augenblick wurde er in die Höhe gehoben und fallen gelassen, sah Fumihiko, daß von rechts und links an Hisashis Körper gezerrt wurde, bis er auseinanderbrach. Nachdem die beiden Teile in der Tiefe verschwunden waren, erschienen die ihm von früher her bekannten Krähen-Tengus vor Fumihiko, erklärten, da in den Bergen damit rein gar nichts anzufangen sei, wollten sie es ihm überlassen, und warfen ihm das Geld zu, das Hisashi bei sich gehabt hatte. Mit schlechtem Gewissen, denn er wußte ja, daß es sich um gestohlenes Geld handelte, lief Fumihiko allein über den Berg und weiter zu dem Bordell. Nun kaufte er sich die Frau, von der Hisashi geschwärmt hatte; als er ihr jedoch, weil sie sich so sehr darüber freute, die wundersame Geschichte erzählte, wie das Geld in seine Hände gelangt war, drängte sie ihn und sagte, das sei eine so gewaltige Summe, er müsse auf jeden Fall in den Kiez zurück, um der Witwe Hisashis, den die

Tengus auf diese Weise als Spielzeug benutzt und zerrissen hätten, das Geld zu überbringen. Zwei Tage brauchte Fumihiko, bis er den Kiez erreichte; dort gab er das Geld der alten O-Ryū in Verwahrung, und an dem Tag im April, an dem man die Geburt Buddhas feierte, offensichtlich war ihm die Lust zum Weiterleben vergangen – erhängte er sich an einer Kiefer im Kiez. Vierundzwanzig Jahre alt, mit einer Brust wie aus Stahl – ein seltsames Menschenkind, fremd selbst unter denen vom Stamm der Nakamotos, als wäre es wahrhaftig, wie die alte O-Ryū schon damals bei seiner Geburt befürchtet hatte, der Verbindung mit einem ganz anderen Wesen entsprungen.

# 天人五衰

# Die Todesmale des Engels

Sobald sie hörte, daß durchs Gestrüpp auf dem rückwärtigen Berg wieder der Wind wehte und an den Brettern der Regenläden rüttelte, wußte die alte O-Ryū, daß jetzt in diesen wie in der dumpfen Wärme eines engen Brunnens daliegenden Kiez der Winter seinen Einzug hielt, und sie dachte bei sich: Es wird wohl auch dort der Winter kommen, in Buenos Aires, in der Neuen Welt, wohin die Leute damals ausgewandert sind und ihre Kinder im Kiez zurückgelassen haben; ja, es wird wohl auch dort in dem Getto, das genauso sein soll wie hier der Kiez, der Wind die Blätter von den Bäumen reißen und sie herumwirbeln, wird sie, die in der Sonne wie die goldenen Vögel eines raschen Traums hell aufblinkenden Blätter, fliegen lassen, als lege er es darauf an, mit ihnen zu schäkern. Die alte O-Ryū schloß die Augen. Während sie dem Brausen des Windes lauschte, hatte sie deutlich das Gefühl, ihre Ohren wirbelten wie das Laub, und so flöge sie unbekümmert mit dem Wind in eine unendliche Ferne davon. Was sie sah, und was sie hörte, alles machte sie froh. Sie folgte dem Weg, der sich am Rande des Dickichts hinzog, bis sie das von fleckigem Sonnenlicht durchbrochene Buschwerk endgültig hinter sich hatte und am Ende des Berges angelangt war; immer mehr wurde sie zu einem darüber hinschwebenden Geist, berührte neugierig den Stamm eines Baumes, weil er ein so schimmerndes Leuchten verbreitete, und als sich ein Grashalm niederbog und sie ein Rascheln hörte, wandte sie sich um, um nachzusehen. Ursache war, erkannte sie, eine Heuschrecke gewesen, die sich mit einem plötzlichen Sprung daraufniedergelassen hatte. Die alte O-Ryū, auch als Geist eine Schelmin, streckte die Hand aus und griff nach den Fühlern des Tierchens. Der Wind konnte das nicht sein, ebensowenig ein anderes Insekt, von dem ihm, schien die Heuschrecke zu überlegen, Gefahr drohte, jedenfalls aber war das etwas, das an seine Fühler rührte, und mochte sich auch wirklich Gefährliches nicht ereignen, so empfahl sich's doch, für erste Reißaus zu nehmen; womit die Heuschrecke einen entschlossenen Satz tat – die alte O-Ryū ihm nach und weiter. Von dort aus bis ans Meer, das einem

Festtags-Obi glich, morgens krapprot, mittags jadefarben, am Abend wie mit Traubensaft besprengt: ein kurzer Flug nur, die Reisfelder entlang, durch das unbeschreiblich schöne Grün der Bäume, erst auf dem flachen Hügel, dann in dem Windschutzgürtel aus eigens dafür angepflanzten Kiefern, und wie ein kleines weißes Tier, das sich, lechzend nach dem Salz des Meeres, aus den tiefen Bergen aufgemacht hat, jagte die alte O-Ryū an den Strand und stand da in der Brandungsbrise und dachte, wie schön es doch war, für eine Weile den altersschwachen, zu keiner Bewegung mehr tauglichen Leib zu verlassen und zu einem Geist zu werden. Hierauf lachte der Geist der alten O-Ryū, und leise sprach er zu der nach wie vor daheim am halben Hang des Kiezberges in ihrem Bettzeug ruhenden alten O-Ryū: »Na, nun bist du ja ganz schön in die Jahre gekommen, O-Ryū; immer nur dazuliegen, tut dir dabei nichts weh?«

»Nein, nein, mir tut nichts weh«, sagte die alte O-Ryū zum Geist der alten O-Ryū, und zwar genauso, wie sie jenen Frauen aus dem Kiez, die sich, seit sie bettlägerig war, um sie kümmerten und für sie kochten, zu antworten pflegte, wenn diese sie danach fragten; sie sah, wie der Geist der alten O-Ryū mit Leichtigkeit im Wind davontanzte, hin zu einer Stelle, wo man soeben ein Schiff auf den Strand gezogen hatte, und dabei schien es ihr, daß sie jetzt in allem und jedem so recht glücklich wäre. Die alte O-Ryū war frei. Was immer sie anzuschauen gedachte, sie bekam es zu Gesicht, wenn sie wollte, konnte sie sogar, obgleich in weiter Ferne, drüben, jenseits der Wogen des ewig kreisenden Samsara, die Klänge der Musik hören, die die himmlischen Boten zu ihrer Begrüßung spielten.

Bisweilen fauchte der Winterwind mit Sturmstärke durch das heftig gepeitschte Gestrüpp auf dem rückwärtigen Berg. Im Augenblick erschreckte sie sein Geheul, aber dann plötzlich war ihr, als schlügen goldglänzende Sandkörner gegen das Dach und die holzverschalten Mauern; da wird sich, dachte sie, auch ums Haus herum und drunten auf dem Hangweg das Gold zu häufen beginnen, und sie malte sich aus, wie die Leute aus dem Kiez, die am hellen Tage von wer weiß woher angewehten Berge von Goldsand bestaunten und darüber in ein Freudengeschrei ausbrächen. Jetzt könnten sie zu Neujahr Reisklöße machen, könnten ihre Kinder in Festtagsgewänder kleiden; nein, nein, vor allem nämlich brauchten sie von Stund an nicht mehr zu arbeiten, sondern könnten, wenn ihnen danach zumute wäre, schon tagsüber an die Reisweinflasche gehen. Und unter den jungen Burschen würde sich so mancher der Musik ergeben und je nachdem, was gerade dran war, entweder das Shamisen oder die Bambusflöte oder die Gitarre spielen nach Herzenslust.

Eines Tages, so was hatte man im Kiez bisher nicht gekannt, brachte einer einen tönenden Apparat mit, aus dem er den vergnüglichen Gesang einer an zerfetzende Seide erinnernden, dabei süß verführerischen Frauenstimme erklingen ließ; das sei ein Tango, erklärte der Besitzer des Apparats, ein junger Mann aus dem Stamm der Nakamotos, den man Yasu den Orientalen nannte. Wieso man ihm diesen Spitznamen angehängt hatte, wußte auch die erfahrene alte O-Ryū nicht zu sagen; immerhin war es wie »Flickenkerl«, »Blechdoktor«, »Tome Wilderwein« oder »Tatsu der Dorn« ein Name, der selbst dann in gewisser Weise überzeugend wirkte, wenn man von seiner Herkunft keine Ahnung hatte. »Na wie, ist das nicht großartig?« fragte Yasu der Orientale, doch da sah ihm die alte O-Ryū nur streng ins Gesicht.

Er war zu ihr, der Frau des Laienpriesters Reijo und einzigen Hebamme im Kiez, gekommen, um ihr mit dem neumodischen Tonapparat aus Übersee importierte Lieder vorzuführen; die alte O-Ryū freilich begriff von dem, was diese süße, an zerfetzende Seide erinnernde Stimme sang, nicht das geringste. »Was soll's, ich versteh' ja keine ausländischen Sprachen«, sagte sie, und Yasu der Orientale, mit bekümmerter Miene, erwiderte: »Das ist aber doch Japanisch!« Die alte O-Ryū hatte das Gefühl, ihr solle klargemacht werden, daß eine neue Zeit angebrochen sei. Eine Japanerin sang japanisch, und sie selbst, die sie genauso japanisch sprach, verstand kein Wort davon, vielmehr klang es in ihren Ohren wie bloßes Vogelgezwitscher. Irgendwann einmal hatte sie von einer Frau aus dem Kiez von einem ähnlichen Vorfall gehört. Die Frau, die es der alten O-Ryū erzählte, und deren Eltern, die der Frau die Geschichte überliefert hatten, waren später dahintergekommen, daß man in Wahrheit »Banzai!« gemeint hatte, womit die anderen Leute, wie man wußte, einen Erfolg zu feiern oder einem Abreisenden Glück zu wünschen pflegten; als jedoch damals das Edikt erlassen wurde, hatten die Betroffenen in Unkenntnis der Wortbedeutung statt dessen ein eher kindlich anmutendes »Bambai, Bambai!« geschrien und dabei beide Arme hochgereckt. Den Umständen nach hatte sich das zu Beginn der Meiji-Zeit zugetragen, das heißt in den siebziger Jahren des vorigen Jahrhunderts, in denen mit dem Eta-Erlaß des Obersten Reichsrats die Befreiung der bis dahin Rechtlosen verfügt worden war, und die alte O-Ryū, gestützt auf die Berichte, sah die Szene mit solcher Lebhaftigkeit vor sich, als wäre sie dabei gewesen: wie vom Ortsvorsteher her einer der Männer angerannt kam, wie er hastig und mit aufgeregter Stimme verkündete, nun seien sie frei von allem gegenwärtigen Übel; das Schicksal, als Mensch geboren zu werden und zu sterben, und was ihnen als irdische Leiden auferlegt war – nach dem nur flüchtigen Schein der Jugend die Heimsuchung durch das Alter, das schmerzensreiche Dahinwelken des Leibes –, dies alles sei mit dem Tag, an dem das Dekret ergangen, zunichte geworden, erklärte er und schrie: »Bambai!« Ja, es hatte sich damals ebenfalls um eine neue Zeit gehandelt.

Nun machte es zwar, weil sie weder lesen noch schreiben konnte, für die alte O-Ryū keinen großen Unterschied, ob einer »Banzai« oder »Bambai« sagte, doch nachdem ihr die Frau aus dem Kiez berichtet hatte: »Wirklich sprachen sie das ›Banzai‹ wie ›Bambai‹ aus«, behielt sie das um so deutlicher im Ohr und war überzeugt vom damit verbundenen Anbruch einer neuen Zeit, als sie von den Vorfällen, die sich nach der Verkündigung des auf diese Weise mit einem dreifachen »Banzai!« begrüßten Dekrets ereignen sollten, längst wußte. Auch das freilich war kein Wissen aus eigener Anschauung, vielmehr hatte ihr, als sie noch ein Kind gewesen war, die an ihr Mutterstelle vertretende Frau, vor dem geschickt aus Lehm aufgebauten Herd kniend und das Feuer anzündend davon erzählt. Einmal sei da plötzlich ein Stein gegen das Haus geflogen, groß genug, daß er den hölzernen Regenladen durchschlug. Daraufhin, während sie drinnen ängstlich lauschten, habe draußen einer gebrüllt: »Ihr Lumpenpack!« Die Frauen und Männer, denen trotz der nun folgenden absoluten Stille augenblicklich klar gewesen war, in welcher Situation sie sich befanden und daß, wenn sie in ihren Häusern blieben, die armseligen Hütten im Nu zerstört und sie samt der Ihren mit Hakken und Bambusspießen erschlagen würden, seien Hals über Kopf durch die rasch aufgestoßenen Hintertüren davongestürzt und weiter in die Dunkelheit hinein auf das Dickicht zu geflohen, während die Bauern aus der Nachbarschaft, Hacken und Spaten und Spieße in den Händen, schon Haus um Haus mit ausgestreckten, brennenden Fackeln anzuzünden begannen. Und nicht nur hier im Kiez, überall in Japan wurden unmittelbar nach Verkündung jenes Dekrets des Obersten Reichsrats die in irgendwelche Winkel zusammengedrängten Zeilen solcher armseliger, eher Erdlöchern gleichender Hütten von benachbarten Bauern angegriffen und niedergebrannt; in der Gegend von Bingo jagten mit Bambusspießen bewaffnete Bauern die in die Berge Geflohenen wie die Affen und stachen auf sie ein, so daß zehn von ihnen auf der Strecke blieben.

Aber selbst wenn welche wie die Affen gehetzt wurden und sie dabei zu Tode kamen, die Menschen, dachte die alte O-Ryū, fuhren fort sich zu vermehren, sie bildeten Städte und bildeten Dörfer, sie ergossen sich über diese hinaus; ja, seit ihren jungen Jahren hatte sie den Frauen noch bei jeder Schwangerschaft gepredigt: auch eines vaterlosen Kindes brauche sich keine zu schämen, und gesetzt den Fall, das Neugeborene wäre blöde oder ein Krüppel mit unvollkommenen Gliedmaßen, so sei es doch besser, ins Licht zu treten als im Dunkel zu bleiben, besser in dieser gegenwärtigen als in jener Welt, besser sich fortzupflanzen als zugrunde zu gehen, und hatte sie so überredet, das Kind auszutragen. Manchmal erschien ihr das wie eine Bosheit gegenüber dem von Reijo gepredigten Buddha; doch selbst jetzt, da sie sich nicht mehr rühren konnte, da sie für immer bettlägerig war, lächelte sie zufrieden vor sich hin: Wenn man jene wie die Affen gejagt hatte und zehn oder wieviel auch immer dabei gestorben waren, ich habe mich, erinnerte sich die alte O-Ryū, nicht damit begnügt, die Toten zu beklagen, ich habe dafür gesorgt, daß statt ihrer zehnfach neues Leben geboren wurde, und habe dies in jedem Fall mit einem »Bambai!« willkommen geheißen.

Yasu der Orientale besaß hierüber ganz ähnliche Vorstellungen wie die alte O-Ryū. Daß er, das Grammophon vorsichtig unterm Arm, zu einem Zeitpunkt bei ihr erschienen war, als noch keiner einen solchen Apparat überhaupt zu Gesicht bekommen hatte, daß er ihr damit einen Tango vorspielte, der, was sie so erschreckte, in ihren alten Ohren wie bloßes Vogelgezwitscher klang, ließ sich zwar bereits aus einer besessenen Vorliebe für alles Neue erklären, erst später indes begriff die alte O-Ryū: Dieser Mann mit dem seltsamen Spitznamen war von dem noch weit seltsameren, leidenschaftlichen Wunsch beseelt, die Zahl der Kiezbewohnerschaft zu vermehren sowie ihr eine Neue Welt zu schaffen, damit sie in dieser lebe, und er ging umher und predigte das jedem der jungen Burschen.

Noch an demselben Tag, an dem er, endlich demobilisiert, im Hochsommer des zweiten Nachkriegsjahres in den Kiez zurückkehrte, war Yasu der Orientale, wie sich die alte O-Ryū deutlich erinnerte, kreuz und quer durch den Ort spaziert; dabei hatte er einen auf der Straße liegenden Stein aufgehoben, hatte ihn wie einen Edelsteinrohling mit kritischer Gründlichkeit betrachtet und dann erklärt: »Hier muß der Lotosteich gewesen sein.« Mit dieser Bemerkung nahm alles seinen Anfang.

Nun war es nicht etwa so, daß Yasu der Orientale besonders

scharfsichtig oder mit einer genügend entwickelten Intuition begabt gewesen wäre, um aus einem auf der Straße aufgelesenen Stein auf die ursprüngliche Gestalt des Gebäudes zu schließen, auf dem man einst die Häuser des Kiez errichtet hatte, hingegen besaßen, die alte O-Ryū eingeschlossen, gerade die im Kiez so zahlreichen älteren Menschen eine Vorliebe für Geschichten aus früheren Zeiten; über Ereignisse von vor fünfzig Jahren redeten sie, wenn man darauf zu sprechen kam, als wären sie gestern geschehen, und so wußte jeder im Kiez wie selbstverständlich, daß beim Aufplatzen der Lotosblüten den ganzen Tag über vom Teich her ein sanftes »pong-pong« zu hören gewesen war. Was, wie sich später herausstellen sollte, Yasu der Orientale vielmehr hatte sagen wollen: Trotz des Krieges sei also die Bewohnerschaft derart angewachsen, daß man schließlich den Lotosteich habe auffüllen müssen, um den Kiez zu erweitern, womit einem nun gleichsam ein Lotosgarten unter die Füße gebreitet sei. Damals hatten sie im Kiez alle über ihn gelacht, hatten es der Verwirrtheit des Spätheimkehrers zugeschrieben, daß er den Stein aufgehoben und erklärt hatte: »Hier muß der Lotosteich gewesen sein.« Auch die alte O-Ryū hatte dies zunächst geglaubt und allein Reijo, ihr Mann, hatte den »Lotosgarten unter den Füßen« für gleichrangig mit dem Reinen Land des Paradieses gehalten. Daß er so dachte, zeigte, eine wie hervorragende Persönlichkeit er war.

Yasu der Orientale hatte die Augen ein wenig zusammengekniffen, als sähe er zu, wie sich mit einem leisen Geräusch die Lotosknospen eine nach der anderen öffneten; er stellte sich vor, wie das gewesen sein mußte, als der jetzt bis zum aufgefüllten Lotosteich reichende Kiez entstanden war, als der eine ferne, nach mündlicher Überlieferung aus der Provinz Aki oder aus Izumo stammende, den Clans der Nakamotos, Tabatas und Matsunes noch gemeinsame Ahnherr hier am Fuße des Berges, an günstiger, vorm Nordwind geschützter Stelle das Gebüsch gerodet und eine Hütte gebaut hatte, um in ihr zu wohnen. Natürlich hatte dieser Yasu der Orientale, der die alte O-Ryū damit erschreckte, daß er ihr mit dem Grammophon einen Tango vorspielte, nicht den frühen, gottgleichen Ahnen im Sinn, dessen die alte O-Ryū von Zeit zu Zeit gedachte, und zwar mit einem solchen Gefühl der Dankbarkeit, daß ihr dabei regelrecht die Tränen kamen; er sah lediglich jenen Ahnen vor sich, der den Kiez gegründet hatte, einen Mann, der ihm selbst charakterlich glich wie ein Ei dem anderen. Yasu der Orientale warf den runden, geglätteten Stein beiseite, von dem anzunehmen war, daß er einst auf dem Grund des Lotosteichs geschlafen hatte; er spuckte aus und murmelte etwas wie: Ist ja idiotisch! Selbst wenn der Kiez dem Paradiesestempel gliche, unter dem sich ein Lotosteich breitet, an goldene Berge jedenfalls war hier nicht zu denken.

Yasu der Orientale verschwand aus dem Kiez, ohne zu sagen, wohin; abgesehen von der alten O-Ryū indes nahm davon, außer Reijo sowie Jinichi und seiner Familie, bei denen er ein Unterkommen gefunden hatte, keiner Notiz, und so fiel der Kiez in die lautlose Stille zurück, wie sie zu Zeiten des Krieges geherrscht hatte.

Die Straße lag weiß und trocken, manchmal zwar hallten von ihr Kinderstimmen herüber, und war da das vom Hervorquellen der Urmasse menschlichen Daseins ausgelöste brodelnde Geräusch, konnte man, wenn man die Ohren spitzte, das Weinen derer hören, die, weil sie arm waren, nicht satt zu essen hatten, oder wie andere vor Schmerzen stöhnten, konnte die Lustschreie der Frauen hören, die schon bei hellem Tage die Männer in ihre Häuse lockten, doch da sich so viele Leute miteinander vermischten, schien die Stille nur um so tiefer. In den in solche Stille eingesunkenen Kiez kam ein Mann mit strengem Gesicht, offensichtlich ein demobilisierter Soldat, und fragte, ob Yasu der Orientale da sei. Die zuerst Angesprochene war die Frau des rechtschaffenden Yoichi; sie wisse von keiner Person dieses Namens, erwiderte sie nur, und indem sie aus Furcht vor dem ortsfremden Mann einfach vergaß, daß sie an den Ortsrand zum Brunnen hatte gehen wollen, kehrte sie auf der Stelle um und schloß sich zu Hause ein.

Der Fremde lief weiter von Tür zu Tür die Häuserzeile entlang, sich erkundigend, ob man Yasu den Orientalen kenne, bis die Kiezleute ihrerseits anfingen, ihn auszufragen, und so schließlich dahinterkamen, daß Yasuo, einer der Nakamotos, gemeint war: der nämlich hatte unter dem Namen Yasu der Orientale die Mandschurei und China durchstreift, war dort zur Armee einberufen und nach der Niederlage in den Kiez repatriiert worden. Der Mann, er trug noch Reste der alten Uniform, begriff, daß der, den er suchte, nicht da war, daß er jenen Kumpel, der ihnen in der Mandschurei vorgeschlagen hatte, das nächste Mal gemeinsam das Glück zu machen, hier im Kiez nicht finden, aus der Geschichte mithin nichts werden würde, und entmutigt ging er wieder davon. Eine ganze Weile danach noch war, wenn einer den Mund aufmachte, von Yasuo die Rede, der sich den wunderlichen Namen Yasu der Orientale zugelegt hatte; da jedoch derjenige, um den es sich handelte, spurlos verschwunden blieb und sich aus der bloßen Tatsache, daß er einmal beim Gang durch den Kiez einen auf der Straße aufgelesenen Stein kritisch betrachtet und erklärt hatte: »Hier muß der Lotosteich gewesen sein«, noch kein sonderlich interessanter Gesprächsstoff ergab, begannen ihn die klatschsüchtigen Kiezbewohner wie darüber enttäuscht zu vergessen, und bald machten neuere Geschichten die Runde, zum Beispiel die von dem exzentrischen Alten, der sich eine Unterkunft vor der Größe einer Hundehütte gebaut, oder von dem jungen Burschen, der es bei einem Einbruch geschafft hatte, vor den ihn verfolgenden Leuten aus dem Haus mit einem herrlichen Sprung aufs Dach Reißaus zu nehmen. Für die alte O-Ryū jedoch lagen die Dinge anders. Zwar galt sie als die alte O-Ryū mit dem guten Gedächtnis, aber nicht deshalb erinnerte sie sich an Yasu den Orientalen. Nein, im Gegensatz zu Tokiharu und Isamu, zu Shingo und Nobu, die sich, ausgerüstet wie mit diversen Vorratssäckchen voller Gerüchtemustern, stets nur auf das warfen, was vor ihren Augen geschah, um daraus, unter Vermengung des Wahren mit dem Falschen, die schönsten Klatschgeschichten zu fabrizieren, erinnerte sich die alte O-Ryū an Menschen, indem sie sich Ereignisse einprägte, und auch im Falle Yasus des Orientalen stützte sie sich auf ihr eigenes Bewußtsein, das ihr sagte, sie habe ihn, den Neugeborenen, als erste, noch vor seinen Eltern, in den Armen gehalten.

Um Herbstanfang – nach dem heftigen Taifunregen, der bis tags zuvor getobt, hatte der Himmel zu einer geradezu schimmernden Bläue aufgeklart – kam Yasu der Orientale die Straße von der Stadt herauf; während er auf die zum Kiez gehörigen abgeernteten Weizenäcker deutete, meinte er zu dem Mann, der ihm folgte: »Im Vergleich zur Mandschurei kommt es einem wirklich vor, als lebte man hier auf einem Fleckchen, schmal wie eine Katzenstirn«, und als er sah, daß sich sein Begleiter darauf mit der Hand ans glänzend pomadisierte Haar fuhr, um es zurechtzudrücken, ließ er, irgendwas schien ihn zu belustigen, ein Lächeln über seine Lippen gleiten und murmelte: »Na, für dich wird es jedenfalls auch eine Neue Welt sein.«

Yasu der Orientale stemmte seine Hand gegen den krummen Stamm einer einzeln stehenden Roßaugeneiche, für eine Weile starrte er auf die in ihrer Monotonie liegengebliebenen Stoppeläcker, als würde, wenn er seine Blicke darauf konzentrierte, neuer Weizen aufzuschießen beginnen; dann befahl er seinem Begleiter: »Du gehst in die Tanzdiele, greifst dir Yasúkawa und bringst ihn hierher!« Und nachdem er den zunächst noch Zögernden mit einer Handbewegung losgejagt hatte, lehnte er sich mit dem Rücken an die am Kiezeingang aufragende Eiche und schlug wie gelangweilt die Beine übereinander. Dabei war Yasu dem Orientalen anzumerken, daß er auf jemanden wartete; die Frauen, die vorübergingen, fanden, sie hätten noch nie einen aus dem Kiez so mit übereinandergeschlagenen Beinen an einem Baum lehnen gesehen, es machte ihnen einen sonderbaren Eindruck, nur wagte keine, ihn anzureden und zu fragen, auf wen er denn warte, dafür spähten sie, vor lauter Erregung hoffend, es werde etwas geschehen, aus ihren Küchen durch die Fenster überm Spülstein herüber, oder sie traten, als hätten sie Wäsche zum Trocknen aufzuhängen, ins Freie, die Gelegenheit nutzend, um ihm hinter den Stauden im Garten hervor wie nebenbei einen Blick zuzuwenden. Yasu der Orientale, obwohl Erbe desselben Nakamoto-Blutes, verfügte zwar keineswegs über jene geradezu betörende Männlichkeit, wie sie Hanzō einst besessen hatte, seinen Gesichtszügen fehlte die bei Hanzō erreichte letzte Vollkommenheit; es war, als hätten Buddha und die Götter noch einmal einen Hanzō ebenbürtig Schönen hervorbringen wollen, dann aber die Lust verloren und das Vorhaben auf halbem Wege aufgegeben. Dennoch war er ein solches Bild von einem Mann, daß er – vielleicht eher noch als Hanzō, der die Frauen, die Hüften voran, einst dutzendweise zu Fall gebracht – in der einen oder anderen das Verlangen weckte, sich ihm an den Hals zu werfen; und in der Tat, so manch eine von denen, die da Yasu den Orientalen beobachteten, wie er an der Roßaugeneiche stand, fragte sich besorgt, auf wen er wohl warte, ja wenn er doch, malten sich einige aus, den Namen dessen, den er erwartete, nennen wollte, sie würden ihm gern verraten, wann der Betreffende in den Kiez zurückzukehren pflegt, und ihn solange zu sich ins Haus bitten auf eine Schale Tee.

Yasu der Orientale selbst hielt sich weder für schön genug, um mit Hanzō verglichen zu werden, noch besaß er das leiseste Interesse an der betörenden Männlichkeit derer aus dem Nakamoto-Clan, von der die Kiezfrauen so schwärmten. Und schon gar nicht stand ihm der Sinn nach Schlafzimmergeschichten. Er hatte sich in der Mandschurei herumgetrieben, zusammen mit anderen, die dort ihr Glück zu machen suchten; er war in den Krieg gezogen, hatte böse Tage unter der kommunistischen Achten Armee erlebt, danach auf das Heimkehrerschiff gewartet und war auf diesem schließlich repatriiert worden, noch unterwegs einen jeden auffordernd, doch mal im Kiez bei ihm vorbeizuschauen. Auch nach der Rückkehr kam er mit seiner inneren Unruhe nur schwer zurecht und war ständig dabei, unter denen, die er in irgendwelchen Tanzdielen oder Cafés traf, die offensichtlich aktiveren auszuwählen und ihnen vorzuschlagen, mit ihm in eine neue Welt aufzubrechen. In den Augen anderer galt Yasu der Orientale mit seinen vierundzwanzig Jahren als außerordentlich jung, er selbst hingegen, der er, nachdem er früh schon nach China gegangen, als Wurzelloser auf der Suche nach dem Glück und dann bei der Armee kräftig herumgestoßen worden war, ein Bursche, kleiner zwar als ein Europäer oder Amerikaner, dafür, wie die Biene, erfüllt von intensiver Umtriebigkeit, diesem Geist der Japaner, hatte bei Ende des Krieges, angesichts des Chaos, in dem sich die aus China vertriebenen, aus Korea davongeprügelten, aus dem Süden ausgesperrten Massen daherwälzten, die vierundzwanzig Jahre für das allenfalls erreichbare Alter gehalten: Dann spätestens würde ihn das Chaos verschlingen. Sich vorzustellen, sein Körper könnte, ohne daß etwas geschähe würde, allmählich vor sich hin verrotten, war ihm ein Greuel. Als jetzt der pomadisierte Mann zurückkam und ihm berichtete, besagter Yasukawa sei in der Tanzdiele nicht anzutreffen gewesen, nahm Yasu der Orientale dies zum Anlaß, sich von dem Eichenstamm zu lösen, und indem er um den Kiez einen Bogen machte, ging er in Richtung auf die Reihenhäuser davon, die unterhalb des Feuerturms standen, sozusagen auf der Rückseite des Kiezberges, um dort den Kohlenbrenner Saitō aufzusuchen, der mit ihm auf demselben Heimkehrerschiff gewesen war.

»Ist jemand zu Hause?« rief er, und als keine Antwort kam: »Ich bin's, Yasu der Orientale. Mach doch auf!« Worauf von drinnen heraus von einer Stimme, die deutlich verriet, daß man sich lieber verleugnet hätte, zu hören war: »Ich hab' soviel zu tun, da bin ich schon bei Tage schlagkaputt.« Immerhin, die Papierschiebetür öffnete sich, und Saitō trat auf den Stampflehmboden des Eingangs. Yasu der Orientale musterte ihn, dabei ließ er wie einst auf dem Festland der Herumtreiber die Schultern hängen; dann meinte er grinsend: »Das war eine tolle Zeit damals, oder nicht?« Saitō winkte ab: »Kein Wort mehr von dem, was damals war!« Und um zu zeigen, daß er jetzt endgültig nur der Kohlenhändler sei, rückte er die mit Holzkohle gefüllten Säcke beiseite, in einer provokanten, wie unter der Last der Jahre gekrümmten Haltung, gleichzeitig aber den jungen Mann beobachtend, der verwirrt auswich, weil sich der plötzlich aufwirbelnde Kohlenstaub auf sein pomadisiertes Haar zu setzen drohte. Aus dem hinteren Zimmer meldete sich Saitōs Frau: »Sobald man wieder im Land ist, muß man«, sagte sie, »am besten vergessen, was damals war, sonst wäre das Leben nicht durchzustehen.«

»He, Toshi!« rief Yasu der Orientale dem jungen Mann zu, der sich mit den Händen das pomadisierte Haar zurechtstrich. »Wenn du mal gerade keine Probleme mit deiner Frisur hast, könntest du ja vielleicht da mit anfassen, findest du nicht?« fragte er ihn mit einer entsprechenden Kinnbewegung, fuhr dann jedoch zu diesem Toshi fort: »Um ehrlich zu sein, auch mich hat das ganz schön überrascht, als ich zuerst davon hörte; das war nach der Repatriierung, die herausgeschmuggelten Jadestücke, an die ich in China noch kurz vor der Abfahrt geraten war, hatte ich auf dem Schwarzmarkt gegen Reiswein eingetauscht, und wir feierten unten am Strand mit einem ordentlichen Besäufnis die Heimkehr: Saitō und seine Alte, siehst du, betreiben jetzt einen Holzkohlenhandel. In Nanking hatten sie immerhin mehrere Dienstmädchen und eine Menge chinesischer Kulis, und während der großen Unruhen in der Stadt gehörten sie zu denen, die sich in den motorisierten Einheiten aktiv beteiligten.«

Auf jener Fete am Strand, schon nicht mehr bei sich in seinem Rausch, aber mit einer Bewegung, als hielte er das Schwert tatsächlich noch in Händen, hatte Saitō vorgeführt, wie er einem aufrührerischen Chinesen den Kopf abgeschlagen hatte. Da schien es freilich, als wäre dieser Saitō jetzt ein völlig anderer, als wären die beiden, hatte Yasu der Orientale den Eindruck, ein braves und unauffälliges älteres Ehepaar, und er mußte darüber lächeln, wie verschreckt und hilflos sie bei dem Gedanken wirkten, nun, nach Anbruch der neuen Zeit, könnten die Geschichten von damals irgendwelchen Fremden zu Ohren kommen. Nicht daß Yasu der Orientale die beiden verachtet hätte. Von seinen Streifzügen auf dem Festland her wußte er viel zu genau: Gerade die so gutmütig harmlosen Menschen vom Schlage Satōs, die nicht imstande waren, einer Fliege etwas zuleide zu tun, neigten dazu, zumindest die Japaner unter ihnen, wenn sie sich nur erst ganz oben befanden und ungestraft schalten und walten konnten, Dinge zu treiben, daß selbst junge Burschen oder rauher veranlagte Kerle dazwischenfuhren, um ihnen in den Arm zu fallen. Eigentlich hatte Yasu der Orientale den Holzkohlenhändler fragen wollen, ob er keine Möglichkeit sähe, dergleichen rauhe Seelen zu versammeln, um mit ihnen irgendwo eine dem seinerzeit erneuerten Mandschurenreich ähnliche neue Welt zu begründen, doch Saitō, ohne darauf einzugehen, lachte nur und meinte, das seien ja alles bloße Traumgespinste.

Die alte O-Ryū verstand sehr gut, daß Yasu der Orientale verbittert war. Obwohl er bewußt auf die Vergangenheit der Saitōs angespielt hatte, die ihm der Kohlenhändler nach der glücklichen Rückkehr aus China auf demselben Repatriierungsschiff im Überschwang der Freude offenbart hatte, ließ dieser nun nicht die geringste Nachgiebigkeit gegenüber seinen Plänen erkennen. Ursprünglich hatte Saitō tief im Gebirge Holzkohle gebrannt; gegen Ende der zwanziger Jahre war er dann den Fluß herunter nach Shingū gekommen, wo er sich auf der Rückseite des Kiezberges ansiedelte und ein kümmerliches Leben fristete, bis er unter recht sonderbaren Umständen nach China ging und in Nanking einen lukrativen Steinkohlenhandel aufzog. Wenn man die alte O-Ryū reden hörte, waren es sogenannte ganz normale Bürger wie dieser Saitō, die einst die Kiezbewohner wie die Affen gehetzt, sie gefangengenommen und mit Bambusspießen erstochen hatten, und natürlich würde so einer nie begreifen, was für Gefühle das waren, mit denen Yasu der Orientale, instinktiv und wie es ihm sein adliges, im Kiez verrottetes Blut befahl, danach fieberte, eine neue Welt zu erbauen, ein anderes Mandschurenreich zu gründen. Tagein, tagaus entwarf er in Gedanken eine solche zweite Mandschurei, im Hause Toshis nahe dem

Strand erzählte er, erregt und davongetragen vom Geräusch der ans Ufer schlagenden Brandung, die ganze Nacht hindurch, wie am Anfang Japan entstanden war, wie sich am Berg der Kiez gebildet hatte. Eine neue Welt wie das Mandschurenreich könne es, sagte er, nicht überall geben; da müßte schon, sagte er, indem er sich Toshi zuwandte, weites Land im Übermaß vorhanden sein, müßten sich unerschöpfliche Bodenschätze finden, und also komme dafür, selbst wenn man alle Welt absuchen wollte, allein Südamerika in Frage, argumentierte er. Dabei war ihm, als ginge von seinem Körper ein wundersames Leuchten aus, und er erinnerte sich der vielen Familien, die einst in seiner Kinderzeit aus dem Kiez in jenes Südamerika ausgewandert waren. »Bahia«, murmelte er einen Ortsnamen vor sich hin, der ihm im Ohr geblieben war, er murmelte: »São Paulo, Buenos Aires«, und plötzlich ging ein Lächeln über sein Gesicht: Irgendwann hatte er gehört, der erste Christenmensch, der als Missionar nach Bahia gekommen, sei von den Eingeborenen verspeist worden; vielleicht, dachte er, wer weiß das schon, haben die Bahianer bei der Ankunft der an die fünfhundert Personen starken Gruppe von Einwanderern wirklich geglaubt, da wäre eine Schiffsladung zum Verzehr aus dem fernen Japan eingetroffen.

Als er sich zur Tanzdiele begab, stand dort am Eingang Jōji, das Kiezrauhbein, und versicherte ihm, er habe nur sein Gesicht zu sehen brauchen, um sich für die Sachen zu begeistern; wo denn aber, fragte er, schon am hellen Tage nach Reiswein dunstend, die neue Welt entstehen solle. Einem Draufgänger wie diesem, fand Yasu der Orientale, hätte das Schicksal jenes christlichen Bischofs wohl angestanden, und also erwiderte er: »In Südamerika, in Bahia«, worauf ihn Jōji, nachdem er den fremden Namen mehrmals vor sich hin gemurmelt hatte, mit einem »Wieso das?« von oben bis unten musterte: »Sag mal, Bruder, kannst du die neue Welt nicht in einer besser bekannten Gegend einrichten?«

Gefragt, woran er da denke, meinte Jōji im vertraulichen Ton der Erleichterung: »Na, ich hatte wirklich meine Zweifel, ob du mir zuhören würdest.« Da nahm er Yasu den Orientalen beim Arm, und sie setzten sich in die runden Lehnsessel, die in dem Hof seitlich der Tanzdiele auf dem dort angelegten Rasen standen. Während von drinnen heraus, einigermaßen störend, ein Tango erklang, von dem die alte O-Ryū gemeint hatte, das höre sich an wie eine Stimme, in der sich an zerfetzende Seide erinnerndes Klagegeschrei in süße Verführung verwandle, rückte Jōji mit dem Problem heraus: Es ging um die Bebauung eines Randstreifens an den Kiezäckern. Hinter den Äckern standen dicht bei dicht die Teesträucher und die Pflaumenbäume, und hinter diesen wiederum war ein Mann namens Yamamoto, Betreiber eines Süßwarenhandels, dabei, ein Gebäude zu errichten, das nachdem der Schwarzmarkt zu eng geworden war, als neue Markthalle dienen sollte. Der Grund und Boden, so berichtete Jōji, befinde sich nach wie vor im Besitz eines gewissen Sakura, er habe ihn verpachtet, nicht aber an Yamamoto, sondern an eine alleinstehende alte Frau. Nun seien einige Koreaner, die lange Zeit mit Yamamoto zusammengearbeitet hatten, bei der alten Frau mit der Bitte vorstellig geworden, sie möge ihnen, da sie einen Platz suchten, sich anzusiedeln, das Pachtgrundstück gegen die Zahlung einer bestimmten Summe überlassen, was diese auch zugesagt habe. Yamamoto seinerseits jedoch sei zu dem habgierigen Sakura gegangen, habe ihm mit Geld die Zustimmung zum Bau abgehandelt und an ebenjener Stelle, nämlich nahe dem Bahnhof, ohne jede Rücksicht mit der Errichtung der Marktstelle begonnen, um so zu verhindern, daß sich am Zugang zum Kiez die Koreaner festsetzten, in denen ihm, wenn sie erst dort wohnten und selbst Süßwaren produzierten, gefährliche Konkurrenten erwachsen würden. »Du hast nicht etwa Geld bekommen, oder?« fragte Yasu der Orientale, aber Jōji ließ nicht die Spur von Scham erkennen; auf Betreiben jener Alten, die ihn, als den bekannten Draufgänger, unter Tränen angefleht hatte, irgend etwas zu tun, habe er, fuhr er fort, die Koreaner getroffen und sich bereit erklärt, die Sache zu übernehmen, vorausgesetzt, sie, die Koreaner, die die Japaner hinterhältig nannten, machten das entsprechende Geld dafür lokker. Einer von ihnen, Kim geheißen, sei zwar der Meinung gewesen, seine Argumentation entbehre jeder Vernunft, doch er, Jōji, habe den in aggressivem Koreanisch vorgetragenen Redeschwall wie ein Tauber an sich vorüberrauschen lassen, und nachdem ein anderer junger Mann namens Choi, der ebenfalls mit billigen Bonbons aus Kartoffelstärke handelte, alles Gejammere als wenig hilfreich abgetan hatte, hätten sie, sagte Jōji, schließlich gezahlt. »Und wieviel hast du gekriegt?« fragte Yasu der Orientale. Nun ja, gestand ihm Jōji, indem er an den Fingern nachrechnete, zweimal habe er sich eine Prostituierte genommen, zwei Tage hintereinander habe er in der Tanzdiele durchgesoffen, damit sei das Geld vollständig alle gewesen; deshalb, wenn er ihm jetzt nur helfen wolle, werde er danach gern mit nach Bahia oder sonstwohin reisen. Yasu der Orientale blickte dem Rauhbein Jōji ins Gesicht, er kam sich vor wie ein Mann, der sich, auf die Ausbreitung des Glaubens bedacht, plötzlich in ein Vergnügungslokal verirrt, der sich ratlos dem aus den dröhnenden Stampfschritten der jungen Burschen und Mädchen, aus den Geigen- und Akkordeonklängen und dem vielfältigen Geflüster gemischten wilden Strudel der Verderbtheit gegenübersieht, und indem er Jōji zunickte, sagte er: »Ihm wollen wir's einbleuen, dem Halunken, daß er von Grund auf ein anderer Mensch wird«, als wäre er selbst ein durch und durch Unbefleckter.

In dieser Nacht, ihre Gesichter hatten sie verhüllt, machten Yasu der Orientale und Jōji gemeinsam Yamamoto ausfindig und schlugen ihn mit hölzernen Prügeln windelweich; er könne, erklärten sie ihm, froh sein, wenn sie ihn am Leben ließen, und legten ihn, der kein Glied mehr rühren konnte, Sakura vor das Haus. Nach einiger Zeit wurde, wie zu erwarten war, die Maskerade durch irgend jemanden aufgedeckt und Yasu der Orientale zur Polizei bestellt und ausführlich ins Verhör genommen. Jōji indes, der schließlich Yasu den Orientalen dazu angestiftet hatte, preßte aus den Koreanern noch mehr illegales Geld heraus, und binnen kurzem war er ein allseits beliebter Stammgast in den Bordellen. Als ein Monat vergangen war und Yasu der Orientale, von der Polizei auf freien Fuß gesetzt, wieder auftauchte, hatten die vier koreanischen Familien die von Yamamoto errichtete Markthalle zu Wohnzwecken umgebaut und waren darin eingezogen; von der Dimension her keineswegs vergleichbar mit der Neuen Welt von Bahia oder Buenos Aires, wie Yasu der Orientale sie sich ausmalte, war dies doch immerhin, unter den sich von morgens an ringsum verbreitenden Gerüchen vom Kartoffeldämpfen und Bonbonkochen, unter den von den Feuern aufsteigenden Rauchsäulen, der Start in ein – wenn auch nur unvollkommenes – neues Leben, und Jōji, fassungslos, nachdem er auf Yasus Rücken und Hüften die davon herrührenden Wunden gesehen hatte, daß man ihn bei der Polizei mit dem Bambusschwert traktiert und geschlagen hatte, bis das Fleisch in Fetzen an ihm hing, widmete sich seiner Pflege mit einer fast schon lästigen Inbrunst; ja weil dieser ihn bis zuletzt nicht verpfiffen, sondern eisern dichtgehalten hatte, wagte er ihm gegenüber vor Beschämung kaum den Kopf zu heben, und während Yasu der Orientale von den eiternden Wunden her und vor Erschöpfung zu fiebern anfing, begann Jōji seinerseits, wie von dem Fieber angesteckt, im Schlaf vor sich hinzumurmeln, es sei alles seine Schuld.

Als Yasu der Orientale wiederhergestellt war, machte es sich Jōji zur Gewohnheit, daß er ihm ständig hinterherlief; dabei beklagte er diese völlige Verderbtheit der Welt, nicht ohne zu betonen, daß es in bester Absicht geschehen sei, wenn er selbst andere je bedroht oder verprügelt habe, schließlich gehörten, polterte er, all die großkotzig die Schwarzmarktgassen auf- und abmarschierenden Strolche gestraft und zurechtgestutzt; ja einmal setzte er einem Mann namens Tomo, der war einst Jōjis älterer Blutsbruder gewesen, bis zu dem Haus seiner Kebse nach, und, während das Weib ihn anschrie: »Bist du wahnsinnig geworden? So was von Undankbarkeit, wo er dich doch stets beschützt hat, mein Kerl!« drosch er auf ihn ein, gemeinsam mit Yasu dem Orientalen, und erst als dieser meinte: »Na, das genügt ja wohl«, ließ er von ihm ab. Jōjis Blutsbruder Tomo verfügte über diverse Reviere, an dergleichen indessen war Yasu der Orientale nicht interessiert. Normalerweise, wenn man einen Revierboß zusammenschlug und hatte ihn so klein gekriegt, daß er keine Hand mehr hochbekam, um sich zu wehren oder Widerstand zu leisten, fiel dessen Territorium ohne irgendeine Erklärung an den Sieger, wäre also Yasu der Orientale mit Gefolgsleuten Jōji und Toshi der neue Boß gewesen und sie hätten breitschultrig aufkreuzen und den Kaufleuten Tagegelder abknöpfen können; aber nein, den Eichenknüppel neben sich, den er sich, wie er sagte, gleich nach der Rückkehr nach Japan zugelegt hatte, saß Yasu der Orientale da, trank keinen Tropfen, sondern ließ nur das Grammophon laufen und lauschte den Gesängen. Zu der Zeit hauste er hinter der ausgebombten Mädchenschule in der Ruine eines Wohngebäudes im westlichen Stil, nicht lange jedoch, nachdem er der alten O-Ryū mit dem Grammophon den Tango vorgespielt hatte, zog er um in Torajis Hinterhaus unmittelbar am Kiezrand, wo die Koreaner ihre Bonbons fabrizierten. Da fluteten die den Ohren ungewohnten Klänge dann von morgens an hinüber in den Kiez; und waren am ersten Tag auf das Gerücht hin, es sei dort eine wundersame Musik zu hören, die Frauen und die Kinder mit neugierig spähenden Blicken absichtlich an dem Hinterhaus vorbeigeschlendert, obwohl es eine Menge Wege gab, die auf anderen Routen aus dem Kiez führten, so wurde schon nach drei Tagen, als man begriffen hatte, daß die in jenem Haus Aus- und Eingehenden zu der Sorte der vielberedeten Spitzbuben und Raufbolde gehörten, heftig darüber geklagt, wie lästig und unangenehm diese Musik doch sei.

Yasu der Orientale machte nicht den Eindruck, daß ihn das in irgendeiner Weise beunruhigt hätte; als einer aus dem Nakamoto-Clan und im Kiez geboren, wußte er sehr gut, was dies für ein Ort war. Mochten auch die Kinder und die Frauen immer vorbeigehen, ohne dafür einen triftigen Grund zu haben; selbst als einmal eine von den Klatschbasen, die vor dem Haus stehengeblieben waren, in den hoch hinauf offenen Blauhimmel wies und dabei unüberhörbar laut erklärte: »Das ist geradezu, als ob hier vom frühen Morgen an der Regen tobte«, grinste er nur, reagierte aber nicht.

Tatsächlich geriet, wenn er den Tangoklängen aus dem Grammophon lauschte, sein Blut in Wallung, und er hatte das Gefühl, wenn er jetzt das Papierschiebefenster öffnete und er sähe drunten die altvertrauten, nach Pisse stinkenden Staketenzäune und die statt mit unerschwinglichen Ziegeln mit Zedernrinde gedeckten Dächer, es wäre ihm zumute, als hätte er in dieser monotonen Kiezszenerie die Häuserzeilen von Buenos Aires vor Augen, er würde meinen (ohne zu begreifen, wann er das schon einmal gesehen hatte), da lägen Rinderknochen herum, und er, indem er sich durch eine wild darüber herfallende Hundemeute drängte, marschiere auf die Berge von Buenos Aires zu, um dort nach Gold zu graben. Im selben Augenblick bemerkte Yasu der Orientale, daß draußen die Kinder schrien; er schob das Fenster auf: nein, das war nicht Buenos Aires, das hier war Kiez, und die Kinder zogen, konnte er erkennen, einen säuberlich abgeschabten Rinderschädel an einem Bindfaden hinter sich her; den legten sie neben einen wilddornartigen Rosenstrauch, machten aus einem verknoteten Strohseil eine Falle und warteten, am Haus versteckt, um so die sich in Rudeln im Kiez herumtreibenden Hunde einzufangen. Es waren keine herrenlosen Hunde, doch sie trugen weder Halsband, noch waren sie angekettet, weshalb sie sich wie Spielkameraden der Kinder gebärdeten und sich tatsächlich sofort auf den Rinderschädel stürzten, und wenn dann einer mit seinen Pfoten in der Schlinge hing, brach er in ein übertrieben wildes Gebell aus.

Yasu der Orientale stellte das Grammophon ab und verließ das Hinterhaus, um sich zu der unmittelbar unterhalb des Kiezberges gelegenen Tanzdiele zu begeben; dabei beobachtete ihn Torajis Frau, woraufhin er ihr zulächelte, und während er die Schatten der Nachbarhäuser durchschritt, fiel ihm wieder ein, wie einmal, lange zurück in seiner Kindheit, eine

Frau beim Brunnen am Kiezausgang eifrig irgend etwas gewaschen hatte, erinnerte er sich aufs deutlichste, wie ihm speiübel geworden war, als er erfahren hatte, daß es sich bei dem glitschigen weißen Zeug um Talg und im übrigen um Rindergedärm gehandelt hatte. Er lief, duftendes Öl ins Haar gekämmt und im weißen Anzug, weiter so dahin und am Bahnhof vorbei, bis er die Tanzdiele erreichte; dort rief er Jōji heraus, der sich im Eingang mit einem soeben aus dem Knast entlassenen Kerl unterhielt, und da ihm Jōji lediglich kurze, flapsige Antworten gab, hieb er plötzlich auf ihn ein, versetzte er Jōji, der seine Haltung zurückgewinnen versuchte, einen solchen Karate-Schlag (wo hatte er das nur gelernt?), daß dieser augenblicklich mit blutüberströmten Gesicht zu Boden ging. Ort des Geschehens war ein Platz, an dem sich die jungen Leute aus der Stadt zu treffen pflegten, weshalb sich das Gerücht, Yasu der Orientale, nach seinem Äußeren zu urteilen ein nobler, wohlanständiger Mann, besitze durchaus die Kraft, einen Menschen mit bloßer Hand zu erschlagen, über Nacht weit verbreitete, ja selbst überall außerhalb des Kiez wurde er nun mit dem größten Respekt behandelt. Wäre Jōji einer von jenen gewesen, die in tiefster Seele stets auf Rache sannen, er hätte allen Anlaß gehabt, Yasu den Orientalen dafür zu hassen, daß er ihn einiger flapsiger Sticheleien wegen windelweich geprügelt hatte; aber wie die meisten dieser rauhbeinigen Kerle fand auch er es widerwärtig, sich mit solchen Dingen aufzuhalten, und da er zudem wußte, daß es nicht aus materieller Begierde, sondern wie bei einem Fünfzehn-, Sechzehnjährigen, aus reinster Herzenseinfalt geschah, wenn Yasu der Orientale ihnen predigte, durch den Aufbruch in eine Neue Welt als japanisches Volk noch einmal von vorn anzufangen und so die Vitalität zurückzugewinnen, hatte er das Gefühl, es wäre geradezu unentschuldbar, sich über ihn aufzuregen. Nur vermochte Jōji nicht einzusehen, wozu es, wie Yasu der Orientale sagte, gut sein sollte, gruppenweise in die Neue Welt aufzubrechen; selbst die alte O-Ryū, die ihn keineswegs aus den Augen verlor, obwohl sie, nachdem die im

Kiez ansässigen, zum Militär eingerückten Männer einer um den anderen zurückgekehrt waren, vollauf damit zu tun hatte, den zur Auffüllung der im Krieg entstandenen Lücken durch Buddhas und der Götter Gnade bald in diesem, bald in jenem Haus geborenen Kindern in die Welt zu helfen – auch sie begriff nicht, was denn seine eigentliche Motivation war. Ob damals oder jetzt, es blieb sich, dachte sie, gleich; schon damals, als er, eben repatriiert, im Kiez erschienen war, hatte sie nicht verstanden, warum er nicht allein, sondern zusammen mit einer ganzen Clique, in die Neue Welt davonziehen wollte.

Bisweilen hatte sie den Eindruck, bei jenen zwanzig, dreißig Personen, von denen Yasu der Orientale sprach, hätte es sich, ohne irgend jemand anderen zu berücksichtigen, ausnahmslos um Mitglieder seines eigenen, des Nakamoto-Clans gehandelt. Am Ende hatte er da, überlegte sie, auch solche hinzugerechnet, die bisher bereits gestorben waren beziehungsweise künftig sterben sollten. Niemand als die alte O-Ryū, die seit hunderten, seit tausend Jahren lebte, konnte dergleichen wissen: daß zum Beispiel Hanzōs Sohn am selben Tag wie Shōwa-Tennō, der jetzige Kaiser, an Krebs sterben und daß Mitsuteru, der »Lichtgleißende«, Sohn von Hanzōs Sohn Takenobu, im fünften Jahr der auf Shōwa folgenden Ära umkommen würde, nachdem sich ihm ein aus dem Himmel stürzender, hellgleißender Splitter von einem Flugzeug in die Brust gebohrt hatte. Wollte also Yasu der Orientale die jung oder gewaltsam Gestorbenen aus Vergangenheit und Zukunft um sich versammeln, um sie auf ein Schiff zu setzen, wie es der große Priester Rennyo in seiner Epistel über die ausgeblichenen Gerippe beschreibt? Einmal hatte ihn die alte O-Ryū gefragt: »Du gehst, habe ich gehört, nach São Paulo oder Buenos Aires?« Ob er sie da nicht mitnehmen könne, es wohne dort nämlich ein Mann, der in der Kindheit ihr Spielgefährte gewesen sei, und eine ganze Menge andere auch, aus Temma und aus Wabuka; er aber, er lachte nicht etwa, belustigt über ihren plötzlichen Einfall, sondern starrte sie an mit einem kalten, durchdringenden Blick. »Ausgeschlossen«, sagte er dann.

»Du mußt es Reijo nicht weitererzählen: Der Spielgefährte war meine erste Liebe.«

Bei diesen Worten der alten O-Ryū verlor sich schließlich doch die Härte aus seinem Gesicht. »Weißt du, selbst wenn wir sicher drüben ankommen, wird es zuerst zugehen wie im Krieg«, und er erklärte ihr, um einen überlegenen Menschenschlag zu schaffen, werde er die Männer und Frauen, die mit ihm führen, nicht untereinander verheiraten, die Kinder, die sie machen würden, sollten Mischlinge sein; er selbst werde eine Schwarze zur Frau nehmen und mit ihr Kinder zeugen und sie so erziehen, daß in ihren robusten Körpern der Bienengeist des Japaners wohne. Aufmerksam hörte die alte O-Ryū ihm zu, sie war nachdenklich geworden.

In dem von Yasu dem Orientalen bewohnten Hinterhaus kamen allerlei junge Leute zusammen und lärmten die ganze Nacht hindurch. Darunter waren, wie gerüchteweise bekannt wurde, Toraji und Frau, die Vermieter des Hauses, sowie, ebenfalls mit Frau, der vor dem Krieg bei einem Holzhändler als Platzarbeiter beschäftigt gewesene Shōtarō, der seit Kriegsende mit Schwarzmarktwaren hausieren ging. Drei Tage später hieß es, es sei eine Gruppe von drei Frauen hinzugestoßen; diese pflegten mit dem Zug bis nach Temma zu fahren, um dort Fische zu kaufen und sie auf der gegenüberliegenden Seite des Flusses gegen Reis einzutauschen, und jeder im Kiez fragte sich neugierig, was denn da in dem Hinterhaus eigentlich gespielt werde. Nun, wer aus dem Kiez bei Yasu dem Orientalen verkehrte, hatte keineswegs Böses im Sinn; es war die Zeit, in der es fürs Geld nichts zu kaufen gab, oder es gab zu kaufen und ausgerechnet dann fehlte einem das Geld, aber wenn man ihn besuchte, war einfach von allem da, brauchte man für nichts zu bezahlen und konnte trinken, konnte essen, solange man mit ihm nur munter über die Neue Welt plauderte, jedenfalls in seinem Sinne redete oder von Auswanderern berichtete, die man selbst gekannt hatte; Torajis Frau zum Beispiel brachte auf diese Weise sämtliche Kartoffelbonbons an sich, die die Süßwarenhersteller umsonst geliefert hatten, während Shōtarō und den drei Frauen das Unglaubliche geschah, daß ihnen Viktualien und Waren in die Hände fielen, die Jōji und Toshi bei den Schwarzmarkthändlern abgesahnt hatten, ohne ihnen dabei ganz das Geschäft zu vermasseln, und am nächsten Tag gingen sie hin und verkauften sie. Wirklich war das, sprach sich herum, eine tolle Sache mit der Neuen Welt, und es fanden sich die unterschiedlichsten Leute bei Yasu dem Orientalen ein. Woraufhin dieser unter den so Angelockten einige besonders zähe junge Kerle ansprach und aus ihnen den Bund der Eisenherzen bildete; Jōji fertigte die Niederschrift, einen aus drei Artikeln bestehenden Vertrag:

> Wir verpflichten uns als Japaner, die wir sind, in der Neuen Welt einen Idealstaat aufzubauen, darauf hinzuwirken, daß die herrliche Nachkommenschaft unseres Volkes dem Frieden der Menschheit dient, und dafür zu sorgen, daß die Überfahrt in Eintracht erfolgt

Worunter sechs der Männer ihr Blutsiegel setzten. Nachdem der Bund der Eisenherzen gegründet war, kamen weiterhin die Schmarotzer in das von Yasu dem Orientalen bewohnte Hinterhaus, ja durch sie verbreiteten sich die Gerüchte, daß hier ohne Anstrengung etwas zu holen sei, wie eine Lawine, erschienen immer mehr Leute aus dem Kiez, und wenn man ihnen sagte, es gäbe nichts zu verteilen, fingen sie an zu toben, so daß zu befürchten stand, sie würden alles kurz und klein schlagen, ja einer nahm sogar heimlich das Halstuch mit, das Yasu der Orientale unvorsichtigerweise an einen Nagel im Türsturz gehängt hatte. Sobald jedoch die zum Bund der Eisenherzen gehörigen Ken und Jun und Tatsu, kaum zwanzigjährige Kiezrabauken, das Funkeln in die Augen kriegten, wurden die Versammelten gesittet und brav, als wären ihre Feuer plötzlich erloschen, und sie setzten sich, wo das möglich war, auf die Türschwellen oder holten als Sitzgelegenheiten Kisten heraus, wenn sie sich nicht einfach am Eingang des Haupthauses auf den Stampflehmboden hockten.

»Komisch, was? Sie sehen wie die Krähen aus«, zitierte Jun aus dem Tango-Text, den er sich auf Anhieb eingeprägt hatte. Yasu der Orientale lachte. Einmal hatte ihn Torajis Frau gefragt: Wenn er die Kartoffelbonbons, von denen eine ganze Kiste im Eingang stehe, nicht essen wolle, ob sie sie haben dürfe? Und als er dazu nickte, hatte sie ihm schöngetan, hatte gesagt, das sei ein herrlicher Tango, den er da immer auf dem Grammophon spiele, woraufhin er ihr vor lauter guter Laune von der Neuen Welt, von Buenos Aires, São Paulo und Bahia erzählte. Tatsächlich hatte Yasu der Orientale keineswegs von Anfang an irgendwelche Köder ausgelegt, um Gleichgesinnte um sich zu versammeln, war er selbst doch ohne jede materiellen Bedürfnisse, und erst dadurch, daß er, was Jōji und die Süßwarenfabrikanten ihm ins Hinterhaus heranschleppten, verschenkte und dies einen so unerwarteten, weitverbreiteten Anklang fand, wurde er sich darüber klar, welch ungeheuren Kräfte in den menschlichen Begierden wirkten; Jun seinerseits gehörte zwar ebenfalls zu denen, die auf die Gerüchte hin erschienen waren, hier brauche man keine Gründe anzugeben, um an die Dinge heranzukommen, doch sei es, daß ihm seine Aufnahme in den Bund der Eisenherzen zu Kopf gestiegen war, sei es, daß er sich über die Anwesenheit der folgsam dasitzenden, wartenden Frauen ärgerte, jedenfalls bot er ihnen die Kartoffelbonbons zum Kauf an, für achtzig Prozent des Schwarzmarktpreises. »Eure lausigen Bonbons!« schrie ihn eine an, »dafür Geld auszugeben, da können sie mir gestohlen bleiben.« Und Jun, wütend: »Wir brauchen sie ja nicht ausgerechnet dir zu schenken; wenn wir sie schon verschenken, schenken wir sie lieber der alten O-Ryū.«

»Wieso denn das? Meinst du etwa, die alte O-Ryū würde sie auf dem schwarzen Markt verkaufen?« erwiderte die Frau, der nun gar die Tränen kamen; die alte O-Ryū habe als Hebamme genug, um davon zu leben, und auch wenn die beiden, sie und Reijo, einmal so hinfällig wären, daß sie nicht mehr arbeiten könnten, würden die Kiezbewohner sie doch gewiß nicht verhungern lassen. Um sie selbst hingegen, jammerte die Frau, kümmere sich keiner, sie habe vier Kinder, ihr Mann aber, beklagte sie sich, dieser Taugenichts, sei auf Pferdehandel über Land gegangen und seither nicht zurückgekehrt, und während sie sich die Tränen abwischte: In der Hoffnung, ein paar Bonbons und Erbsen spendiert zu bekommen, habe sie für diesen Tag darauf verzichtet, auswärts hausieren zu gehen. Jun, halsstarrig, blieb dabei: »Nichts zu machen, die alte O-Ryū kriegt sie, und zwar umsonst.« Belustigt mischte sich Jōji ein, und um Jun zurückzuhalten, schlug er vor, sie könnten es ja bis zum Dunkelwerden mit einem Spiel Blumenkarten versuchen; aber nicht lange danach, irgend jemand mußte ihr Bescheid gesagt haben, erschien die alte O-Ryū an der Tür des Hinterhauses, stemmte die ausgebreiteten Arme auf der einen Seite gegen den Pfeiler, auf der anderen gegen den Kasten mit den Regenläden, schob das Gesicht in den mit Stampflehmboden versehenen Eingang herein und sagte: »Na, was ist? Ich hab' gehört, ihr hättet vor, mir eine Masse Bonbons zu schenken.«

Und indem sie mit flinkem Blick in der Holzkiste neben Jun die Kartoffelbonbons entdeckte. »Oh, die sehen ja allerdings appetitlich aus.« Die Frau, die eben noch geweint hatte, starrte die plötzlich aufgetauchte alte O-Ryū eine Weile an wie vom Donner gerührt. »Heißt das«, giftete sie, »daß die jetzt außer den Trauerfeierhefeklößen auch noch die Bonbons essen?« Doch die alte O-Ryū achtete nicht auf das Gezeter, sie drängte weiter auf die jungen Kerle ein: »Also gebt sie schon her, und ein bißchen schnell! Schließlich könnt ihr euch jederzeit besorgen, was ihr wollt, und davon, daß ihr sie hier verwahrt, werden sie nicht besser.« Jun sah wie ratlos zu Yasu dem Orientalen hinüber; dieser bedeutete ihm mit einem Zeichen: Tu ihr den Gefallen! Und zur alten O-Ryū gewandt: »Komm mir später bloß nicht und sag, du hättest Magenschmerzen!«

Als die alte O-Ryū mit einem Dankeschön die Kiste in Empfang nahm, sie hielt sie wie etwas, das sie kaum zu halten imstande war, schneuzte sich die andere Frau und flüsterte:

»So ein gieriges Weib, wo sie nicht mal die Zähne hat, die Bonbons zu kauen!« Darauf die alte O-Ryū: »Bonbons kaut man nicht mit den Zähnen; man schiebt sie in den Mund und läßt sie zergehen.« Aber wenn sie, setzte sie hinzu, so freundlich sein wolle, ihr die Kiste zu tragen, werde sie ihr gern zeigen, wie man das macht. Die Frau, offenbar fühlte sie sich nicht nur von Jun, sondern nun auch von der alten O-Ryū auf den Arm genommen, begann zu schluchzen: »Du bist so gierig darauf, weil du sonst nur Trauerfeierhefeklöße zu essen kriegst«, schrie sie, indem sie sich zusammenkrümmte. Die alte O-Ryū begriff, daß die Kiezbewohner Reijo und ihr noch immer den Spottnamen Trauerfeierhefeklöße anhängten, und der Zorn stieg ihr ins Gesicht; dennoch zwinkerte sie Yasu dem Orientalen wie im Einverständnis zu, befahl der anderen Frau: »Trag dies, statt solch dummes Zeug zu reden«, und hieß sie losgehen.

Yasu der Orientale lachte; als hätte er O-Ryūs Pläne durchschaut, ließ er die Hand sinken, mit der er die Blumenkarten verteilte, und sah ihr nach. Die andere, sie hatte sich nur widerwillig erhoben, murmelte in einem fort vor sich hin: Was für ein gieriges Weib die Alte doch sei, und daß ihr, diesem Trauerfeierhefekloß, wenn sie die Kartoffelbonbons in den Mund schiebe, damit sie zerschmölzen, das klebrige Zeug beim Hinunterschlucken bestimmt in der Kehle stecken bleiben werde, so daß sie daran ersticke. Und wiederholte das auch unterwegs von dem Hinterhaus, in dem Yasu der Orientale wohnte, bis zur Straßengabelung in den Kiez hinein. Dort an der Gabelung wartete eine dritte Frau, die ihnen vergnügt zurief: »Na, das hat ja herrlich geklappt!« Da endlich begriff die andere die ganze Geschichte, und im Nu begann sich ihr Gesicht aufzuheitern: »Darauf also wolltest du hinaus?!« Die alte O-Ryū freilich, die es durchaus irritiert hatte, sie so reden zu hören, wandte sich, um sich die Danksagungslitanei der beiden Frauen nicht anhören zu müssen, brüsk ab und marschierte wütend in Richtung Kiezberg davon, wo sie den Hang zu ihrem Haus hinaufstieg. Die meisten aus dem Kiez, sprach sie zu sich selber, sind nun einmal schrecklich berechnend; es kann jemand in noch so guter Absicht etwas für sie tun, geurteilt wird ausschließlich nach dem Erfolg, und wenn sie einem Menschen begegnen, der Geld hat oder Macht besitzt, flugs hängen sie sich an ihn und tun ihm schön, flüsterte sie in sich hinein. Bei diesen Überlegungen hatte sie plötzlich das Gefühl sie könne es nicht mehr ertragen, und wie es ihre Gewohnheit war, wenn sie in nachdenklicher Stimmung das Haus betrat, hockte sie sich auch diesmal vor die Feuerstelle auf den Stampflehmboden des Vorplatzes, und während sie in den Herd starrte, in dem die Flammen erloschen und lediglich Aschenreste übriggeblieben waren, schien es ihr, seit Ende des Krieges wäre hier all und jedes für immer dahingegangen, hallte ihr das einst aus Männerkehlen gebrüllte »Bambai, Bambai!« gespenstisch in den Ohren. Wie um die unangenehmen Gefühle loszuwerden, dachte sie: Yasuo, der sich Yasu der Orientale nennt, ist der Sohn des Yoshiaki, Yoshiaki seinerseits der Sohn des Jinzaemon, und dabei überkam sie, die alte O-Ryū, von neuem und nun körperlich die Erinnerung an die Wärme dieser Welt, die auch die Toten und die noch zu Gebärenden spürten; für einen Augenblick weggetaucht gewesen in eine schaurige, kalte Finsternis, gewann sie ihre Lebensgeister allmählich zurück, und wie zum Beweis dafür zerknickte sie einige Holzspäne, schob sie in den Herd und machte damit ein Feuer. Die alte O-Ryū stellte sich vor, sie wäre der Kiez; solange sie, wie altersschwach auch immer, atmete: es war der Ort der von ihr noch vor den Müttern auf den Arm genommenen, ins erste Bad gelegten Kinder, ein Ort, fortdauernd pulsierend wie der Uterus, wenn sie jedoch erkaltete und sich nicht mehr rühren, sich an nichts mehr erinnern, nichts mehr denken könnte, wäre er verschwunden, der Ort der Kinder, würden die dann Geborenen für alle Zeit ohne ein Wohin umhergetrieben sein, und während die alte O-Ryū im Gedenken an den Tag, an dem ihr Leben verlöschen sollte, die Hände übers Feuer hielt, liefen ihr die Tränen.

Das war heute.

Sie glaubte nicht, daß sie sich vor dem Sterben fürchtete, jedenfalls nahm sie sich vor, bis zu dem Augenblick, in dem sie stürbe, in dem ihr Dasein dahinginge wie ein Kerzenlicht, ausschließlich für die Lebenden und die Neugeborenen zu Buddha und den Göttern zu beten. Und auf einmal meinte sie zu begreifen: wenn Yasu der Orientale davon redete, in die Neue Welt aufzubrechen, wollte er mit der Übersiedelung in ein solch fremdes, ihm unbekanntes Land nicht einfach irgendwem von Nutzen sein, er tat es offenbar nur für sie, für die alte O-Ryū, mit deren Tod alles hier zu Ende wäre; würden doch, wäre sie erst gestorben, die Zurückbleibenden zwischen den eingesunkenen Kiezruinen umherirren, nicht eigentlich lebend, sondern lediglich damit befaßt, die Zeit auf den eigenen Tod hin Sekunde um Sekunde aufzubrauchen, und die alte O-Ryū stellte sich vor, wie bei jedem Windstoß die Geister, die sie und der längst gestorbene Hanzō einst gesehen, an den Bretterwänden der von keinem Menschen mehr bewohnten Häuser rüttelten, wie sie heulten und »Isamu, Isamu!« schrien, den Namen eines Mannes aus dem Kiez: »Warst du das? Hast du das angerichtet?«, um mit dem nächsten Windstoß abermals durch die Bretterwände zu heulen und zu schluchzen. Ihr war kalt, sie brauchte jetzt, dachte die alte O-Ryū, nur zu erstarren, und sie würde sterben, wie sie da hockte; also schürte sie das Feuer im Herd, schöpfte, ohne zu wissen, wozu, mit dem Handkübel Wasser aus der irdenen Tonne und goß es zum Erhitzen in den Kessel, und nachdem sie sich einigermaßen aufgewärmt hatte, sagte sie sich mit einem bitteren Lächeln: Wäre ich da eben gestorben, würden Gerüchte gewiß behauptet haben, ich hätte mich zu Tode geärgert, nämlich über die Tatsache, daß mir jene andere den Spitznamen Trauerfeierhefekloß an den Kopf geworfen hat.

Yasu der Orientale wußte zwar genau, was in der alten O-Ryū vorging, aber er sprach kein Wort darüber; bis zum Abend brachte er die Zeit mit dem Kartenspiel herum, und als die Sonne zu sinken begann, begab er sich zu der Tanzdiele, wo er sich auf einem Stuhl niederließ und auf Jōji, Toshi und die anderen wartete, die ausgegangen waren, um, wie sie erklärt hatten, von den frisch eröffneten Restaurants und Garküchen in einem neuen Revierabschnitt die Gewinnanteile zu kassieren. Gerade eben setzte die Abendsonne mit ihrem unteren Rand auf der Hirotsuno-Anhöhe auf, Yasu der Orientale hob die Flasche mit dem stechend riechenden Tequila-Schnaps an die Lippen und trank, und flammend wie der Widerschein der untergehenden Sonne durchdrang der Rausch alle seine Glieder, ihm war, als kehrte der in eine weiße Jacke und eine weiße Hose gekleidete Körper das rohe Fleisch hervor. Auch in der Mandschurei ging die Sonne unter, auch in Buenos Aires, dachte er, ist es dieselbe, die jetzt versinkt, und er faßte den Entschluß, auf der Stelle abzureisen, ungeachtet der Tatsache, daß er noch längst nicht genügend Geld zusammenhatte. In diesem Augenblick, eindeutig als lokale Schlägertypen auszumachen, kamen von draußen einige junge Kerle in kurzen, schnellen Schritten angetrabt und gaben aus ihren Pistolen drei, dann noch einmal zwei, insgesamt also fünf Schüsse, und das mit blitzartiger Schnelligkeit, auf Yasu den Orientalen ab. Aber wie durch ein Wunder und obwohl aus nächster Nähe abgefeuert, trafen ihn lediglich zwei der Schüsse, der eine in die rechte Brust, der andere in den linken Oberschenkel, die restlichen drei gingen daneben, wobei die eine Kugel, niemand wußte, wieso, einer auf dem Parkett Tanzenden die Stirn durchschlug. Die Frau war sofort tot gewesen, ihr Blut sowie das des an zwei Stellen getroffenen Yasu, genannt der Orientale, hatte das ganze Lokal ringsum besudelt, es herrschte ein erregtes Durcheinander wie in einem aufgestörten Bienenstock; weil sich indessen alle vor ihm fürchteten, machte keiner Anstalten, dem blutverschmiert Daliegenden zu Hilfe zu eilen. Endlich erschien die Polizei, kamen auch Jōji und Toshi vom Bund der Eisenherzen zurück; um ein Ausbluten zu verhindern, drückten sie, und zwar durch die Hose hindurch, auf sein Bein sowie auf seine Brust, dann packten sie den blassen, jedoch nicht besinnungslosen, sondern in einem fort »Es geht schon, geht schon« murmelnden Yasu den Orientalen, trugen ihn, wie er war, auf ihren Schultern vom Schloßberg, wo sich die Tanzdiele befand, hinunter zu der Praxis eines Augenarztes und ließen von dem einen Eingriff vornehmen, durch den die Blutungen gestoppt werden sollten. Die fünf vom Bund der Eisenherzen hatten sich im Korridor hingekauert. Nach einiger Zeit begannen Ken, Jun und Tatsu, die jüngeren unter ihnen, mit viel Geschniefe loszuheulen; nein, riefen sie, Yasu der Orientale, Boß der Eisenherzen, habe nicht das geringste getan, daß er deswegen von den Typen der anderen Clique einen Pistolenangriff hätte zu fürchten gehabt, vielmehr sie selbst, seine Gefolgsleute, seien es gewesen, sie hätten, sagten sie, als die vom Bund der Eisenherzen mit der gegnerischen Clique Streit angefangen, um das Revier zu vergrößern, sie fühlten sich schuldig ihm gegenüber. Jōji und Toshi schienen zu glauben, die drei machten ihnen beiden insgeheim gar den Vorwurf, sie ließen Yasu den Orientalen die Zeche bezahlen, und so redeten sie ihnen zu: »Hört schon auf, wie die Weiber zu flennen!« und »Statt hier zu hocken und zu jammern, solltet ihr besser ihre Gesichter ausfindig machen, damit ihr sie erledigt!« Doch die drei erklärten, der Bund der Eisenherzen sei schließlich kein Verein von Schutzgelderpressern, und schließlich werde Yasu der Orientale entscheiden, was zu tun sei. Da fuhr Jōji auf, als liefe ihm plötzlich die Galle über: »Na, und wenn er jetzt sterben sollte, was dann?« Die drei erwiderten nichts, sie weinten nur.

Die Operation sei erfolgreich verlaufen, er befinde sich nicht mehr ins Lebensgefahr, verkündete der Arzt. Die fünf vom Bund der Eisenherzen blickten auf Yasu den Orientalen, der an Brust und Oberschenkel mit Binden umwickelt, im übrigen aber so gut wie nackt dalag; vermutlich machte es das aufkommende Fieber, daß der wie nie von der Sonne beschienene weiße, stählerne Leib trotz des großen Blutverlusts von innen heraus in einem strahlenden Rosarot erglühte, jedenfalls begriffen die fünf zum erstenmal: Yasu der Orientale war kein gewöhnlicher Mensch, noch im angeschossenen Zustand besaß er die Kraft zu neuem Leben, und sie traten, während er – man hatte ihm eine Narkose gegeben – noch schlief, näher an sein Lager heran. Der junge Jun, sich ganz in die Tränen stürzend, als fürchtete er, der Arzt und der Polizist sowie die anderen vom Bund der Eisenherzen würden ihn sonst vielleicht deswegen anbrüllen, versuchte den unter der dünnen Haut vorscheinenden Fußknöchel zu berühren. Daß der Körper des Fiebers wegen von innen heraus rosarot erglühte, das hatte ihm eingeleuchtet, doch dann war der Knöchel, auf den er seinen Finger legte, viel zu kalt, und Jun dachte bei sich, in Wahrheit habe Yasu der Orientale den riesigen Blutverlust nicht überlebt, ja schon wollte er seinen Kumpanen vom Bund der Eisenherzen zurufen: Arzt und Polizist versuchen uns bloß davon abzuhalten, daß wir, nachdem man unseren Boß ermordet hat, aus Rache zum Gegenangriff übergehen, aber da sah er, wie sich der Bauch des Daliegenden regelmäßig hob und senkte, und er hielt den Mund.

Dennoch war es dann derselbe Jun, der im Kiez davon herumerzählte, und indem sich die Berichte anderer Gäste aus der Tanzdiele damit vermengten, kam das Gerücht in Umlauf, Yasu der Orientale habe einen Schuß in die Stirn erhalten und sei auf der Stelle tot gewesen; die Ohren der alten O-Ryū schließlich erreichte eine völlig wirre, vom gesunden Menschenverstand nicht mehr nachvollziehbare Variante: Nachdem auf Yasu den Orientalen geschossen worden war und man erkannt habe, daß er, in die Stirn getroffen, augenblicklich dahingeschieden war, sei man zwar der Meinung gewesen, da komme jede Hilfe zu spät, als man ihn indes – um ganz sicher zu gehen – doch ins Krankenhaus transportierte, habe sich sein Körper dort neu belebt und auch die Atmung wieder eingesetzt. Die alte O-Ryū, als die Hebamme, die sie war, fragte sich, ob schon der Stillstand der Atmung sterben bedeute oder erst jener Zustand, in dem die Gehirnmasse zerstört und an ihre Wiederherstellung nicht mehr zu denken sei; dabei erinnerte sie sich sogleich an den Fall eines Mannes aus dem Kiez, der sich am Türsturz in seinem Haus erhängt hatte:

Eine ganze Weile, nachdem man ihn abgeschnitten hatte, quoll, als finge er erneut an zu atmen, aus der Nase in seinem erdfahlen Gesicht gleichmäßig tropfend das rote Blut, und indem sie ihre beiden Hände wie beschwörend zusammenpreßte und hin- und herbewegte, flehte sie mit lauter Stimme Buddha und die Götter um Hilfe an. Nicht lange und einer aus dem Kiez, der ins Krankenhaus gelaufen war, brachte genauere Nachricht; danach hatte Yasu der Orientale zwar zwei Pistolenkugeln abbekommen, doch waren edlere Teile nicht verletzt und sein Leben nie in Gefahr gewesen, zudem hatte es sich um glatte Durchschüsse gehandelt, weshalb man, wie es hieß, damit rechne, daß er früher als erwartet wiederhergestellt sein werde. Das war nicht nur für die alte O-Ryū, sondern für jedermann im Kiez eine große Beruhigung.

Doch ließ das Fieber nicht nach, und als Yasu der Orientale, bis dahin hatte er ununterbrochen geschlafen, am dritten Tag erwachte, war sein Körper von oben bis unten wie rosarot eingefärbt; aber er klagte nicht mit Worten über die Schmerzen, er lag da, von einem Dösen ins andere fallend, um stets von neuem stöhnend aufzufahren. Die fünf vom Bund der Eisenherzen, im Bewußtsein, daß sie es gewesen waren, die ihn, der er nichts dergleichen getan, in eine solche Lage gebracht hatten, wünschten sich jedesmal, er käme besser heute als morgen ganz zu sich, damit er ihnen verziehe, und sie alle, Jōji und Toshi, die notorischen Raufbolde, wie auch die drei jüngeren Burschen, schworen sich einträchtig: Sowie Yasu der Orientale wieder gesund wäre, würden sie diejenigen, die in die Neue Welt auswandern wollten, endgültig zusammentrommeln, mit ihnen das enge, nur aus Bergen bestehende Land, in dem keinerlei Geheimnis zu bewahren sei, verlassen und das Schiff besteigen. Am fünften Tag nach dem Feuerüberfall, das Fieber war offensichtlich erkaltet, denn seine Haut hatte wieder die Blässe wie einst, war Yasu der Orientale dabei, in dem lichtdurchfluteten Krankenzimmer ein Sonnenbad zu nehmen, als Jōji ihn zum erstenmal fragte, ob er es für richtig hielt, daß sie für ihn Rache nähmen; darauf er mit einem Gesicht, auf dem, gerade weil es schmaler geworden war, die den Nakamotos eigene Schönheit um so deutlicher hervortrat: Wenn sie meinten, könnten sie es ja versuchen, da es sich jedoch um Gegner handele, denen nicht ohne weiteres beizukommen sei, werde er für sich in aller Ruhe seine Pläne machen. Wahrscheinlich wären, erklärte er, die Pistolenschützen ja schon nicht mehr in der Nähe, sollten sie aber noch da sein – besser Hände weg! Für einen Augenblick glitt über sein schönes Gesicht ein Lächeln, das etwas Grausames und zugleich Hilfloses hatte; dann, als wäre plötzlich draußen vor den Papierschiebefenstern des Krankenhauses ein durch die Lüfte segelndes Gespenst aufgetaucht, krümmte er seine Finger wie zu einer Pistole, gab er ein so gewaltiges »Peng!« von sich, daß die fünf erschreckt zusammenfuhren. Und indem er den verwirrt, mit offenem Mund dastehenden Jun zu sich heranrief, begann er und sagte: »Ich habe die ganze Zeit über einen Traum geträumt.« In dem Traum zogen Kiezbewohner, Papierlaternen in Händen, einer nach dem anderen den Berg hinter dem Kiez hinauf und taten das Tag für Tag viele Tage lang, bis Yasu der Orientale sie fragte, was das eigentlich solle; worauf ihn einer anschrie, nämlich der schreckliche Onkel Gen: Wieso hast du denn keine Laterne?! Das wiederholte sich so viele Male, und während im Traum Yasu der Orientale vor sich hinmurmelte: Es ist ja nur ein Traum, ich brauche nur weiterzugehen, wegzusehen auf etwas anderes – da nahte erneut die Prozession der Laternenträger, diesmal aber zogen sie nicht den Berg hinauf, sondern auf den wie früher noch intakten Lotosteich zu; dort, sagten sie, besteigen wir das Schiff, und als er bezweifelte, daß in diesem Lotosteich ein Schiff liegen könne, groß genug, um alle aufzunehmen, die sich an der Prozession beteiligten, gaben sie ihm zur Antwort: Wir schaffen es schon, selbst wenn wir uns hineinquetschen und dabei sterben müßten, wir haben nichts sehnlicher gewünscht. Yasu der Orientale verzog das Gesicht, er versuchte, den üblen Nachgeschmack des Traumes loszuwerden. »In dem Traum erklang vom Berg herunter wie aus dem Lotosteich dieselbe Tangomusik«, erklärte er, und: Er hätte gern, daß Jun in das Hinterhaus liefe, das er von Toraji und dessen Frau gemietet hatte, und ihm das Grammophon hole, auch solle er Tango- und Jitterbugplatten zusammenborgen, wo und wieviel er davon kriegen könnte. Nachdem Jun aus dem Krankenzimmer gestürmt war, meinte Yasu der Orientale zu den anderen: Sobald er wiederhergestellt sei, werde man wohl, um möglichst vielen zur Emigration zu verhelfen, die Kriegskasse um einiges aufstocken müssen; daraus ergebe sich die Notwendigkeit, die Sache ernster als bisher zu betreiben, das Revier also zu erweitern, alles in den Griff zu kriegen, was irgend erreichbar sei, und auszumerzen, was es nicht anders verdiene. Bei diesen Worten versuchte er sich zu erheben; er ächzte vor Schmerzen.

Zwei Monate später, im März um Frühlingsanfang, man hatte Yasu den Orientalen mit zwar verheiltem Oberschenkel, aber noch immer nicht völlig auskurierter Brustwunde aus dem Krankenhaus entlassen, hielt er, die neuangefertigte, doch ebenso weiße Jacke wie damals am Tag des Überfalls lose über die Schultern gehängt, seinen Einzug im Kiez; Toshi trug einen Karton, der die Kleidungsstücke enthielt, Jun mit größter Vorsicht das Grammophon. Bei der Rückkehr in Torajis Hinterhaus hatten sich dort eine Menge Leute versammelt, sei es, um mitanzusehen, wie der schon für erschossen Erklärte lebendig heimkäme, oder weil sie hofften, einige Krumen von dem abzukriegen, was der nach allen Seiten so einflußreiche Yasu der Orientale vereinnahmte, solange er in diesem Hinterhaus wohnte. Hätten die fünf vom Bund der Eisenherzen nicht einen Schutzwall um ihn gebildet, sie wären in ihrem Überschwang imstande gewesen, sich ungeachtet der noch nicht völlig geschlossenen Wunde an ihn zu hängen und ihn hin und her zu zerren. »Schön, daß du wieder heil da bist!«, »Was mußt du gelitten haben!« schrien sie, und indem er ein verlegenes Lächeln aufsetzte, verbeugte er sich vor jedem einzelnen und murmelte ein undeutliches »Ich bin nun mal nicht so leicht umzubringen«. Wäre ich, dachte er, aus dem Krieg siegreich zurückgekehrt, sie hätten mich wohl kaum begeisterter willkommen geheißen; zum erstenmal überkam ihn ein Gefühl der Dankbarkeit, und als das Gedränge abebbte, stand er auf und öffnete das Papierschiebefenster. Draußen lag hier und da vertrockneter Hundedreck, am Rand der Straße vorm Hinterhaus sah er, offenbar hatte sie jemand dort ausgesät, wie Erbsenbüsche ihre Blüten dem Wind entgegenstreckten; dann, beim Aufblicken bemerkte er einige Frauen, die sich, hingekauert oder auf Holzkisten hockend, schwatzend die Zeit vertrieben. Auf einmal starrten sie alle zu Yasu dem Orientalen am geöffneten Hinterhausfenster herüber, hielten den Atem an und schluckten ihren Speichel hinunter, als wäre er eben im Begriffe, sie durch einen Zauber mit Essen und Kleidung zu versorgen; sie kamen ihm vor wie die Krähen, die aufs Futter warteten, und schon wollte er das Fenster wieder schließen, da rief eine: »Hast du denn keine Kartoffelbonbons oder Mungobohnen?« Yasu der Orientale erwiderte mit einem bitteren Lächeln: »Wo sollte ich die immer her haben?« Noch beim Zuschieben des Fensters kam eine Stimme herübergeflogen: »Laß doch deine jungen Leute welche einsammeln und verteil sie dann!«

Unverändert den Verband um die Brust, hatte sich Yasu der Orientale hingelegt. Mit dem Schlag seines Herzens hallte ihm der Schmerz in den Ohren, gleichzeitig hörte er, was die da draußen in einem warmen Flecken Sonne sitzenden Frauen redeten, er phantasierte, sein Leib würde von der aus dem Himmel herabströmenden Sonne brutzelnd eingebraten, um sich unter dem Geflacker blauer Flammen allmählich zu verflüchtigen, und als er jetzt die Augen schloß, meinte er sich dabei zu beobachten, wie er barfuß und unrasiert in der Neuen Welt die Straße überquerte; mit einem Laut, von dem sich nicht sagen ließ, ob es ein Stöhnen vor Schmerz oder ein Seufzen war, streckte er den Arm aus und brachte, gleichsam sich selbst ermunternd, das Grammophon in Gang und setzte die Nadel auf.

Tags darauf erschien in dem von Yasu dem Orientalen bewohnten Hinterhaus eine dicke Frau, die seine von einer anderen Mutter geborene ältere Halbschwester zu sein vorgab und in deren Begleitung ein körperlich kaum halb so massiger Mann. Sie sei in Ōsaka beheimatet, nachdem sie aber von den Leuten gehört hatte, daß er nach Südamerika in die Neue Welt auswandern werde, habe nichts mehr sie davon abhalten können, zu ihm zu eilen, hege sie doch, erklärte sie, indem sie sich auf der Schwelle niederließ, die Hoffnung, daß er sie mitnähme, denn sie hätte gern eine nach Brasilien gegangene Tante besucht. Yasu der Orientale vermochte sich nicht zu erinnern, der so plötzlich aufgetauchten angeblichen Halbschwester zuvor je begegnet zu sein, jedenfalls sah er keinen Grund, sie mit besonderer Vertrautheit zu behandeln wie die Angehörigen des Nakamoto-Clans; sie aber nannte sich vom ersten Augenblick an seine »liebe Schwester« und ihn in familiärem Ton ihren jüngeren »Yasu-chan« und sagte: »Deine liebe Schwester ist so dick geworden, weil sie, seit der Krieg verloren war, gegessen hat, was immer sie zu essen bekam«, und als sie – den kleinwüchsigen Mann mit dem Rattengesicht hatte sie offenbar durch eine bloße Kinnbewegung zu schweigen befohlen – Yasu den Orientalen darum bat, sie und ihren Herrn Gemahl bei sich im Hinterhaus zu beherbergen, brachte er es nicht über sich, ihr das abzuschlagen. Trotz Frühlingsanfang war es noch kalt, und so befahl er Jōji, der den Kopf hereinsteckte, er möge für sie zweimal Bettzeug herbeischaffen; die Folge war, daß Yasu der Orientale, bevor er einschlief, aber bei schon ausgeschaltetem Licht, mit anhören mußte, wie die neben dem kleinen Mann liegende Frau diesen beschimpfte: »Du Idiot, du tust mir ja weh!«, und sich dabei geräuschvoll herumwälzte. Als er im Morgengrauen aufwachte, stellte er mit einem Blick hinüber lachend fest: Der kleine Mann war unter dem Gewicht ihres weit vorstehenden Bauches wie halb zerquetscht davon in Schlaf gefallen. Yasu der Orientale erhob sich, er legte eine frische weiße Baumwollbinde an, die ihm eine Witwe aus dem Kiez gewaschen hatte, warf sich in den Anzug, und als wäre nichts geschehen, trat er hinaus in die Kühle.

Die Bonbonkocher waren, wie es schien, schon auf und arbeiteten, aus den Schornsteinen quoll der Rauch, und als er den Kiez verließ, zogen durch den Hohlweg die Wanderhändler mit ihren Karren oder die Tragstangen geschultert hinüber auf den Schwarzen Markt. Eine Kreuzung weiter bog er in die schnurgerade hinter dem Bordell verlaufende Straße ein; hier standen Dach an Dach die Baracken der Tagelöhner, die früh losmußten, so daß auch sie längst aus den Betten waren und überall der Rauch aufstieg. Unversehens, er hatte bis dahin nicht das geringste verspürt, begann ihn jetzt bei jedem Schritt, den er tat, ein Schmerz zu quälen, als würde er von einem Messer durchbohrt; er blieb stehen, er wartete, bis der Schmerz wie eine aus ihrer Haut kriechende Schlange nach und nach aus seinem Körper wich, und zum erstenmal wurde er sich bewußt, daß er nicht irgendwer war, sondern durch Geburt einer vom Stamme der Nakamotos, ausgestattet mit einem Blut besonderer Art. Während er beobachtete, wie die Morgensonne den Himmel gleißend durchflutete, begriff er: es war das Rauschen des verderbten Blutes, das sich ausbreitete bis in jeden Winkel seines Körpers, und wie zuvor die Frauen setzte er sich auf eine am Straßenrand liegende alte Holzkiste. Ein Wind kam auf. Als wäre dieser Wind ein außergewöhnlicher Wind, kehrte ihm Yasu der Orientale das Gesicht zu, er kniff die Augen zusammen, er sah, wie die frisch aufgeschossenen Gräser sich neigten, wie sie schwankten, sah viele der jetzt noch entlaubten Ranken, die die aus roten Backsteinen aufgeschichtete rückwärtige Gartenmauer des Bordells überwuchert hatten, gleichzeitig wie Gitarrensaiten erzittern; nach einer Weile stand er auf und ging weiter. Vor der Kohlenhandlung angekommen, spähte er durch die halbgeöffneten Regenläden hinein; drinnen war Saitō, vornübergebeugt, dabei, Holzkohle aus einem Strohsack in kleinere Beutel zu füllen. Daß dies derselbe Mann sein sollte, der sich in den Chinesenvierteln ins Gewühl gestürzt, sämtliche Winkel aufs Geratewohl durchstöbert hatte, um schließlich bei der Rückkehr nach Japan als den seltsamsten aller Funde das Foto eines

Chinesen mitzubringen, der einen doppelten Penis besaß; daß es derselbe Mann sein sollte, der dieses Foto (interessant, nicht wahr?) noch immer herumzeigte – er konnte es nicht glauben, so groß war seine Enttäuschung, und plötzlich packte Yasu den Orientalen die Wut. Hastig, den Schmerz verbeißend, lief er zu Jōji; dort, vor den geschlossenen Regenläden, erinnerte er sich, wie er früher bei seinen Einbrüchen vorgegangen war: Während er, um jedes auffällige Geräusch zu vermeiden, darunter gegen das Haus pißte, schob er vorsichtig die Läden auf, sodann und mit den Worten »Na, komm schon hoch!« versetzte er Jōji, der, eine Frau in seinen Armen haltend, in tiefem Schlafe lag, einen Tritt in den Hintern, und indem er zuschaute, wie sich Jōji verwirrt aufrappelte, meinte er lachend: »Du machst auch nichts als Blödsinn!« Die Frau, erkannte er, war Hanae, die er einst in der Tanzdiele aufgefischt hatte; auf einmal bekam er Lust, Jōji eins auszuwischen. Ob er ihm die Frau nicht ausleihen könne, er habe nämlich seit dem Pistolenüberfall keine mehr gehabt. Aber natürlich, erwiderte Jōji mit einem irgendwie schlechten Gewissen in der Stimme, Hanae gehöre ihm ja eigentlich von Anfang an, und eilends fuhr er in seine Kleider. Yasu der Orientale seinerseits begann sich auszuziehen, wobei er – Hanae hatte sich, wachgeworden, eine Zigarette angesteckt und auf den Bauch gedreht – immer ihren Rücken mit den ausladenden Hüften im Auge behielt, und als er schließlich nackt dastand, Jōji auf seinen sich tiefrot verfärbenden Brustverband zeigte: »Du blutest ja!«, und er, wie es eben erst bemerkend, nur dazu nickte: »Na, so was!«, hatte das zur Folge, daß Jōji die Nacktheit des anderen wie etwas höchst Ungewöhnliches anstarrte und sich hinsetzte. »Wenn du zuschauen willst, meinetwegen kannst du ruhig dableiben«, erklärte Yasu der Orientale. Damit hockte er sich vor die an ihrer Zigarette ziehenden Hanae, nahm ihr die Zigarette aus dem Mund und gab ihr dafür sein Glied zu halten. »Es läuft noch immer«, sagte Jōji; gleich darauf jedoch, weil Hanaes Zunge an seiner prallen Eichel rieb, stieß Yasu der Orientale einen gespielten kleinen Schrei aus, und diesmal wandte sich Jōji an

Hanae: »Er blutet, du mußt es ihm vorsichtig machen!« Da ließ Hanae das Glied aus ihrem Mund fahren. »Hau doch endlich ab, du störst! Merkst du das nicht?« wies sie ihn, die Stirn in Zornesfalten, zurecht. Und Jōji war klug genug, nach draußen zu verschwinden; er werde, erklärte er, auf den Schwarzmarkt gehen.

Yasu der Orientale hatte, sobald er die Sache mit Hanae zu Ende gebracht, allerdings den Eindruck, da habe er schönen Unsinn getrieben: das bei einer Wunde, die wieder aufgegangen war und blutete! amüsierte er sich; eigenmächtig nahm er aus dem Wandschrank eine von Jōjis frischgewaschenen Leibbinden und wickelte sich diese um die Brust, während er den alten, mit Blut vollgesogenen Verband zusammengerollt in die auf dem rückwärtigen unbebauten Grundstück angelegte Müllgrube warf. Hanae erzählte, der Tonangebende in der Tanzdiele sei jetzt Tadayasu, der oben am Hohlweg wohne, ein noch größerer Raufbold als Jōji, zudem habe er's mit Pervitin, das verschaffe ihm erst recht Autorität. »Tadayasu heißt, ich krieg's umsonst!«, und tatsächlich zahle er in all den Tanzdielen und Billardsälen weit und breit nicht einen einzigen Yen; einmal, so schilderte die keineswegs zimperliche Hanae, habe er sie zu einem Tanz gezwungen, ihr dabei aber derart auf die Füße getreten, daß sie ihn angeschrien hatte: »Was denkst du Scheißkerl von Ungeschick, wie weh das tut?!« Woraufhin sie von ihm gewaltig ins Gesicht geschlagen wurde.

»Und gibt es sonst noch böse Burschen?« fragte Yasu der Orientale, er hatte sich der Länge nach auf dem Rücken ausgestreckt, Hanae fuhr mit der Fingerspitze das Muster nach, das das durchsickernde Blut – wie schön! wie eine Blume! – auf der Baumwollbinde um seine Brust sich allmählich ausweitend entstehen ließ. »Böse Burschen? Nun ja, da sind Tada, Tome Wilderwein, Tatsu der Dorn und Bunzō«, zählte sie an den Fingern ab, um dann jedoch, wie aus Furcht, sie könnte ihm, der er die bewußte Tanzdiele beherrschte, zu nahegetreten sein, erklärend fortzufahren: »Was heißt böse? Sie sind es schon, aber woanders; in die Tanzdiele hier trauen sie sich natürlich nicht.« Und mit abermals veränderter Stimme berichtete sie, inzwischen habe sich übrigens das Gerücht verbreitet, der Geist jener Yasuko, die damals, als er von den Schlägertypen angegriffen wurde, eine verirrte Kugel abbekam und auf der Stelle starb, gehe in der Tanzdiele um. Eines Nachts gegen drei Uhr, das war, als Yasu der Orientale noch im Krankenhaus lag, die Vierzehn-, Fünfzehnjährigen, die die ganze Zeit über zusammenhockten und weder tanzten noch an der Pervitinspritze hingen, sondern sich mit bloßer Sprücheklopferei vergnügten, machten sich allmählich auf den Heimweg, da stand auf einmal am Rande des Parketts – und sie stand dort, bis es draußen hell zu werden begann – die tote Yasuko, in genau derselben Aufmachung wie unmittelbar vor ihrem Tod, ihr dauergewelltes Haar mit einer Schleife aufgebunden und den Mund ein wenig über die Lippen hinaus mit Rouge nachgezogen. Es sei, hieß es, der vierzehnjährige Takeshi gewesen, ein Knabe ohne jede Kenntnis der Tanzschritte, der die Erscheinung gesehen habe, ja, wie einen erwachsenen Mann habe ihn das Gespenst Yasuko angesprochen: »Willst du nicht mit mir tanzen?« Diese Worte der sehr beliebt gewesenen Yasuko empfanden die jungen Frauen in der Tanzdiele als so etwas wie die traurig-süße Romanze der neuen Zeit, und es wurde unter ihnen Mode, daß sie von sich aus die Burschen anredeten und sie aufforderten: »Willst du nicht mit mir tanzen?« Auch wenn die Band bereits gegangen, wenn die letzte Schallplatte zu Ende und das Lokal geschlossen war, einige blieben aus Neugier auf den furchterregenden Anblick bis vier, fünf Uhr; zuerst saßen sie auf den Stufen oder auf Stühlen am Eingang, von wo aus sie die Tanzfläche und den Innenhof übersehen konnten, und unterhielten sich, während sie gleichzeitig die Ohren spitzten, aber dann verloren die Burschen allmählich die Geduld und begannen miteinander zu ringen oder sonstwie ihre Kräfte zu messen.

»Die arme Kleine«, sagte Yasu der Orientale, und Hanae: »Warum bloß mußte Yasuko da hineingezogen werden?« Anfangs, so berichtete sie, habe in der Tanzdiele jeder geglaubt, nur er sei getroffen worden und er sei tot; dabei suchte sie durch den Baumwollverband hindurch seine erbsengroßen Brustwarzen, um mit ihren Fingern daran herumzuspielen. »Ach, und eine Rose liegt auf deiner Brust«, murmelte sie, strich um den durch das Aussickern verursachten Blutfleck, streckte ihr Gesicht mit dem im Sonnenlicht aufglimmenden Flaum über ihn und sog sich an seinen Lippen fest. »Hast du wirklich vor, mit deinem sogenannten Bund der Eisenherzen in ein fremdes Land auszuwandern?« fragte sie dann. Yasu der Orientale war zwar überzeugt, Hanae werde von alledem nichts begreifen, dennoch versuchte er ihr darzulegen, daß das großartige japanische Volk, nach dem verlorenen Krieg beschränkt auf die engen Inseln und ohne weiteren Auslauf zu haben, dabei sei zugrunde zu gehen; um die eine oder andere Fahne der Hoffnung dagegenzusetzen, wolle er in Richtung Brasilien oder Argentinien aufbrechen, sagte er, denn dort, müsse sie wissen, ließen sich Gold und Diamanten und Smaragde mancherorts schon mit der bloßen Hacke in Fülle finden, blühten Flieder und Bougainvillea so üppig die ganze Zeit, daß einer, bedrängt von ihrem süßen Duft, nachts nicht alleine schlafen könne – Geschichten dies, an die Yasu der Orientale selbst glaubte und die der Frau offensichtlich gefielen. Doch plötzlich, wie um das Erzählte zu zerstören, erscholl draußen Jōjis wütende Stimme. Hanae sprang auf und öffnete das Fenster: Ein Hund hatte den vom Blut Yasus des Orientalen durchtränkten Verband mit seiner Schnauze aus der Müllgrube gezerrt und raste damit durch den frühen Frühlingstag davon. »Scheint ihm zu schmecken«, meinte Yasu der Orientale, woraufhin, ohne auch nur die Spur eines Lächelns, Jōji ihn anstarrte, als wollte er sagen: Das bedeutet nichts Gutes. Hanae leckte sich die Lippen. Es schmecke süß, sagte sie, der Hund sei ja nicht blöd, er kenne sich aus. Und sie lachte.

Üppig blühender Flieder und Bougainvillea, von denen er Hanae erzählt hatte, tauchte immer dann vor Yasu dem Orientalen auf, wenn er aus dem Grammophon einen Tango hörte; solange er aber in dem Hinterhaus auf der faulen Haut lag, würde er es nie schaffen, in die Neue Welt zu gelangen, wo Flieder und Bougainvillea wirklich blühten, deshalb überließ er das Haus der dicken Frau, die seine Schwester zu sein vorgab, und deren kleinem Ehemann, und wie damals, während der Wanderungen durch die Mandschurei, lief er umher und kam bald bei einem seiner Anhänger unter, bald schlief er bei irgendeiner Frau. Das schien sich auszuzahlen, die Brustwunde jedenfalls wurde von Tag zu Tag kleiner, und als er drei Tage vor Buddhas Geburtstag auf der Straße unmittelbar hinter dem Kiez der alten O-Ryū begegnete, trug er die Jacke bereits wieder vorn geöffnet und darunter ein schickes weißseidenes Hemd, durch das man die Haut schimmern sah. Einen Verband, fragte sie, trage er wohl nicht mehr, oder? Bei ihm war ein Mann mit einer bösen Verbrechervisage, die beiden stritten darüber, daß etwas »zu teuer« oder »zu billig« sei, vermutlich hatte auch das mit den Vorbereitungen für die Auswanderung in die Neue Welt zu tun. Um eine Spur fülliger als noch vor einiger Zeit, ließ Yasu der Orientale zwar in seinen Gesichtszügen wie auch zum Teil in seiner ganzen Gestalt jenen bei einem Vierundzwanzigjährigen nur natürlichen Rest einer gewissen Unsicherheit erkennen; daß er sich, an den Umgang mit Erwachsenen als Gleichberechtigter gewöhnt, seit er früh aus dem Kiez davon- und durch die Außengebiete gezogen war, wie selbstverständlich und mit der herrlichsten Frische gegen einen älteren Mann zu behaupten wußte, das mit anzusehen freute die alte O-Ryū, und sie drängte nicht weiter zu erfahren, was für ein Mensch das denn wäre. Später hörte sie, es habe sich um einen Agenten gehandelt, der an die über die Kii-Halbinsel verstreuten Bordelle Prostituierte vermittelte, und bei »teuer« und »billig« sei es nicht um Kartoffeln, Mungobohnen oder Pervitin gegangen, sondern um die Preise für die Frauen. Warum nur hatte sie, als der Kerl mit der Verbrechervisage sie angestarrt hatte, nicht zurückgefragt: »Was ist?« Daß sie, die um ein rasches Wort nie verlegene alte O-Ryū, im entscheidenden Augenblick keine einzige Silbe hervorgebracht hatte, quälte sie.

Der letzte, hartnäckige Vorschlag des Prostituiertenvermittlers lautete: Nun gut, er werde also mehr bezahlen als in dem Holzhandelszentrum jenseits des Passes oder in den besseren unter den Fischernestern, dafür wünsche er aber wenigstens drei auf einmal, und nachdem er dem zugestimmt hatte, trennte sich Yasu der Orientale von dem Mann und ging die Straße hinunter. Auf dem Weg zur Tanzdiele trat er in eine Bude mit einem ausgespannten Zeltdach ein, dort saßen auf Stühlen aus aufgestapelten Holzkisten Jōji und Hanae. »Wenn wir«, sagte er zu ihnen, »Frauen zusammenbrächten und sie verkauften, wir könnten hundert, zweihundert von ihnen losschlagen.« Yasu der Orientale hatte eine Zigarette zwischen den Lippen, ihr Rauch stieg ihm in die Augen, er zog die Stirn in krause Falten, dann meinte er zu dem jungen Burschen, der mit vorgebundener Schürze in der Bude stand: Zu essen brauche er nichts, er solle ihm zu trinken bringen. Woraufhin er geräuschvoll den aus Beständen der Besatzungsarmee abgezweigten Gin unmittelbar aus der Flasche durch seine Kehle rinnen ließ, und er sah Hanae wie die Frauen im Kino (ist das toll!) darüber in die Hände klatschen und erkundigte sich bei Jōji, wie viele sich denn zur Überfahrt nach Südamerika beim Bund der Eisenherzen eingetragen hätten. Dieser kramte aus seiner Tasche einige Papiere hervor und zählte: fünfundzwanzig, darunter fünfzehn von Jun und den anderen beigebrachte Kinder von vierzehn, fünfzehn Jahren, ferner fünf, von denen zweifelhaft sei, ob sie in ihrem Leben je richtig gearbeitet hätten, und die, sagte er, zurückgeschreckt wären, als er sie aufgefordert hatte, mit ihrem Blut zu siegeln; dazu gäbe es doch gewiß später noch Gelegenheit. Hanae hatte sich Yasus Hut geschnappt und aufgesetzt, und Yasu betrachtete Hanae, indem er sich über sie lustig machte, als Jōji ihn fragte: »Wir gehen doch wirklich nach Südamerika, oder?« Yasu der Orientale, während er die Hand, die ihn hindern wollte, niederdrückte, im gleichen Augenblick Hanae den Hut vom Kopf riß, um ihn sich selbst wieder aufzusetzen, und ihr zulächelte, erwiderte murmelnd: »Aber natürlich tun wir's!« Die

Art, wie er das sagte, schien Jōji zu irritieren. »Na schön, wenn es dein Ernst ist«, stieß er hervor; als schösse irgend etwas in ihm hoch, biß er sich auf die Lippen und blickte zu Boden.

Nach abermals einem halben Monat war der Bund der Eisenherzen aufs Doppelte angewachsen und wurde, entsprechend einem Vorschlag von Jōji und Toshi, so eingeteilt, daß man die zuerst eingetretenen Fünf (ihr Blutsiegel hatten sie inzwischen geleistet) als Väter über die Mitglieder stellte. Die Vereinigung besaß jetzt eine Größe, für die, jedenfalls unter den Organisationen, die auf bloße Gebietsherrschaft ausgerichtet waren, keine aus der Nachbarschaft mehr eine Konkurrenz bedeutete. Mit welch sentimentalen Bildern nur mochten Jun und Ken und die anderen die Menschen anlokken? Einmal hieß es, in dem halbzerstörten westlichen Haus, in dem auch Yasu der Orientale zeitweise gewohnt hätte, finde eine Versammlung statt; als sie hinkamen, saßen da – wie bei einer buddhistischen Gedächtnisfeier – an die hundert alte Leute und Frauen und lauschten dem, was vor ihnen die Dicke, Yasus angebliche ältere Schwester, von sich gab. Was das denn solle, fragte mit einem bitteren Lächeln Yasu der Orientale, und Jōji antwortete ihm: Daß sie, seine von einer anderen Mutter geborene ältere Schwester, vor dem Bund der Eisenherzen das Wort ergreife, verstehe sich einfach von selbst, habe sie den Mitgliedern zu Beginn erklärt, sei sie doch die Schwester des Vaters all ihrer Väter. »Ihr fragt mich, warum das so selbstverständlich ist? Ich will es euch sagen. Sollten es Buddha und die Götter gewesen sein, die sie gemacht haben, diese Welt, wie sie ist, so hätten sie unrecht getan. Vielleicht, wer weiß, hadern sie eben jetzt miteinander und einer wirft dem anderen vor: Du warst es! Nein, es ist deine Schuld! Aber nehmt dagegen die Väter! Was tun sie? Neun unter zehn von ihnen jammern, wenn ihr Kind etwas Schlimmes angestellt hat: Ach, es war meine Schuld, es ist so weit gekommen, weil der Samen nichts getaugt hat. Nun, ihr wißt, wie ein Vater denkt, nicht wahr?« rief sie gestikulierend und voller Inbrunst, und Yasu der Orientale fand es bewundernswert mit welchem Geschick sie redete; zwar hatte er den Eindruck, aus dem zur Auswanderung nach Südamerika gegründeten Bund der Eisenherzen sei nach alledem eine Gemeinde geworden ähnlich jener, die sich um Reijo und seine Predigten scharte, doch der Bund, wie wunderlich auch immer, mochte nur so bleiben, und als Yasu der Orientale gar meinte, sie, Jōji und Toshi, könnten, da sie einmal zu den Vätern des Bundes gehörten, seinetwegen weiterhin tun und lassen, was sie wollten, da malte sich ein grenzenloses Erstaunen auf ihren Gesichtern.

Tatsächlich war Yasu der Orientale, auch wenn seine Miene nicht die leiseste Spur davon erkennen ließ, noch weit verzweifelter als Jōji und Toshi; also werden wir die zu nichts zu gebrauchenden Alten und Frauen allenfalls dafür benutzen, die Überfahrt von zwanzig gesunden, kräftigen Japanern nach Südamerika vorzubereiten, dachte er, während er die in Tränen zerfließende Dicke sagen hörte: ihr jüngerer Bruder, obwohl von der ihm durch Pistolenschüsse zugefügten Verletzung noch nicht völlig genesen, habe doch, der väterlichen Liebe eingedenk, ihr und ihrem Mann nach den in der Fremde erfahrenen, niederdrückenden Bitternissen sogleich ein Lager gegeben und Speise gereicht, ja, ihr Bruder, plapperte sie fort, sei ihr vorgekommen, als wäre er ein Mensch wie Buddha, und heimlich habe sie die Hände gefaltet. Eine Schilderung, bei der Yasu den Orientalen ein ununterdrückbares Lächeln überkam; er zog Jōji hinaus ins Freie. »Ich ein Buddha?« Laut lachte er auf. Am dämmrigen Himmel sah er die Abendröte immer intensiver werden, er spürte, wie in ihm das von liederlichen Tangoklängen verwirrte Buddha-Blut ungeduldig zu pulsieren begann. »Da braucht es doch kein Geld oder dergleichen«, sagte er zu Jōji; in der Neuen Welt angekommen, bei Flieder und Bougainvillea, die allzeit blühten, würden einem die wilden Rhythmen unablässig das Blut in Wallung versetzen. Los, meinte er, laß uns zur Tanzdiele gehen.

In diesem Augenblick geschah es, gab Yasu der Orientale sein Vorhaben, mit einer ganzen Gruppe in die Neue Welt zu reisen, endgültig auf. Er selbst, während sein Buddha-Blut weiterhin ungeduldig pulsierte, hatte zunächst zwar das Gefühl, daß er, die Straße hinunter und um die Ecke gebogen, mit jedem Schritt, den er tat, immer leichter würde wie eine Feder, wohl weil er, so dachte er, die beim Pistolenüberfall verlorene Kraft noch nicht zurückgewonnen hatte; doch als er die Tanzdiele erreichte und er sich auf einen Stuhl setzte und einen Schluck Tequila trank, fanden alle, die ihn sahen, in dem weißen Anzug und mit der seitlich knappen, oben zur Tolle aufgekämmten Frisur wäre er sogar noch schicker als sonst, das einem gealterten Engel vergleichbare Bild von einem Mann, so umgeben von einer mit süßen Wohlgerüchen kräftig durchmischten Atmosphäre der Ausschweifungen, daß er auf sie wirkte wie die blanke Verführung: obwohl, wer ihm zu nahe kam, sich verletzen mußte, war es schier unmöglich, ihm auszuweichen. Die alte O-Ryū übrigens, wenn sie darüber nachdachte, welch unbändige Macht Yasu der Orientale einfach durch seine Existenz, nämlich die eines Angehörigen des Nakamoto-Clans, auf die gewöhnlichen Menschen hier und jetzt ausübte, stellte ihn sich vor, wie er, erfüllt von einer Autorität, die derjenigen Buddhas und der Götter gleichkäme, dasäße auf dem Stuhl und aus jeder Pore seines Körpers strömten die das sexuelle Verlangen der Umstehenden erweckenden süßen Wohlgerüche, und dann sah sie: Auf dem Boden, ununterscheidbar, ob von vergossenen Tropfen der Lust oder von Blut, bildete sich ein tiefschwarzer Schatten; der verwandelte sich in ein blaues Licht, das Yasu den Orientalen umschwebte. Natürlich spiegelte sich dies alles allein in den Augen der alten O-Ryū; den Männern und Frauen sonst schien er, der Schöne, der da auf dem Stuhl saß und den Schnaps aus der Flasche trank, bestenfalls Anlaß zu gewisser Besorgnis, ja nicht einmal jene, deren Bereitschaft zur Unterwerfung derart angeheizt war, daß sie sich wünschten, sie dürften in seinen Armen liegen oder ihm dienstbar sein, vermochten das Yasu den Orientalen umschwebende blaue Licht wahrzunehmen.

Die Schallplatte mit der sentimentalen Stimme setzte plötzlich aus und sogleich ein ohrenzerreißender Trompetenstoß ein: Die Band begann zu spielen. Yasu der Orientale erhob sich, eine Frau, sie hatte ihr Haar aufgebunden, trat auf ihn zu und sprach ihn an: »Wollen wir tanzen?« Er nickte. Sie schoben sich aufs Parkett, das von jungen Leuten bereits so überfüllt war, daß die Füße kaum Platz zum Stehen fanden; Yasu der Orientale ergriff ihre Hand, legte seine andere auf ihren Rücken und tanzte in der vorgeschriebenen Schrittfolge los, und als er, während er spürte, wie sie sich mit geschlossenen Augen an seine Brust schmiegte, über die Tanzfläche hinsah, hoben mehrere ins Gespräch vertieft gewesene Frauen ihre Köpfe und starrten zu ihm herüber. Es war eine leichte Musik, die man spielte, und er nahm sich vor: bei Schluß des Stückes muß ich bei dem Mädchen sein, das sich dort wie schmollend gegen die Mauer lehnt, aber als er zu den letzten Takten querüber auf die Stelle zutanzte, wobei er mehrmals mit anderen Paaren zusammenstieß, rief es plötzlich neben ihm: »He, Yasu!«, und Hanae hängte sich an ihn; die Folge war, daß das Mädchen, wie besiegt durch die Stärkere, die Augen niederschlug, während die Frau, mit der er, er hielt sie noch immer im Arm, bis eben eng aneinandergedrängt getanzt hatte, einen gespielt taumelnden Schritt zur Seite machte und, offenbar verärgert über Hanaes Benehmen, dieser auf den Fuß trat. In einem jähen Wutausbruch stürzte sich Hanae auf sie, versuchte, sie umzustoßen, und da Yasu der Orientale die andere auffing, schrie Hanae, er stelle sich wohl auf deren Seite, wie?, und indem sie die Frau bei den Haaren packte: »Na, dir werd' ich's zeigen!« Ein Mann namens Mitsuru, der daneben stand, hob Hanae auf seine Arme und trug sie, obwohl sie wie wild mit den Beinen zappelte, hinter in den Hof; Yasu der Orientale führte seine Tänzerin, sie nannte sich Takako, hinaus vor den Eingang, um Jōji, der sich dort im Stehen mit Toshi unterhielt, darum zu bitten, daß er ihr Gesellschaft leiste, doch als er in den Saal zurückkehrte, tanzte das Mädchen, das schmollend an der Mauer gelehnt hatte, bereits mit dem Sohn eines Holzhändlers von der anderen Seite des Flusses. Nun war die Kleine keineswegs so attraktiv, daß er sie einem anderen Tänzer hätte wegnehmen müssen, aber die Gegend mit dieser Tanzdiele gehörte zum Territorium des Bundes der Eisenherzen, den er, Yasu der Orientale, beherrschte, und es gab keinen, der sich seinem Wort nicht fügte; im übrigen hatte die Kleine, während sie tanzte, begriffen, da er gekommen war, sie zu verführen, jedenfalls konnte er ihr deutlich ansehen, wie sehr sie sich wünschte, die Musik wäre schnell zu Ende, und Yasu der Orientale nähme sie bei der Hand und tanzte mit ihr. Also flüsterte er dem Holzhändlersohn ins Ohr, sein Vater erwarte ihn draußen vor dem Eingang. Der junge Mann, mit einem mißtrauischen Ausdruck im Gesicht, hielt inne; da faßte Yasu der Orientale, ohne einen einzigen Takt auszulassen, die Kleine bei der Hand, zog ihren Körper fest an den seinen, und sie, nun von Yasus Arm gehalten, von dem Steifen zwischen seinen Schenkeln bedrängt, tanzte dahin, wie plötzlich in einen Traum geraten: voll der wundersamsten Empfindungen, verwirrt, beschämt, so daß sie ein Schwindel überkam, den noch zu steigern Yasu der Orientale erklärte, in Shanghai, wo er das Tanzen gelernt hatte, bedeute es eine Beleidigung der Partnerin, wenn dem Mann beim Tanzen kein Steifer zwischen den Beinen stünde.

Mit dieser Kleinen, das Mädchen hieß Kikuyo, und jener Takako begab sich Yasu der Orientale, es war noch früh am Abend, zu Jōjis Haus, und als er zwischen den beiden dalag, schweißtriefend, und sich von Takako helfen ließ, während er die noch unerfahrene Kikuyo zu trösten versuchte, weil sie, obwohl es für sie nicht das erste Mal war, über Schmerzen klagte, da trat, von Jōji gestützt, die stockbetrunkene Hanae ein. Zu keiner Zeit hatte Yasu der Orientale geschworen, einzig für sie da zu sein, dennoch beharrte Hanae darauf, die beiden Weiber hätten sie ihres geliebten Mannes beraubt, und begann diese zu attackieren, weshalb Jōji, sie zurückhaltend, vorschlug, besser wäre, sie gingen wieder; doch sie tobte nur um so mehr: »Du hast mich ja erst hierher geschleppt, oder etwa nicht?« Da ließ Yasu der Orientale von den beiden anderen ab. »Komm zu mir«, sagte er, woraufhin sich Hanae schluchzend über ihn warf, und als er bemerkte, daß Jōji, aus irgendwelchem Kummer oder von Hanae dazu verleitet, ebenfalls weinte, meinte er zu ihm: »Komm du auch!« Aber Jōji, wie erschrocken, blickte auf: »Nein, kein Bedarf!«, und schüttelte den Kopf; ihm schien, der Körper Yasus des Orientalen wäre dabei, sich zu verwandeln: seine von den beiden Frauen mit den Zungen liebkoste, von ihrem Speichel feuchte Haut begann sich von innen heraus rosarot zu färben, bis der Eindruck entstand, das Fleisch läge, wie bei einem von der dünnen Haut befreiten, bei sozusagen dem Penis an sich, blank zutage, und Jōji war besorgt, es könnte sich etwas über alle Vorstellungen Grausames ereignen. Hätte er zum Beispiel diese wie eine Masse hautlosen Fleisches wirkende schöne, rosarote Nacktheit nach Art der Frauen mit der Hand berührt, mit den Lippen geküßt, gewiß wäre ihm – es mochte das sein, was ihn schaudern machte – die Hand abgefault und die Lippen wären ihm weggeschmolzen.

Am Rande des Schwarzmarkts machte ihn Yasu der Orientale kurz darauf mit einem gewissen Tagawa, einem Mann mit stechendem Blick und einer Hakennase, bekannt; der vermittle, sagte er, Prostituierte an die Bordelle. Und als er ihn fragte, was er denn davon hielte, wenn sie Takako und Kikuyo als Huren der Luxusklasse verkauften, stimmte Jōji ohne Umschweife zu. Tatsächlich schien Jōji auf seine Weise wie von Yasus Fieber angesteckt, wenigstens fand er, statt in dem engen Japan vor sich hin zu vegetieren und nicht zu wissen, was der nächste Tag einem bringe, wäre es besser, in den Weiten Südamerikas die Erde aufzubrechen oder in den Bergen zu graben, um so ein neues Reich zu gründen, und es habe ihn, gestand er Yasu dem Orientalen später, nicht weiter berührt, daß dafür ein oder zwei Frauen hätten weinen müssen; aber Yasu der Orientale dachte das ja auch.

So nahm er Tagawa mit zu Jōjis Haus, ließ Takako und Kikuyo rufen, die dort wohnten, und erklärte ihnen: »Ihr nehmt, möchte ich, den Zug und fahrt mit Tagawa nach Kinomoto;

ich komme dann bald nach.« Die beiden Frauen ahnten natürlich nichts davon, daß sie als Prostituierte verkauft worden waren; sie nickten, wiederholten brav: sie würden also in Kinomoto auf ihn warten, und damit gingen sie in Richtung Bahnhof davon. Nachdem sie hinter einer Straßenkurve verschwunden waren, holte Yasu der Orientale ein Bündel Geldscheine aus der Brusttasche seiner Jacke, wovon er die Hälfte Jōji hinstreckte. »Na«, lachte er, »die zwei werden früher auf dem Schiff sein und vor uns die Neue Welt erreichen.« Er lachte, als empfände er nicht die leisesten Gewissensbisse darüber, daß er die beiden Frauen hereingelegt und sie so verschachert hatte, eher klang es, als wäre er stolz darauf, das Richtige getan zu haben. Ein Hund lief durch den hellen Sonnenschein davon, in der Ferne heulte ein Motor auf, und, wie um genauer hinzuhören, hob Yasu der Orientale den Kopf; da ergoß sich vor seinen Augen eine gewaltige Flut von Licht aus dem Himmel, und es roch, als haftete an jedem ihrer Tropfen der Duft von Flieder und Bougainvillea, die in der Neuen Welt blühten. »Mit dem Geld«, stellte Jōji fest, »können wir eine Menge Pistolen kaufen.« Nicht doch, entgegnete Yasu der Orientale, keine Pistolen oder dergleichen, er möge es für sein Vergnügen ausgeben, das Geld, es sei denn, er wolle es, er selber habe das auch überlegt, der Dicken schenken, die sich seine ältere Schwester nenne und mit ihrem rattengesichtigen Mann bei Toraji und dessen Frau im Hinterhaus wohne. »Na, ist sie nun wirklich deine Schwester?« fragte Jōji, und als Yasu der Orientale hierauf erwiderte, jedes Ja oder Nein dazu sei so gut, als wär' sie's oder nicht, sah Jōji ihn an, um mit völlig verblüffter Miene »Ist sie's also doch nicht!« zu konstatieren und sich mit der flachen Hand eine aufs Knie zu klatschen, wie es die koreanischen Bonbonhändler oft zu tun pflegten: »Haha! Und da haben ihr Jun und Toshi, weil sie dachten, es wäre die echte Schwester vom Boß, Reis und Süßkartoffeln gebracht, dieser Schwindlerin!« Sie eine Schwindlerin? Selbst wenn sie das wäre, meinte Yasu der Orientale, selbst wenn sie keinerlei Beziehungen zu ihm oder zum Kiez haben sollte, solange sie das eine zu sein, das andere zu haben erkläre, sei es nun einmal so. »Ach, weißt du«, sagte Jōji, »gib mir das ganze Geld, ich werd' es alles ausgeben.« Aber er hatte die Hand noch nicht richtig ausgestreckt, da bekam er einen Fußtritt gegen ebendiesen Arm, kippte um und stöhnte, sein Knochen sei gebrochen. Yasu der Orientale ließ den Jammernden liegen, wo er lag, und begab sich in den Kiez, lief zu Torajis Hinterhaus, auf Abkürzungen vorbei an drei mageren, mit Stricken an den Beinen angebundenen Hunden, die (offenbar hatten bis eben noch die Kinder mit ihnen gespielt) unter Geknurr und indem sie sich gegenseitig bedrohten, die jämmerlichen Fleischreste von einem gleichfalls mit einem Strick befestigten Knochen fraßen, vorbei auch an der Kaldaunenabdeckerei, die einen entsetzlichen Gestank verbreitete, und als er schließlich das vom Geruch aus der Tag und Nacht betriebenen Bonbonkocherei der Koreaner umwehte Haupthaus des Ehepaars Toraji erreichte, hatten natürlich einige Frauen wieder irgendwelche Holzkisten herausgestellt und saßen da, ohne einen Gedanken an die Arbeit, nur einfach die Zeit verplaudernd, als hofften sie, daß jemand sie zu erlösen käme; sobald sie Yasu den Orientalen erblickten, der sich, dem wie eh und je verstreuten Hundekot ausweichend, mit vorsichtigen Schritten näherte, standen sie auf und eine sagte: »Deine Schwester erwartet dich.« Auf seine Frage: »Wieso denn das?«, antwortete die Frau: »Die Fürsorgerin war bei ihr, sie hat auch den Reisbehälter kontrolliert; ja, wenn man Unterstützung kriegen will, darf man nicht auf Vorrat kaufen.« Das nenne er eine gelungene Art, das Problem zu formulieren, lachte Yasu der Orientale. Da auch er im Kiez aufgewachsen war, wußte er, daß man es für durchaus üblich hielt zu erklären, man habe keinerlei Ersparnisse, besitze nicht einmal den Reis für den nächsten Tag, um aber dann, wenn es die Not erforderte, wie durch Taschenspielertricks doch über genügend Geld und Gut zu verfügen und sich mehr als sonst an Aufwand zu leisten. So erinnerte sich die alte O-Ryū an eine Familie mit vier Kindern, die, weil der Mann eines Herzklappenfehlers wegen nicht arbeiten und auch die Frau nirgends hingehen konnte, allein von der Unterhaltshilfe lebte; als dann jedoch wieder einmal eine städtische Siedlung gebaut wurde und diese Familie in eines der neuen Häuser zog, warf sie ihre sämtlichen alten Sachen fort und kaufte sich neues Mobiliar. Da habe ich, murmelte die alte O-Ryū vor sich hin, Beifall geklatscht und Bravo geschrien, denn hier hatten wir sie, die großzügige Gemütsart derer, die in ärmlichen Verhältnissen leben; ja, sie glaubte gut zu verstehen, warum es Yasu dem Orientalen in jenem Augenblick zum Lachen zumute war. Die Frauen aus dem Kiez waren zwar, seit die Dicke aufgetaucht war, nie überzeugt gewesen, daß sie Yasus Schwester sei, dennoch riefen sie jetzt: »He, ältere Schwester, dein buddhagleicher Orientale ist gekommen!« Woraufhin ein Papierschiebefenster aufging und der kleinwüchsige Ehemann den Kopf herausstreckte. »Oh, da bist du ja!« brummte er, zog den Kopf wieder ein und begab sich hinunter auf den Stampflehmboden des Eingangs, um dann, während Yasu der Orientale ins Haus ging, die auf Holzkisten und hastig zusammengebastelten Stühlen sitzenden Frauen aufzufordern: »Schert ihr euch lieber an die Arbeit!« Die Folge war, daß die Frauen ihn mit einem Trommelfeuer von Beschimpfungen überschütteten: Was er sich eigentlich einbilde, von wer weiß wo hergelaufener Kerl, Winzling komischer . . .

Im Hinterhaus hatte man Gäste, ein Mann mit müdem Gesicht und zwei Frauen saßen da, und die dicke Schwester, mit einem Ausdruck, als hätte die Unterhaltung mit ihnen sie ihrer letzten Kräfte beraubt, sah zu Yasu dem Orientalen auf. »Ah, mein lieber Yasu?!« sagte sie, wie an nichts mehr interessiert, und, indem sie sich erschöpft den beiden Frauen zuwandte: »Heute wird's nichts, ich kann die Stimmen der Götter nicht hören.« Daraufhin die eine Frau: »Ach, wirklich?« Die Dicke versuchte ihren Schreibpinsel in die Hand zu nehmen: »Es geht nicht«, murmelte sie und ließ ihn wieder fallen. »Vielleicht stehen Sie ja unter irgendeinem Fluch, oder ist bei Ihnen jemand im Krieg umgekommen?« Die Frau erwiderte ebenso erschöpft und leise: »Mein Kind, es starb im Bombenangriff.« Und die Dicke, wie plötzlich von neuen Kräften erfüllt: »Sehen Sie, genau das ist es, da kann ich Buddha und die Götter noch so sehr bedrängen, sie werden mir nicht sagen, was sie Ihnen raten, in Zukunft zu tun, sie werden mir auf die Frage, wo Sie am besten wohnen sollten, allenfalls erklären, das wüßten sie nicht.« Als die Besucherin daraufhin in Tränen ausbrach, schien das ihre anmaßende Haltung noch zu verstärken. »Gewiß haben Sie sein Grab nicht regelmäßig aufgesucht, haben nicht daran gedacht, einen Stein daraufzusetzen, sondern das Kind einfach alleingelassen in der Kälte. O Mutter, kämst du doch! Ich begreife nicht, warum ich hier bin, warum ich gestorben bin; ich wünschte mir, du würdest mich trösten«, murmelte sie in einem singenden Tonfall. Die Frau schluchzte, die dicke Schwester putzte sich geräuschvoll die Nase und sagte mit sanfter Stimme: »Nun, kommen Sie mich nur wieder besuchen.« Und zu Yasu dem Orientalen: »Einmal in der Woche veranstalten wir hier auch eine Versammlung für den Bund der Eisenherzen.« Er fragte, worüber denn dabei geredet werde. »Über die Wohltaten der Eltern und die Liebe unter Geschwistern«, warf jene Frau ein, die bis eben geweint hatte. Zur Zeit lasse sie, erläuterte ihm die dicke Schwester, die in Gruppen zu viert oder fünft aufgeteilte Menge der Versammelten über die in dieser, der hiesigen Welt empfundenen Beschwernisse, Ungenügen und Leiden debattieren, sodann rede sie mit ihnen darüber, welche Freuden sie drüben an den neuen Orten erwarteten, und sie lud Yasu den Orientalen ein: Ob er morgen, ohne sich anmerken zu lassen, daß er Bescheid wisse, nicht daran teilnehmen wolle? Vielleicht, sagte er, wenn er es schaffe; dabei langte er die Scheine aus seiner Jacke. »Da ist zufällig einiges Geld eingegangen, verteil es unter deinen Leuten«, erklärte er. Die dicke Schwester, den Tränen nahe, umarmte ihn und nannte ihn ihren kleinen, buddhagleichen Bruder.

Obwohl sie ihn damit festzuhalten versuchte, daß sie sagte, sie werde das Essen zubereiten, machte er sich davon, hatte er doch, war er überzeugt, hier im Hinterhaus nichts weiter zu erledigen; auch schien ihm, seitdem diese Dicke, die sich als seine ältere Schwester bezeichnete, mit ihrem Ehemann so unerwartet im Kiez aufgetaucht war, wäre der Bund der Eisenherzen irgendwie merkwürdig geworden, und nachdem er, der von der plötzlichen Umarmung zurückgebliebenen unangenehmen Empfindung wegen, daß er mit dem Fleisch der dicken Schwester in Berührung gekommen, mit der Hand seine Jacke abgebürstet hatte, spazierte er die Straße in Richtung auf die Roßaugeneiche dahin, erinnerte er sich, wie er damals kurz nach seiner Demobilisierung, den Rücken an den Stamm des Baumes dort gelehnt, in der unbestimmten Hoffnung gewartet hatte, daß er Gleichgesinnte fände, die, um das Miteinander in dieser Zeit von Grund auf umzugestalten, mit ihm in die Neue Welt auswandern würden, und dabei summte er eine Tangomelodie vor sich hin, dieselbe, die ihm in jenen Tagen unablässig im Ohr geklungen hatte. Mit Lied und Tanz war das eine seltsame Sache; durch sie, bildete er sich ein, würde selbst die ihm bisher so widerwärtig erschienene dicke Schwester zu einer unvergleichlich schönen Frau, ja, sein durchaus verständlicher Gemütszustand, aus dem heraus er sich sonst bedauernd zu fragen pflegte, warum er im Kiez als einer vom Nakamoto-Clan geboren sei, verwandelte sich schlagartig: Wie er, wenn er ständig das Grammophon laufen hatte, meinte, er wäre bereits in der Neuen Welt angekommen, so war ihm in diesem Augenblick zumute, als spazierte er am Strand von Bahia dahin.

Die alte O-Ryū sah es noch deutlich vor sich, das Gesicht Yasus des Orientalen, wenn er die Erde der Neuen Welt unter den Füßen zu haben glaubte; was für ein dummes Zeug! murmelte sie, während sie nach wie vor in ihrem Bettzeug lag: in der Neuen Welt zu stehen und hier zu sein, sich aber vorzustellen, man stünde in der Neuen Welt, das ist, dachte sie, ein himmelweiter Unterschied; seine Gewohnheit zu träumen hatte ihm, fand sie, die Wunden eingetragen, und ihr kamen die Tränen.

Zusammen mit Hanae zog Yasu der Orientale von Jōji weg und wieder in Torajis Hinterhaus; das war am Tag, nachdem er jene beiden Frauen an den Prostituiertenvermittler verkauft hatte, und die alte O-Ryū hatte den Verdacht, Jōji, sein Untergebener, habe ihn aus Ärger darüber, daß er von ihm geschlagen worden war, aus dem Haus gejagt. Jōji indessen war von Natur aus nicht nachtragend, ja, als zwei Tage nach dem Umzug der Wind das Gerücht verbreitete, ein aufgetakelter Yasu der Orientale sei dabei, auf der Straße zwischen den Kothaufen der Kiezhunde im Kreise engelgleicher schöner junger Mädchen zur Musik des Grammophons zu tanzen, konnte Jōji nicht länger an sich halten und besuchte Yasu den Orientalen im Kiez. Um nämlich zu zeigen, daß er sich von dem Geld aus dem Verkauf jener beider Frauen eine Pistole gekauft hatte; tatsächlich tollten in dem Hinterhaus an der vom Dreck der wie herrenlos durch den Kiez streunenden Hunde übersäten Straße lediglich die fein herausgeputzte Hanae und Yasu der Orientale miteinander herum, doch es erklang kein Grammophon, noch entdeckte Jōji die engelgleichen jungen Mädchen; wer ihm hingegen sofort auffiel, war die Dicke, die sich Yasus Schwester nannte: wie sie, mit roten Blüten geschmückt, den vom mühseligen Nachkriegsalltag erschöpften Frauen aus dem Kiez unentwegt ihren abstrusen Unsinn predigte, aufs Geratewohl irgendwelche Schriftzeichen hinschrieb, von denen sie behauptete, sie enthielten eine göttliche Botschaft, um dann mit weißverdrehten Augen zur Prophetin zu werden und das Dogma der Neuen Welt zu verkünden.

»He, Chef!« Yasu der Orientale blickte auf, wischte sich die Schmierflecken von Hanaes Lippenstift aus dem Gesicht und meinte: »Was denn, du, Jōji?« Aber da hatte ihn Hanae schon – und das unter den Blicken der anderen Frauen – mit vor Begierde bebenden Nasenflügeln und einem benommenen Stöhnen von hinten her umklammert. »Nicht doch, wo dich die da erst vorhin deswegen beschimpft hat!« wehrte er sie ab, und indem er bemerkte, wie Jōji, seinen wahren Charakter (den des Schlägers) durchscheinen zu lassen, mit gespreizten

Schenkeln dastand: »Es ist hoffnungslos, mein Lieber, selbst der Orientale, wenn er sich Hanae unterwirft, wird von oben bis unten mit Rouge beschmiert«, lachte er, zog darauf einen Brief aus seiner Tasche und gab ihn Jōji zu lesen. Er habe, sagte er, die Dicke gebeten, dem nach Buenos Aires ausgewanderten Tōichirō vom Nakamoto-Clan zu schreiben, und nun sei von dessen Sohn Noboru diese Antwort gekommen. Yasu der Orientale schaute hinaus, als läge, wenn er nur die aus dem Kiez mit seinem Hundekot und den wilden Blumen hinausführende Straße immer weiter verfolgte, ganz draußen an ihrem Ende die Stadt Buenos Aires; dort drüben in der Neuen Welt, sagte er, habe man sie zwar in Gettos eingepfercht, und von den vor zehn Jahren ausgewanderten Zwanzigtausend seien so viele umgekommen, daß sie gerade noch fünfhundert zählten, andererseits gäbe es da weite Flächen ebenen Landes, wo das Auge nichts wahrnähme als in der Ferne den Horizont, und aus der Erde ließen sich jede Menge Rohedelsteine graben, für die die Einheimischen, weil sie ihren Wert nicht kannten, kein sonderliches Interesse hätten: »Also doch eine phantastische Gegend«, sagte er, »oder?« Jōji las den Brief, und es durchfuhr ihn ein Schock: nichts, so fand er, war phantastisch, alles war dort drüben genau wie hier im Kiez; noch während er, möglichst unbefangen, aufblickte, fühlte er sich von Yasu dem Orientalen bis auf den Grund durchschaut, und weil soeben die Dicke heulend und mit weißverdrehten Augen anfing, eine göttliche Botschaft zu verkünden, wies er mit dem Kinn zu ihr hinüber: »Was ist denn mit der da los?« – »Ach«, erwiderte Yasu der Orientale, »kümmere dich nicht um sie!«

Es war der Mann der Dicken, der plötzlich das Grammophon anstellte; dieser Winzling von einem Ehemann hätte gern Tango getanzt, was Hanae ihm letzthin beigebracht hatte, aber als er sie jetzt darum bat, seine Partnerin zu sein, lehnte Hanae ab. Da zerrte er, so hatte er es am ersten Tag getan, die Schwester Yasus des Orientalen heraus, und ungeachtet dessen, daß die versammelten Kiezfrauen hinterherlästerten: »Wie komisch! Die beiden sind ja verrückt!« oder gerade deshalb, schien die Dicke, nachdem sie sich einmal darauf eingelassen hatte, die schriftlichen wie mündlichen Botschaften der Götter zu verkünden (was in den Augen aller nach bloßem Hokuspokus aussah), sich und den Ihren rechtfertigen zu wollen: todernst das Gesicht, eine Rose zwischen die Zähne geklemmt, stampfte sie auf, tanzte sie mit ihm allmählich los, wobei sie verzückt die Augen rollte, und ringsum wurde ihr Beifall geklatscht. Von dem Beifall animiert und weil Yasu der Orientale ihr einen Korb gab, tanzte Hanae mit Jōji, den sie dazu einfach bei der Hand nahm, und als Jōji Yasu dem Orientalen mit einem schmerzlichen Lächeln signalisierte: versteh mich bitte, es ist mir peinlich, und Yasu der Orientale tat, als interessiere ihn das nicht, wurden plötzlich Hanae und die dicke Schwester, wie sie da tanzten, aber auch die umstehenden Kiezfrauen für Jōji zu einer Art von Gespenstern, die dahinschwebten, angezogen von einem dem Körper Yasus des Orientalen entströmenden süßen, verzaubernden Wohlgeruch, und ein Gefühl der Übelkeit begann Jōji zu würgen; er wollte hinüber in die Neue Welt, hatte das sogar mit seinem Blut besiegelt, dabei richtete er jetzt die Pistole auf Yasu den Orientalen und drückte ab. Vom ersten Schuß stürzte Yasu der Orientale zu Boden, die Kugel hatte ihn, war Jōji überzeugt, an derselben Stelle getroffen wie beim vorigen Anschlag, hatte die inzwischen verheilte Narbe wieder aufgerissen, und schon wollte es Jōji mit einem weiteren Schuß in den daliegenden Kopf zu Ende bringen, als er, Atem schöpfend, das herrliche rote Blut aus Yasus Körper fließen sah und den unentwegt weitertönenden Tango hörte, so daß er jäh zu sich kam, die Pistole fortwarf und davonrannte. Yasu der Orientale überlegte noch, wieso eigentlich Jōji, der Beste unter seinen Leuten, die eben erworbene Waffe auf ihn gerichtet hatte, dann verlor er das Bewußtsein; man trug ihn zum Arzt, er erhielt eine Erste-Hilfe-Versorgung und sein Leben war gerettet. Als er aufwachte, lag er im Hinterhaus im Kiez. Sein Körper glühte vom Fieber, in der Dunkelheit bei den geschlossenen Regenläden meinte er ihn heraufschweben zu sehen, und er rief nach Hanae; wie um einen Zaubertrick zu erklären, öffnete sie die Läden. Ein gleißender Frühlingshimmel füllte die ganze Breite des aufgestoßenen Fensters, doch die Schußverletzung und die Schmerzen verschwanden davon nicht, und als er fragte, was es denn mit der Grammophonmusik auf sich habe, die er wie nicht von dieser Welt in der Ferne höre, erwiderte Hanae, das Grammophon stehe neben seinem Kopfkissen, also müsse das eine Ohrentäuschung sein; auch sagte sie, ihre Wange an ihn schmiegend, seine fiebrige Haut sei so glatt und schön, sagte, sie wünschte sich, weit fortzureisen, dorthin, wo üppig Flieder und Bougainvillea blühten. Yasu der Orientale – es schien, da wäre wieder sein alter Hang zu Phantastereien – drehte sich zu Hanae um: dies hier sei über dem Lotosteich entstandener Grund, ein Ort wie der sekundenlange Traum eines wer weiß wo eingeschlafenen Menschen, versicherte er ihr, und obwohl innerlich gelähmt vor Schmerzen, zog er Hanae an seine Brust, bemerkte erstaunt das wie der Nektar einer Blüte aus dem Verband sickernde Blut, hörte draußen seine dicke Schwester herumschreien und die anderen Frauen ein erstícktes Lachen von sich geben, und an der Kreuzung zum Kiez jagten sich unter lautem Gekläff die Hunde.

Im Neujahrsmonat darauf, offenbar in dem beruhigenden Gefühl, daß er nach dem doppelten Glück bei den Pistolenanschlägen gefeit sei gegen jedes Mißgeschick, bestieg Yasu der Orientale aus dem Clan der Nakamotos kurzentschlossen allein ein nach Brasilien auslaufendes Schiff, und Briefe, zunächst aus São Paulo, dann aus Bahia und wieder aus São Paulo, diesmal mit inliegenden Zeichnungen und Fotos, erreichten die des Lesens allerdings unkundige alte O-Ryū. In einem Brief aus Buenos Aires indes, er stammte von einer ihr völlig Unbekannten namens Yokouchi Shōichi, stand geschrieben, Yasu der Orientale, in eine revolutionäre Unternehmung verwickelt, sei spurlos verschwunden, vermutlich umgekommen, und als Reijo ihr das vorlas, liefen der alten O-Ryū die Tränen über die Wangen. Am Ende des Briefes folgte eine quergeschriebene Zeile, die auch Reijo nicht lesen konnte, weshalb die alte O-Ryū zur Mittelschule lief, um einen der Lehrer um Hilfe zu bitten. Es zeigte sich, daß es sich, wie sie geahnt hatte, um keinen mutwillig erfundenen Brief handelte, und so enthielt jener Zusatz nicht etwa die Bemerkung, alles Obige sei gelogen, sondern, in spanischer Sprache, die Worte: »In tiefer Trauer, an seine Mutter, von einem Genossen.« Da verstand sie. Die an die Mutter gerichteten Worte beschrieben deutlicher als alles andere: verschwunden war er, weil man ihn ermordet und entweder den Berg hinabgestoßen oder im Meer versenkt hatte; am liebsten wäre die alte O-Ryū, um sich dessen genau zu versichern, auf der Stelle hingeflogen: Was konnte er nur, dachte sie, getan haben, daß er dafür bis nach Südamerika gefahren war? Bald darauf, sie wußte selbst nicht recht, warum, machte sie das Grammophon und die Schallplatten ausfindig, die Yasu der Orientale besessen hatte, und ließ den Apparat Tag für Tag in ihrem Hause laufen. Beim erstenmal hörte sich das für sie an, als wäre da eine Frau in die Schallplatte eingeschlossen und sänge mit einer Stimme, wie wenn jemand Seide zerfetzte; doch allmählich begriff sie auch die Texte, und da Yasu der Orientale jung gewesen war, ein Liebhaber, vor dem die Frauen willenlos hinsanken, ein Stutzer obendrein, mußte es ihn, war ihr zumute, während sie starr auf die sich drehende Schallplatte sah, von deren dauerndem Abspielen, von der Gewalt dieser Musik also, in die Ferne gezogen haben. Musik besaß die Kraft, besessen zu machen; sie hatte Yasu den Orientalen, der jedes noch so starke Getränk unmittelbar aus der Flasche getrunken hatte, in jenes Land da drüben weggeschlossen, hatte dafür gesorgt, daß abermals ein Nakamoto, das trübe Nakamoto-Blut zu entsühnen, aus dieser Welt und um sein junges Leben gebracht worden war. Als er starb, zählte er vierundzwanzig Jahre; sein Todestag, nahm man an, sei der Geburtstag des Buddha Shakyamuni gewesen.

# ラプラタ綺譚

Die La-Plata-Story

Einmal versuchte die alte O-Ryū herauszufinden, welche unter den Jahreszeiten ihr die liebste wäre: mehr als der Frühling war es der Sommer, wenn, all seine Kraft entfaltend, das lebend Lebendige offen lag, sich streckte, soweit es ging; mehr als der Sommer gefiel ihr der um die Endlichkeit der Dinge wissende Herbst, wenn das Verfallende lautlos zunahm an Masse, wenn die zahlreichen Adern verstopften und die Farben zu verbleichen begannen, das Grün in Silber, die rote Blüte ins Eisenschwarze sich verwandelte; mehr als den Herbst mochte sie den ausgewitterten, dürren Winter und mehr als den Winter den die Knospen schwellenden Frühling. Zu jeder Jahreszeit lauschte sie den Stimmen der Vögel, die hinterm Haus im Kiezberg sangen; sie selbst war nicht einfach die eine O-Ryū, vielmehr gliche sie, kam ihr vor, den ohne Ende wieder und wieder wechselnden Jahreszeiten.

Ein goldfarbener Vogel, das war Hanzō, aber es war Shinichirō, wenn es ein Vogel mit silbernem Gefieder war. Und die alte O-Ryū lauschte dem einsamen Lied des silbernen Vogels. Der wie Hanzō mit demselben Nakamoto-Blut ausgestattete Shinichirō pflegte zu sagen, es gäbe einen Ort nicht von dieser Welt, wo auf dem Grund eines Flusses eine Silbererzader verlaufe, und bescheine die Sonne sie oder der Mond gehe auf, so verwandele sich das Wasser des Flusses in pures Silber, nur habe noch niemand versucht, Hand daranzulegen und es abzubauen und zu verkaufen. Im Grunde war Shinichirō, verglichen mit Hanzō, von durchaus ebenbürtiger Schönheit; während sich aber von Hanzō sagen ließ, er sei, solange er lebte, von seinem zu Ausschweifungen neigenden Blut hin- und hergerissen worden, hatte sich Shinichirō, ein Zeichen dafür, wie gleichgültig er gegen die ihm angeborene Schönheit war, mit zwölf Jahren bei einer Keilerei eine erhebliche Schnittwunde im Gesicht geholt, und daß sich andere aus dem Kiez mit irgendwelchen Geschichten aus dem Bereich unterhalb der Gürtellinie aufhielten, daß dieser die Tochter eines wohlhabenden Kaufmanns aus der Stadt herumgekriegt, jener sich zum Loddel der Kleinen aus dem Pachinko-Salon gemacht hatte, dafür empfand Shinichirō nur die tiefste Verachtung, so eifrig und konzentriert betrieb er sein Gewerbe.

Auch als er eines Tages vor der alten O-Ryū den Atlas aufschlug, um ihr zu zeigen, wo sich der silberführende Fluß befände, war er offenbar gerade dabei, eine Sache vorzubereiten, denn mit einem raschen Schwung fegte er irgendwelche Grundrisse beiseite und sagte: »Hier, das ist die Stelle!«, wobei er auf den unteren Teil einer Weltkarte deutete. »Wie nun, wenn wir dort geboren wären?!« setzte er bitter lächelnd hinzu. Die alte O-Ryū begriff sehr wohl, worauf er hinauswollte. »Da müßtest du allerdings ein ganz anderer werden«, erwiderte sie, und er, mit noch immer demselben Lächeln: »Nein, nein, ich möchte ja nicht wirklich dort leben, mein Paradies ist hier.«

Shinichirō, der seit seinem zwölften Jahr nicht mehr bei seinen Eltern, sondern je nach Laune bald bei dem oder bei jenem gelebt, sich mit siebzehn aber zu einem so perfekten Einbrecher entwickelt hatte, daß ihn keiner mehr zu bremsen vermochte, pflegte auch später, als er nach dem Tod seines Vaters an die Ecke zur großen Kiezstraße umgezogen war, mit absolut niemandem (lag's am Gewerbe oder an seinem Charakter?) freundschaftlich zu verkehren. Ja, er zeigte sich selbst dann nicht, wenn zum Fackelfest im Februar, zu Buddhas Geburtstag im April oder zum Knabenfest im Mai die Kiezbewohner, darauf versessen, alles aufs feinste auszurichten, sich auf die Gefahr hin, daß ihnen vom nächsten Tag an nichts als Salz zu lecken übrigbliebe, einmal so richtig ins Vergnügen zu stürzen, am frühen Morgen schon unter lautem, erregtem Geschrei sich damit befaßten, diese den Reis zu waschen und zu kochen, jene ihn zu stampfen, ihn zu kneten und so die von der Würze ihrer aller Hände durchdrungenen Festtagsreisklöße zu produzieren, oder wenn abends im Jugendheim, etwa beim Umtrunk zum Fest der Schreinsregatta, in ihren schon durch die Muster auffallenden, bunten Kimonos die Kinder, die Gesichter weißgeschminkt, darin die wie bei den Tonpuppen mit einem dünnen Strich Rot gemalten Lippen, ihre Tanzübungen vorführten (obwohl nicht recht ersichtlich war, wozu man sie dergleichen lernen ließ) und die Zuschauer begeistert Beifall klatschten. Die alte O-Ryū ihrerseits saß bei solchen Gelegenheiten – der schlechten Augen wegen, wie sie sagte – stets unmittelbar vor der Bühne, nippte an ihrem Reiswein und schaute den Szenen zu wie der vom Kuroda-Krieger, wo ein kleiner Junge als der unerschrockene Samurai in mächtigen Schlucken die große Weinschale leerte, während in jener vom Salzwind-Abendwind (»ach, laß ihn unsere Träume durchnässen!«) das entlaufene Kaufmannstöchterchen mit dem in hübsch getüpfeltes Zeug gekleideten Bootsmann tanzte; dabei war die alte O-Ryū von der Anmut der Kinder, von der Schönheit des Augenblicks so erfüllt, daß sie im Glück dahinzuschwimmen vermeinte, Reijo hingegen, der Laienpriester, hatte in der Nähe der Tür neben der Schuhablage Platz genommen, damit er im Falle, es würde unterm Einfluß des Alkohols, man wußte es ja nie, zu irgendwelchem Gerangel kommen, sogleich verschwinden konnte.

Und indem sie den Reiswein zügig hinuntertrank, sinnierte die alte O-Ryū und dachte: Auch nachdem die Regierung das Dekret erlassen hatte, daß die Vier Stände abgeschafft, daß sie nicht mehr Hoch und Niedrig, sondern alle eines wären, ja lange nachdem die darüber erbosten Bauern mit Bambusspießen auf die Kiezleute eingestochen und ihre Häuser angezündet hatten, war es in Shingū, und dort besonders, weil sich die Stadt um einen Kern aus Shintō-Schrein und Buddha-Tempel entwickelt hatte, noch immer üblich gewesen, daß man diejenigen, die zum Fackelfest im Februar oder zur Schreinsregatta im Oktober hinübergingen, davongejagt, davongeprügelt hatte. Jetzt nahmen die jungen Burschen daran teil, und es verwies ihnen das keiner; mit den anderen um die Wette kamen sie, Fackeln in Händen, vom Heiligtum des Gottes auf dem Kamikura-Berg herabgerannt, mit ihnen trugen sie auf ihren Schultern die Göttersänften am Tag der Schreinsregatta, wobei sie vor den Augen der Städter mit ihren nackten Oberkörpern prunkten.

Unklar blieb, ob man hierin tatsächlich Anzeichen für eine hoffnungsvolle Entwicklung sehen durfte oder nicht. Die alte O-Ryū überlegte: Niemand hatte sich für das entschuldigt, was man ihnen einst angetan hatte. Zwar hieß es, die Unterschiede zwischen den Angehörigen der verschiedenen Stände seien aufgehoben, aber sollte wie damals wieder einmal Mangel am Notwendigsten herrschen, oder es gäbe ein so katastrophales Erdbeben wie gehabt, sie hier, hatte die alte O-Ryū das Gefühl, stünden erneut in der Gefahr, erschlagen zu werden. Schließlich waren die Kiezleute im selben Sinne in die Gleichheit aller einbezogen worden wie einst die Koreaner, die zu »Neuen Japanern« erklärt worden waren, obwohl man viele von ihnen plötzlich und grundlos umgebracht hatte. Diese Überlegungen hatte sie Reijo oft vorgetragen, hatte sich den Mund fusselig geredet, er aber, der Diener Buddhas, war ein gutmütiger Mensch, und wenn sie ihm sagte, sie traue der heutigen Idee der Gleichheit nicht, sobald irgend etwas passiere, würden die Leute von Shingū, würde die ganze Nation garantiert die Zähne blecken, hatte Reijo sie noch immer beschwichtigt: »So mußt du das nicht sehen; ob du lebst oder tot bist, da gleicht eines dem anderen.«

Was nun seinen Charakter anging, so war Shinichirō – lobenswerterweise oder nicht, keiner hätte das zu sagen gewußt – von einer kühnen Unerschrockenheit, jedenfalls wenn man bedachte, daß es den übrigen aus dem hochadligen, trüben Blut der Nakamotos an dem zur Konzentration der Kräfte nötigen inneren Organ zu mangeln schien; nachts ging er los, in der ersten Dämmerung kehrte er mit lautlosen Schritten zurück, danach schlief er offenbar, denn sooft die alte O-Ryū hinübersah: bis gegen Mittag lag das Haus in der vollkommensten Stille da, und sie war überzeugt, daß er gut zurechtkam. Im Kiez hatten nur ein, zwei Familien eine Zeitung abonniert, weshalb die alte O-Ryū gelegentlich erst Tage später, nach der Aufdeckung des Falles, erfuhr, was der zwischen Mitternacht und Morgen wie eine Eule umherstreichende Shinichirō unternommen hatte; als sie aber zum Beispiel hörte, nach einem einzigen nächtlichen Einbruch beginne der Stern eines durch knappe Arbeitslöhne reich gewordenen, sich seit Generationen protzig gebärdenden Tuchhändlerhauses zu sinken, rief sie Shinichirō als der Reinkarnation des guten Räubers Nezumi-kozō ein stilles Bravo zu. Von der Statur her größer als jeder andere aus dem Nakamoto-Clan, dazu geschmeidig in seinen Bewegungen, kleidete sich Shinichirō, solange er zu Hause war, in der Regel nach der neuesten Mode; er sah dann wie ein damals gerade sehr populärer Kabuki-Schauspieler aus, dem man den Schatten einer Schnittnarbe ins Gesicht geschminkt hatte, und da er anders war als jene Typen, die vorzugsweise mit dem zu leben gedachten, was ihnen zwischen den Schenkeln hing, hatte er zwar keinen Umgang mit Freunden, wurde indes von den jungen Mädchen aus dem Kiez ungewöhnlich heftig umschwärmt, mehrfach waren ihm sogar, vermittelt durch die alte O-Ryū, Heiratsvorschläge gemacht worden. Einmal kam da einer aus Temma, der klang ihr nicht übel, also lief sie hinüber zu Shinichirō; was er dazu meine, fragte sie ihn, während sie mit einem Blick überprüfte, wie er so alleine lebte. »Glaubst du denn, Eltern gäben ihre Tochter einem Dieb zur Frau?« entgegnete er, worauf sie erwiderte: »Du mußt doch nicht einbrechen, könntest ja alles mögliche andere machen.« Aber Shinichirō meinte sie zu durchschauen: der ungeschickteste Einbrecher ist jemand, der sich wie du eifrig umblickt, sobald er ein fremdes Haus betreten hat, nein, deine Heiratsgeschichte ist eine Farce von Anfang an, und laut sagte er: »Weißt du, man muß schon selbst ein Dieb sein, um zu begreifen, daß einer nach soundsovielen Malen zu der Einsicht gelangt: du tust es für andere, das macht Sinn. Tätest du's nicht, brächtest du's nicht fertig, deine Linie durchzuziehen und das zu tun, was für dich einen Sinn macht, bekämst du allerdings nie eine Frau.« Und tatsächlich schien es, als wären jene Einbrüche, die ganz offensichtlich Shinichirō zuzuschreiben waren, von besonderer Konsequenz gewesen. So wurde ein zum Verwaltungsamt gehöriges Haus durchwühlt, weil in ihm die Geliebte des Distrikthauptmanns wohnte, und als das Büro der Omnibusgesellschaft an der Reihe war, geschah das kurz vor einer Hausdurchsuchung wegen des Verdachts der Verwicklung in den Eisenbahnskandal.

Aber selbst dann, wenn unklar geblieben wäre, ob diese Fälle auf besagter Linie lagen oder nicht, bei den Plätzen, die Shinichirō für einen Einbruch ins Auge faßte, handelte es sich stets um bereits problematische Häuser, Geschäfte oder Firmen. Man war, kurz gesagt, in einem solchen Maße von Problemen in Anspruch genommen, daß diese das Ganze tief durchdrangen, daß man die Türen abzuschließen vergaß oder die Zeit nicht hatte, um zu bemerken, wie seit einigen Tagen Stück für Stück, nämlich des leichteren Einstiegs wegen, die hölzerne Verriegelung an den Fensterrahmen zerstört wurde; während Diebe daran erkannten: Hier bot sich eine vorzügliche Gelegenheit. Für die Kiezbewohner war Shinichirō der gute Räuber, von seinen Einbrüchen redeten sie mit der Vorsicht, mit der man ein Geschwür berührt.

Der Grund war der, daß er, da er allein lebte, gestohlene Sachen im Überfluß besaß und sie großzügig verteilte. »Hier, nimm das und verschwinde«, war dabei seine ständige Redensart, »sag, du hättest es auf dem Platz vorm Bahnhof gefunden.« Die Kinder, die im Kiez an der Straßenkreuzung spielten, wußten längst, um was es sich bei diesen Sachen handelte, weshalb sie, wenn sie von ihm einen unverpackten Obi oder Kimono oder aber Dinge wie Armbanduhren und Ringe von einigem Wert bekamen, mit gekrümmtem Rücken davonrannten und, wie man ihnen eingeschärft hatte, alles zu Hause ablieferten. Und wenn einmal keine Kinder zu sehen waren, legte er das Zeug an der Kreuzung ab, sozusagen mit der Aufforderung, sich selbst zu bedienen.

Die Leute aus dem Kiez hatten zwar gewisse Bedenken, redeten sich aber dann damit heraus, daß sie ja nur Weggeworfenes aufhöben, und im Handumdrehn, als wären die Ratten darüber hergefallen, hatten sie alles fortgeschleppt; gewiß Shinichirō war der Dieb, doch nun ging natürlich keiner hin und denunzierte ihn, so wenig ihm irgendeiner zuzureden versuchte, er müsse sich ändern.

Einmal, bei der monatlichen Sutrenlesung im Jugendheim, er war hierüber sehr besorgt, predigte Reijo vor den Versammelten von dem diebischen Sohn; dieser hatte sich, in Mißachtung aller Ermahnungen, ja den Vater gar mit Füßen beiseite stoßend, auf einen Beutezug begeben, doch als er, frohgelaunt und stolz auf seine großen Diebeserfolge, zurückkehrte, traf ihn die Strafe Buddhas, riß vor ihm die Erde auf und er stürzte kopfüber hinab in die Tiefe. Niemand indes zeigte sich von der Geschichte beeindruckt, so daß Reijo, der, ein rechtschaffener Mann, krumme Sachen nicht hinzunehmen gedachte, zu Shinichirō marschierte und ihn beschwor, vom Einbrechen abzulassen.

»Ihr meint vom Einbrechen? Was ist daran denn schlecht? Es gibt eben gute Diebe und böse Diebe.« Und allein damit, daß er auf dieser Formel beharrte, setzte sich Shinichirō schließlich gegen Reijos Meinung durch, ja für den Augenblick gab sich Reijo seinerseits geschlagen. Als Shinichirō noch mit dem Argument gekommen sei: »Der Holzhändler, der dadurch zum reichsten Unternehmer in der Stadt aufsteigt, weil er anderen Leuten ihre Anteile vorenthält, wird dennoch von niemandem als ein Dieb bezeichnet; wieso aber kann es dann Diebstahl sein, wenn ihm einer den betrügerischen Gewinn wieder abnimmt?«, da habe er, berichtete Reijo später, nicht mehr gewußt, was er darauf hätte antworten sollen.

Dreimal insgesamt drang Reijo in ihn, er möge doch aufhören mit der Einbrecherei; Shinichirō hingegen verspottete ihn gar noch: »Wie wär's, wenn Ihr mitmachen würdet? Ein Priester kommt leicht in fremde Häuser, und wir hätten einen riesigen Vorteil daraus.« Gedemütigt kehrte Reijo hochroten Gesichts zurück.

»Du hättest wirklich besser mitgemacht«, witzelte die alte O-Ryū, woraufhin Reijo nur um so röter wurde und erwiderte, sie glaube doch wohl nicht, daß er fähig sei, so vom Weg des Menschen abzuirren.

Die alte O-Ryū, es ärgerte sie die Art, in der Reijo über das Schicksal eines Menschen urteilte, fuhr ihn an: »Was redest du da?! Und selbst wenn es so wäre – wo ich mir Sorgen mache, ob es Shinichirō überhaupt schafft, ob er überlebt, weil er nun einmal das Blut der Nakamotos hat ...«

Ihre gereizte Stimmung hielt den ganzen Tag über an. Wie um vor ihr davonzulaufen, ging Reijo durch die Dezemberkälte in die kalten Häuser in Kiez, wo er aus den Sutren las, und da sie, als er zurückkam, keine Anstalten machte, ihm auch nur heißen Tee einzuschenken, fragte er sie: »Na, noch immer wütend?« – »Ach«, scherzte sie, »du bist mir ein rechter Trauerfeierhefekloß!« Um gleich darauf in dem Gefühl, sie als einzige stemme sich gegen die über den Menschen-Weg verhängten Fügungen, in Betrübnis zu verfallen.

Dazu, was der Mensch denn sei, pflegte Reijo folgendes aus den Sutren anzuführen: »Da war ein Wanderer, der wanderte aus den Ländern des Ostens, wo die Sonne aufgeht, in die Länder des Westens, wo die Sonne untergeht, allein und einsam über unendliche Ebenen dahin. Auf einmal gewahrte er, daß in der Ferne hinter seinem Rücken, andere Genossen um sich scharend, ein wildes Tier ihm nachzusetzen begann. Der Wanderer rannte, was er nur konnte. Er suchte nach einem Versteck. Sein Vorsprung vor den Tieren schrumpfte schon allmählich, als der gehetzte Wanderer entdeckte, daß da vor ihm ein großer Tiefbrunnen war. Glücklicherweise hing eine Glyzinenranke in ihn hinab. An sie als das lebensrettende Tau klammerte sich der Wanderer und kletterte so in den alten Brunnenschacht, doch dann fuhr ihm ein lähmender Schreck in die Beine. Auf dem Grund des Brunnens hatte eine schreckliche Riesenschlange ihr schnappendes Maul weit aufgerissen, aus dem wie eine flackernde Flamme die Zunge sich regte. Ich werde sterben, dachte der Wanderer und nahm all seine Kräfte zusammen, um sich wieder hinaufzuziehen, über seinem Kopf indes brüllten bereits die wilden Tiere und bleckten die Zähne. So hing der um sein Leben verzweifelte Wanderer an der Glyzinenranke, ihr allein sein Schicksal anvertrauend, und noch Schrecklicheres geschah: Es kamen zwei Ratten, tags eine weiße, nachts eine schwarze, die knabberten abwechselnd an der Wurzel der Glyzinenranke, auf die als das letzte rettende Tau er gehofft hatte. Nun werde ich sicher sterben, dachte er, mein Tod ist beschlossen. Inmitten seiner Ängste jedoch bemerkte der Wanderer auf dem Blatt vor seinen Augen eine Pfütze süßen Honigs; da streckte er eiligst die Zunge aus und hat den Honig aufgeschleckt.«

Der Mensch, soviel stand fest, schwebte beständig in Ängsten, und dabei kostete er den süßen Honig des Augenblicks; aber wieso wäre es denn ein Verbrechen, süßen Honig zu schlürfen? Was konnte Schlimmes daran sein, wenn einer – da er, weil geboren, doch bestimmt war zu sterben – an die Glyzinenranke geklammert diese kurze Zeit frei nach seinen Trieben verfuhr? Die alte O-Ryū war verbittert darüber, daß der immer das Sterben bedenkende, sich darauf vorbereitende Reijo schon die Vorbereitungen traf für Shinichirōs Tod.

Kurz nachdem Reijo ihn ermahnt hatte, brach Shinichirō drüben überm Fluß in die Papierfabrik ein, was sich offenbar als ein Fehlschlag erwies, denn für eine Weile wurde es still um ihn; andererseits kehrte in ebenjenen Tagen die Tochter eines Mannes in den Kiez zurück, der, als diese noch ein Kind gewesen, nach Südamerika ausgewandert war; sie wohnte bei Shinichirō, und die beiden wurden miteinander intim. Der Vater der Frau – in Brasilien, wohin sie gegangen waren, hatte er alles mögliche versucht, aber mit nichts Erfolg gehabt – war gleichfalls nach Japan zurückgekehrt, hier jedoch, wie man erfuhr, in Ōsaka hängengeblieben; in den Kiez zu kommen traute er sich nicht, der großartigen Abschiedsfeier wegen, die die Bewohner ihm einst ausgerichtet hatten. Anfangs führten die jungen Leute das ganz normale Leben eines glücklichen Paares, nachdem aber zwei Jahre vergangen waren, ließ sich die Frau, auf Abwechslung versessen, mit einem anderen jungen Mann aus dem Kiez ein, und es kam zur Trennung. Immerhin schien sie auf Shinichirō einen gewissen Einfluß gehabt zu haben, jedenfalls hatte er mit dem Einbrechen schlagartig Schluß gemacht.

Aber obwohl er damit Schluß gemacht hatte, ging er nach wie vor weiter abends aus, kehrte im Morgengrauen zurück und hing den ganzen Tag über faul in seinem Haus herum, daran hatte sich nichts geändert, nur daß man ihm, so sehr war er im Verfall begriffen, buchstäblich ansah, wie rapide ihm die alte Unerschrockenheit abhanden kam, ja, was man bis dahin nie erlebt noch erwartet hatte: Shinichirō mischte sich unter die jungen Burschen, die damit die Zeit totschlugen, daß sie unter Einsatz kleinerer Summen mit Glasmurmeln spielten. Wenn man ihm dabei zusah, hatte er, im Gegensatz zu den anderen ungehobelten Kerlen, bisweilen etwas geradezu Elegantes in seiner Körperhaltung, doch jemanden, der längst über die Zwanzig war, bei einem Kinderspiel zu beobachten, machte einen seltsam frösteln.

»Wieviel hast du denn gewettet?« fragte ihn die alte O-Ryū. »Ich habe vom Bäcker drüben einen Gemüsefladen gesetzt«, sagte er. »Was für Kindereien!« meinte die alte O-Ryu, »da werden deiner Narbe noch die Tränen kommen!« – »Ich tu's ja nur, weil mir sonst rein gar nichts Spaß macht.« Und indem er überhörte, daß ihn einer, der neben der alten O-Ryū stand, aufforderte, er solle gefälligst weiterspielen, er sei dran, trat Shinichirō in seinen halblangen, weißen Unterhosen auf die Alte zu: »Mal ehrlich, O-Ryū, welchen Grund hätte eine Frau schon, sich an einen bösen Mann zu hängen?« fragte er mit ernster Miene. »An einen bösen Mann?« fragte ihrerseits die alte O-Ryū. »An einen Dieb natürlich«, erwiderte er.

»Ein böser Mann, der ein Dieb ist, und ein böser Mann zum Zusammenleben, das ist zweierlei. Meint sie einen Mann, mit dem es sich nicht gut zusammenlebt, kann das auch ein netter Mann sein, er ist dann genauso böse«, erklärte die alte O-Ryū mit einem bitteren Lachen und sah zu, wie Shinichirō, von den anderen zur Eile gedrängt, sich vornüberbeugte und die Glaskugel ins Loch schob. Sie sah, wie sich entsprechend den sanften Bewegungen seiner Muskeln das unter die Bauchbinde geschobene frische, langärmelige Hemd mitbewegte; nein, murmelte sie für sich, es gab keinen aus dem Nakamoto-Clan, den die Frauen für einen bösen Mann gehalten hätten. Seit langer Zeit, Folge aus irgendeinem früheren Leben, vielleicht weil vor sieben Generationen einen die Strafe Buddhas traf, waren aus dem verzweigten Stamm der Nakamotos die Männer, und nur sie, wieder und wieder in noch jugendlichem Alter gestorben. Schöne Männer, einer wie der andere. Darunter solche mit eckigen, nach Ausdruck und Schnitt von Augen, Mund und Nase männlich wirkenden Gesichtern, aber auch solche, die eher weibliche Züge besaßen, und zwar dergestalt, daß die Frauen im allgemeinen beim ersten Blick überzeugt waren, diese Männer könnten unmöglich von einfacher Herkunft sein, vielmehr müsse es sich bei ihnen um Söhne von Baronen oder Grafen, jedenfalls um solche aus adligen Häusern handeln, und unter den Kiezfrauen war die Rede davon, daß ihnen, was ihre Qualitäten im Bett beträfe, keiner gleichkomme. Auch liebten sie Gesang und Tanz.

Einige Zeit später begann sich an Shinichirō die wahre Natur des Nakamoto-Blutes zu offenbaren, und zwar nachdem aus seinem Haus eines Nachts – wieso eigentlich? – die Klänge eines Shamisen zu hören gewesen waren.

»Was war denn gestern abend bei dir los?« fragten ihn die Leute, woraufhin er ohne Umschweife zugab, er habe die Frau eines Tuchhändlers aus dem Innenstadtviertel bei sich gehabt. Als er einst die Einbruchsmöglichkeit ausgespäht hatte, war ihm die dicke Tuchhändlerin aufgefallen, und dann irgendwann sprach sie, die verheiratete Frau, ihn bei einem seiner jetzt ziellosen Spaziergänge auf der Straße an.

Einen Augenblick lang hatte ihn der Gedanke erschreckt, sie könnte ihn, was ihm bisher in noch keinem Falle geschehen war, beim nachfolgenden tatsächlichen Einbruch insgeheim beobachtet haben, doch auf seine Frage: »Was gibt's?«, erwiderte sie, er sei doch der frühere Ehemann jener aus Südamerika zurückgekehrten Frau, nicht wahr? Nein, nicht der Ehemann, er habe nur mit ihr zusammengelebt, stellte er richtig.

»Nun«, meinte sie, »wollen Sie mir nicht trotzdem den Gefallen tun, mich anzuhören?« So betraten sie ein nahes Restaurant, und die Frau gab ausführlich Auskunft über den Lebenswandel besagter Rückkehrerin. Nach ihrem ersten Auftauchen im Geschäft habe sie zunächst für jeden gekauften Stoff bezahlt; aber bald habe sie ihren Mann, den Tuchhändler, behext und aufgrund dieses Verhältnisses angefangen, mehr und mehr Zeug einfach an sich zu nehmen, berichtete die Tuchhändlersfrau; sie wolle, sagte sie, daß Shinichirō die Südamerikanerin verwarne.

»Ich sie verwarnen? Mit der Person hab' ich nichts mehr zu tun«, erwiderte Shinichirō, doch als er sah, wie die Frau vor den Augen der Gäste im Restaurant bitterlich zu weinen begann, schien ihm das so unerträglich, daß er sich zu allem bereitfand, und da die Frau erklärte, sie werde in dieser Nacht in ihrem Haus auf ihn warten, ging er, ohne rechtes Interesse, dennoch zu ihr. Anders als bei seinem Einschleichen das vorhergehende Mal betrat er das Haus jetzt durch die hölzerne Hintertür, die die Frau ihm öffnete; dessenungeachtet kam er sich dabei vor wie ein Dieb, und nachdem er die Eingangsstufe hinaufgestiegen war und, von der am ganzen Leib bebenden Frau geführt, das Schlafzimmer erreicht hatte, wo er ihr den Obi löste, spürte er, während er seine Finger über ihre dumpfe feiste Nacktheit gleiten ließ, wie sich seine wahre, nämlich die Diebesnatur nachdrücklich zurückmeldete, und prüfend schweifte sein Blick umher.

Offenbar war es der Frau in Wahrheit gar nicht darum zu tun, daß er ihren Mann und die Südamerikanerin auseinanderbrächte; vielmehr hatte sie ihn, davon war Shinichirō überzeugt, von vornherein in der Absicht angesprochen, sich für das nächtliche Alleinsein zu rächen. Also machte er es ihr zunächst mit einem einzelnen Finger, wobei er zusah, wie sie sich, als wüßte sie nicht wohin mit ihrem fleischigen Körper, in wilden Zuckungen krümmte und ihr Gesicht wie bei einer Grimassen schneidenden Maske in Falten legte, doch sobald sie sich an ihn klammerte und nach seinen Schenkeln zu fingern begann, wischte er ihre Hände beiseite und murmelte: In Wahrheit sei er als Dieb hier eingedrungen.

O du! schrie die Frau, und Shinichirō, als gäbe er im Kabuki den schuftigen Liebhaber: »Dich verlangt, gefesselt zu werden? Nun gut!« Da er ihr jedoch die zuvor entknotete Obi-Schnur um den Hals schlang und sie: »Rette mich, ich bitte dich!« wimmerte, lautete seine Antwort: »Nein, dich kann nichts retten. Ich nämlich war's, der hier eingebrochen hat, und das, bin ich sicher, weißt du genau.«

Bei soviel grausamer Theatralik brach die Frau in Tränen aus: Sie habe keine Ahnung davon, sie wisse von nichts. Na, na, es sei ja schon gut, meinte Shinichirō, rückte ein Stück von ihr ab und ließ sich mit der größten Gleichgültigkeit auf den Rücken fallen. Die Frau setzte sich auf, die Beine seitwärts gebogen; als er ihr nach einer Weile zurief: »Komm her!«, rutschte sie neben ihn und preßte ihre saugenden Lippen zwischen seine Schenkel. »Fürs Heimliche zwischendurch ist ein Junger aus dem Kiez genau das Richtige, nicht wahr? Dort gibt's schließlich eine Menge verdorbener Typen«, sagte Shinichirō, dem es ein wohliges Gefühl verursachte, daß ihre Zunge sein Glied umspielte. Auch davon, murmelte die Frau, habe sie keine Ahnung.

Diese Tuchhändlersfrau also besuchte ihn mit ihrem Shamisen daheim im Kiez. Sie spielte einiges, wie er es gewünscht hatte; dann sah sie sich in dem Haus um, entdeckte aber nichts, das ihr bekannt vorgekommen wäre, das einzig Auffallende, wie sie sich eingestand, war die anspruchslose Art seines Junggesellenlebens. Und als hätte sie begriffen, daß Shinichirō nicht der von Natur aus Böse war, an dem man sich verletzte, sobald man ihn berührte, sondern ein Mann, der, wie es der Eigenart des Nakamoto-Blutes entsprach, den Frauen im Grunde zum besten diente, sagte sie: »Damals bei dem Einbruch habe ich mich gefragt, was muß das für ein Kerl gewesen sein, der das getan hat; nun weiß ich, es war einer, der ebensogut Schauspieler hätte werden können.« Seit dem Einbruch sei es mit dem Geschäft bergab gegangen, ihr Mann habe sich zudem nicht sonderlich darum gekümmert, setzte sie hinzu.

Etwa zwei Monate lang traf sich Shinichirō immer wieder heimlich mit der Frau, entweder im Haus des Tuchhändlers oder bei ihm im Kiez, aber dann, im dritten Monat bekam es ihr Mann heraus. Die Folge war, daß sich die Eheleute gegenseitig ihr selbstsüchtiges Verhalten vorwarfen; dabei entschlüpfte der Frau eine Bemerkung, durch die unversehens die Wahrheit an den Tag gelangte, nämlich daß der Dieb, der über lange Zeit hin an vielen Stellen eingebrochen hatte, Shinichirō gewesen war, und die Polizei leitete eine mehrtägige Fahndung ein.

Shinichirō selbst bekam Wind davon und konnte fliehen. Die Polizisten trieben sich fast einen vollen Monat lang noch im Kiez herum, um schließlich an die zehn Männer zu verhaften und auszuquetschen; doch die hatten mit den Einbrüchen nichts zu tun, es ging um eine Auseinandersetzung unter Pferdehändlern. Hartnäckig blieben die Beamten dabei, es müsse im Kiez Komplizen des Diebes oder eine ganze Bande von ihnen geben, die weiter in Verbindung mit ihm stünden und ihn auf dem laufenden hielten, zuletzt aber kamen sie zu dem Schluß, daß niemand etwas über Shinichirō wußte, sie ließen die Pferdehändler laufen und gaben die Untersuchung auf.

Das eine hatte diese Polizeiaktion bewirkt: Den Kiezbewohnern selbst war dadurch klargeworden, daß sie alle miteinander keine sehr genaue Vorstellung davon besaßen, was Shinichirō bis dahin eigentlich getrieben hatte. Drei Jahre später kehrte er zurück. Er war jetzt neunundzwanzig. Daß es sich um denselben Shinichirō handelte, der damals Reißaus genommen hatte, das stand für sie zwar zweifelsfrei fest, doch irgendwie war der Eindruck, den er machte, ein anderer als früher, hatte sein Gesicht jedenfalls, vielleicht durch die Narbe von der Schnittverletzung, eine Herbheit hinzugewonnen, die seine Männlichkeit nur um so kräftiger betonte, während er gleichzeitig von einer solchen Liebenswürdigkeit im Umgang war, daß diejenigen, die seine alte Art zu leben gekannt hatten, ein geradezu unbehagliches Gefühl beschlich. Der Dialektfärbung nach zu urteilen, mit der er jetzt redete, mußte er sich die Zeit über in Ise oder in Matsusaka versteckt gehalten haben, und da er nach der Rückkehr nicht sofort eine Arbeit fand, verlegte er sich auf die gerade sehr beliebte Aufzucht von Nachtigallen; er hielt mehrere der Vögel in Käfigen.

Mit einer Begeisterung, daß man sich verwundert fragte, was ihn wohl dazu treibe, trug er frühmorgens die Käfige samt den Vögeln auf das Steinpflaster vor das Haus, kratzte mit einem Bambusspatel die auf den Bodenplatten klebenden Futterreste sowie den Vogeldreck heraus, spülte sie mit Wasser durch und stellte sie in die Sonne. Die Nachtigallen in den Käfigen, da sie nun draußen, ausgemistet und geputzt im Sonnenschein standen, schienen sich außerordentlich wohl zu fühlen; sie nippten von dem frisch geschöpften Wasser in den kleinen Becken, sie badeten darin unter vielem Flügelgeflatter, geschäftig flogen sie zwischen den Sitzstangen und den aus dünnem Bambussplit bestehenden Käfigstäben hin und her. Nachdem sie von dem frischen Futter gepickt hatten, begannen sie abermals herumzufliegen, und dann, als wäre ihnen das plötzlich eingefallen, ließen sie wie auf Schnüre gezogene Edelsteine ihr Lied erklingen. Nur waren sie als so winzige Nestlinge zum Züchter gekommen, daß man eine lange Melodie von ihnen nicht erwarten konnte.

Shinichirō lauschte ihnen aufmerksam; daß sie zum Schluß abrupt abbrachen, mochte, so glaubte er, an dem Rest Wildheit liegen, die sie von den Bergen her noch an sich hatten. Schließlich, er hatte jemanden gebeten, ihn dort vorzustellen, ging er eigens nach Kaminouchi, um sich eine Nachtigall auszuborgen, die als eine Berühmtheit galt. Zunächst wollte der Besitzer sie nicht hergeben, doch überredete er ihn mit einem großen Geldschein und bekam sie. Zu Hause suchte er unter seinen ehemaligen Nestlingen den kräftigsten Vogel aus, und nachdem er die übrigen hatte fliegen lassen, setzte er ihn und die geborgte Nachtigall in einzelne Käfige, die er mit Tüchern zudeckte und so aufstellte, daß sie einen dritten leeren zwischen sich hatten. Auch bei der Fütterung gab es nichts zu spaßen. An manchen Tagen lief Shinichirō schon frühmorgens hinunter an den Fluß, fing sich eine Karausche, die er, sobald sie getrocknet war, zu Pulver zermahlte, zusammen mit Reiskleie und Grüngemüse im Mörser verrieb und dann eine nahrhafte Paste daraus machte. Die damit gefütterten Nachtigallen hörte die alte O-Ryū den ganzen Tag hindurch von Shinichirōs Haus her ihre schier endlosen, Schnüren von Edelsteinen gleichenden Lieder singen; dabei hatte sie das Gefühl, jener Fluß, von dem Shinichirō einst (wie lang war das her!) berichtet hatte, daß auf seinem Grund eine Silbererzader verlaufe und sein Wasser gar von Silber sei, er flösse mitten durch den Kiez und all und jedes, wie in einem grenzenlosen, von keinen Zwängen beengten Paradies, läge da und schliefe, den süßen Nektar saugend, einen wohligen Schlaf.

Indes war auch Shinichirōs Nachtigallenzucht keine Sache von Dauer. Von Kindheit an hatte er gestohlen, war er zu einem Dieb herangewachsen, der verdient hätte, berühmt zu werden, aber anders als der gute Räuber Nezumi-kozō, der in sämtlichen achthundertacht Vierteln, also in dem ganzen riesigen Edo, aktiv gewesen war, habe er es, pflegte er die Leute charmant zum Lachen zu bringen, mit der nun leider einmal so kleinen und engen Stadt Shingū zu tun, und seufzend ließ er durchblicken, daß er es hier unmöglich schaffen werde, seinen Namen ins Buch der Geschichte einzuschreiben. Doch was immer er unternahm, und war es nur, daß er morgens mit dem Fischkorb hinunter an den Fluß lief, um sich eine Karausche zu fangen, stets regte sich in ihm die angeborene Diebesnatur und mit sicherem Blick machte er aus, wo wertvolle Dinge lagen oder in welches vornehme Geschäft leicht einzusteigen war. Dabei mußte er sich vor der Polizei verstecken, denn schon auf einen einzigen Einbruch hin hätte der Kiez eine Großrazzia zu gewärtigen gehabt, und er selbst würde, begriff er, ein zweites Mal in die Fremde verschwinden müssen.

Daß nun Shinichirō die Sache mit den Nachtigallen so plötzlich aufgab, hatte mit der Qual zu tun, die es für ihn bedeutete, morgens, wenn sonst noch niemand auf den Beinen war, durch die Stadt zu marschieren, um jene Karausche zu angeln; hinzu kam sein unzüchtiges, auf Tanz und Gesang versessenes trübes Blut, das sich allmählich immer offener bemerkbar machte.

Mit den Worten, er besuche ihn auf Empfehlung des Besitzers der berühmten Nachtigall »Brokatberg«, derselben, die Shinichirō gerade als Singmeister der eigenen Nachtigall bei sich gehabt hatte, erschien eines Tages in seinem Haus im Kiez ein – dem vollen Gesicht nach zu urteilen – offenbar wohlhabender Mann aus der Stadt. Er sagte nicht, wer er sei, noch stellte er sich mit Namen vor; jedenfalls habe er, erklärte er, erfahren, daß Shinichirō eine vortreffliche Nachtigall halte, die zwar nach der bisher nur kurzen Trainingszeit zur vollen Entfaltung ihres Talents noch nicht gelangt sei, jedoch bei Wettbewerben bereits jetzt jede Menge Preise gewinnen würde. Und als sich Shinichirō schon ungeduldig zu fragen begann, was der Mann tatsächlich von ihm wollte, rückte dieser – es sei dies eine etwas genierliche Geschichte – mit der Bitte heraus, Shinichirō möge doch so freundlich sein, den Vogelkot aufzusammeln und ihm das Zeug zu verkaufen. Zunächst dachte Shinichirō: Wozu denn das? Aber bald begriff er. Begriff aus dem, was der Mann stückweise preisgab, daß dieser eine Geisha aushielt. Die Frau wasche sich morgens und abends, um ihre zarte Haut zu pflegen, das Gesicht mit Nachtigallendreck, nur sei der Kot gewöhnlicher Nachtigallen ohne jede Wirkung, es müsse das Exkrement einer durch alle Lande bekannten, ihrer schönen Stimme wegen als Wiedergeburt eines himmlischen Wesens angesehenen Nachtigall sein, berichtete der Mann; deshalb habe er sich die Empfehlung beschafft und ihn aufgesucht.

Es gibt schon merkwürdige Männer, fand Shinichirō; immerhin kratzte er, für die geringe Summe, die der andere ihm aufgedrängt hatte, einiges an Nachtigallendreck mit dem Bambusspatel zusammen, strich es auf ein Stück Papier und überreichte es ihm. Einmal jedoch, weil sich der Mann, sooft er in das Haus im Kiez kam, so überaus geheimnisvoll gab und darauf achtete, daß er von niemandem gesehen wurde, ging Shinichirō ihm nach und entdeckte auf diese Weise das Haus, von dem es hieß, daß in ihm die Geisha wohne, und ermittelte auch das Haus des Mannes. Sowie er sicher sein konnte, daß die Geisha von der letzten Verabredung des Tages zurück war, hob er nach alter Art eine Schiebetür aus und schlich sich in das Haus; da sah er den Mann, der, auf dem Bauch liegend, der jungen Frau (sie waren altersmäßig auseinander wie Vater und Tochter) an den lässig ausgestreckten Füßen die Nägel schnitt, um sie hierauf zärtelnd gegen seine Wangen zu pressen. Als zwei, drei Tage später im Schutz der Dunkelheit der Mann abermals im Kiez erschien und frischen Nachtigallendreck abholen wollte, fertigte ihn Shinichirō mit den Worten ab: »Es gibt keinen mehr. Ich hab' sie fliegen lassen.« Der Mann stöhnte auf, eine größere Enttäuschung schien undenkbar. »Was für ein Wahnsinn!« rief er. Früher hätte Shinichirō das Geschäft des Mannes hierauf sogleich mit einem Einbruch beehrt, doch dem guten Räuber war der eheliche Streit zwischen dem Tuchhändler und seiner Frau eine Lehre gewesen. Seinerzeit hatte er sich aus dem Staub gemacht, mit der Folge, daß viele Männer aus dem Kiez ungerechtfertigt in Verdacht geraten, sogar verhaftet worden waren; nein, dachte er, diesmal rühre ich mich nicht von der Stelle, und im selben Atemzug, wohl unter dem Einfluß seines erregten Nakamoto-Blutes, beschloß er, sich einen genauen Plan zurechtzulegen.

Am folgenden Tag, er hatte das noch nie getan, begab sich Shinichirō zu dem im Kiez unterhalb des Hauses der alten O-Ryū wohnenden Kusumoto Matanojō und machte ihm seine Aufwartung.

Die Sache war die, daß Matanojō damals als Vertreter des Stadtbezirksvorstehers fungierte und gleichzeitig Obmann der Holz- und Strohsandalenflicker war, die seit Gründung des Kiez der Stadt unterstanden und deren Arbeit ohne die Genehmigung des Obmanns keiner ausüben durfte. Tatsächlich lagen die Ursachen für die im Kiez noch immer spürbare

Feindseligkeit zwischen den Familien Jahrhunderte zurück; in jener frühen Zeit pflegten sich diejenigen, die wie eingekrallt draußen am Rande des Kiezberges siedelten, vornehmlich als Sandalenflicker zu betätigen, weil sie sich nur so ihren Lebensunterhalt verschaffen konnten. Diejenigen jedoch, die nach ihnen erschienen, wurden noch weiter an den Kiezrand gedrängt, und keinen von ihnen nahm man mehr in die Gemeinschaft der Flickschuster auf. Die Familien mit Namen wie Ikegawa, Tagawa oder Kigawa, die den Fluß herunterkamen, sowie die von der Küste her im Kiez zusammenströmenden Sumiguchis und Kōnoikes versuchten zwar mit allen Mitteln, die Stadt zu unterwandern, doch als man sie aus dem Kiez verjagte, als ihnen überdies die Sandalenflicker, auf die sie gehofft hatten, ihre Gemeinschaft verweigerten, kam es zweimal zu handgreiflichen Auseinandersetzungen, bei denen es, wie sich die alte O-Ryū erinnerte, sogar Tote gab. Beide Male siegten die von Anfang an im Kiez lebenden Tabatas, Mukais und Kusumotos, sie vermehrten ihren Einfluß, und der Zusammenhalt innerhalb der Gemeinschaft festigte sich zusehends; der Nakamoto-Clan gehörte ebenfalls dazu, und welcher Wind auch immer ihn treiben mochte, als Shinichirō den Wunsch äußerte, von morgen an mitzumachen, wurde er mit Freuden akzeptiert, zugleich freilich ermahnt, ein ehrlicher Mensch zu werden.

In Haltung und Aussehen besaßen die Sandalenflicker aus dem Kiez eine so selbstsichere Art, daß sie noch lange das Ziel von Anfeindungen wurden; wie Tag und Nacht unterschieden sie sich von den Ikegawas oder den Kigawas, diesen Neuankömmlingen, die auf die Gefahr hin, daß die anderen davon erführen und gewaltsam einen Streit vom Zaune brächen, die Außenbezirke der Stadt durchkämmten, um sich ihren Unterhalt schwarz zu erarbeiten, und Shinichirō gar machte eine Figur, als agierte er auf einer Theaterbühne.

Anfangs hatten manche von ihnen, was schon fast als Luxus galt, schneeweiße Beinkleider getragen, dazu rückseitig mit Blumen und Vögeln gemusterte Kimonos und an den Füßen metallbeschlagene Sandalen; der eine oder andere war auch Günstling eines dem Schönen zugetanen Holzhändlers oder einer Geisha geworden. Zu Shinichirōs Zeit, gerade hatte sich die andauernde Depression schlagartig in eine wie eine Riesenwoge heranstürmende Konjunktur verwandelt, gingen im Vergnügungsviertel die ganze Nacht über die Lichter nicht aus, und pausenlos waren die Klänge von Shamisen und Trommeln zu hören.

Die alte O-Ryū nickte für sich. Ja, so war das, und indem Shinichirō mit Augen sah und mit Ohren hörte, was ihm da in solcher Fülle an Tanz und Musik entgegenbrandete, begann durch seinen gesamten Körper dasselbe, Jahrhunderte zuvor der Strafe verfallene Blut rauschend loszutoben und in Muskel um Muskel, diese geschmeidigen, in die dem kerzengerade aufgeschossenen Bambus vergleichbaren Knochen um Knochen einzusickern. Jetzt konnte er nicht mehr zurück; mit den Worten: »Da, schau, die sind kaputt!« hatte ihm die Geisha, die ihr Gesicht mit Nachtigallendreck zu waschen pflegte, ihre Sandalen herausgereicht, und nun saß er neben dem Eingang des Teehauses und wechselte, wie er es vom Zuschauen gelernt, die Zehenriemen aus. »Was denn, noch nicht fertig?« rief die Geisha. »Gerade bin ich dabei«, sagte er, trat mit den Sandalen in der Hand vor sie hin, und während er ihr unverwandt ins Gesicht sah, stellte er das Schuhwerk auf der Eingangsstufe ab. »Versucht mal mit den Füßen, ob die Riemen so passen«, bat er sie und beugte sich nach vorn. Wo sein frisch gestärktes Gewand über der Brust offenstand, stieg daraus der süßliche Geruch des am Morgen noch ausgelüfteten Schweißhemds auf. Die Riemen waren zu eng, sie schnitten in die rosa Zehen, weshalb sich Shinichirō, nachdem er die Geisha wieder hatte herausschlüpfen lassen, eiligst daran machte, die Riemen zu lockern.

Da die Frau nun vom Restaurant aus nicht etwa ins Geisha-Haus ging, sondern geradewegs in jenes hinterm Amtsgebäude gelegene Haus zurückkehrte, das der Mann ihr geschenkt hatte, folgte ihr Shinichirō auf leisen Sohlen; die

Geisha vor ihm bewegte sich, schien ihm, nicht nur des Reisweins wegen mit schwankenden Schritten, sie taumelte wohl auch deswegen, weil ihr von den Riemen, die er erneuert hatte, die Zehen schmerzten. Wenn sie stürzen sollte, werde ich ihr, war er entschlossen, auf jeden Fall wieder auf die Beine helfen, obwohl sie dann natürlich erfährt, daß ich ihr gefolgt bin.

Er erinnerte sich daran, was der Mann und die Geisha getrieben hatten, als er sich heimlich in das Haus geschlichen und sie beobachtet hatte. Der Mann hatte wie in einer Geste der Anbetung ihre Füße in beiden Händen gehalten, hatte sie (»Wie zart sie sind!«) an seine Wangen gepreßt, um dann einen Zeh nach dem anderen in den Mund zu nehmen; und ihm, Shinichirō, war es, obwohl wenig wahrscheinlich, vorgekommen, der Mann hätte sie trösten wollen, nachdem sie durch eine Strafe Buddhas auf die Erde geschickt, nachdem sie mit Füßen ausgestattet worden sei, damit sie auf dieser Erde laufe. In Wahrheit freilich handelte es sich bei der Geisha um ein Wesen, das, ähnlich einer in die Lüfte entlassenen Nachtigall, vom Himmel herabgestiegen war und keine Füße hatte, weil es vordem mit seinen Flügeln übers Firmament geflogen war. Müsse der Mann jedenfalls gedacht haben, sagte sich Shinichirō.

Sowie seiner Berechnung nach die Geisha zu Bett gegangen war, hob Shinichirō eine Schiebetür aus, drang ein und stand vor ihr, und da sie, ihn bemerkend, zu schreien und zu toben begann, hatte er sie im Handumdrehen gefesselt, ihr ein Handtuch in den Mund geschoben und sie so geknebelt. Ob sie ihn erkenne, fragte er; sie schüttelte den Kopf. Er faßte mit der Hand nach ihrer Wange, die jetzt ohne Schminke war, und streichelte sie. »O ja, welche Glätte! Da hat der Nachtigallendreck ja doch gewirkt, nicht wahr?« sagte er, und, indem er ihren Unterkimono am Brustausschnitt gewaltsam auseinanderzerrte, so daß sich der fußlange Saum weit in die Höhe schob: »Na, wo soll ich denn mit der Plünderung anfangen?« Geräuschvoll stieß er den Atem aus, er beugte sich dicht über die Geisha, nahm die eine ihrer entblößten Brüste so zwischen zwei Finger, daß die Brustwarze wie ein rosa Knopf daraus hervorstand. »Was für ein hübsches Nuppelchen! Ob du wohl genauso bist wie sonst die Frauen, die das heiß macht bis zwischen die Beine?« neckte er sie, während er mit Nachdruck, doch ohne ihr weh zu tun, einen Finger darauf preßte. Über ihren nackten Schenkeln gewahrte er das Dickicht der Scham; als er die Hand danach ausstrecken wollte, stöhnte sie und versuchte auszuweichen. Da griff er nach ihren Beinen, die er kräftig streichelte. »Na, zeig schon her«, sagte er und erblickte dabei ihre Zehen. Je länger er diese Zehen, die der Mann damals in den Mund genommen hatte, betrachtete, desto sicherer wurde er sich des Gefühls, eigentlich habe er es mit einem Wesen zu tun, entstanden dadurch, daß es wie eine hölzerne Buddha-Statue geschnitzt worden sei aus einem einzigen Block, ja, er dachte: Klaue eines Tieres, wenn der untere Stumpf lediglich in zwei gespalten ist, erst mit fünf Zehen ein Mensch, und er wandte sich ab von ihren Füßen.

Die alte O-Ryū war überzeugt, daß sich Shinichirō in diesem Augenblick insgeheim an Gen erinnert hatte, der, bedauernswertes Symbol sozusagen für das frühe Sterben der Nakamoto-Männer, von Geburt an mit Klauen wie ein Tier behaftet war. Wenn sie jetzt daran zurückdachte, so kam ihr vor, als wäre Gen, er allein, indem er dergestalt geboren war, mit einer Buddha-Strafe belastet gewesen, wie sie zwei Männer aus dem Nakamoto-Clan in der Weise hätten abtragen müssen, daß sie nach dem Eintritt in diese Welt für kurze Zeit den süßen Honig schleckten, um mitten darin zu sterben.

Wieder und wieder durchwühlte die alte O-Ryū ihr Gedächtnis nach einem Anzeichen dafür, ob sich in dem Geschling der Nachgeburt, die unmittelbar nach Gen aus dem Leib seiner Mutter trat, nicht doch ein zweiter Keimling befunden habe, und auch Shinichirō wurde sich jetzt mit voller Klarheit bewußt: Er war nun einmal ein ebensolcher Nakamoto. Die Geisha ahnte nichts von dem, was in ihm vorging, sie starrte auf das Gesicht mit der Schnittnarbe und bebte vor

Furcht; als Shinichirō anfing, ihre Fesseln zu lösen, warf sie sich hin und her, wich den mitleidlos nach ihr haschenden Händen aus, schlug weiter mit den Armen um sich, in die die Schnüre um so tiefer einschnitten.

Doch der als Räuber eingestiegene Shinichirō ging nachsichtig zu Werke, der Geisha schien er nicht derselbe Mensch, der sie noch kurz zuvor gefesselt hatte. Als sie allmählich in Erregung geriet, wartete er geduldig den richtigen Zeitpunkt ab, umfaßte dann ihren Hintern, stützte sein eigenes Gewicht so ab, daß er ihr nicht zur Last werden konnte, und indem er sie anhob, glitt er mit einem Schub seiner Hüfte tief in ihr Geschlecht. Währenddessen krallte die Geisha ihre Nägel mit solcher Inbrunst in Shinichirōs Fleisch, daß er begriff, welch gleißende Springflut der Lust da durch ihren Körper herangestürmt kam wie eine riesige Woge.

Sobald sie den Höhepunkt erreicht hatte, wurde der Frau allmählich selbst bewußt, daß es sie von anfänglicher Furcht in einen Zustand der Glückseligkeit herübergetrieben hatte. Irgendwo, meinte sie, müsse sie Shinichirō schon einmal begegnet sein, und sie fragte ihn danach; er jedoch, dem die Geisha nach gehabtem Erguß nicht mehr bedeutete als irgendeine Frau, stand auf und zog sich an. Woraufhin sie, als sie ihn in Kleidern sah, entdeckte daß er der junge Sandalenflicker war, der am Tage bei ihr gewesen war.

Am folgenden Tag erschien Shinichirō wiederum als der Flickschuster, doch diesmal, noch ehe er sich gemeldet hatte, reichte ihm die Geisha ein Paar massivhölzerner Sandalen heraus, die sie freilich auch ohne Reparatur hätte tragen können, und sowie er sie fertig hatte, versuchte sie vor den Augen des Sandalenflickers hineinzufahren. »Was denn? Die sind ja zu eng!« polterte sie. Da komme sie ja nie hinein, ein Stümper sei er, schrie sie in einer Lautstärke, daß die Leute aus dem Haus die Köpfe herausstreckten. An diesem Abend schlich sich Shinichirō abermals bei ihr ein und fesselte sie.

Ungefähr einen Monat lang hatte er so sein Vergnügen mit der Geisha, dann verschwand er; das war kurz nachdem vom

Vergnügungsviertel her das Gerücht in Umlauf kam, die Geisha sei derart wütend auf Shinichirō, daß sie ihn entweder fürchterlich verabscheue oder aber sich in ihn verliebt habe. Nach einem weiteren Monat tauchte er wieder auf, und diesmal entschied er sich, als Waldarbeiter in die Berge zu gehen.

Gerade damals nun begann die Konjunktur abzuebben, weshalb es auch im Holzhandel wegen der fälligen Lohnerhöhungen ständig zu Arbeitskämpfen kam; einzig ein Holzhändler aus Ōhama hielt einen Monat ohne Lohnkürzungen durch, so daß die Männer aus dem Kiez bei den anderen Kolonnen Schluß machten und wie eine Lawine zu ihm überwechselten. Was Shinichirō zudem in Erfahrung gebracht hatte: Einer jener anderen Holzhändler hatte erklärt, wenn man ihnen die Löhne kürzte, würden die Arbeiter geschlossen in Streik treten, aber dagegen wisse er Rat, und zwar solle man die Kolonnen in zwei unterteilen, in die regulären und in die Einsatzkolonnen, wobei die letzteren aus den Arbeitern aus dem Kiez zu bilden seien, mit der Maßgabe, daß über deren Einstellung (bei jederzeit möglicher Kündigung) oder Nichteinstellung am besten die regulären Arbeiter zu befinden hätten, was im Endeffekt auf den Ausschluß der Kiezleute hinauslaufe.

Shinichirōs Leben sah jetzt so aus, daß er zusammen mit den anderen Arbeitern, die zu dem Holzhändler aus Ōhama übergewechselt waren, frühmorgens den Kiez verließ und dahin zurückkehrte, wenn sich die Abendsonne rot zu verfärben begann. Bis er dabei einen Mann in ungefähr dem gleichen Alter, wie er selbst war, kennenlernte und hörte, daß er nach Südamerika gehen werde; da entschloß er sich, ebenfalls dorthin auszuwandern.

Als ihr Shinichirō das erstemal davon erzählte, war die alte O-Ryū nicht eigentlich überrascht, hatte es doch seit langem schon Leute gegeben, die davongereist waren in fremde Länder, und Orte wie der Kiez, das wußte sie, existierten überall, also bestand kein Grund zur Sorge; nur, meinte sie, dadurch, daß er nach Südamerika gehe, werde sich an seinem Blut nichts ändern, besser, sagte sie, er gäbe es auf.

Er sei ja durchaus derselben Ansicht, Shinichirō ließ ein etwas verlegenes Lächeln über sein Gesicht gleiten. »Doch dann hatte ich«, berichtete er, »den folgenden Traum.«

Da war ein breiter Fluß, auf den der am Himmel hängende Mond sein silbernes Licht ergoß, Rinder standen im Wasser, und er, Shinichirō, mit Frau und Kind, sie badeten zu dritt im Fluß. »Ich hatte den Eindruck, es wäre ein durch und durch silberner Fluß, jedenfalls aber«, murmelte er, »war es ein so stiller Ort, daß an Diebstahl nicht zu denken war.«

Nicht lange danach brach er nach Südamerika auf, dort blieb er volle zwei Jahre.

In den mit Zeichnungen versehenen sechs Briefen, die die alte O-Ryū von ihm erhielt, war immer wieder von dem Silberfluß die Rede, und die alte O-Ryū blickte oft zur nächtlichen Milchstraße am Himmel auf und dachte: vielleicht macht sie ja am Rande der Erde eine Biegung und fließt danach in den südamerikanischen Silberstrom; dabei pflegte sie die Textstellen, die sie sich ein um das andere Mal von Reijo vorlesen ließ, laut zu rezitieren. Aus dem ersten Brief: Plötzlich sah ich eine riesig ausgedehnte Ebene vor mir, mit nichts als mit Gras bewachsen, so weit das Auge reichte. Silber, Silber, was auch immer. Die Kinder, weil das Essen eine Menge Silber enthält, haben einen silbernen Kot und sterben. Aus dem zweiten Brief: Ich könne, hieß es, eine Frau kaufen; als ich hinging, sagte sie, ich solle sie fesseln und sie so vergewaltigen, bezahlen müsse ich mit etwas, das sich nicht in Gold oder Silber umwechseln lasse. Aus dem dritten Brief: Über die Vernichtung der Inkas. Aus dem vierten Brief: Wie ein Stockbesoffener, in einen Adler verwandelt, mit entblößtem Penis davonflog. Der fünfte Brief enthielt eine Zeichnung: Wie die alte O-Ryū und Reijo es miteinander machen, der sechste Brief den Grundriß eines Ladens, in den er einst eingebrochen war, den Namen eines Bordells und eine Lotterienummer.

In den Texten fand sich nur wenig davon, aber wenn sie die Zeichnungen gründlich betrachtete, bekam die alte O-Ryū eine Vorstellung von dem, was Shinichirō in Südamerika trieb, war es ihr möglich, das Ganze zu dechiffrieren. Dort am Silberfluß, der dadurch entstanden war, daß die himmlische Milchstraße in ihn mündete, wurde in den Bordells offenbar nicht mit Geld bezahlt, weshalb sich die Männer, um eine Frau zu kaufen, darauf verstehen mußten, ihr einen besonderen Dienst zu erweisen, etwas zu opfern, das dem einzelnen zu eigen und durch nichts ersetzbar wäre. So hatte Shinichirō sein hochadliges, verrottetes und trübes Nakamoto-Blut dagelassen. Seit er nach Südamerika gekommen war, schien er ja wohl begriffen zu haben: kein Staat und kein Volk hat von Anfang an existiert, immer sind die einen untergegangen, die anderen aufgetaucht; und wenn er gelegentlich in einer Arbeitspause mit einem Kumpel in die Taverne ging, war dort ein Betrunkener, der tobte schon am hellen Tage auf dem Platz herum, riß sich die Kleider vom Leib, klatschte in die Hände und schrie, jetzt fliege er los. Manchmal dachte er auch an den Kiez. Oder daran, irgendwo einzubrechen, aber Silber oder Gold zu stehlen, war derart lästig, daß es ihn anwiderte; also besuchte er das Bordell, da hatten die Prostituierten die besonderen Dienste, die ihnen die Männer geleistet, als Prämien zusammengestellt und veranstalteten eine Lotterie.

Die alte O-Ryū fand es höchst seltsam, daß die Briefe von irgendeinem Punkt auf dieser Erde aus abgeschickt worden waren; sie starrte sie unverwandt an, wie um herauszubekommen, ob Shinichirō ihr nicht auf andere Weise noch mehr zu sagen hätte. Alles, was wirklich gewesen war, hatte er ihr, so glaubte sie, geschrieben. Im Unterschied zu Japan, wo sich der Kiez befand, gab es in Südamerika bis weit in die Ferne ausgedehnte Grasebenen ohne einen einzigen Baum; dort unterwegs, gelangte man plötzlich an den Silberfluß, wo alles aus Silber bestand; der Erdboden sogar war von Silber, und was man auf den Feldern anbaute, bekam eine glänzende Außenhaut, als hätte sich von Innen heraus ein Silbriges darüber ergossen; bei Kindern verursachten diese Feldfrüchte gelegentlich Verdauungsbeschwerden, sie erkrankten, sie starben daran. Da hatte er eine Frau gekauft, hatte mit ihr gemacht, was ihm gefiel, und mit ihr geschlafen, aber Geld, so nutzloses Zeug, hatte sie nicht genommen, dachte die alte O-Ryū verwundert und plötzlich fiel ihr ein, daß Shinichirō Nachtigallen aufgezogen hatte: ob das dort am Silberstrom nicht der Ort war, an dem die vom Himmel gestraften Engelswesen herabgestiegen waren, um auf Erden Wohnung zu nehmen? Als sie den im dritten Jahr zurückgekehrten Shinichirō darauf ansprach, erklärte dieser: La Plata sei in der Tat bis zum Gewühle voll solcher Wesen (himmlischer Schöner wie diebischer Dachspringer). Und Frauen, denen Flügel gewachsen waren, lebten da jede Menge.

Auch wenn die alte O-Ryū ihn bedrängte, Shinichirō zeigte sich nicht dazu aufgelegt, viel zu erzählen. »Aha, du willst also allein das Vergnügen daran haben?!« meinte sie, doch er: Nun ja, La Plata bedeute zwar der Silberstrom, trotzdem handele es sich um einen Ort, in dem genauso Menschen wohnten wie im Kiez; die geflügelten Engel, sagte er, waren dieselben verdorbenen Weiber, der Adlermann nicht mehr als ein widerlicher, verkrüppelter Alkoholiker. Einmal war Shinichirō über das Steinpflaster gelaufen, um in den engen Gassen, rechts und links mit geöffneten Fenstern die Bordelle, eine Frau zu suchen, wie er sie mochte. Als er eine entdeckte, sie trug eine Blume im Haar, und er dabei war, sie zu prüfen: dreh dich mal so herum und jetzt anders herum, da sah ihn die Frau, eine Mischung aus französischem, spanischem und Indioblut, unter Tränen an und sagte auf spanisch: Wir sind Bruder und Schwester, wir sind Geschwister! Und Shinichirō, verwirrt: Was für ein Unsinn! Ich bin ein Japaner, das heißt ein Mensch aus einem Land, dem deinen genau entgegengesetzt, erwiderte er in der Sprache, die er sich damals eingeprägt hatte, als er mit jener Rückkehrerin aus Südamerika zusammengelegt hatte; doch die Frau weinte und plapperte so hastig, daß er nichts verstand. Da ging er, es blieb ihm nichts anderes übrig, ins Büro der Fischereigenossenschaft und beschwatzte dort die Dolmetscherin: Er sei dummerweise in einen großen Streit verwickelt, ob sie nicht so gut sein wolle, ihm zu helfen.

Wirklich kam sie mit zum Bordell, bereit für ihn zu dolmetschen, und die Prostituierte redete auf sie ein, gestikulierend und in einem keifenden Tonfall. Er und ich, wir sind Geschwister. Ich lüge nicht; die Narbe in seinem Gesicht, sie ist der Beweis. Warum sollten wir auch nicht Bruder und Schwester sein? Schon gut, schon gut, winkte Shinichirō ab, er habe ja verstanden; dafür begann er nun die ihm ins Bordell gefolgte Dolmetscherin zu umschmeicheln: sie sei so schön, vom Mondlicht beschienen komme sie ihm vor wie die Jungfrau Maria, wie ein geflügelter Engel, sagte er ihr, und sie, voller Mitgefühl mit ihm, dem bedauernswerten, von der Prostituierten als Bruder eingeforderten, in seinem Verlangen aber ohne Befriedigung gebliebenen Mann, riß ihm im Mondschein die Kleider auf und ging ihn mit der Zunge an. Da erst begriff er es in der vollen Bedeutung: Alles, was auch immer, war Silber. Und überzeugt, daß alles Silber war, leckte einer des anderen Körper, sogen sie, rieben sie sich aneinander, bis die Prostituierte, die erklärt hatte, sie seien Geschwister, neben ihn rückte, sich auszog und darum bat, sie mitmachen zu lassen. So leckte er die Dolmetscherin, wurde selbst von der Prostituierten geleckt, und während sie sich auf diese Weise vergnügten, neigte sich an dem durch nichts verstellten Himmel der Mond allmählich zum Untergang, stieg in der Ferne nach einer abermaligen Umkreisung der Erde die Sonne aus dem Dunkel des Kiez herauf über dieser anderen Seite, und im Anblick des errötenden Himmels spritzte Shinichirō seine Manneskraft in die Prostituiertenkehle, was ihm das Gefühl einer grenzenlosen Freiheit verschaffte.

Auf jeden Fall war dies das gegenüberliegende Land. Die eine Seite seines Gegensatzpaares, dachte er: wie zur alten O-Ryū der Laienpriester Reijo gehörte, auch was die Prostituierte behauptete, nämlich daß sie Geschwister seien, erschien ihm jetzt keineswegs mehr so weit hergeholt; ja, wahrhaftig: Himmel und Erde, Leben und Tod, oben und unten, rechts und links – wenn er hier, auf der anderen Seite, darüber nachdachte, müßte, was er mit rechts benannte, drüben links sein, und was er hier für oben hielt, wäre dort unten, überhaupt gäbe es, sofern man sich die Erde als eine Kugel vorstellte, nicht den geringsten Grund für die Annahme, etwas könne oben oder unten sein. Am Ende würde irgendein verschrobener Kopf erklären, der Tag sei die Nacht und die Nacht sei der Tag, würde mit der Zeit die Dinge dadurch verwirren, daß er die vollkommen lichtlose Finsternis, weil eben der Tag die Nacht beziehungsweise die Nacht der Tag wäre, als den Tag bezeichnete; es war dies, kurzum, das Land des Samsara.

Shinichirō lebte von da an mit den beiden Frauen zusammen, mit der Prostituierten, die seine Schwester zu sein vorgab, und mit der Dolmetscherin; nacheinander begegnete er einer blinden Ballerina, einer Sängerin mit zerstörter Stimme, einer Aufschneiderin von einer Spionin sowie der Mätresse des ermordeten Präsidenten des Landes. Auf den Plätzen wurde alles nur mögliche verhökert. Da traten Seiltänzer auf und Tellerjongleure, aber keiner beachtete sie auch nur.

Und so redete Shinichirō, erzählte er von einem Land, in dem die Dinge gleichsam auf den Kopf gestellt waren; dort am Silberstrom, wo dem Geld die schwerkraftmäßige Gewichtigkeit verlorengegangen war, hatten sich, berichtete er, derart sonderbare Wesen versammelt, daß man hätte glauben mögen, es sei dies das Paradies. Engel, die nicht fliegen konnten. Künftige Buddhas, die die wildesten Laster auskosteten. Leute, die sich bis in die Augen hinein tätowieren lassen wollten. Kraniche, feist wie die Schweine. Schweine, die wie die Kraniche aussahen.

Nachdem er aus Südamerika zurück war, schloß sich Shinichirō, als hätte er in der Fremde ernsthaft zu arbeiten gelernt, der Gruppe der Waldarbeiter an, deren Situation sich inzwischen völlig verändert hatte, und frühmorgens schon ging er los. Bald darauf, aus seinem Haus war häufiger eine weibliche Stimme zu vernehmen, schien er wieder eine Frau zu haben. Woher er sie hatte und wer sie war, wußte niemand, doch wenn Shinichirō von den Bergen heimkam, wartete sie auf ihn am Kiezeingang, um ihm dann mit einigen Schritten Abstand ins Haus zu folgen; eine Weile hörte man sie sich unterhalten, aber nicht lange und sie brachen in ein lustvolles Stöhnen aus.

Tagsüber war die Frau nicht im Haus.

Als ihn die alte O-Ryū, der das seltsam vorkam, eines Tages danach fragte, erklärte er ihr mit ernstem Gesicht, diese Frau da, ja die stamme nun einmal aus dem Land auf der anderen Seite, aus einer Gegend, in der es allenthalben Silber gebe, weshalb das Geld dort seine gewichtige Wirkung verloren habe. Die alte O-Ryū hatte den Eindruck, mit seiner Art zu reden wolle er sie zum Narren halten, und indem sie ihren bis dahin mühsam beherrschten Zorn explodieren ließ, konterte sie mit einer Stimme, schrill wie die einer jungen Frau: »Ich versteh' kein Wort! Sag gefälligst, was du meinst!«, und fast hätte sie die Hand gehoben und ihm eine heruntergehauen, als wäre er ihr eigener Sohn.

»Ein Mann von über dreißig, der sollte sich doch allmählich so ausdrücken, daß man ihn versteht. Und du redest lauter Zeug daher, von dem mir wer weiß wie wirr wird im Kopf.«

»Ja, sag mal«, meinte Shinichirō leise und ungerührt, »für wen hältst du dich eigentlich?« Doch damit reizte er ihren Zorn von neuem: »Ich bin die O-Ryū. Du erkennst mich nicht? Du erinnerst dich nicht? Deine Mutter, die hat dich bloß geboren, ich hingegen habe dich als erste in dieser Welt in den Armen gehalten«, rief sie, um indes (was sie sich freilich nicht anmerken ließ) sogleich zu bereuen, daß sie mit ihrer Antwort abermals zu weit gegangen war. Noch keine drei Monate nach Shinichirōs Geburt war seine Mutter davongelaufen. »Ich lass' mich von niemandem fragen, für wen ich mich halte.«

Genug, genug, er sehe es ja ein, antwortete Shinichirō, beugte sich zu ihr hinunter, und mit dem Mund nahe an ihrem Ohr: »Es ist jedenfalls eine Frau.« Wie, das sei alles? Die alte O-Ryū war enttäuscht. »Eine himmlische Frau. Damit sie nicht davonfliegen kann, schnüre ich sie jedesmal rundum zusammen, aber husch, ist sie mir entschlüpft«, berichtete Shinichirō, dann, mit ernstem Gesicht, fragte er, wobei er ihr Gesicht beobachtete, ob er die alte O-Ryū nicht auch einmal fesseln solle? Sie war bestürzt: Von einem wie Shinichirō gefesselt, und wär's, um liebkost zu werden, da würde sie gewiß sterben. Nein, so was sei ja anomal, sagte sie. Anomal? Wieso und was denn daran so schlimm wäre? fragte er. »Ziemlich schwierig, das ist es. Etwa das Seil so anzubringen, daß die Scheide richtig aufklafft. Und natürlich müssen ihr, der ursprünglich Himmlischen, die Arme, die sie statt der Flügel hat, müssen ihr die Finger und die Fingernägel, sobald sie erst begreift, daß sie ein Engel gewesen, als beschämend verkrüppelte Körperteile erscheinen; aber wie wären solche und andere Deformationen wegzubinden?«

Die alte O-Ryū hatte keine Ahnung davon gehabt: Dieser Shinichirō ging zu dem Zeitpunkt bereits nicht mehr in die Wälder, sondern erneut auf Diebeszüge. Zwar hatte sie gesehen, wie Leute aus dem Kiez an der sogenannten Himmel-Erde-Kreuzung neben dem Jugendheim gelegentlich irgendwelche Dinge auflasen und damit nach Hause eilten, wo sie sie versteckten; daß es sich dabei aber um Teile aus Shinichirōs andernorts gemachter Beute handelte, die er selbst nicht brauchen konnte und mit denen er, indem er sie dort wie früher beiseite warf, die Gewichtigkeit des Geldes zu untergraben versuchte, das war ihr nicht klar gewesen.

Seit dieser Zeit, seit also Shinichirōs Leben wieder so verlief, daß er nachts losging und im Morgengrauen zurückkehrte, erklang in seinem Haus von früh bis spät die bald gedämpfte, bald in verzückte Schreie ausbrechende Stimme der Frau. Shinichirō, so erzählten sich die Kiezleute, sei nur imstande, sich zu befriedigen, ja auch nur zu erigieren, wenn er, um sich des sexuellen Drucks zu entledigen, seine Partnerin zuvor gefesselt habe; eine von welcher Wollust umgetriebene Frau aber mußte das sein, die, gefesselt und erniedrigt, solch ein Vergnügen, solche Wonne empfand. Ein Gerücht rief das nächste Gerücht hervor; sie sei eine geradezu erschreckend schöne Frau, hieß es, dabei hatte sie keiner je zu Gesicht bekommen.

Dreimal nacheinander fanden sich an der Himmel-Erde-

Kreuzung, verstreut wie mit dem nächtlichen Tau vom Himmel gefallen, dunkelblaue Saphire, taubenblutrote Rubine, Jadesteine von einem Grün, tief wie die Staus der Wildwässer in den Bergen, Perlen wie auf Lotosblätter gerollte, gefrorene Regentropfen, auch Gold und Silber. Anfangs, als die Kinder aufgelesene Rubine brachten, glaubten die Kiezleute nicht, daß es sich um echte Steine handelte, und sie ließen sie den Kindern zum Spielen; doch einer zeigte sie dem Pfandhändler, und jetzt, da sie wußten, es waren Edelsteine, erhoben sie ein großes Geschrei und verlangten sie von den Kindern zurück.

Am ersten und am zweiten und am dritten Tag waren von morgens an die gedämpften Stimmen Shinichirōs und der Frau zu hören, ein Wonnegeflüster, das so deutlich durch die Regenläden nach draußen drang, daß sich die Lauscher schämten. Frühmorgens am vierten Tag, irgend jemand hatte geplaudert, versammelten sich zu den Leuten aus dem Kiez auch solche von außerhalb, doch abgesehen von einer einzigen Perle, die sie aus dem Schlicker eines Abwassergrabens herausholten, war nichts zu finden.

Am fünften Tag bemerkten diejenigen, die morgens angelaufen kamen, daß von den sonst in einem fort verliebt flüsternden Stimmen nichts mehr zu hören war, weshalb einer aus dem Kiez, erfüllt von dunkler Ahnung, die alte O-Ryū herbeirief, sie die Tür aufschoben und drinnen Shinichirō entdeckten, ein halb ausgetrunkenes Glas mit Quecksilber neben sich, lag er wie hingeworfen vor dem Buddha-Altar und war tot.

Das geschah am Tag vor dem Tanabata-Fest, am sechsten Juli in der noch ein Frösteln erregenden Frühe. Er starb mit vollendeten zweiunddreißig Jahren. Abermals war das adlige, verdreckte Blut eines Nakamoto gereinigt.

# カンナカムイの翼

# Die Schwingen des Donnergottes

Seit die alte O-Ryū vollends bettlägerig war, Tag für Tag, in einem unbestimmten Zustand zwischen Schlafen und Wachen, mußte ihr, hatten die Kiezbewohner gemutmaßt, von Toten wie von noch Lebenden bald dies, bald jenes vor dem inneren Auge aufgestiegen sein, hatte sie doch, solange sie gesund gewesen war, alles in seiner vergangenen und gegenwärtigen, ja sogar zukünftigen Gestalt in ihr Gedächtnis eingefaltet und bisweilen davon gesprochen.

Heute nun, zur nächtlichen Totenwache bei der alten O-Ryū, versammelten sich nicht nur die inzwischen verstreuten Kiezabkömmlinge, sondern alle, die am Leben waren, aus welchen Generationen auch immer. In besseren Tagen hatte die alte O-Ryū ihr Haar zu einem kleinen Knoten aufgesteckt gehabt, später aber, als sie sich legte und hinfällig zu werden begann, hatte sie es kurzerhand abgeschnitten, weil sie nicht mehr damit zurechtgekommen war; was, so fragten sich die Trauergäste, mochte in diesem Kopf gestapelt sein!? Bis wer weiß wo die Orte, die Zeiten ohne Ausnahme, sie bildeten, so lautete das allgemein akzeptierte Gerücht, eine den Wolkenkratzergebirgen der Großstädte vergleichbare, labyrinthische Szenerie.

Die alte O-Ryū hatte kein einziges Schriftzeichen lesen können, dennoch schaffte sie es, die Texte der Sutren, die ihr Mann Reijo rezitierte, auswendig zu lernen und sich die Geburtstage der im Kiez Geborenen wie die Todestage der Verstorbenen genau einzuprägen. Wenn sie das Gesicht eines Kindes sah, das durch den Kiez lief, wußte sie, wessen Kind es war, wer seine Eltern und wer die Eltern dieser Eltern waren; sie war sogar imstande zu sagen, welche Stiefgeschwister des Kindes von einer anderen Mutter, welche von einem anderen Vater stammten, mit wem es als Vetter verwandt und welchen Onkels Neffe es war.

Da kam ihr zum Beispiel, eine bereits verblassende Erinnerung holt man so zurück, ein Mann in den Sinn, der, über die Quelle am Lotosteich im Kiez gebeugt, in großen Zügen von dem hervorsprudelnden klaren Wasser trank, und es fiel ihr wieder ein, daß ihr die Kehle wie zugeschnürt gewesen war, als der Mann plötzlich das Gesicht gehoben und sie, die ihm zugesehen, in ein Versteck gewinkt hatte. Damals hatte sich dieser Yosokichi (das ist: der Hergelaufene) im Kiez niedergelassen, wo er schließlich Mitsu, Tomoji und Tatsu zeugte. Die Frau dazu war die zweite Tochter des Mukai Tamanojō; sie hatte nach auswärts geheiratet, war aber wieder heimgekommen, und obwohl ihr Vater sie aufforderte, arbeiten zu gehen, hing sie untätig herum, wobei sie sich mit Yosokichi zusammentat und ihm jene drei Söhne schenkte, die, weil auch weiterhin niemand Yosokichis wirklichen Namen erfuhr, ihren Vatersnamen Mukai trugen.

Die alte O-Ryū war überzeugt, diese Art der Bevölkerungsvermehrung müsse im Kiez schon immer die Methode gewesen sein, seit jener Zeit, als die ersten ein, zwei Häuser auf der Rückseite des Berges bezogen wurden. Die ältesten unter den Kiezfamilien waren, angefangen mit den Nakamotos, die Mukais, die Kusumotos, die Tabatas und die Matsunes; zu diesen fünf kamen als Seitenlinien die Ikeguchis, die Iwamotos sowie die Shimojis, und sie alle waren auf eine höchst komplizierte, verwickelte Weise einem einzigen Stamm entsprungen. Noch jetzt, wenn sie nur wollte, konnte es die alte O-Ryū vor sich sehen, als wäre das gestern gewesen: wie das erste Paar am Rand des Berges die Rundhölzer in die Erde rammte, die Wände hochzog, das Dach mit Schilfgras deckte und den Fußboden dielte.

Abgesehen von den wenigen Frauen, die sich um die alte O-Ryū kümmerten, zeigten sich die meisten Kiezbewohner nicht sonderlich besorgt darum, daß die Greisin, die den Kiez bis in jeden Winkel kannte, die alles von ihm wußte, angefangen von den Vorgängen, die sein Entstehen bewirkt hatten, bis hin zu seinem künftigen Verschwinden, daß diese Alte jetzt da oben auf halbem Berg über der steinernen Treppe mit geschwächtem Körper wie schlummernd auf den Tod darniederlag.

Für sie selbst war das eine ganz natürliche Sache. Das Gestrüpp auf dem Berghang hinterm Haus hatte sich bei Ankunft der kalten Winde in Gold und in Silber und in Brokat gekleidet, unbemerkt ließen die noch grünen Gräser ihre Samen fallen, dann begannen sich die Stengel von der Spitze her zu verfärben, ragten verdorrt zuletzt wie große goldgelbe Nadeln auf, um im Regen allmählich zu verfaulen. Unzählige Male hatte sie das mit angesehen, und wenn mit des Himmels Hilfe an ihr jetzt das gleiche geschah, so war sie eher froh und glücklich darüber. Was auch könnte, dachte sie bei sich, Buddhas Mitleiden im Mitleidlosen deutlicher machen als der lange kalte Winterregen, der auf die abgestorben dastehenden Halme fällt.

Die alte O-Ryū, halb träumend, stellte sich vor, wie auch in Bahia, in Buenos Aires, in Seoul der Regen fiel, die verdorrten Gräser verfaulten, die auf die Erde verstreuten Samen Keime trieben und die Wachstumsstoffe produzierten. Sie hörte im Radio den für die auf Fahrt befindlichen Schiffe ausgestrahlten Wetterbericht. Sie erinnerte sich an die Gesichter der jungen Männer aus dem Kiez, die im Fischereihafen von Katsuura an Bord eines Hochseetrawlers gegangen waren; sie malte sich aus, wie die jungen Leute in diesem selben Augenblick auf ihrem Schiff dem Wetterbericht lauschten, wobei ihr, der alten O-Ryū, zumute war, als würden sich ihre Herzen miteinander verständigen. Sie lag da wie in einem leichten Schlummer, und ohne unterscheiden zu können, ob das real war oder eine Sinnestäuschung, vernahm sie das Auftreffen des Lichts auf den rückwärtigen Berg und wie davon das Licht zu klingen, wie der Wind mutwillig an den hölzernen Läden zu rütteln begann, daß es nur so schepperte. Hanzōs goldfarbenes Vögelchen aber, bedauernd, daß auf der silbernen Leinwand der Film zu Ende gegangen war, tanzte auf dem Wind dahin, flatterte durchs Dickicht von Ast zu Ast, und es war wie eine Ekstase: zu leben, zu sterben und wieder zu leben, wovon sein kleiner Körper erbebte, seine kleine Kehle erzitterte, während es mit jubilierender klarer Stimme sang. Die alte O-Ryū, noch einmal das Schicksal des trüben, hochadligen Nakamoto-Blutes beweinend, murmelte in ihrem Herzen: Ach Hanzō, freue dich nicht, daß du, ein frisches grünes Gras, gebrochen wurdest; die Samen zu verstreuen, dann von selbst, wie draußen der aufrechte Halm, zu verdorren, das ist die wahre Lust, die Buddha uns gewährt. Ununterbrochen indessen, es schien, als erzitterte der lichtdurchflutete, wolkenlos klare Äther, sang Hanzōs goldenes Vögelchen fort. Und indem sie spürte, wie die heitere Vogelstimme auch sie an Leib und Seele reinigte, erinnerte sich die alte O-Ryū jenes Tatsuo, der ebenfalls einer aus dem Clan der Nakamotos gewesen war.

Tatsuo war, trotz des altersmäßigen Unterschieds, ein Vetter Hanzōs; nach dem Jahrgang gerechnet, gehörte er zur selben Generation wie Ikuo, der Sohn des Nakamoto Katsuichirō, doch schon vor seiner Geburt hatte das Kind Anlaß zu den seltsamsten Vorahnungen gegeben. Als Tomi, Tatsuos Mutter, im neunten Monat war, hatte sich sein Vater Nakamoto Tomishige, ungeachtet ihrer Bitte, für die kurze Zeit, bis das Kind käme, auf den Pferdehandel zu verzichten, nach Fujinami auf den Markt begeben, hatte dort mit einer Frau angebändelt, oder sie mit ihm, jedenfalls sei er vom Liebhaber der Frau mit dem Messer bearbeitet worden, erklärte er bei der Rückkehr. Tomishige war um die Dreißig, dazu, als einer aus dem Stamme der Nakamotos, ein blendend aussehender Mann, und obwohl er zugab, Stichverletzungen abbekommen zu haben, ging er doch nicht zum Arzt, sondern wickelte sich statt eines Verbandes eine baumwollene Leibbinde um Schulter und Brust, um sich daheim einzuschließen; nicht lange freilich, und er war aus dem Haus verschwunden. Verwundert fragten die Leute, wieso er denn sie, die Hochschwangere, habe allein lassen können und wohin er gegangen sei, aber Tomi hatte nicht die leiseste Ahnung, und auch die alte O-Ryū kam zunächst nicht dahinter, so seltsam ihr das Verhalten ihres Ehemannes Reijo erschien. Dann jedoch bemerkte sie, daß bei ihr Kleidungsstücke sowie Teile des vorrätig gehaltenen Reismehls fehlten, und als sich Reijo eines Tages auf den Weg machte, um bei einer Totengedächtnisfeier die Sutren zu lesen, und sie ihm heimlich folgte, da hockte, über und über mit Stoffetzen bedeckt, der selbst wie ein Pack Lumpen wirkende Tomishige in einer Hütte neben dem kleinen Schrein am Rande von Ukishima, mitten im Morast, den damals noch keiner in Reisfelder zu verwandeln suchte, und vor der Hütte, mit geröteten Wangen, die Schultern zurückgebogen, in einer Haltung, die deutlich verriet, wie angespannt er war, stand Reijo und fragte leise: »Wo tut es denn weh, du hast ziemliche Schmerzen, nicht wahr?« Die alte O-Ryū kehrte auf der Stelle nach Hause um, und sowie Reijo auch zurückkam, setzte sie ihm mit Fragen derart zu, daß er ihr zuletzt berichtete: Tomishige, aber davon sollte niemand etwas erfahren, sei überzeugt, es habe ihn erwischt, schwerer als irgendeiner trage er an der Strafe für eine Missetat, die ein ferner Nakamoto-Vorfahre einst begangen hatte; deshalb seine Flucht. Und da die Leute Ukishima fürchteten, weil dort eine große Schlange hause, also niemand kam, das Schreinchen zu besuchen, habe er sich daneben die Hütte zusammengebaut. Der alten O-Ryū verschlug es die Sprache.

Eigentlich habe Tomishige vorgehabt, gleich nach Yunomine zu gehen, wo das Wasser aus der Thermalquelle eine so wunderbar heilende Kraft besitze; indes, da diese schwere Strafe ihn getroffen habe, könne ja auch das Kind in Tomis Leib durchaus damit belastet sein, und wenn dem so wäre, müßten wohl beide, Vater und Kind, in der Hoffnung auf Erbarmen gemeinsam nach Yunomine pilgern, wenn aber nicht, so werde er, habe er gesagt, allein gehen, und also warte er in der Hütte bis zu dem Tag, an dem Tomis Kind diese Welt betrete. Jedenfalls, beschwor Reijo die alte O-Ryū, dürfe sie das ja keiner Menschenseele weitererzählen, auch Tomi nicht und dem Kind in ihrem Leib, und sollten sie sie noch so sehr und unter Tränen darum bitten.

Wie Reijo es ihr geraten, hatte die alte O-Ryū eine Woche vor dem errechneten Tag Tomi zu sich ins Haus geholt. An dem Abend dann kam ein Sturm auf. Mit Regen vermischte Böen peitschten Wellen in das Gestrüpp auf dem rückwärtigen Berg, von Zeit zu Zeit brach ein Donner los, und sein Grollen war von einer solchen Stärke, daß es das Haus unter sich begrub. Die alte O-Ryū hatte Reijo gebeten, auf dem Herd Wasser heiß zu machen, und während sie der in immer kürzeren Abständen von den Wehen gehetzten Tomi nicht von der Seite wich, nahm sie sich vor, ruhig zu bleiben, was auch immer geschähe. »Und du halt nur durch!« redete sie Tomi zu, die, voller Vorwürfe gegen ihren Mann Tomishige, den ohne ihr Wissen plötzlich Verschwundenen, mit den Schmerzen rang. Zur frühesten Dämmerung, morgens um vier, kurz nachdem die Flut aufgelaufen war, wurde mit den letzten Wehen, und ohne daß an ihm irgendein Mangel oder aber ein Zuviel gewesen wäre, Tatsuo geboren, bereitete ihm die alte O-Ryū das erste Bad, und da endlich, verwundert, wie herrlich frisch das Plätschern des warmen Wassers zu hören war, bemerkte sie: Sturm und Regen draußen hatten sich gelegt. Reijo saß, den Rücken gekrümmt, die Arme um die Knie geschlungen, und starrte in das Feuer im Herd. Als die alte O-Ryū den kräftig schreienden kleinen Tatsuo in Windeln und Tücher gewickelt hingebettet hatte und sich um die Nachgeburt kümmerte, erhob sich Reijo schwankend, als hätte er seine Seele an die im Herd tanzenden Flammen verloren, stieg auf den Stampflehmboden hinab und schlüpfte in die hölzernen Sandalen. Daß er dabei, obwohl er es nicht leiden konnte, wenn etwas nicht paßte, ein Paar Frauensandalen erwischte, nämlich die der alten O-Ryū, das war bisher noch nie vorgekommen. Er öffnete die Tür am Kücheneingang. Vom Kiezberg her, als genösse sie die wiedereingekehrte Stille, schrie eine Eule.

Sehr viel später geschah es einmal, daß Tatsuo die alte O-Ryū fragte: »Bin ich wirklich nachts beim Schrei der Eule geboren? Dann ist die Eule meine Schutzgottheit, nicht wahr?« Natürlich wußte Tatsuo nichts von dem, was sich in jener selben Nacht unmittelbar nach seiner Geburt zugetragen hatte und was Reijo, der zum Ukishima-Schreinchen unterwegs gewesen war, um Tomishige zu sagen, daß er einen an allen Gliedern vollkommenen, prächtigen Sohn erhalten habe, nur als eine aus der Welt der Dämonen heraufgetauchte Erscheinung hatte beschreiben können. Den Hohlweg sowie die neue Straße hatte es damals noch nicht gegeben, so daß man, um vom Kiez nach Ukishima zu gelangen, in einem weiten Bogen um den sich in Gestalt eines liegenden Drachen quer durch die Stadt erstreckenden Berg herumgehen mußte, oder aber man nahm, wie Reijo, einen winzigen Pfad, von dem keiner wußte, ob ihn in alter Zeit Menschen benutzt hatten oder nicht, und stieg auf diesem den Berg hinauf und, sobald man oben war, auf der anderen Seite wieder hinab; doch bei dem Anblick, der sich ihm bot, blieb Reijo wie angewurzelt auf dem Gipfel des Berges stehen.

Schon war er im Begriff gewesen, auf Ukishima hinabzusteigen, da sah er auf einmal genau vor sich den Rücken einer bergabwärts gleitenden Riesenschlange, die so dick war, daß er beide Arme gebraucht hätte, um sie zu umfassen. Mit leisen Schritten, damit die Schlange ihn nicht etwa bemerkte und sich umdrehte, folgte er ihr; ein eklig warmer Wind, vermischt mit den Gerüchen aus dem Ukishima-Morast, wehte ihm entgegen. Dann, unter einem Räuspern, als säße ihr ein Schleimpropf in der Kehle, glitt die Schlange vom Saum des Berges her in den Sumpf und drang in das schwärzlich düstere Dickicht vor, wo sie die Richtung wechselte, um mit aufgerichtetem Kopf zu Reijo herüberzuglotzen, wie der vor der Hütte stand und ins Innere spähte. Es war kein Tomishige mehr in der Hütte. Doch Reijo, obwohl er wußte, daß niemand ihn hören würde, rief mit gedrückter Stimme: »Tomishige, Tomishige!«, und wieder erklang jenes verschleimte Räuspern.

Die Folge von alledem war, daß Tatsuo, den sie mit Spitznamen den Eulen-Tatsu nannten, im Kiez heranwuchs, ohne seinen Vater von Angesicht zu kennen. Selbst für einen aus dem Nakamoto-Clan war er überdurchschnittlich groß und starkknochig. Wenn man ihm zusah, mit welcher Lust er sich, unter die jungen Kiezburschen gemengt, an dem von Außenstehenden für eher unsinnig gehaltenen Spiel beteiligte, bei dem einer einen Stein auf die Schulter nehmen und damit ein Stück gehen mußte, so überragte er mit seinen fünfzehn Jahren die anderen bereits erheblich an Gestalt, indes seine bei nacktem Oberkörper schweißbeperlten Arme ein Gemisch aus schon männlicher Kraft und der noch aus zartem Knabenalter herrührenden, ach, so köstlich frischen, schönen Unschuld zeigten, dazu die helle Haut, die vor Begeisterung rosafarben glühte. Die alte O-Ryū, für bedrohliche Zeichen nahm sie das nicht, war hingerissen von ihm.

Zugegeben, man nannte sie damals, weil sie als Hebamme fungierte, kiezauf, kiezab schon »die Alte«, dabei war sie durchaus noch nicht in den Jahren, in denen eine Frau dem Sexuellen ganz entsagte. Glaubten die Kiezbewohner. Noch hatte sie eine kräftige Monatsblutung, waren ihre Brustwarzen unverändert von einem zarten Rosa, und bevor die Regel einsetzte, brannte ihr Körper wie der einer jungen Frau. Stellten sich die aus dem Kiez jedenfalls vor und lachten.

Nun war es zwar keineswegs Usus, aber daß sich der seit vor seiner Geburt von Geheimnissen umwitterte Tatsuo, wenn es auf den Vollmond zuging, den jungen Burschen anschloß und mit ihnen, ohne noch bei seiner Mutter aufzukreuzen, meist in der mit zerfallenen Regenläden dastehenden, von einer ausgesprochen virilen Duftnote bestimmten Jungmännerhütte hauste, wo er Holzschnitte von verführerisch dargestellten Frauen sah oder den von einem der Burschen prahlerisch vorgezeigten, mit Schwielen besetzten Penis bewunderte und der Geschichte dieses Penis samt aller Heldentaten lauschte – dergleichen bot freilich Anlaß zur Sorge. Glaubten die Kiezbewohner. Die alte O-Ryū hingegen, die sich noch immer im unklaren darüber war, ob Tatsuo mit seinem wie aus Männlichem und Knabenhaftem gemischten Charme deshalb so anziehend auf sie wirkte, weil sie ihn als ihren Sohn betrachtete, oder ob es der Mann in ihm war, der sie reizte, stieg die steinerne Treppe hinab, lief die Straße entlang zur Jungmännerhütte, und indem sie tat, als hätte sie nicht bemerkt, wie einer der jungen Burschen bei ihrem Näherkommen die gewagten Holzschnitte in seiner Kimonobrust verbarg, sagte sie: »Höre, Tatsuo, willst du mir nicht dein Beilchen leihen, damit wir das Holz spalten, bevor Reijo zurück ist?« Oder ein andermal: »Komm, sei so lieb und schöpf mir Wasser aus dem Brunnenloch!«

Keiner im Kiez fand irgend etwas dabei, daß die alte O-Ryū Tatsuo darum bat. Tatsache war nämlich, den als Tausendfüßer *(hurre-hurre kommt er, macht er euch die Hölle heiß)*, als Trauerfeierhefekloß verspotteten Kiez-Laienpriester Reijo, so sehr sie über ihn lachten, liebten doch alle im Kiez; ohne ihn, waren sie überzeugt, ginge es nicht. Das Haus nun, in dem Reijo und die alte O-Ryū wohnten, lag den Hangweg hinauf am halben Berg. Daher war es dem von Gestalt wie überhaupt in allem und jedem kleinen Reijo so gut wie unmöglich, unterhalb des Hangs am nächsten öffentlichen Brunnen einen Eimer Wasser zu schöpfen und den dort hinaufzutragen; und daß das von der alten O-Ryū zuviel verlangt gewesen wäre, das wußten sie zur Genüge. Jemand aber mußte für sie Wasser holen; zudem steckte sie Tatsuo jedesmal, wenn sie ihm einen Auftrag gab, ein kleines Taschengeld zu. Folgsam, ohne auch nur die Spur von Mißtrauen tat Tatsuo, wie ihn die alte O-Ryū geheißen hatte, und zerkleinerte neben dem Haus oben am Hang schweißtriefend und mit hallenden Beilhieben das Holz.

Es gab niemanden, der die Szene beobachtet hätte. Jetzt, vor dem ausgestreckten Körper der alten O-Ryū, dachten die Kiezbewohner: Eigentlich sind die Männer aus dem Nakamoto-Clan nun einmal von ihr in diese Welt geboren, sind ihre Leiber von der alten O-Ryū geliebt und gehätschelt worden. Und wie um der erstarrt Daliegenden ein Blumenopfer zu bringen, stellten sich diese Leute aus dem Kiez eine O-Ryū vor, deren Körper, als sie Tatsuos ansichtig wurde, wie der einer jungen Frau brannte.

Reijo war an jenem Tag zur Nachtwache bei der toten Tamie aus der Familie Tabata gerufen worden, die nach Temma geheiratet hatte. Da nun die alte O-Ryū sah, daß Tatsuo mit dem Holzspalten keine sonderliche Mühe zu haben schien, sagte sie sich: wenn dem so ist, soll er mir doch gleich das Holz für einen ganzen Monat zurechtmachen, und also kroch sie am rückwärtigen Berg in das Gestrüpp, brach irgendwelche Äste ab und schleppte sie herbei, versuchte auch, ein an der Wurzel verfaultes, halb umgeknicktes handliches Bäumchen herauszuzerren, was jedoch über ihre Kräfte ging. Sie rief Tatsuo und kehrte mit ihm ins Dickicht zurück. Und während sie neben ihm stand und er sein Beil in die Wurzel des Baumes hieb, um ihn umzulegen, begann sich auf einmal die Sonne zu röten; daß davon auch Tatsuos Gesicht und die Haut seiner Brust aufleuchteten wie in Gold verwandelt, ließ die alte O-Ryū plötzlich an Tatsuos Vater Tomishige und an die Riesenschlange denken, die Reijo gesehen hatte.

Der goldgleißende Tatsuo erschien ihr wie eine hochheilige Inkarnation Buddhas, in diese Welt geboren am Ende der generationenlangen Kette frühen Sterbens und Gereinigtwerdens; er erschien ihr in eben diesem Augenblick wie die Manifestation eines Glückes, in das hinein sich das von ihr mit wehem Herzen begleitete Unglück jener Männer zuletzt aufgelöst hätte, und sie streckte ihre Hand nach seinem goldgleißenden, von ihm wortlos bewegten Arm aus, berührte ihn, und sie sah ihre Hand. Auch sie schimmerte wie golden. Der alten O-Ryū war, als hätte sie der Blitz getroffen, so geblendet fühlte sie sich: Sollte das die fromme Verzückung sein, von der Reijo gesprochen hatte, nachdem er, damals schon über die Dreißig, plötzlich in den Priesterstand eingetreten war, um von morgens bis abends nur noch die Sutren zu rezitieren? Ohne das Beil fallen zu lassen, hob Tatsuo den Kopf, da fuhr sie ihm liebkosend über den nackten Arm. Der goldene Schweiß bedeckte Tatsuos warmen, festen Körper; er duftet, dachte sie, auf eine unbeschreibliche Weise nach Moschus, und wie um ihn an sich zu ziehen, schlang sie ihre Arme um ihn und küßte ihn auf den Nacken. Tatsuo ging inmitten des Dickichts auf dem Berg rücklings zu Boden, die alte O-Ryū sank auf ihn, merkte gleich darauf aber, daß Tatsuo sie mit einem feierlich ernsten, nicht die Spur eines Lächelns anzeigenden Gesicht betrachtete, und die Angst beschlich sie. Tatsuo fingerte nach ihren Brüsten, sie spürte, daß sein steinhartes, aufgerichtetes Glied gegen ihren Unterleib stieß; dann, es war, als hätte sie vergessen, daß sie zuerst ihn berührt hatte, warf sie sich hin und her, stieß gellende Schreie aus, versuchte hochzukommen, doch da wurde sie flach zu Boden gedrückt.

Der Schweiß, der von dem Fünfzehnjährigen floß, wechselte vom Goldschimmer ins Bleierne, und wie sich der Glanz stückweise verlor, erschien darunter der stählerne Körper des jungen Mannes; in einem Winkel ihres Herzens war der alten O-Ryū, als triebe sie mit dem eigenen Kind etwas, das gegen die Menschennatur verstieße, als sei sie dabei, unter die Tiere abzustürzen.

Wirklich, die Kiezweiber hatten recht: Den Nakamoto-Männern, das fand sie bestätigt, war die Kunst, eine Frau zu erfreuen, gleichsam angeboren. Unter Tatsuo liegend, die Beine so weit wie möglich hochgereckt und sich an ihn klammernd, überließ sie sich ganz dem Strudel der Wonne, und während sie von seinem Glied gestoßen, während sie über und über liebkost wurde, begann die alte O-Ryū zu schluchzen, hatte sie das Gefühl, in dieser ihrer Stimme artikuliere sich das innerste Wesen der Frau, das nichts kenne als die Lust, ein Kind nach dem anderen zu gebären.

Es kam ihr das alles vor wie ein Traum. Tatsuo, er war von der alten O-Ryū aufgestanden, die Unterhose hing auf seinen Knien, zwischen den nackten Schenkeln sichtbar das tropfende Glied, machte ihr einen Eindruck, als habe er sich nur soeben in einsamer Wollust Selbstbefriedigung verschafft, aber dann richtete sie sich auf und entdeckte, daß da etwas war, das aus ihrem Körper floß, und sie brach in lautes Weinen aus. Und noch weinend dachte sie: Heute abend, Reijo ist ja nicht da, werde ich Tatsuo wie ein Kind ins Bett legen und mit ihm schlafen.

In dieser Nacht hatte es die alte O-Ryū viermal mit Tatsuo, und sie war dabei wie eine junge Frau; frühmorgens erwachte sie von Stimmen, die sie hörte. Reijo, der mit dem ersten Zug zurückgekommen war, hielt dem splitternackten Tatsuo auf dem Stampflehmboden am Eingang eine Predigt; nun ist schon alles einerlei, sagte sich die alte O-Ryū, schlüpfte in ihre Kleider und wollte Tatsuo die seinen bringen, doch sofort fiel Reijo über sie her, schlug sie ins Gesicht und zerrte sie am Haar. »Was fällt dir ein? Wo ich gar nichts getan habe!« kamen ihr die Worte wie von selbst über die Lippen, wobei sie ihn wegstieß, daß er umfiel. »Ich habe ihn in die Arme genommen, wie eine Mutter ihr Kind in die Arme nimmt; was ist denn daran falsch? Wenn sie ein Kind zur Welt bringt, ist sie nackt und bringt ein nacktes Kind zur Welt, oder?« sagte sie. Reijo rappelte sich wieder auf, er zitterte am ganzen Leib. »Wie kannst du nur, wie kannst du nur . . .?« stammelte er.

Den Kiezbewohnern, die jetzt vor der stumm daliegenden O-Ryū saßen, war bei der Erinnerung daran, wie die damals noch gesunde und lebhafte Hebamme und der Laienpriester Reijo miteinander umgegangen waren, eher nach einem Lächeln als nach einem Lachen zumute, und sie stellten sich vor, was für ein klares Bewußtsein die alte O-Ryū nun an der Schwelle des Todes davon haben müsse.

Die Sterbende schloß die Augen. Nein, dachte sie, daß Reijo, jung auch er, derart wütend war, lag nicht nur an meiner Untreue, sondern daran, daß der andere erst fünfzehn zählte, daß es sich um den bis dahin noch von keiner Frau verdorbenen, überhaupt unberührten fünfzehn Jahre alten Tatsuo aus dem Nakamoto-Clan handelte; aber mit ihrer Behauptung, sie hätten ja gar nicht wie Mann und Frau miteinander geschlafen, er, Reijo, leide an bloßer Eifersucht, hatte sie sich schließlich hübsch aus der Affäre gezogen, amüsierte sie sich, hob langsam die Hand, tat den Mund auf und versuchte, ihre Zunge zu fassen. Die Zunge war jünger als alles sonst an ihrem Körper, um soviel jünger, daß es damit, war sie überzeugt, ein leichtes wäre, den in seinem Kopf allein von Buddha erfüllten Reijo, hundert-, ja zweihundertmal zu betrügen, und wie um sicher zu sein, daß sie, wenn sie tot wäre und sie fiele in die Hölle, nicht als erstes die Zunge herausgerissen bekäme, tat sie, als bisse sie die Zähne fest aufeinander. Nun ja, meinten reihum die Leute aus dem Kiez, so könne das schon gewesen sein, mit der alten O-Ryū, wie sie da auf dem Sterbebett lag.

Doch hatte sie keinen einzigen Zahn mehr. Da das also nicht ging, preßte sie ihre Lippen so eng wie möglich zusammen, bemerkte freilich, daß sie, alt wie sie war, auch dies nicht lange würde durchhalten können, vielmehr würde ihr, nahm sie an, wohl nichts anderes übrigbleiben, als mit ihrer Zunge unentwegt auf den roten und den blauen Teufel einzureden. Was denn daran falsch sei, wenn eine Frau einen Mann so umarmt wie ihr eigenes Kind? Reijo sei ihr zum Ehemann bestimmt und sie folge ihrem Ehemann; solange aber die Natur ein Gefühl erlaube wie das der Liebe zum Kind, könne es doch kein Verbrechen sein, einen Mann zu lieben wie ein Kind. So würde die alte O-Ryū argumentieren. Und Tatsuo war ein Kind, das wie Buddha all und jedes akzeptierte.

Er mischte sich, sah sie, unter die jungen Kiezburschen, die sich, wenn schönes Wetter war und sie besser arbeiten gegangen wären, wie die Kinder mit Glasmurmeln oder mit den Wurfscheiben vergnügten, ein andermal wieder beteiligte er sich am Bäumchenspringen, einem Spiel, bei dem eine hüfthohe Roßaugeneiche übersprungen werden mußte und das sich den ganzen Tag über hinzog.

Der nachts beim Schrei der Eule geborene Tatsuo, allein schon weil er unter den jungen Leuten der Jüngste war, beherrschte die von den Kindern im Kiez betriebenen Spiele am allerbesten und bekam eine Menge Murmeln und Scheiben zusammen, aber im Grunde waren es bloße Versuche, die Zeit totzuschlagen, Albernheiten, über die es sich nicht zu reden lohnte, weshalb ein Sieg eine so große Freude nun auch wieder nicht bedeutete. Manchmal zwar spielten sie um irgendwelche Einsätze, doch angesichts der Tatsache, daß es sich um eine Clique von Schmarotzern handelte, die keinerlei Arbeit hatten, war auf genügend Geld für die folgenden Runden kaum zu rechnen.

Mit diesen Kerlen hockte Tatsuo dann auf den zerschlissenen Tatami-Matten in der Jungmännerhütte, trank von dem Reiswein, den sie irgendwo wie in Gedanken hatten mitgehen lassen, und mit halb benommenem Kopf hörte er den natürlich erfundenen Geschichten zu, die einer erzählte: daß er eine Frau gekannt habe, die eine Flut ausgestoßen habe wie ein Wal, oder daß eine andere in einem Aquarium eine Krake gehalten habe, von der sie sich Nacht für Nacht so lange habe betätscheln lassen, bis sie keine Luft mehr bekam, oder daß es eine dritte wieder und wieder mit einem Hund gemacht habe.

In der Hütte, offenbar in Vorsorge für den Notfall, war der Wandschrank voll mit verschwitzt riechendem Bettzeug, und an kalten Tagen deckten sie sich zum Schlafen damit zu; nun spielte aber auch unter den jungen Burschen die Zuneigung eine gewisse Rolle, ja weil Tatsuo großgewachsen, jedoch erst fünfzehn war, wurde, wenn sie betrunken waren, gewöhnlich gewitzelt: »Na, da werd' ich mal das Eulchen in die Arme nehmen und schlafengehen.« Das pflegte allerdings damit zu enden, daß er (unklar, worin das Verbindende bestand) mit dem ältesten aus der Clique, dem Kerl mit den Schwielen auf dem Penis, unter eine Decke kroch. Verlangte dann der stockbesoffene Schwielenkerl, Tatsuo solle ihm seinen Arsch herleihen, damit er ihm die Wirkung der Schwielen zeige und Tatsuo sich das mit einem »Bloß nicht!« verbat, so erklärte er, er wolle ihm doch nur vorführen, wie die Frauen ihre Hüften benutzten, um auf die Schwielen zu reagieren.

Auf diese Weise lernten die jungen Leute aus dem Kiez, daß Frauen einen Körper besaßen, der anders war als ihr eigener, als der Körper jedes einzelnen von ihnen. Tatsuo freilich, vielleicht lag das an dem trüben, hochadligen Nakamoto-Blut, hatte kein besonderes Interesse an Frauen; mit einer von ihnen zusammenzusein, mit einem so anderen Wesen, machte auf ihn (und das nur undeutlich) den Eindruck, als würde sich das Vergnügen, wie man es beim Herumliegen in der Sonne empfindet, als würde sich das Wohlgefühl, mit dem man im heißesten Hochsommer im Meere schwimmt, zu etwas Festem, Greifbarem verdichten.

Als Tatsuo sechzehn wurde, ging der Schwielenkerl weg, um woanders zu arbeiten, und mit der Herumhockerei der Clique hatte es ein Ende; nicht lange, und Tatsuo fuhr auf Vorschlag eines der jungen Burschen mit nach Hokkaidō zur Arbeit in einer Zeche.

Nachdem vier Jahre verflossen waren, kam er wieder, ein junger Mann von neunzehn jetzt, begleitet von einem Kerl mit durchdringendem Blick, von dem er sagte, das sei sein Kamerad, er habe ihn in Hokkaidō getroffen.

Die alte O-Ryū stand vor ihrem Haus oben am halben Hang, da sah sie, wie er bei der Rückkehr von Hokkaidō den Kiez betrat. Auf einmal, völlig unerwartet, waren die beiden, Tatsuo und der wie einer von der Sicherheitspolizei wirkende Kerl mit dem durchdringenden Blick, auf der vom Licht flirrenden Straße am Rande des Kiez aufgetaucht: als ob es sich um eine Vision, eine Fata Morgana gehandelt hätte; ohne die Füße auf den Erdboden aufzusetzen, schienen sie vielmehr sanft auf der Luft einherzugleiten, während sie, sich unterhaltend, näher kamen. An der Ecke, dort wo sich die Kiezstraße gabelte, blieben sie plötzlich stehen und vorwurfsvoll, wie um sie dafür zu tadeln, daß sie sie beobachtete, sahen sie zur alten O-Ryū herauf.

Irgend etwas an den beiden erschien der alten O-Ryū befremdlich. Zwar hatte sie sogleich erkannt: der eine, das konnte nur Tatsuo sein, aber in dem Maße, in dem der jetzt Neunzehnjährige das knabenhaft Weiche, das er ehedem gehabt, verloren hatte, waren harte, wie stählerne Züge hinzugekommen, und so besaß sein Gesicht eine Strenge im Ausdruck, bei der sich keiner erlauben würde, ihn leichthin anzureden; der andere, ein lang aufgeschossener junger Bursche, und auch sonst Tatsuo in jeder Hinsicht gewachsen, hatte buschige Brauen und große Augen, die einen durchdringend ansahen. Aus dem Lächeln, mit dem Tatsuo sich dem jungen

Mann zuwandte, begriff die alte O-Ryū zudem, daß die zwischen den beiden herrschende Eintracht stark genug war, um jeden, der sich einmischen würde, beiseite zu fegen.

Am folgenden Tag besuchte Tatsuo die alte O-Ryū in ihrem Haus. Als sie ihn sah, wie er mit einem »Na, immer gesund, mein Altchen?« den Hangweg heraufgestürmt kam, fühlte sie sich plötzlich abermals wie verjüngt: »Und du bist ein richtiger Mann geworden, da sollte ich mich wohl hüten, in deine Nähe zu geraten.« Darauf Tatsuo mit leiser Stimme, indem er sich an damals erinnerte: »Mit dir, das war nicht das erstemal, du warst für mich die dritte.« Und: »Ich weiß nicht, wieso«, sagte er, »alle waren sie damals in deinem Alter; daß ich jüngere hatte, das war erst danach in der Fremde.«

Wie beschämt und indem er die weißen Zähne entblößte, ließ Tatsuo ein Lächeln aufscheinen, zog den Kopf ein und sah hinunter auf die Straße, um dem mit ihm aus der Fremde gekommenen jungen Mann ein Handzeichen zu geben. Den habe er, sagte er, in Hokkaidō kennengelernt.

Als der junge Mann schon ein gutes Stück den Hang herauf war, meinte Tatsuo, der da sei ein Ainu, und in einem bohrenden Tonfall fragte er: »Sag mal, O-Ryū, du hast dir bei meiner Geburt nicht etwa gedacht, hier kommt ein Kind auf die Welt, das Klauen hat wie ein Tier, oder?« Und er stellte ihr, weil sie mit der Antwort zögerte, zudringlicher Frage um Frage: »Du hast dir nicht vielleicht eingebildet, ich wäre eine Mischung aus Mensch und Tier? Hast dir nicht vielleicht gewünscht, von meinem, einem Tierhorn so ähnlichen Dingsda gebumst zu werden?« Der Kerl, den er einen Ainu genannt hatte, war inzwischen herangetreten, stand neben ihm. »Sie ist unsere Hebamme«, sagte Tatsuo. »Die Hebamme auch eines Ponya'umpe«, setzte er wie scherzend hinzu. Woraufhin, bei unverändert durchdringendem Blick, ein Lächeln über das Gesicht des fremden jungen Mannes huschte.

Eine Weile hörte sich die alte O-Ryū an, was ihre Besucher über das Leben in Hokkaidō zu berichten wußten, und nachdem die beiden eiligen Schrittes (wiederum als ob sie auf der

Luft dahinglitten) in Richtung Stadt aufgebrochen waren und sie ihnen nachblickte, hatte sie den Eindruck: Ponya'umpe, so müsse dieser junge Ainu heißen. In den Yūkara-Gesängen sei das der Name eines Wesens, das, halb Kamui-Gottheit, halb Mensch, in lichtschimmernder Wiege liegend auf die Welt gekommen war, hatte er ihr erklärt, hatte ihr, kurzgefaßt, die ganze Mythologie auseinandergesetzt; aber die Stelle, die von Ponya'umpes Geburt handelte, glich so sehr den Umständen, unter denen Tatsuo geboren war, daß sie den Verdacht hatte, Tatsuo und der junge Ainu könnten die Geschichte erfunden haben.

Andererseits hatte die alte O-Ryū durch den jungen Mann mancherlei über die Ainus erfahren, wovon sie bisher keine Ahnung gehabt hatte. Vor allem wußte sie jetzt, daß »Ainu« soviel wie »Mensch«, »Kamui« sowohl »Natur« als auch »Gott« bedeutete und daß Ponya'umpe (genau wie sie, die alte O-Ryū) dafür eintrat, die von außen andringenden Feinde zurückzuschlagen.

Die beiden waren längst verschwunden, da fuhr der alten O-Ryū ein unbeschreiblicher Schock in die Glieder; denn plötzlich begriff sie: die ihr unbekannten Ainus lebten demnach ja unter denselben Bedingungen wie die Leute hier im Kiez, und indem sie wieder und wieder vor sich hinmurmelte: »Ainu, der Mensch, und Kamui, die Natur, die Gottheit«, überlegte sie wie aus einem Nebel heraus: wenn es also zuträfe, wie Tatsuo gesagt hatte, und sie, die alte O-Ryū, auch die Hebamme Ponya'umpes gewesen wäre, wer war dann aber die Feuer-Ahne, die Ponya'umpe so herrlich aufgezogen hatte?

Dergestalt in Gedanken verstrickt, wünschte sich die alte O-Ryū, sie hätte mit Tatsuo tauschen können; dann würde sie nämlich, dachte sie sich, aus dem über Hokkaidō verstreuten Ainu-Kiez oder Kotan und dem hiesigen Kiez ein Bündnis knüpfen, würde für Pfeile und Bögen, für Gewehre und Bomben sorgen, um diejenigen, die die Siedlungen ohne jeden Anlaß angriffen, die sich ihnen mit ihren ewig arroganten Gesichtern näherten, niederzumachen, ja, sie würde kämpfen, einen

Krieg würde sie führen. Krieg, das war für die alte O-Ryū der extremste Begriff, und natürlich würde Reijo sie sogleich zu besänftigen versuchen: »Mußt du schon wieder damit anfangen?« Andererseits war es gewiß nicht ganz falsch zu sagen, die Tatsache, daß Reijo damals plötzlich Laienpriester geworden war, sei letztlich die Folge eines Kampfes gewesen, in den es den Kiez hineingerissen hatte. Vorausgegangen nämlich war, daß da ein Mann aus Shikoku in den Jōsenji-Tempel, den Tempel der Kiezleute, gekommen war, und auch Reijo und die alte O-Ryū hatten sich hinbegeben, um seine Reden anzuhören; Takagi Kemmei, der Priester des Tempels, war jedoch deshalb als Genosse des Doktor Ōishi und seiner Gruppe mit dem versuchten Attentat auf den Kaiser in Verbindung gebracht, verhaftet und hingerichtet worden. Seit jenen Tagen war der Tempel ohne Priester geblieben, hatten regelmäßige buddhistische Totenfeiern nicht mehr stattgefunden. Nur daß anstelle des hingerichteten Priesters nun Reijo in die Kiezhäuser ging; was mithin, das war nicht zu bestreiten, aus einer Art Krieg herrührte. Jedenfalls gab es nach alledem für die alte O-Ryū keinen Grund, den Kampf zu fürchten.

Ihr war wie einer Feuer-Ahne, die zwei Ponya'umpes großgezogen hatte, und so flüsterte sie den beiden zu: Rächt eure Brüder, die gestorben sind, mit Bambusspießen gejagt, wie man die Affen jagt, mit aufgeschlitzten Bäuchen! Rief sie auch die anderen aus dem Kiez, aus dem Ainu-Kotan herbei, indem sie sich vorstellte, es wären allesamt ihre eigenen, von ihr selbst in die Welt geborenen Kinder.

Die Zeit ist da, greift zu den Waffen! Sprach sie, die alte O-Ryū, während ihr vor innerer Erregung unaufhaltsam die Tränen rannen; Kiez aber und Ainu-Kotan waren eher für die Versöhnung als fürs Kämpfen, sie lassen sich, dachte die alte O-Ryū, durch schöne Reden aufs Kreuz legen, einer wie der andere sind sie abgeschlafft, als hätte man ihnen allen an derselben Stelle ein Loch in den Bauch gemacht, und so geben sie sich schließlich mit den naheliegenden, kleinen Genüssen zufrieden, und dann auf einmal begriff die alte O-Ryū: Inmitten all dieser Schlaffen, Zufriedenen standen Tatsuo und der junge Ainu, standen ihre beiden Ponya'umpes, die sie selbst aufgestachelt hatte, mutterseelenallein und würden eines elenden Todes sterben.

Sie zündete im Herd das Feuer an. Sie lauschte dem wie Stimmengewisper leisen Rauschen im Gestrüpp hinterm Haus, wo sich an den Zweigen nur erst die Knospen bauschten; ach, da hatte sie an die Wahrheit des Lebens geglaubt, hatte die Schwangeren immer wieder beschworen, daß sich das Lebendige vermehre, darauf allein komme es an, auch wenn es sich um ein verkrüppeltes, um ein schwachsinniges Wesen handele, und nun plötzlich sah sie sich selbst als die große Betrügerin, im Grunde ihres Herzens erfüllt von Gedanken der Bosheit und des Verrats an Reijo, diesem Schüler des erhabenen Buddha, ja, elend war ihr zumute. Sie hatte das Gefühl, ihre Anhänglichkeit für Tatsuo aus dem Nakamoto-Clan gründe in nichts anderem als in einer bloßen Widerspruchshaltung gegenüber Reijo.

Der Kotan, aus dem der junge Ainu stammte (er liege ganz in der Nähe der Zeche in Hokkaidō, in der Tatsuo von seinem sechzehnten bis zu seinem neunzehnten Jahr gearbeitet hatte), unterscheide sich, so hatten sie ihr erzählt, vor allem darin völlig von dem hiesigen Kiez, daß er während eines Drittels des Jahres von Schnee und Eis eingeschlossen sei; eine Vorstellung, mit der die alte O-Ryū freilich ihre Probleme hatte.

Zwar war sie durchaus imstande, sich ein Bild von der jeweiligen Örtlichkeit zu machen, an der die aus dem Kiez Davongegangenen zuletzt angelangt waren, aber wenn sie sich auszumalen versuchte, im tief verschneiten, vereisten Hokkaidō eine wie einst mit Gesichtstätowierungen gezierte Ainu-Alte, am Feuer sitzend, von lang Vergangenem, irgend Vorgefallenem oder aus den Yūkara-Gesängen der Götterzeit erzählend, als spräche sie von Dingen, die heute geschähen – am Ende war es für die alte O-Ryū doch eine Szene ähnlich wie der hier im Kiez.

Nachdem sie sich in der Zeche angefreundet hatten, pflegte

Tatsuo mit dem jungen Ainu zu gehen und bei ihm zu übernachten. Kaum war die Glut in der Feuerstelle gelöscht, wurde es kalt im Haus; da streckten Tatsuo und der junge Ainu ihre Köpfe aus dem Bettzeug, das sie nebeneinander ausgebreitet hatten, und unterhielten sich auf diese Weise so manchen Abend. Tatsuo berichtete, er habe erfahren, daß die neuerdings zugewanderten koreanischen Kumpel Krach zu schlagen gedächten, um bessere Arbeitsverträge zu erreichen, der junge Ainu erzählte die Geschichte von Ponya'umpe aus den Yūkara-Gesängen; zuletzt kamen sie überein: Wenn es Ärger geben sollte, würden sie natürlich mitmachen. In der Zeche waren aus der heimatlichen Kishū-Region zwei Männer, die aus Koza stammten, sowie einer aus Wabuka, und Tatsuo hielt die Verbindung zu ihnen.

Geplant war, daß der junge Ainu zunächst einen Streit mit der Arbeitsverwaltung vom Zaune bräche; sowie er aber in Gefahr geriete, dafür Prügel zu beziehen, sollten die bis dahin abwartenden Koreaner als mit ihm Sympathisierende einen Auflauf veranstalten, und Tatsuo und die Kishū-Kumpel würden herumziehen und die Fenster einwerfen. Doch als es soweit war, machten weder die Koreaner noch die Männer aus Kishū mit, so daß die beiden allein randalierten, mit Stühlen warfen, die Autos demolierten, die Glasscheiben zertrümmerten und prompt auch auf der Stelle verhaftet wurden und ins Kittchen kamen.

Die koreanischen Kumpel indes – die Zeiten hatten sich gewandelt, vorbei waren die Tage, da die Zwangsverpflichteten immer wieder rebelliert hatten – erreichten mit dem Ansehen, das sie jetzt bei den Polizeioberen genossen, daß man die beiden laufen ließ, und als Tatsuo und der junge Ainu fürs erste in den Kotan zurückkehrten, kauerte beim sogenannten Hasenweiher an dem zur Wasserstelle führenden Verbindungsweg zwischen den Häusern und dem Fluß eine greise Ainu-Frau und weinte.

Es war, erschraken sie, die Uppu-Fuchi, oder wie Tatsuo es sich übersetzte: die alte Uppu, und sogleich lief der junge Ainu zu ihr und fragte sie nach der Ursache; da streckte die alte Uppu ihre tätowierten Arme aus, und indem sie sich, wie um die Tränen wegzukratzen, mit den Handtellern übers Gesicht wischte, schluchzte sie: »Hanyā, hanyā, oh, das tut weh!« Plötzlich wären Leute von der Präfektur und von der Polizei gekommen, die hätten im Kotan alles durchwühlt, hätten Haussuchungen abgehalten, die Altäre umgestoßen und die Leute verprügelt und ihnen erklärt, demnächst sollten sie in einen anderen Distrikt, in bessere Wohnungen umziehen.

Der junge Ainu tröstete sie; dann, als fiele ihm eben erst ein, daß Tatsuo neben ihm stand, meinte er, Hasenweiher heiße der Tümpel, weil sich hier im Frühjahr häufig Hasen sehen ließen, worauf Tatsuo, ohne rechten Zusammenhang, erwiderte: »Ich bin nachts beim Schrei der Eule geboren.« Der junge Ainu murmelte etwas in seiner Sprache. Die alte Uppu brach abermals in Tränen aus. Tatsuo sah, wie sie ein um das andere Mal hilfeflehend zum durchsichtig blauen Himmel aufblickte, und er hatte das Gefühl, da oben wäre ein riesiges Etwas, das unverwandt auf sie herabschaute. Wenn man von hier vom Hasenweiher den Blick nach oben richtete, dehnte sich der Himmel soweit, daß er die Berge ringsum verhüllte; da oben war niemand, das wußte Tatsuo, dennoch kam ihm vor, als müsse dort wer sein.

Während der junge Ainu, den Arm um den Rücken der alten Uppu gelegt, mit ihr auf die Häuser zuging und er den beiden hinterher trottete, kam Tatsuo zum ersten Male der Gedanke, daß er auf der Erde nicht allein dastand, sondern eingeschlossen war zwischen Mensch und Mensch, daß er lebte, indem er hin- und hergestoßen, indem er zurechtgeknetet wurde, und er begriff: Wenn er jetzt hier war, hatte das auch damit zu tun, daß die verschiedenen Kamuis, die Natur und die Gottheiten, vom Kiez her sein Dasein stützten.

Dieser Tatsuo, neunzehnjährig und mit seinem wie stählernen Körper alle überragend, befand sich, hatte die alte O-Ryū erkannt, auf dem Gipfelpunkt der aus ihm aufschießenden Kräfte; sie hatte aber ebenso die leichten Schatten in seinem

Nakamoto-Blut bemerkt, die daher rührten, daß er sein Herz den Göttern eines fremden Landes öffnete. Ob im Kiez, ob bei den Ainus, wer lange in dieser Atmosphäre lebte oder wen es zu guter Letzt hierher verschlagen hatte, und mochte er auch unter der Sonne, die droben stand am Himmelsgefild, nichts zu bereuen, nichts abzubitten haben: wie selbst am durchsichtigsten, blauesten Firmament dennoch Spuren von Gift austreten, mußte er, Sache eines Augenblicks, damit rechnen, daß an ihm auf steilem Gipfel – so die Ainu-Redensart – die Böswilligen aus der Schar der Kamui-Gottheiten irgend etwas herauszufinden imstande wären.

Eine Sekunde lang war Tatsuo zumute, als huschte ein Licht über den blauen Himmel, doch ohne sich deswegen zu beunruhigen, trottete er weiter hinter dem jungen Ainu her; vor einem Hirschfell, das neben einem Haus in der Sonne hing, machten sie halt. Eine Frau kam aus dem Haus gelaufen, sowie sie aber Tatsuo erblickte, kehrte sie um und beschimpfte die alte Uppu vom Eingang her: Gewiß habe sie wieder vergessen, den Samen in den Acker zu säen, dafür am Hasenweiher gehockt und geheult. Und die alte Uppu im Tonfall eines Yūkara-Göttergesangs, indem sie sich an den jungen Ainu wandte: Lange Jahre habe sie davon gelebt, daß sie in den Bergen Hirsch und Bär gejagt, daß sie Lilien und Kräuter gesammelt habe, und da heiße man sie auf einmal, die Felder zu bestellen, und sie bestelle die Felder, da befehle man ihr fortzuziehen. Woraufhin von drinnen heraus die Frau erklärte: Ach, die Alte sei ja von einem bösen Kamui besessen.

Der junge Ainu murmelte das ein oder andere Wort, trug die alte Uppu ins Haus, um jedoch sogleich wieder herauszukommen und Tatsuo zu erklären, alle Leute im Kotan seien beunruhigt, ja erregt, weil es die vergangene und die Nacht zuvor gestürmt habe, was bedeuten könne, daß sich etwas Schreckliches ereignen werde; unter diesen Umständen sei es wohl besser, zur Zeche zurückzukehren, und so machten sich die beiden auf den Weg.

Sie waren schon ein Stück gegangen, da wurden sie von hinten angerufen und die Frau kam ihnen nachgelaufen; das habe sie vergessen, sagte sie und brachte ein Bündel Papiere, es sei sehr wichtig, er möge so gut sein, es einer Ainu-Frau von der Zeche zu geben. Der junge Ainu nahm es, er lachte angestrengt und nickte, daraufhin lächelte auch die Frau, und zwar so fröhlich, daß sie einen völlig anderen Eindruck machte als zuvor, da sie die alte Uppu ausgeschimpft hatte. Wenn er die Zeche erreiche, solle er die Ainu-Frauen dort schön grüßen, sagte sie, um dann, wie durch Tatsuos Anwesenheit und seine neugierigen Blicke schließlich doch eingeschüchtert, auf dem Weg, den sie gekommen war, wieder umzukehren.

Leise, damit es die Frau nicht hörte (nachdem sie selbst zuerst davon gesprochen hatte), sagte der junge Ainu, bei dem Bündel von Papieren handele es sich um eine Eingabe an die Polizei, in der für sie beide um Nachsicht und um Haftentlassung gebeten werde; und das, meinte er mit einem bitteren Lächeln, obwohl sie längst frei seien, aber die Frau könne nicht lesen und habe es ihm nur deshalb anvertraut, weil sie es für wichtig hielt. Da auch Tatsuo die Schule nicht gerade regelmäßig besucht hatte, brachte er es nicht fertig, über den Irrtum der Frau zu lachen; dem gewichtigen Bündel von Papieren, der Reihe der mühsam gekritzelten Unterschriften, war ein zinnoberroter Daumenabdruck beigelegt.

Drei Stunden brauchten sie für den Fußmarsch bis zur Zeche, wo sich Tatsuo und mit ihm der junge Ainu zum »Pavillon der Guten Hoffnung« begab; seit sich die Zeiten gewandelt hatten, besaßen die wie er aus Kishū stammenden Kumpel dort ihren Stützpunkt. Im übrigen und nachdem die bei den Aufständen der Zwangsverpflichteten damals aus Angst in alle Winde davongelaufenen Prostituierten zurückgekehrt waren, war der »Pavillon der Guten Hoffnung« ein mit den üblichen Frauen besetztes Teehaus, und als die beiden, an den am Eingang erschienenen Dirnen vorbei, über einen versteckten Korridor in den Seitenflügel eintraten, hockten hier die des Fressens und der Weiber offensichtlich überdrüssigen Kerle von der Kishū-Bande und vertrieben sich die Langeweile mit den wildesten Phantasien darüber, wie sie, bloß um zu randalieren, einen riesigen Krawall anzetteln könnten.

An die Tatsache, daß Tatsuo und der junge Ainu als einzige von der Polizei verhaftet worden waren, weil man sie allein gelassen hatte, schien sich keiner recht zu erinnern, jedenfalls rief einer aus Koza, er nannte sich Ichimatsu, im unbekümmertsten Tonfall: »He, komm! Setz dich hierher!« Womit er ein Stück zur Seite rückte. Tatsuo machte dem jungen Ainu mit den Augen ein Zeichen und hockte sich dazu, als wäre nie etwas gewesen; dann nahm er das Glas, das Ichimatsu ihm hinstreckte, und ließ es sich aus einer Zweiliterflasche mit Reiswein füllen. Ein koreanischer Kumpel bot dem jungen Ainu ebenfalls ein Glas an, doch der lehnte ab, sein Vater habe ihn beschworen, keinen Alkohol zu trinken; da fielen einige der Männer sogleich mit lautem Spott über ihn her. »Verstehe, was du nicht vertrinkst, das legst du auf die hohe Kante, wie?« meinte einer aus Wabuka mit Namen Kichi. Tatsuo, in Stellvertretung für den jungen Ainu, warf Kichi einen scharfen Blick zu. »Halt du das Maul!« drohte er ihm, und im Bewußtsein der eigenen, alle überragenden Körpergröße: »Glaubt ja nicht, daß ihr ihn hänseln könnt, weil er ein Ainu ist; oder ihr bekommt es mit mir zu tun!«

Herrlich, dachte die alte O-Ryū, als sie sich diese Szene vorstellte, wie er das macht! Wenn Ponya'umpe halb ein Gott und halb ein Ainu-Mensch war, so war Tatsuo zur einen Hälfte das Kind der alten O-Ryū, zur anderen Hälfte der Mann, der die Mittel kannte, ihr Vegnügen zu bereiten, kurzum, er besaß, hatte sie den Eindruck, die überschäumenden menschlichen Energien aus beiden seiner Hälften, und ihr war, als würde ihr die Brust zusammengepreßt, daß es sie schmerzte. Dann, unter einem leise glucksenden Lachen versuchte die alte O-Ryū sich auszumalen, ein um wieviel größeres Glück sie zu erwarten hätte, wenn sich die beiden als in Männerfreundschaft verbundene Heroen, Tatsuo aus dem Blut des Kiez und der andere aus dem Blut der Ainu, dazu bereit finden könnten, ihren unverbrüchlichen Schwur zur Schaffung eines neuen, eines japanischen Landes Utopia damit zu besiegeln, daß sie sich die Arme aufschlitzten und gegenseitig von ihrem Blut tränken. Natürlich war, und sie wußte das, Tatsuo als ein lebendiger Mann aus Fleisch und Knochen himmelweit verschieden von dem, den sich die alte O-Ryū nach Lust und Laune so gern zurechtphantasierte; denn indem er, ohne sich der Nakamoto-Tragik bewußt zu sein, die wie aus einer im voraus niedergeschriebenen Erzählung stammenden Schritte Mal um Mal nachvollzog, mußte er sich in seiner im Vergleich zu anderen bedrückend kurzen Lebenszeit gezwungenermaßen bald rechts, bald links den Kopf einrennen und so stückweise Erfahrung sammeln. Und die alte O-Ryū sinnierte: Ginge es einfach nur um irgendeine Erzählung, könnte man, weil die Handlung in ein zu rasches Tempo verfallen sei, die Feder absetzen, den Redefluß unterbrechen, oder in der Absicht, an ein früheres Thema anzuknüpfen, eine Pause einlegen. Die alte O-Ryū seufzte. Man könnte zum Beispiel zu Tatsuos Kindheit zurückkehren, etwa indem man schilderte, wie er zu Hause bei der Mutter, der vom Haß auf Tomishige, seinen plötzlich davongelaufenen Vater, erfüllten, nicht gelitten war, wie er von Familie zu Familie durch den Kiez wechselte, wie er des Leichnams des erstochenen Hanzō ansichtig wurde, ja, man könnte sich auf diese Weise die Zeit verschaffen, die nötig wäre, um das kurze, seit vor der Geburt schon von einem dunklen Schicksal gezeichnete Leben Tatsuos, der mit fünfzehn, ein kleiner Buddha, die Kiezfrauen in erotischen Wonnen hatte schwelgen lassen, ein wenig zu verlängern, ehe es endgültig verlöschte; doch mit den drüben jenseits des Himmels im Reiche Buddhas verfaßten Geschichten war das, dachte die alte O-Ryū, nicht möglich, und Tränen mischten sich unter ihre Seufzer.

In dem Augenblick, in dem er dem neben ihm sitzenden jungen Ainu, wie um ihm zu bedeuten, daß er nur unbesorgt sein solle, die Hand auf die Schulter legte, hatte Tatsuo das Gefühl, eine Kamui-Gottheit oder aber Buddha, genau war das nicht zu unterscheiden, habe ihm diese Geste eingegeben. Ja, als würde ihm die Macht eines großen Etwas erst den Blick dafür öffnen, daß es sich bei den hier Versammelten um irgendwie mit den Kiezgeschlechtern verwandte Kishū-Männer sowie um Koreaner und Ainus handelte, überkam Tatsuo die vage Idee von einem wunderbaren Band, das sie alle miteinander umschlösse. Und während er spürte, wie jemand von fernher auf ihn herabsah, trank er sein Glas aus und beobachtete seinerseits einen koreanischen Kumpel, der so gut wie kein Wort Japanisch sprach und Fragen wie danach, ob er Gewehre, ob er Schießpulver beschaffen könne, mit immer derselben Formel »Alles kein Problem« beantwortete.

Der junge Ainu flüsterte Tatsuo ins Ohr, er müsse noch vor Einbruch der Nacht die Ainu-Frau treffen; damit ging er hinaus. Worauf Ichimatsu anfing: »Wegen dem Kerl da haben wir nicht mitmachen können.« Die Beamten von der Präfektur nämlich, sagte er, überwachten den jungen Ainu. Plötzlich bemerkte Tatsuo, daß er alleingelassen war, und ohne weiter auf Ichimatsus Geschichten zu hören, ging er ebenfalls.

Auf der Suche nach dem jungen Ainu lief er durch Korridore, bis auf die heraus das Lustgestöhn kopulierender Paare zu hören war; zuletzt geriet er in einen rückseitigen, auf den Fluß gerichteten Gang, dort sah er die Frau und den jungen Ainu stehen und miteinander reden, und er war einigermaßen beruhigt. Doch als der junge Ainu der Frau das Bündel von Papieren zugesteckt hatte und Anstalten machte umzukehren, wurde sich Tatsuo klar darüber, daß er sich unmöglich benahm, und da es ihm unangenehm gewesen wäre, wenn der junge Ainu das mitbekommen hätte, verließ er den »Pavillon der Guten Hoffnung«, um in der Speisewirtschaft einer Frau aus Kishū einzukehren, über die mancherlei geklatscht wurde, und dort für sich allein zu trinken.

Der Geruch von billigem Öl stach ihm, je mehr er trank, um so heftiger in die Nase, und als er bemerkte, daß es um ihn herum auf einmal still geworden war, begann es draußen bereits zu dunkeln, ging die Frau daran, das Lokal zu schließen. Er erhob sich; die Rechnung solle sie sich vom Zechenbüro bezahlen lassen, erklärte er und wollte gehen. »Schon gut«, sagte die Frau und setzte sich vorn auf einen der Rundsessel. »Warum hast du bloß so randaliert? Weil's mal was anderes war?« fragte sie mit einem deutlichen Kishū-Akzent, und als Tatsuo in seinem Rausch mit dem Oberkörper langhin auf die Theke kippte, strich sie ihm übers Haar und murmelte: »Hast den ganzen Tag hindurch getrunken, und mit was für üblem Pack ...«

Sobald die Frauenhand sein Haar berührte, durchzuckte Tatsuo ein unangenehmes Gefühl, dennoch ließ er es geduldig über sich ergehen, erinnerte er sich dabei doch an die Kotan-Siedlung, in der er tagsüber mit dem jungen Ainu gewesen war; wie sehr, fand er, glich das alles dem Kiez daheim.

»Bist du etwa betrunken?« fragte ihn, die Lippen an seinem Ohr, mit leiser Stimme die Frau, und da er den Kopf schüttelte: »Na, dann laß uns hinter gehen«, versuchte sie ihn aufzurichten. »Noch so früh im Jahr, und schon läuft dir der Schweiß«, sagte sie, indem sie ihre Hände betrachtete. Im Hinterzimmer, während sie ihm die Kleider abstreifte (früher im Kiez hatten es die Frauen genauso mit ihm gemacht, hatten ihn als das Sexspielzeug benutzt, da er mit einem größeren Ding ausgerüstet war als ihre Ehemänner), mußte Tatsuo an den jungen Ainu denken: Auf welche Weise mochte er es mit der Frau getrieben haben?

Der junge Ainu war von seiner Gestalt her Tatsuo überaus ähnlich. Im Baderaum der Zeche oder wenn er sich im Sommer wie zufällig nackt auszog, hatte er, vielleicht weil sie altersmäßig nicht weit auseinander waren, dieselbe kräftig fleischige Brust und auch um die Hüften herum glich er ihm wie zum Verwechseln. Tatsuos Haut war von einer für den Kiez auffälligen Helle, er hatte dicht wucherndes Schamhaar, aber überhaupt keinen Flaum auf der Brust. Der junge Ainu hingegen war dunkelhäutig und behaart. Trotzdem, ins Gewicht fielen die körperlichen Unterschiede nicht. Ja, die beiden glichen einander derart, daß man überzeugt sein konnte, hätte dieser im Kiez das Licht der Welt erblickt, wäre er Tatsuo geworden und dafür jener, wäre er an seiner Stelle im Kotan geboren, der junge Ainu. Als Tatsuo ihn einmal fragte, was er wohl glaube, von wie vielen Frauen, denen er begegnet, er jeweils als bloßes Sexspielzeug benutzt worden sei, bis er es darin selbst zur Vollkommenheit gebracht habe, zählte der junge Ainu sie ihm mit dem ernstesten Gesicht prompt an den Fingern her.

Nachdem die Frau über den Gipfel war, kam Tatsuo zum Ende, wild keuchend lag er längelang neben ihr, strich ihr, wie sie zuvor bei ihm, mit der Hand übers Haar. »Du bist jung«, murmelte sie, »solltest dich auf solche Kerle nicht einlassen.« Er hob den Kopf, sie preßte ihm ihre Lippen auf den Nacken, glitt mit ihnen über ihn hin, bis sie die seinen erreichte. »Die da in der Guten Hoffnung herumhängen, waren ja nicht immer hier, sie haben anderswo als Kolonisten gearbeitet, und erst in dem großen Durcheinander hat es sie herverschlagen«, sagte sie, und als Tatsuo sich umdrehte, das Kopfkissen heranzog und so auf dem Bauch zu liegen kam, streckte sie die Hand aus: »Nimm!« und hielt ihm die Zigaretten hin.

Vor dem Krieg seien viele von den Kulis fortgelaufen, aber alle wieder eingefangen worden; hingegen handele es sich bei den jetzt noch Übriggebliebenen um Leute aus anderen Gegenden, die sich, von der Zeche angezogen, in den Nachkriegswirren hier zusammengefunden hätten, erklärte die Frau; wenn die in den Krakenlöchern hausten und sich ausbeuten ließen, sei das ihre eigene Schuld. Tatsuo lachte: da gehöre er auch dazu, zu denen, die selbst Schuld dran hätten, murmelte er, doch legte die Frau das eine ihrer Beine auf seine Hüfte, und er, die gebotene Gelegenheit ergreifend, fuhr ihr mit ausgestreckter Hand an die Scham. »Oh, hier haben vier Finger Platz!« konstatierte er, wobei er sich plötzlich erinnerte, daß er mit den Kiezfrauen in den Schlafkammern so zu reden pflegte, und obwohl er wußte, es war dies das Hinterzimmer der Speisewirtschaft, bildete er sich ein, er befände sich in irgendeinem Winkel des Kiez, und bog und krümmte sich, um sein in den Händen der Frau steif angeschwollenes Glied in ihre Scheide zu bringen. Draußen, so hörte es sich an, fiel Regen. Als wollte sie sagen, so werde das im Leben nichts, ging die Frau rittlings über ihn, ließ ihren Körper langsam auf ihn herabsinken, und dann, ihr Inneres war wie das heiße, überreife Fleisch einer Frucht, schrie sie auf, warf sie sich, als Tatsuo zuzustoßen begann, mit einem wilden Aufbäumen zurück.

Am Morgen, er hatte vor, im »Pavillon der Guten Hoffnung« das Bad zu benutzen, trat Tatsuo mit entblößtem Oberkörper hinaus. Aus dem ersten Stock eines höhergelegenen Hauses, eines Bordells, wie sich zeigte, kippte eine Frau Wasser in Richtung auf das Dach der Speisewirtschaft. Was ich, überlegte er, für Regen hielt, muß das gewesen sein, und: »He, das geht aber nicht!« schrie er hinauf, woraufhin ihm die Prostituierte zufrieden lachend ein Zeichen machte, doch zu ihr zu kommen, und dann plötzlich erschien hinter ihr das Gesicht des jungen Ainus. Augenblicklich packte Tatsuo die Wut, er tat, als hätte er die Aufforderung nicht gehört, und begann auf die »Gute Hoffnung« zuzugehen; inzwischen kam der junge Ainu eilends die Treppe herab, beschwor ihn, als hätte er ihn lange nicht gesehen: »Tritt ein, ich bitte dich!«, und indem er ihm den Arm um den Nacken legte, deutete er mit dem Kinn auf die Prostituierte, die ihm im Unterkimono nachgelaufen war: »Sie ist ein nettes Mädchen«, erklärte er, »außerdem habe ich mit dir zu reden.«

Also ging Tatsuo in das Bad, das die Frauen aus dem Bordell benutzten, und wusch sich den Geruch der Wirtin von nebenan von der Haut; als er in das Zimmer hinaufkam, meinte der junge Ainu, der offensichtlich eben auf die Prostituierte gestiegen war: »Oh, daß du so schnell fertig wärst ...« und erhob sich wie beschämt. Die Frau schrie auf: »Du bist gemein!« Sie warf sich herum und zerrte den jungen Ainu am Ärmel: »Jetzt willst du wohl zu einer anderen gehen, wie?«

»Ich kann es nicht, wenn mein Kamerad dabei ist«, erwiderte der junge Ainu, und die Frau: »Es geht ja auch mit mehreren, ich hab's mal mit zweien gleichzeitig gemacht, die haben ihre Dinger zusammen hineingeschoben«, berichtete sie und sah dabei Tatsuo ins Gesicht. Sah ihn wie erbittert darüber an, daß er sie mitten in ihrer Erregung unterbrochen hatte, starrte ihn an, als bemerke sie erst jetzt seine ganze männliche Schönheit, rückte ihm mit ihren Blicken so zu Leibe, daß er, weil er das so komisch fand, nach dem Bad nur mit der Hose bekleidet und unbeweglich, die Knie aufgestellt, dasaß und sich mit niedergeschlagenen Augen das Lachen verbiß, während der Prostituierten schließlich ein leises »Bist du ein schöner Kerl!« entfuhr.

»Na, das ist doch verrückt: sein Körper schimmert ja wie von einem inneren Licht!« murmelte sie im Tonfall einer Besessenen. Sie redet irre, dachte Tatsuo, das kommt davon, daß der junge Ainu, das andere Sexspielzeug, sie mittendrin im Stich gelassen hat, und er hob lachend den Kopf; da hatte die Prostituierte den Blick starr auf ihn gerichtet.

Hastig, wie um etwas zu sagen, wandte sie sich um, sah dann aber erneut Tatsuo an. »Dein Körper, weißt du, ist über und über rosa, er schimmert, als wäre er elektrisch«, erklärte sie, nahm die Hand des jungen Ainu, damit dieser – »Versuch's mal!« – Tatsuos Haut berührte; indes riß sie sie gleich darauf zurück und rief unter lautem Lachen: »Ich hab' Angst!« Ein zweites Mal versuchte sie, die Hand des jungen Ainu dazu zu bringen, daß sie die Brust des noch immer lachenden Tatsuo anfaßte, doch als die Frau wieder auf halbem Wege umkehren wollte, landete sie selbst mit ihrer Hand, die jetzt umgekehrt der junge Ainu im Griff hatte, voll auf Tatsuos Körper.

Tatsuo stieß beider Hände beiseite. Der junge Ainu, er schien ein wenig verlegen, erzählte der Prostituierten, wo er Tatsuo mit dem rosafarbenen Körper das erstemal gesehen hatte, nämlich nahe beim Hasenweiher, als er ihn beim Baden beobachtete: Kanna-kamui, der Donnergott, stürzte sich, war sein Eindruck gewesen, aus dem Himmel in den Fluß, und aus dem Fluß wurde Tatsuo geboren. Obwohl er begriff, daß dieser andere ein Shamo, ein Japaner, war, sprach er ihn an, und zu seinem Erstaunen erfuhr er, daß Tatsuo unter genau den gleichen Umständen aufgewachsen war wie er selbst: der Vater früh verschwunden, die Mutter unwillig, den Sohn bei sich zu haben. Auch gebe es dort in dem Kiez, wie hier die alte Uppu, eine alte O-Ryū, das sei die Hebamme. Wie die Feuer-Ahne halte sie auf dem Herd ständig Wasser am Kochen, um es zur Hand zu haben, wenn die Frauen nach qualvollen Wehen ihre feuerroten Kinder gebärten. Einmal habe er, sagte der junge Ainu, den Kiez besucht. Und die alte O-Ryū, in der von der Glut noch heißen Asche nach halbverbrannten Holzkohlestückchen stochernd, habe ihm ungefragt berichtet, nicht lange mehr und die sich über sieben Generationen erstrekkende Strafe Buddhas werde abgetan sein; zwar sei nicht klar, wer als siebente Generation zu gelten habe, soviel jedoch sei sicher: Unter den Nakamotos werde ein in lichtschimmernder Wiege liegender Ponya'umpe, werde ein Nakamoto-Ponya'umpe erscheinen, unsterblich auch dann, wenn die Feinde ihn in Fetzen rissen, ihn erschlügen, und er werde das Kamuiutari, das Natur-und-Götter-Reich, errichten. Erzählte der junge Ainu. Und weil die Prostituierte wieder anfing: »Es ist, als ob er leuchtete«, und Tatsuo zu berühren versuchte, verbot er ihr das, sonst verschwinde das Schimmern, vielmehr möge sie's, sagte er, diesmal mit ihnen beiden machen.

Ungläubig blickte die Prostituierte Tatsuo ins Gesicht; als er sich anschickte aufzustehen, wehrte sie ab, nein, sie wolle es nicht, und schob dabei die Hand des jungen Ainu weg, die dieser ihr auf die Schulter gelegt hatte. Tatsuo beugte sich zu ihr hinüber, er sah ihr fest in die Augen, flüsterte leise: So komm schon! Und sie nickte wie im tiefen Schlaf. Da fuhren sie, der eine an ihrem Mund, der andere an ihrer Scham, voll wilder Wollust in die Frau hinein, bis der junge Ainu unter ihr zu liegen kam und, ihre Hüften stützend, auch sein Glied in die Scheide zu pressen versuchte, doch für zwei auf einmal war kein Platz darin; also benutzten die beiden jungen Ponya'umpes die Frau auf die Weise, daß sie sie wechselweise ritten, wobei sie es ihr überließen festzustellen, welcher ihr lieber wäre, der mit der behaarten Brust oder der rosa Schimmernde mit dem süßen Schweißgeruch.

Die alte O-Ryū stellte sich vor, die beiden jungen Männer hätten dies getan, um sich zu vergewissern, daß sie, der eine im Kiez, der andere im Kotan geboren, im Grunde dieselben Menschen waren, daß es in einer ganz anderen Umgebung als in Kishū eine ebensolche Siedlung wie den Kiez, nämlich den Kotan, gab und daher sie, Tatsuo und der junge Ainu, von Geburt an dasselbe Schicksal besaßen. Aber zu einem solchen Beweis, dachte die alte O-Ryū, mußten sie sich doch nicht der schwächlichen Prostituierten bedienen; besser wäre es gewesen, sie hätten, nachdem einer von des anderen Blut getrunken, nachdem sie das Blutsiegel unter ihren Bund gesetzt, die im »Pavillon der Guten Hoffnung« herumhokkenden Schlägertypen aufgestachelt und so den Aufstand entfacht, hätten sich der Präfektur bemächtigt, das Zeitungsgebäude in die Luft gejagt und ihr Reich gegründet. Statt dessen bumsten sie die Prostituierte weiter und ohne Unterlaß, bis schließlich – es schien, als wäre, was die beiden körperlich miteinander verbunden hatte, zerrissen – die Geschundene zu bluten begann und das Bewußtsein verlor. Gleichsam um sich den gemeinsamen Triumph zu bestätigen, lächelten Tatsuo und der junge Ainu einander zufrieden zu. Sie schlüpften in ihre Kleider und stiegen die Treppe hinab; da kam die Prostituierte wieder zu sich, sie sah, wie die beiden von dannen zogen, als glitten sie auf der Luft dahin, und es verschlug ihr die Sprache.

Tatsuo und der junge Ainu schauten beim »Pavillon der Guten Hoffnung« vorbei, sie riefen die Koreaner Choi und Shin heraus und drohten ihnen, sie als Verräter umzubringen und ihre Leichen auf die Halde hinter der Zeche zu werfen, falls sie herumerzählten, daß es am übernächsten Tag losgehen solle. Die Koreaner taten, als verstünden sie kein Wort in der für sie fremden Sprache, doch sowie der junge Ainu ihm eine überzog, platzte Shin plötzlich in fließendem Japanisch heraus:

»Alle sagen sie, wir dürften uns nicht mit euch einlassen. Ihr zwei, sagen sie, macht das nur zu eurem Vergnügen.«

Diesmal packte Tatsuo Shin beim Kopf: »Willst du mir wohl erklären, was hier los ist?!« Darauf Choi, wie resignierend und indem er einen Klumpen blutigen Speichels ausspuckte: Sie hätten dafür Geld gekriegt, von der Präfektur und von der Zeche.

Das also, begriff Tatsuo, war der Grund gewesen, und in einem Anfall irrer Wut prügelte er, auf dieselbe Weise, in der sie sich zuvor an der Prostituierten verlustiert hatten, nun auf Choi ein, bis dieser rückwärts zu Boden ging. Da kam Shin herangestürmt und rammte seinen Kopf in Tatsuos Gesicht.

Der junge Ainu fing den Taumelnden auf; Tatsuo wischte sich mit den Fingern das Blut ab, das ihm aus einem Riß über dem Lidrand ins linke Auge troff, und während er, halb im Scherz, halb im Ernst, vermeinte, sein Körper müsse jetzt allerdings einen undeutlichen Schimmer verbreiten, schlug er Shin zusammen, setzte sich rittlings auf den Daliegenden und zielte mit einem selbsterdachten, allein auf Kraft beruhenden Karate-Hieb, den er bei der Jungmännerhütte im Kiez zum Zeitvertreib an mit Stricken umwickelten Brettern trainiert hatte, genau auf Shins Nasenbein; er hörte sehr wohl, wie Choi seine Freunde herbeirief, hörte die Stimme des jungen Ainu, der ihn aufzuhalten versuchte: »Du bringst ihn noch um!«, dennoch ließ er die Hand herniedersausen. Dann, auf Drängen des jungen Ainu, nahmen sie beide Reißaus.

Sie rannten ohne innezuhalten, bis die Stadt weit hinter ihnen lag. Als sie sich der Paßhöhe zwischen zwei Bergen näherten, befand sich dort an einer Kreuzung ein Shintō-Schrein. Der junge Ainu pißte gegen das Eingangs-Torii, an dem »Yoshitsune-Heiligtum« geschrieben stand; mit noch heraushängendem Glied drehte er sich um und lachte: »Ist ganz schön rot, das Ding!« Tatsuo erklärte ihm, die große Straße sei zu gefährlich, da könne man sie mit dem Auto verfolgen; sie gingen deshalb durch das Schreinsgelände und stiegen dahinter den Berg hinauf. Früher, in seiner Kindheit, so erinnerte er sich, sei er gelegentlich bis in diesen Wald spielen gekommen, erzählte der junge Ainu, indes es Tatsuo heiß wurde um die Brust und er plötzlich mit aller Klarheit begriff: Ihm selbst, als einem aus dem Clan der Nakamotos, hatte das Schicksal, wie die Kiezbewohner zu sagen pflegten, einen frühen Tod bestimmt. Das Waldesinnere war unendlich still, erfüllt vom Kieferngeruch, von den süßen Düften frischsprießender Gräser, die, hatte Tatsuo den Eindruck, durch die Poren seiner Haut eindrangen in seinen Leib; um allerdings diese Atmosphäre völlig in sich aufzunehmen, um sich an ein Leben als Jäger zu gewöhnen, würde er, war er überzeugt, noch einmal dieselbe Zeit benötigen wie seit seiner Geburt bis jetzt, ja, im Kotan zu hausen und ganz ein Ainu zu werden, das würde er nie schaffen. Denn mochten der junge Ainu und er einander auch gleichen, so sah Tatsuo doch ein, daß sich das Blut eines Nakamoto, der im Kiez, in jener steinigen Siedlung im Bergwinkel eines engen Shamo-, das heißt Japaner-Städtchens geboren war, nicht mit dem irgendeines anderen austauschen ließ. In der Erwartung, der junge Ainu werde allem, was er ihm vorschlage, widersprechen, erklärte Tatsuo, sobald die Sonne untergegangen sei, wolle er jedenfalls noch einmal in die Stadt bei der Zeche zurückkehren, wolle sehen, wie sich der Gegner verhalte, und überlegen, auf welche Weise sie sich an den Verrätern aus der Clique rächen könnten. Damit setzte er sich ins Gras. Und so harrten sie der Nacht entgegen.

Beunruhigt, weil er nicht wußte, woran der plötzlich verstummte Tatsuo dachte, lauschte der junge Ainu dem Wind. Da erinnerte er sich wie zufällig, daß Tatsuo nachts beim Schrei der Eule geboren war. »Denk dir«, sagte er, »die Eule ist die Gottheit, die über dem Kotan wacht«, und um ein Haar hätte er ihm vorgeschlagen, im Kotan zu wohnen, doch fiel ihm ein: Das Leben dort war mit früher nicht zu vergleichen, keiner ernährte sich mehr allein von der Jagd, wer Arbeit hatte, fuhr in die großen Städte, und die Kräftigsten gingen in die Erz- und Kohlezechen. Zurück blieben die Frauen und die

Kinder, und sie kamen ohne Unterhaltshilfen nicht aus. Der junge Ainu schwieg. Es galt für ihn, es galt für Tatsuo gleichermaßen: Selbst wenn man wie einst Hirse äße und Lilienwurzeln und das Fleisch der auf der Jagd erlegten wilden Tiere, überall gab es inzwischen Straßen, waren die Wälder gerodet, hatten sich die Umstände so verändert, daß an eine Selbstversorgung mit der notwendigen Nahrung nicht mehr zu denken war. Der junge Ainu seufzte. Er mußte an das Gejammere der alten Uppu denken, nämlich daß die Kotan-Frauen, eine nach der anderen, in die Städte, in die Vergnügungsorte verschwänden, ja, der junge Ainu entsann sich auf einmal: sie hatte so von seiner Mutter gesprochen, lange nachdem sein Vater davongelaufen war, und erneut, wie um ein ekliges Würgen in der Kehle loszuwerden, stieß er einen tiefen Seufzer aus.

Nachdem es völlig Nacht geworden war, brachen die beiden abermals auf; von dem Augenblick an, in dem sie die Zechenstadt erreichten, ging Tatsuo vornweg: immer durch Hintergassen, bis sie vor der Rückseite ebenjener Speisewirtschaft standen, wo er gegen die Regenläden trommelte und dann der endlich aus dem Bett gekrochenen Frau mit leiser Stimme befahl, sie solle aufmachen. Doch die schien sich, nach kaum vierundzwanzig Stunden, schon wieder einen anderen geangelt zu haben, denn drinnen war eine Männerstimme zu hören. Also mußten sie – was blieb ihnen übrig? – ihre Hoffnung auf Unterschlupf für die eine Nacht begraben, und sie hatten sich bereits zum Gehen gewandt, als das Küchenfenster aufgeschoben wurde und die Frau Tatsuo heranwinkte. Er möge, sagte sie, in etwa knapp einer Stunde wiederkommen, bis dahin werde sie den Menschen losgeworden sein.

»Nein, nein«, versicherte er, »ich hätte bloß gern gehört, wie die Dinge stehen.« Und die Frau: das könne sie sich denken, sagte sie. Mit Shin, dem Koreaner, sähe es böse aus, aber tot sei er noch nicht; auf keinen Fall, sagte sie, dürfe Tatsuo jetzt in die Kotan-Siedlung gehen.

Die beiden setzten sich für ein Stündchen in einen dunklen Winkel; eine Weile darauf beobachteten sie, wie ein Mann das Haus durch den Restauranteingang verließ, und so pochte Tatsuo an die Tür. »Liebhaber sind jederzeit willkommen«, meinte er, wofür er von dem jungen Ainu wortlos einen Fußtritt erhielt. Als er gerade vor Schmerzen losbrüllen wollte, öffnete die Frau einen der Regenläden und bat sie herein. »Hat mich dieser Kerl doch tatsächlich vor Eifersucht in den Hintern getreten«, beschwerte sich Tatsuo. »Hör auf«, brummte der junge Ainu, »du redest Unsinn!« Er war, schien es, wirklich wütend. Die Frau berichtete, daß Shin sich in einem bedenklichen Zustand befinde. Nun ja, da werde man sich sagen: vermutlich stirbt er, und deshalb auf die Zeit unmittelbar nach seinem Tod spekulieren, denn dann, werde man sich sagen, eilen Tatsuo und der junge Ainu gewiß hinunter in den Kotan; man brauchte also auf das Signal hin die mit den beiden vereinbarte Revolte für bessere Arbeitsverhältnisse in der Zeche nur noch, und zwar unverändert nach Plan, auf die Kotan-Siedlung zu lenken, diese zu verwüsten und niederzubrennen und dabei Tatsuo und den jungen Ainu zu erschlagen. Zumindest entspräche ein solches Vorgehen dem natürlichen Lauf der Dinge, weit mehr jedenfalls, als wenn man aus Anlaß einer Zechenrevolte die Präfektur besetzte oder den Zeitungsverlag in Trümmer legte. Natürlich würden sich an diesem Rachefeldzug für Shin die koreanischen Kumpel kräftig beteiligen; auch die Schlägertypen aus Kishū, müßten sie doch, wären die zwei erst tot, künftig mit keinerlei Bedrohung mehr rechnen. Und die Polizei würde ihnen gern den Gefallen tun und den ganzen Aufstand einfach übersehen.

So mutmaßte der junge Ainu, doch die Frau schüttelte den Kopf. Eher seien es Beamte der Präfektur, die im Kotan herumspionierten und für die Kontakte sorgten, sagte sie; möglicherweise nämlich springe dafür, daß dann die Häuser angesteckt und die eingesäten Äcker zertrampelt würden, Geld von der Elektrizitätsgesellschaft heraus, die das Kotan-Tal in einen Stausee verwandeln wolle. Wenigstens halte das, sagte sie, der Wirt von der »Guten Hoffnung« für denkbar, der gerade eben das Haus verlassen habe.

»Er wußte, daß wir hierher kamen?« fragte Tatsuo, Und die Frau erwiderte: »Weil er es wußte, sprach er davon. Ja, einer wie er, der bei Revolten und Krawallen von Kerlen, die er bis gestern nicht für voll genommen hätte, oft genug bedroht oder um seine Mädchen, sein Geld gebracht worden ist, so einer kennt sich aus, der wittert, was sich im geheimen zusammenbraut.« Sie lachte: »Um sich regelmäßig auf die Seite des Stärkeren zu schlagen.«

»Und weil es ihm zu lästig ist, eines von seinen Mädchen herzunehmen, begnügt er sich mit einer Witwe?«

»Was heißt: begnügen? Schlau ist er«, murmelte die Frau. Als Tatsuo hierauf wie ärgerlich mit der Zunge schnalzte, zog die Frau den Kopf ein.

»Mit anderen Worten, er hat dir, willst du sagen, das alles erzählt, um wieder den Zuschauer zu spielen und abzuwarten, wer zuletzt gewinnt, wir oder die da, nicht wahr? Und natürlich weiß er: Wenn er von dir erfahren hat, daß wir hier auftauchen, kann er sicher sein, daß du uns ebenso selbstverständlich von ihm erzählst.«

Die Frau blickte den jungen Ainu wie fragend an: Was soll man nun darauf antworten? Und Tatsuo schnalzte abermals mit der Zunge. Da breitete die Frau für jeden von ihnen zusätzlich Bettzeug aus, doch weder Tatsuo noch dem jungen Ainu war nach Schlafen zumute, und während sie zusahen, wie die Frau, erschöpft von den mit dem Wirt von der »Guten Hoffnung« genossenen Intimitäten, in einen tiefen Schlaf versank, warteten sie darauf, daß es Morgen würde. Sobald draußen die ersten Vogelstimmen zu hören waren, schoben sie die Regenläden beiseite und traten hinaus; als hätten sie beide denselben Gedanken gehabt, gingen sie in Richtung Kotan los.

Unterwegs blieb der junge Ainu einmal stehen und murmelte: richtig, das sei gewesen, als er jene Ainu-Frau getroffen hatte, die von ihm die Bittschrift übernahm, und da er bemerkte, daß Tatsuo noch immer dazu schwieg, lachte er plötzlich hell auf: »Mir fiel nur eben ein, wie alles damit anfing, daß Ponya'umpe betrogen wurde.«

»Von einem Japaner?« fragte Tatsuo. Der junge Ainu hob vom Wegrand einen Stein auf und warf ihn so, daß er genau gegen den Stamm einer Barbarenfichte schlug. »Von einem Shamo oder von einem bösen Kamui-Gott, darauf kommt es nicht an; jedenfalls betrogen wurde er. Und damit, daß er betrogen wurde, fing es an«, erwiderte der junge Ainu. Rasch und leichtfüßig, in einer gleichsam schwebenden Gangart – die Protagonisten in den Yūkara-Göttergesängen sollen so dahingeglitten sein – schritten die beiden weiter aus; als sie am Fluß anlangten, hatte das Licht der Sonne gerade eben den unteren Teil des vor ihnen liegenden Kiefernwaldes erreicht. Ob, wie die Frau aus der Speisewirtschaft gemeint hatte, wirklich irgendwelche Männer im Kotan waren, um sie, die beiden Ankömmlinge, zu überwachen, vermochten sie nicht auszumachen; also griff sich der junge Ainu aus einem mit Maschendraht umzäunten Gehege ein Huhn und ging ins Haus und bald darauf rief er auch Tatsuo hinein.

Den ganzen Tag über warteten sie, doch niemand aus der Zechenstadt tauchte bei ihnen auf. Keine Nachricht traf ein, die ihnen gesagt hätte, ob in der Stadt etwas vorgefallen, ob vielleicht Shin gestorben war, und unterdessen stieg über den verstreut liegenden Kotan-Häusern morgens und abends wie immer der Rauch von den Feuerstellen auf, bestellten, als hätten sie es plötzlich eilig damit, die jungen Frauen die Felder und die alten vertrieben sich die Zeit, indem sie sich gegenseitig besuchten. Am dritten Tag endlich erschien ein Polizist. Sofort wurden Tatsuo und der junge Ainu gewarnt und sie versteckten sich.

Der Polizist erklärte, Shin sei über das Schlimmste hinweg, das Rachegeschrei seiner Landsleute habe sich wieder gelegt, und von Amts wegen werde man die Sache als einen zecheninternen Streit unter Kumpeln betrachten und nichts unternehmen, woraufhin die alte Uppu und die anderen Frauen freudestrahlend hinaus zu den Felsen am Hasenweiher liefen, um den beiden, die dort Zuflucht gesucht hatten, davon zu berichten. Die jungen Männer waren enttäuscht.

Auf einmal sah Tatsuo, wie sich, alles in einem Augenblick, aus dem Zufluß zum Hasenweiher ein Lichtklumpen erhob und davonflog. Er wollte es dem jungen Ainu sagen; doch der redete mit der alten Uppu, und unterbrechen mochte er ihn nicht. Bei der Nachricht, daß sich Shins Zustand gebessert habe, hatte sich Tatsuo erst recht von Ichimatsu und den koreanischen Kumpeln verraten gefühlt; nachdem ihm aber der aus dem Fluß auffliegende Lichtklumpen wie die gleißende Wiege Ponya'umpes vorgekommen war, glaubte er, er müsse nur Ichimatsu verprügeln, dann werde sich der Rest der Bande ihm und dem jungen Ainu schon anschließen, und so lief er, diesmal allein, während der junge Ainu auf Wunsch der alten Uppu die Feldraine herrichtete, in die Stadt zurück. Als er vor dem »Pavillon der Guten Hoffnung« einen im Weggehen begriffenen Mann darum bat, er möge ihm doch Ichimatsu herausrufen, erschien, ein Schwert in der Hand, Kichi am Eingang und brüllte plötzlich los: »Du bist mir ein Feigling!«

Gerade seien sie in der Zeche dabeigewesen, sich auf eine gewaltsame Aktion zu einigen, da habe er, Tatsuo, einen der Kameraden auf den Tod zusammengeschlagen und sich dann noch, gemeinsam mit dem jungen Ainu, versteckt, schrie Kichi. Tatsuo packte die Wut; in seinen dreckigen Schuhen sprang er zu ihm auf die Eingangsestrade hinauf, um ihn mit den Fäusten zu bearbeiten, doch Kichi seinerseits riß das Schwert aus der Scheide und hielt es wie zum Zuschlagen hoch über sich. In diesem Augenblick kamen von drinnen heraus, sie hatten das Geschrei gehört, die Freunde Shins gerannt: »Töte ihn nicht! Laß ihn uns zunächst einmal gefangennehmen!« Womit sie Kichi beiseite stießen und sich an Tatsuo hängten, der davonzulaufen versuchte. Im Nu war er wie eingeschnürt. Es muß sich um einen Irrtum handeln, dachte er und warf sich hin und her und tobte, indessen prügelten sie von allen Seiten auf ihn ein, und als er wieder zu sich kam, fand er sich, die Hände auf dem Rücken gefesselt, drunten auf dem

Stampflehmboden liegen. Irgendwer hatte ihm, schien es, mit dem Dolch ein Loch gemacht; sein Bauch rötete sich von dem unaufhörlich rinnenden Blut.

Er wollte die Augen öffnen, aber es fehlte ihm die Kraft dazu; hinter seinen Ohren waren Stimmen, aber obwohl er, um zu verstehen, was sie sagten, das Gesicht verdrehte, hörte er nichts Genaueres heraus. Soviel immerhin begriff er aus der Aufgeregtheit der Stimmen: Keine zwanzig Minuten, nachdem die Männer die »Gute Hoffnung« verlassen hatten, war es zu Unruhen gekommen, bei denen im Kotan an mehreren Stellen Feuer ausbrach. Die Polizei traf ein; unter viel Lärm stellte man fest, daß Tatsuo, der weiter Blut verlor, noch immer atmete. Er lag da wie zuvor, als sich von seinem Schädel her, so registrierte sein Bewußtsein, ein Geräusch verbreitete, das, es klang, als wäre etwas in ihm zerborsten, eine ganze Weile wie ein Donner in seinen Ohren widerhallte. In diesem Zustand wurde Tatsuo ins Krankenhaus getragen.

Deutlich erinnerte sich jetzt die alte O-Ryū. Eines Tages, drei Jahre waren verstrichen ohne eine Nachricht von irgendwoher, kam ein Mädchen aus dem Kiez, es hieß Yoshie, über den Hangweg zu ihrem Haus herauf und fragte, ob sie von einem Tatsuo aus dem Clan der Nakamotos wisse. Aber natürlich, kein Problem; das sei, erklärte sie, der einzige Sproß des Nakamoto Tomishige, geboren aus dem Leib Tomis. Diesen Tatsuo, berichtete Yoshie, habe sie, zehn Tage sei das jetzt her, am Bahnhof getroffen und mit nach Hause genommen, wo sie seitdem zusammenlebten;. seltsam nur, er kenne weder Hanzō noch Gen. Ja, wenn sie ihm vorschlage, einmal auszugehen und ihn dabei Onkel Gen vorzustellen, rede er so dummes Zeug wie: »Lieber heile Glieder und keinen Schritt vor die Tür.« Eben weil er keine Ahnung habe, was mit Onkel Gen eigentlich los sei. Einzig die alte O-Ryū, die, sage er, wollte er gern besuchen; ob sie denn damit einverstanden wäre? fragte Yoshie. »Ja, ja doch, meintwegen«, erwiderte die alte O-Ryū.

»Aber auch eine alte Frau ist eine Frau, und es kommt vor,

daß ein Mann sich in sie verliebt; dann mußt du nicht eifersüchtig sein, nicht wahr?« setzte sie hinzu; darüber brach Yoshie in ein helles, übermütiges Lachen aus.

Zunächst hatte die alte O-Ryū mitgelacht, allmählich jedoch fand sie es ärgerlich, daß sich die Kleine über sie lustig machte, als wären sie an Jahren gerade einmal zehn, zwanzig Jahre auseinander. »Weißt du«, meinte sie, »so ein Jungmädchenlachen mag ich nicht besonders.«

Bald darauf sah sie den jungen Mann, wie er hinter Yoshie die steinerne Treppe heraufgestiegen kam, und auf den ersten Blick erkannte sie ihn wieder.

»Ah, O-Ryū, geht es dir gut?« sagte der junge Mann mit den buschigen Brauen und den Augen, die einen so durchdringend ansahen.

»Du bist Tatsuo?« fragte sie, und er, nun ganz Tatsuo: »Der bin ich.«

Noch immer glaubte die alte O-Ryū, der junge Mann wolle sie necken. »Na, komm herein, du bist doch mein wirklicher Liebling, nicht wahr? Wie oft hab ich gedacht: vielleicht sollte ich den von Weihrauch stinkenden Reijo sitzenlassen und Tatsuo hinterher nach Hokkaidō gehen«, sagte sie, indem sie für zwei Personen Tee zubereitete und mit betonter Geste nur den jungen Mann und sich selbst bediente.

Solch Verhalten war typisch für die alte O-Ryū. Sie machte sich ein Vergnügen daraus, die Leute in die Irre zu führen.

Yoshie ihrerseits begann von da an herumzuerzählen, Tatsuo und die alte O-Ryū hätten seit langer Zeit ein Verhältnis wie zwischen Mann und Frau, schon mit dem Fünfzehnjährigen, als der er allerdings bereits die Statur eines jungen Mannes gehabt hatte, sei sie intim gewesen; weil aber die alte O-Ryū, weil auch Tatsuo nie davon gesprochen hatte, waren die Kiezbewohner überzeugt, tatsächlich handele es sich um bloße, von Yoshie in Umlauf gesetzte Gerüchte.

»Stell dir vor«, versuchte die alte O-Ryū ihr klarzumachen, »Reijo spielt den Eifersüchtigen, sooft er Tatsuo sieht. Selbst jetzt, sagt er, erinnere er sich: Irgend etwas verheimlicht ihr vor mir, doch was? Einen derart zu verdächtigen, das ist allerdings beschämend.«

Da aber Yoshie den beiden dennoch nicht von der Seite wich, sah die alte O-Ryū keine Möglichkeit, den jungen Mann über den Verbleib des wirklichen Tatsuo auszuhorchen, und also begnügte sie sich schließlich mit der Frage: »Sag, Tatsuo, was ist eigentlich aus dem jungen Mann geworden, mit dem du einmal hier gewesen bist?« – »Ach«, war seine Antwort, »dem ist es schrecklich ergangen.« Der alten O-Ryū schnürte es die Kehle zu, Schauder überliefen sie, während sie dem Bericht lauschte.

Als er, Tatsuo, einst im Ainu-Kiez mit der alten Uppu sprach, habe jener junge Mann eine Ainu-Gottheit, einen Kamui, erblickt, der sich mit ausgebreiteten Schwingen in die Lüfte erhob, was dem jungen Mann Beweis dafür gewesen war, daß er selbst, mit göttlichem Blut in den Adern, der Ainu-Menschen gerechter Bruder war.

Hierauf und indem er ihn, Tatsuo, zurückgelassen, habe sich der junge Mann, wie plötzlich unsichtbar geworden, zum Lager der Gegner begeben und diese zu bereden versucht. Doch die wahren Feinde hätten ihm an anderer Stelle aufgelauert. So sei der allzu gerecht denkende Ainu-Bruder von den Verschlagenen, den Verruchten in die Falle gelockt, von einer Übermacht gefangengenommen und von Messern durchbohrt worden. Aber obwohl an Leib und Kleidern blutbedeckt, sei der junge Mann davon keineswegs gestorben, habe er noch immer geatmet; und dann auf einmal sei das Unbegreifliche geschehen, nämlich daß die Stricke, in die man ihn eingeschnürt hatte, in ihren blutgefärbten Stücken zu lauter kleinen, giftigen Schlangen geworden, und sie seien auseinander- und abgefallen, und der junge Mann habe sich vor aller Augen wieder auf die Beine gestellt, auf welches Zeichen hin die roten Schlänglein diejenigen gebissen hätten, die seine Feinde gewesen waren. Der junge Mann habe indes einmal, zweimal die mit Blutgallert auf seinem Rücken angeklebten Flügel auf- und niedergeschlagen, um die überflüssigen Tropfen abzuschütteln, beim dritten Male sei er aufwärts davongeflogen. Dies das letzte, was man von ihm gesehen habe.

Der alten O-Ryū liefen die Tränen übers Gesicht. »Und du, Tatsuo?« fragte sie. »Ich? Nun ja«, erwiderte der junge Mann. »Ich hatte danach alle Hände voll zu tun, um im Kotan die Brände zu löschen«, erklärte er. »Versteh mich, O-Ryū, ich war ein guter Freund von ihm«, sagte er in einem Tonfall ganz wie Tatsuo.

»Ich wollte, ich könnte seinen Teil mitleben«, setzte der junge Mann hinzu und wischte sich mit den Fingern die Tränen weg, die ihm in die Augen getreten waren.

Nachdem er gegangen war und während sie der ihr im Ohr gebliebenen Stimme dieses jungen Mannes nachlauschte, der von sich behauptete, Tatsuo zu sein, sinnierte die alte O-Ryū: Ich hätte wahrhaftig nichts dagegen, wenn es nach dem ersten Tatsuo einen zweiten Tatsuo gäbe; und als wäre sie, nach einer weiteren Weile vor dem Herdfeuer, zu einer bedeutsamen Entscheidung gelangt, machte sie sich auf den Weg zu Gen. »Tatsuo? Den hab' ich als Kind mal bei mir gesehen, da war er noch ein Baby, danach nie wieder. Ich wüßte wirklich nicht, wie ich ihn erkennen sollte«, zögerte Gen, aber die alte O-Ryū schleppte ihn einfach mit: »Ein hübscher junger Mann ist er geworden«, sagte sie, und gemeinsam gingen sie zu Yoshie.

Ohne viel zu überlegen, urteilte Onkel Gen: »Gutgewachsen scheint er ja, aber für einen Nakamoto ist er doch recht häßlich.« Yoshie, verärgert über diese Art des Ausdrucks, sah zu dem jungen Mann hinüber, der mit gekreuzten Beinen dasaß: »Ein Mann wie er soll häßlich sein? Wie, bitte, sind denn die Nakamotos?!« rief sie aus, und Gen, indem er ihr seinen linken Arm entgegenstreckte, dessen Vorderteil nur eine zweiteilige Klaue war: »So sind sie; wer außer den Nakamotos hat dergleichen vorzuweisen?!« Da schlug ihn die alte O-Ryū ins Gesicht.

»Kein Grund, um damit zu prahlen«, sagte sie, und als sich plötzlich über den mit düsterer Miene dasitzenden jungen Mann das Bild Tatsuos legte: »Gen neigt immer dazu, entweder zu großspurig oder zu bescheiden zu sein, doch das müßt ihr euch nicht zu Herzen nehmen – alle Wesen, die geboren werden, sind Buddhas«, gab sie voller Nachsicht zu bedenken.

Der junge Mann nickte, wie Tatsuo genickt hatte. Und wie Tatsuo außerstande, ein dabei aufkommendes Gefühl der Unsicherheit zu unterdrücken, erklärte er mit Tatsuos Stimme: »Ich habe gesehen, was zu sehen war.« Da kamen der alten O-Ryū abermals die Tränen.

Ohne daß Todesmonat und -tag bekannt geworden wären, hatte das adlige, das trübe Nakamoto-Blut eine der Strafen Buddhas gesühnt, und die alte O-Ryū murmelte in ihrem Herzen: Ein Leben war das, wie es einem nachts beim Grollen des Donners, beim Schrei der Eule geborenen Tatsuo wohl anstand.

# Nachbemerkung

Nakagami Kenjis Roman »Mandala der Lüste« (im Original 1982 als »Sennen no yuraku« erschienen, d. i. »Ekstasen aus tausend Jahren«) ist ein Buch, das unser Bild von Japan und unser Verständnis des Volkes und seiner Mentalität um einige wesentliche Farben bereichert. Die Haupthandlung spielt in keiner der Millionenstädte, in keiner der dichtbesiedelten Industrieregionen; nie gehörte Ortsnamen, Flußnamen, Namen von Clans und Geschlechtern finden sich durch den Text verstreut; und dennoch wird so gut wie nirgends aus Phantastik geschöpft, ist alles jetztzeitig konkret und auffindbar. Wer das vom Autor zum Zentrum der Welt erklärte Kishū, sein Land Ki, besuchen will, reist in drei Bahnstunden vom ehedem kaiserlichen Kyōto aus südwärts: vorbei an Nara, der ersten festen Residenzstadt (710–784), über die bereits im 4./5. Jahrhundert zu den Reichskernlanden entwickelte Yamato-Ebene, dann in knapp sechs Autobusstunden durch Schluchten und dichtbewaldete Berge, deren Gipfel bis zu 1900 Metern aufragen, um schließlich bei der Stadt Shingū mit dem breit dahinfließenden Kumano-Fluß den Pazifischen Ozean zu erreichen. An derselben Stelle, aber umgekehrt, von See her, soll der legendäre erste Yamato-Tennō erschienen sein. Der dreibeinigen göttlichen Krähe folgend habe er, der Eroberer, von hier aus mit seinem Heer das Gebirge in Richtung Norden überstiegen.

Kishū, das meint die ganze Halbinsel, die, durchschnittlich hundert Kilometer breit, ebenso weit ins Meer vorstößt. Heute ist die küstennah von Expreßzügen umfahrene Region touristisch gut erschlossen. Beliebt sind Naturszenerien wie grotesk zerklüftete Steilküsten, Wasserfälle oder die in neuerer Zeit zahlreich entstandenen Stauseen mit entsprechenden Talengen in den Bergen. Andererseits hat sich die uralte, einst auch vom Kaiser und seinem Hof gepflegte Tradition erhalten, in die Kumano-Thermalbäder zu reisen und dabei in Shingū, dem »Neuen Schrein«, oder ein Stück flußaufwärts in Hongū, dem Ort mit dem in der Region ältesten oder »Hauptschrein«, den Göttern seine Aufwartung zu machen. Diese

Kumano-Landschaft mit ihrer noch hinter die Historie zurückreichenden Vergangenheit stellt sozusagen den Kern von Kishū dar. Gelegen beiderseits des Flusses gleichen Namens, der heute die Grenze bildet zwischen den Präfekturen Wakayama im Süden und Mie im Norden (mit dem berühmten, aus Kumano-Hölzern errichteten kaiserlichen Ise-Schrein), konnten sich in ihr stärker als anderswo die unterschiedlichsten shintōistischen und buddhistischen Lehren miteinander vermischen. Mythische Wesen wie Schlangendämonen und Krähen-Tengus bevölkern die Wälder; vom benachbarten Tempelort Nachi aus, so die Legende, sei über See das Westliche Paradies zu erreichen; Asketen, meditierend oder rastlos die Berge durchwandernd, überschreiten das Hier und Jetzt. Was die Bewohner der längst ins Moderne eingetauchten Großstädte nördlich der Kii-Halbinsel wie Ōsaka, Kyōto oder Nagoya nur mehr wie ein fernes Nachbeben empfinden, in Kumano scheint es noch Realität, scheinen die Welten nach oben und nach unten, in die Himmel und in die Höllen, die der Lebenden und die der Ungeborenen wie der Toten noch durchdringbar, noch gegeneinander offen zu sein. Besonders, das wußte Nakagami Kenji, für die Leute aus dem Kiez. Der Kiez von Shingū erstreckt sich am Rande der Stadt, an einem zugleich trennenden drachenförmigen Bergrücken: ein wie bei uns nach eigenen ungeschriebenen Gesetzen lebendes, auch wohlorganisiertes Gemeinwesen; nur daß sich hier im japanischen Roji (wörtlich »die Gassen« bzw. »nicht erschlossenes Gebiet«) über Generationen Eta-Outcasts, später »Burakumin«, aus allen Teilen des Reiches zusammenfanden, daß sich aus diesen Zugängen sehr bestimmte Formen selbst von Hierarchien herausbildeten. Im Gegensatz zur Enge der Provinzstadt der Bürger drüben am alten Schloßberg, und weil es paradoxerweise das Selbstbewußtsein stärkt, verachtet zu werden, dehnt sich diesen Menschen der Kiez zur weiten Welt, ist die Siedlung erst recht Abbild der Vielfalt im Einen, so wie das Mandala-Diagramm der Buddhisten die Vereinigung mit dem mystisch Absoluten manifest werden läßt. Alle

Stufen des Guten und alle Stufen des Bösen sind aufhebbar eingeschlossen in die Ordnung des Kiez; manches trüb gewordene, einst adlige Blut werde, heißt es, mit und durch den Tod gereinigt.

Geschichte und Geschichten des Kiez sind aufbewahrt im Herzen einer Analphabetin, der alten O-Ryū, Hebamme der Siedlung wie scheinbar seit je (als wäre sie »hundert oder hundertete oder tausend Jahre alt«). Mit ihrem Tod, so wollte uns der 1946 im Kiez von Shingū geborene Nakagami Kenji bedeuten, beginnt dieses Gemeinwesen besonderer Art sich in die neue, die moderne japanische Gesellschaft hinein aufzulösen. Er selber – seine Mutter war ebenfalls weder des Lesens noch des Schreibens mächtig – hat mit seinen Büchern zu beidem beigetragen: zum Bewahren wie zur Wandlung. Im August 1992 erlag er einem erst kurz zuvor diagnostizierten Krebsleiden. »Wir aus dem Roji«, pflegte er zu sagen, »sterben den eigentlich asiatischen, den plötzlichen, nicht zu begründenden Tod.«

# Glossar

*Achte Armee*: während des Krieges gegen Japan eingesetzte chinesische Einheit, die unter kommunistischer Führung zur Kadertruppe der späteren Volksbefreiungsarmee wurde.

*Ainu*: Volk vermutlich finno-ugrischer Herkunft. Für die frühe Zeit bis auf die japanische Hauptinsel nachweisbar; heute nur noch kleine, weitgehend assimilierte Minorität auf Hokkaidō. Mündlich in *Yūkara-Gesängen* überlieferte Mythologie mit *Kamui*-Naturgottheiten wie dem Donnergott; zu den halbgöttlichen Mischwesen zählt die heldisch gedachte Gestalt des *Ponya'umpe*, der mit Hilfe der *Feuer-Ahne* in einer leuchtenden Wiege zur Welt kam. Die Dörfer (*Kotan*) stehen unter dem Schutz der Eulen-Gottheit.

*Amida Nyorai*: sanskr. Amithaba tathagata, »der zur Eigentlichkeit gelangte Buddha des Unendlichen Lichts«. Auch: unter buddhistischen Priestern üblich für eine schöne Frau.

*Banzai*: »zehntausend Jahre«; Hoch- bzw. Siegesruf im Sinne von »Er lebe!« oder »Hurra!«

*Barbarenfichte*: picea jezoensis; in Hokkaidō, früher Ezo (Land der »Barbaren«, d. i. der Ainu), beheimateter Baum.

*Blumenkarten*: meist quartettartig auf das Zusammenbringen von vier (mit Varianten eines bestimmten Blumenmotivs bedruckten) Karten gerichtetes Spiel.

*Buddha Shakyamuni*: Titel des »historischen Buddha«, d. i. Gautama Siddhartha (um 560 bis um 480 v. Chr.).

*Chiyogami-Papier*: mit Schablonen buntbedrucktes Schmuckpapier.

*Chrysanthemenpuppen*: bis zu lebensgroße Figuren, die aus dicht bei dicht gesteckten, verschiedenfarbigen Chrysanthemenblüten bestehen; oft als Ausstellungen mit nachempfundenen historischen Szenen der Einzelgestalten.

*Dachspringer*: s. Nezumi-kozō

*Eichenkastanie*: castanopsis cuspidata

*Erdbeben*: hier das vom 21. Dezember 1946; in den betroffenen südjapanischen Regionen zählte man 1330 Tote.

*Eta-Erlaß*: dekretiert vom Obersten Reichsrat am 12. Oktober 1871; die bis dahin als »unrein« geltenden, von den »Vier Ständen« (s. d.) ausgeschlossenen Eta wurden zu gleichberechtigten »Neubürgerlichen« erklärt. Tatsächlich blieben sie »Bürger besonderer Gemeinden«, kurz »Burakumin«, wie die geschilderten Kiezbewohner (vgl. Nachbemerkung).

*Feuer-Ahne*: s. Ainu

*Furoshiki*: viereckiges Einschlagtuch aus gemusterter Baumwolle, Seide oder Kunstfaser; wird über Kreuz verknotet.

*Geta*: Holzsandale mit Stegen an der Unterseite und einem zweigeteilten Zehenriemen oder -band.

*Halo*: Dinge (oder Menschen) umgebender Lichtschein. Lichtfleck.

*Handsäckchenspiel*: bei dem kinderhandgroße, mit Mungobohnen oder Steinchen gefüllte Wurfsäckchen gefangen werden müssen.

*Heilige Krähen*: s. Krähen

*Higurashi-Zikade*: leptopsaltria japonica; etwa fünf Zentimeter lang, von Juni an lautes »kanakana«-Gezirp an Berghängen.

*Himmlische Jungfrauen* (auch nur *Himmlische*): engelartige Wesen in Federgewändern. In einem alten Märchen entdeckt ein Fischer das beim Baden abgelegte Gewand einer Himmlischen und nimmt es an sich. So muß sie für ein irdisches Leben bei ihm bleiben; erst auf ihr flehentliches Bitten gibt er ihr das Federgewand zurück und läßt sie himmelwärts fliegen.

*Holzpferd*: schlittenartiges Zuggerät zum Transport geschlagener Stämme im Bergwald.

*Hongū*: »Hauptschrein«; Ort im Kumano-Gebiet (s. d.), an dem das früheste Shintō-Heiligtum errichtet wurde (vgl. Nachbemerkung).

*Kamui*: s. Ainu

*Kii-Halbinsel* (auch *Kishū*, d. i. *Land Ki*): alte Provinz südlich Kyōtos, mit Binnengebirgen von bis zu 1900 Metern, wichtiges Holzeinschlaggebiet; an den durch fischreiche Südströmung klimatisch begünstigten Küsten Südfruchtanbau. Heute Präfektur Wakayama; Teile zur Präfektur Mie (s. auch Nachbemerkung).

*Kinomoto*: soviel wie »Herkunft des Holzes«; alte Bezeichnung für die Stadt Kumano (s. d.).

*Kotan*: s. Ainu

*Krähen* (auch *Heilige K.*): hier dreibeinige Vögel, vorgestellt nach jener mythologischen Krähe, die, von der Sonnengöttin Amaterasu gesandt, den ersten Kaiser Jimmu den Kumano-Fluß (s. d.) aufwärts und über die Berge dorthin führte, wo er sein Reich Yamato gründete (vgl. Nachbemerkung).

*Krähen-Tengu*: s. Tengu

*Kumano*: Gebiet im Ostteil der Kii-Halbinsel (s. d.), an dem in die gleichnamige Bucht mündenden *Kumano-Fluß* gelegen. Etwas weiter nördlich die *Stadt Kumano* (vor 1954 Kinomoto), Fischereihafen und Zentrum der Holzwirtschaft.

*Kuroda-Krieger*: nach einem westjapanischen Clan. Das alte Trinklied, in dem einer der dortigen Samurai als großer Säufer besungen wird, war, oft pantomimisch begleitet, nach 1930 neuerlich populär.

*Mandschurenreich*: 1932 in Nordostchina gegründetes Kaiserreich Mandschukuo, das, von Japan kontrolliert, sowohl bäuerlicher Siedlungsraum als auch Standort für Industrien sein sollte.

*Minamoto*: Adelsgeschlecht aus kaiserlichem Geblüt. Nachdem bis Mitte des 12. Jahrhunderts die *Taira*, ebenfalls kaiserlicher Abstammung, ihre politische Macht hatten ausbauen können, begann um 1180 der Aufstieg des M. no Yoritomo (1147–99), der fünf Jahre später die Taira vernichtend schlug (u. a. in der Schlacht bei Yashima auf Shikoku) und sich daraufhin vom Kaiser zum ersten Shōgun ernennen ließ.

*Nachtigall*: horeites cantans cantans; unserer Nachtigall vergleichbar, singt jedoch ausschließlich bei Tage.

*Namu Amida-butsu*: wörtl. »Ich verehre Amithaba Buddha«, geschrieben in sechs Schriftzeichen; häufige Gebetsformel.

*Nembutsu*: Meditation über Buddha; auch: seine Anrufung, und insofern Bezeichnung für die Formel »Namu Amida-butsu« (s. d.).

*Nezumi-kozō*: »der Rattenbube«; in Edo (heute Tōkyō) durch geschickte Sprünge auf und über die Dächer (*Dachspringer*) berühmter Einsteigedieb mit Namen Jirōkichi, der das den Reichen gestohlene Geld an die Armen verteilt haben soll. Er wurde 1832 hingerichtet. Beliebter Roman- und Filmstoff.

*Obi*: breites Band, das zum Kimono um die Hüfte geschlungen und auf dem Rücken gebunden wird (bei Frauen in aufwendigen Schleifen).

*Ōishi* (Doktor Ō): s. Verschwörung gegen den Kaiser

*Ono no Komachi*: Lyrikerin (9. Jahrhundert); ihre zahlreichen Liebesgedichte gaben Anlaß zu Legenden, die, vom Nō-Theater bis zum neuzeitlichen Roman, immer wieder literarisch verarbeitet wurden.

*Pachinko*: urspr. für »Zwille« (als Kinderspielzeug); seit Mitte der 40er Jahre aufkommende Spielautomatenart, bei der die Kugeln mit einem empfindlich reagierenden Federhebel »geschnippt« werden. 1952 zählte man japanweit 45 000 Pachinko-Salons, heute dürfte ihre Zahl unter zehntausend gesunken sein. Zu »gewinnen« sind Zigaretten, Kekse, Schokolade u. ä., kein Geld.

*Ponya'umpe*: s. Ainu

*Rennyo*: einer der Patriarchen der Jōdo-shinshū-Schule des Buddhismus (1415–99).

*Restauration von 1868*: Nach erzwungener Öffnung der Häfen durch die westlichen Mächte endete das Shōgunat, gaben die Daimyō-Fürsten ihre Lehen zurück an den Kaiser, der die umfassende »Modernisierung« des Landes mit dem Ziel der konstitutionellen Monarchie (Verfassung 1889) anordnete.

*Roßaugeneiche*: quercus phillyraeoides

*Sakaki*: sakakia ochnacea; immergrüner Baum, gilt dem Shintōismus als heilig.

*Samsara*: sanskr. »das Fließen«; Kette der Wiedergeburten, aus der nur die Erreichung des Nirvana befreit.

*Sechs-Wege-Kreuzung*: buddhistisch der Ort, an dem sich entscheidet, wo einer zur nächsten Existenz wiedergeboren wird: in der Hölle, bei den Hungergeistern, den Tieren, den Dämonen, den Menschen oder im Himmel.

*Shakyamuni*: s. Buddha Shakyamuni

*Shamisen*: langhalsiges, banjoartiges Instrument mit drei Saiten, die mit einem Plektrum angerissen werden.

*Shingū*: »Neuer Schrein«; Stadt an der Mündung des Kumano-Flusses (s. d.). Ihr angegliedert der »Kiez« des Buches (vgl. Nachbemerkung).

*Shintō*: »Weg der Götter«; die urspr. Religion der Japaner mit eigener Mythologie, Natur- und Seelenkult sowie Ahnenverehrung. Heiligtümer sind die Schreine (im Gegensatz zu den buddhistischen Tempeln).

*Shōwa-Tennō*: postumer Name des Kaisers Hirohito (1901–89); darin die bei der Thronbesteigung 1926 von ihm proklamierte Bezeichnung seiner Ära »Shōwa«, d. i. »Glänzender Frieden«.

*Stampflehmboden*: nach jap. »doma«, wörtl. »Erd-Raum«, d. i. die ungedielte ebenerdige Eingangszone besonders des bäuerlichen Hauses; häufig befindet sich hier auch die Kochstelle.

*Süßkleee*: bei Sommerende verschiedenfarbig blühende Lespedeza-Sträucher.

*Tadayasu*: ein Wortspiel; man könnte die beiden Teile des Namens als »umsonst« (tada) und »billig« (yasu) verstehen. Absichtlich ist der Name hier nur in der (phonetischen) Silbenschrift gegeben; bei der Vielzahl der Homonyme würde Eindeutigkeit erst durch die Verwendung von Bedeutungsschriftzeichen hergestellt.

*Taira*: s. Minamoto

*Tanabata*: am 7. Tag des 7. Monats gefeiertes Fest der Liebenden; nur in dieser Nacht kommen die Weberin (der Stern Wega in der »Leier«) und der Hirtenjunge (der Stern Altair im »Adler«) zusammen, während sie sonst getrennt sind durch den »Himmelsfluß« (die Milchstraße, im japanischen Märchen auch »Silberstrom«). So kann der südamerikanische Río de la Plata damit zusammenhängend gedacht werden.

*Tempura*: in Eierkuchenteig ausgebackene Gemüse- und Fischstücke.

*Tengu*: geflügelte Ungeheuer mit sonst menschenähnlicher Gestalt, aber langen schnabelartigen Nasen, mit Krallen und blutrotem Gesicht; sie treten teils als Neckgeister oder Kobolde, teils als böse Dämonen auf. Ausgesprochen vogelartig erscheinen sie hier als *Krähen-Tengu*.

*Teufel, der rote und der blaue T.*: Höllengeister, die den Verstorbenen zur Strafe für ihre bösen Reden im Leben die Zunge herausreißen werden.

*Todesmal des Engels*: eigentlich »der fünffache Verfall des Engels«; nach einer Version verliert das Himmelswesen seine fröhliche Stimme sowie die seinen Leib umgebende Aureole, seine Haut wird naß beim Baden, es büßt die Fähigkeit ein, den Bezirk frei zu wechseln, und seine Augen beginnen zu zwinkern.

*Torii*: nach den Schriftzeichen »Vogel-Sitz« (vielleicht Sitzplatz für die den Göttern geweihten Hähne); hohes, torartiges Gebilde aus Holz oder Stein, das am Zugang zu Shintō-Schreinen oder Grabanlagen steht.

*Verschwörung gegen den Kaiser*: Im Juli/August 1908 – von seiner Heimat auf Shikoku kommend unterwegs nach Tōkyō – verbrachte der damals 36jährige Anarchist Kōtoku Shūsui zwei Wochen in Shingū (s. d.) als Gast des vier Jahre älteren Arztes Ōishi Seinosuke; es kam zu geheimen Versammlungen der »Shingū-Gruppe«. Zwei Jahre später wurden Kōtoku und seine Anhänger unter dem so nie ganz bestätigten Vorwurf verhaftet, ein Attentat auf den Tennō geplant zu haben. Der in der Öffentlichkeit heftig umstrittene Prozeß endete mit 24 Todesurteilen; zwölf davon wurden im Januar 1911 vollstreckt. Ōishi zählte wie Kōtoku zu den Hingerichteten; von einm Takagi Kemmei (im Roman Priester des Jōsenji-Tempels) ist in diesem Zusammenhang nichts bekannt.

*Vier*: japanisch »Tod« lautet wie die Zahl »vier«, nämlich »shi«.

*Vier Stände*: zuoberst die Krieger, dann die Bauern, die Handwerker und zuletzt die Kaufleute; dieses System verlor nach der Restauration (s. d.) seine Gültigkeit, die drei letzteren wurden einander – als »Bürger« – gleichgestellt, die Krieger nach und nach ebenfalls in dieses »Volksganze« integriert.

*Yashima*: s. Minamoto

*Yoshitsune*: 1159–89; jüngerer Stiefbruder des Minamoto no Yoritomo (s. d.) und einer seiner Generäle, bis sie sich miteinander überwarfen. Von Yoritomos Leuten verfolgt, beging Yoshitsune in Nordjapan Selbstmord. Nach den Legenden, die sich um die jugendliche Heldenfigur rankten, soll er nach Hokkaidō geflohen sein, oder auch aufs Festland, um dort als Dschingis Khan wiederaufzutauchen. Ein Yoshitsune-Schrein steht beim Ainu-Dorf Biratori in Südost-Hokkaidō.

*Yūkara*: s. Ainu

*Yukata*: baumwollener Kimono für den Sommer; auch nach dem Bad zu tragen.

# Inhalt

## Bestseller

Seit 1994 erscheinen bei rororo **Bestseller** aus Belletristik und Sachbuch auch in **großer Druckschrift.**

Rosamunde Pilcher
**Karussell des Lebens** *Roman*
rororo Großdruck 100
**Lichterspiele** *Roman*
rororo Großdruck 101
**Schneesturm im Frühling** *Roman*
rororo Großdruck 118
**Sommer am Meer** *Roman*
rororo Großdruck 102

Christian Graf von Krockow
**Die Deutschen in ihrem Jahrhundert** *1890-1990*
rororo Großdruck 103

Peter Lauster
**Die Liebe** *Psychologie eines Phänomens*
rororo Großdruck 104

Marga Berck
**Sommer in Lesmona**
rororo Großdruck 105

Ernest Hemingway
**Der alte Mann und das Meer**
*Roman*
rororo Großdruck 106

Oliver Sacks
**Der Tag, an dem mein Bein fortging**
rororo Großdruck 107

Robert Musil
**Drei Frauen** *Roman*
rororo Großdruck 108

## rororo Großdruck

Kathleen Gose/Gloria Levi
**Wo sind meine Schlüssel?**
*Gedächtnistraining in der zweiten Lebenshälfte*
rororo Großdruck 109

Roald Dahl
**Küßchen, Küßchen!** *Elf ungewöhnliche Geschichten*
rororo Großdruck 110

Mascha Kaléko
**Verse für Zeitgenossen**
rororo Großdruck 111

Ein Gesamtverzeichnis der Reihe *rororo Großdruck* finden Sie in der *Rowohlt Revue*. Jedes Vierteljahr neu. Kostenlos in Ihrer Buchhandlung

Film und Fernsehen

John Updike
**Die Hexen von Eastwick**
(rororo 12366)
Updikes amüsanten Roman über Schwarze Magie, eine amerikanische Kleinstadt und drei geschiedene Frauen hat George Miller mit Cher, Susan Sarandron, Michelle Pfeiffer und Jack Nicholson verfilmt.

Hubert Selby
**Letzte Ausfahrt Brooklyn**
(rororo 1469)
Produzent: Bernd Eichinger
Regie: Uli Edel
Musik: Mark Knopfler

E. Beleites / E. Theophil
**Männerpension** *Das Buch zum Film von Detlev Buck*
(rororo 13933)
Die ungemein komische Story über zwei Knastbrüder und die Liebe – verfilmt mit Detlef Buck und Til Schweiger in den Hauptrollen.

Dieter Wedel / Sven Böttcher
**Held** *Roman nach dem Fernsehfilm «Der Schattenmann» von Dieter Wedel*
320 Seiten und 16 Seiten vierfarbige Tafeln. Klappenbroschur
(Wunderlich Verlag)

Oliver Sacks
**Awakenings – Zeit des Erwachens**
(rororo 8878)
Ein fesselndes Buch – ein mitreißender Film mit Robert De Niro.

Alice Walker
**Die Farbe Lila**
(rororo neue frau 5427)

rororo Unterhaltung

Boileau / Narcejac
**Tote sollten schweigen** *Der Roman zum Film «Diabolisch» mit Sharon Stone und Isabelle Adjani*
(rororo 13894)
Das Autorenduo lieferte mit diesem Buch die Vorlage zu einem atemberaubenden Film von Erfolgsproduzent Marvin Worth.

Quentin Tarantino & Allison Anders / Alexandre Rockwell / Robert Rodriguez
**Four Rooms** *Das Buch zum Film*
(rororo 13955)
Gemeinsam mit drei anderen Regisseuren inszenierte Oskar-Preisträger Quentin Tarantino («Pulp Fiction») diesen furiosen Kultfilm mit Tim Roth, Bruce Willis, Madonna und Antonio Banderas.

Romane und Erzählungen

Peter Høeg
**Fräulein Smillas Gespür für Schnee** *Roman*
(rororo 13599)
Fräulein Smilla verfolgt die Spuren eines Mörders bis ins Eismeer Grönlands. «Eine aberwitzige Verbindung von Thriller und hoher Literatur.» *Der Spiegel*

Denis Belloc
**Suzanne** *Roman*
(rororo 13797)
«Suzanne» ist die Geschichte von Bellocs Mutter: Das Schicksal eines Armeleutekinds in schlechten Zeiten. «Denis Belloc ist der Shootingstar der französischen Literatur.» *Tempo*

Ray Loriga
**Vom Himmel gefallen** *Roman*
(rororo 13903)
Ray Loriga, Jahrgang 1967, lebt in Madrid. In seinem mit Bitterkeit und schwarzem Humor getränkten Roman verfolgen Polizei und Medienmeute einen jugendlichen Killer quer durch Spanien.

Andre Dubus
**Ehebruch und anderes** *Vier Novellen*
(rororo 13744)
**Stimmen vom Mond** *Roman*
(rororo 12446)
**Sie leben jetzt in Texas** *Short Stories*
(rororo 13925)
Zehn klassische Short Stories von Andre Dubus über Menschen, die versuchen, mit aufrechtem Gang das Leben zu bewältigen. «Seine Geschichten sind bewegend und tief empfunden.» *John Irving*

rororo Literatur

Daniel Douglas Wissmann
**Dillingers Luftschiff** *Roman*
(rororo 13923)
«Dillingers Luftschiff» ist eine romantische Liebesgeschichte und zugleich eine verrückte Komödie voll schrägem Witz, unbekümmert um die Grenzen zwischen Literatur und Unterhaltung.

Michael Frayn
**Sonnenlandung** *Roman*
(rororo 13920)
«Spritziges, fesselndes, zum Nachdenken anregendes Lesefutter. Kaum ein Roman macht so viel Spaß wie dieser.» *The Times*

Radek Knapp
**Franio** *Erzählungen*
(rororo 13760)
Die Erzählungen von Radek Knapp wurden als bestes Debüt des Jahres mit dem «aspekte»-Literaturpreis des ZDF ausgezeichnet. «Dieser Autor hat Witz, Pfiff, Humor!»
*Marcel Reich-Ranicki*